Jojo Moyes est romancière et journaliste. Elle vit en Angleterre, dans l'Essex. Après avoir travaillé pendant dix ans à la rédaction de l'*Independent*, elle décide de se consacrer à l'écriture. Ses romans, traduits dans le monde entier, ont été salués unanimement par la critique et lui ont déjà valu de nombreuses récompenses littéraires. *Avant toi* a créé l'événement et marqué un tournant dans sa carrière d'écrivain. Ce best-seller a rencontré un succès retentissant et a été porté à l'écran, tout comme *La Dernière Lettre de son amant.* La prochaine adaptation au cinéma consacrera sa somptueuse épopée féminine, *Le vent nous portera.*

De la même autrice :

Avant toi
Après toi
Après tout

La Dernière Lettre de son amant
Jamais deux sans toi
Sous le même toit
Les Yeux de Sophie
Paris est à nous
Une douce odeur de pluie
Où tu iras j'irai
Les Fiancées du Pacifique
Le vent nous portera
Nos cœurs à l'horizon
La Baie des baleines

Ce livre est également disponible
au format numérique

www.editions-hauteville.fr

Jojo Moyes

LA BAIE DES BALEINES

Traduit de l'anglais (Grande-Bretagne) par Hortense de Chabaneix

Hauteville

Hauteville est un label des éditions Bragelonne

Titre original : *Silver Bay*
Initialement publié en Grande-Bretagne en 2007 par Hodder & Stoughton, une filiale du groupe Hachette UK.

ISBN : 978-2-38122-053-6

Bragelonne – Hauteville
60-62, rue d'Hauteville – 75010 Paris

E-mail : info@editions-hauteville.fr
Site Internet : www.editions-hauteville.fr

Pour Lockie, pour tout ce qu'il est,
Et tout ce qu'il deviendra.

Prologue

Kathleen

Je m'appelle Kathleen Whittier Mostyn. Je me suis rendue célèbre à dix-sept ans en pêchant le plus gros requin jamais vu dans l'État de Nouvelle-Galles du Sud : une femelle grise à l'œil si menaçant qu'elle semblait encore vouloir me déchiqueter après plusieurs jours d'exposition. C'était l'époque où tout Silver Bay s'adonnait à la pêche au gros, et, durant trois semaines d'affilée, ce requin fut au centre de toutes les conversations. Un journaliste vint même de Newcastle pour me prendre en photo à côté du squale (je suis celle en maillot de bain).

Sur cette image, on voit une grande jeune fille à l'air sévère, plus jolie qu'elle ne le pense. Elle a de larges épaules qui font le désespoir de sa mère, et une taille si fine à force d'actionner des moulinets qu'elle n'a jamais eu besoin de porter de corset. Me voici donc, incapable de cacher ma fierté et encore inconsciente du lien qui m'unirait à ce requin jusqu'à la fin de mes jours. Ce qu'on ne voit pas, en revanche, ce sont les deux câbles tenus par mon père et son associé M. Brent Newhaven – sortir ce monstre de l'eau m'avait déchiré les tendons de l'épaule droite, et, le temps que le photographe arrive, je n'étais plus en mesure de soulever une tasse de thé, encore moins un requin.

Néanmoins, cela suffit à sceller ma réputation. Pendant des années, on ne m'appela plus que la « Fille au Requin », même une fois ma jeunesse envolée. Une des plaisanteries favorites de ma sœur Norah était qu'ils auraient dû m'appeler « l'Oursin », étant donné mon allure. Mon père aimait répéter que l'hôtel Silver Bay *devait son succès à mon exploit. Deux jours après la parution de cette photo dans les journaux, nous affichions complet et le resterions jusqu'à ce que l'aile droite de l'hôtel brûle en 1962. Les hommes débarquaient pour battre mon record; si une fille avait été capable de sortir de l'eau une telle créature, qu'en serait-il d'un bon pêcheur? Certains me demandèrent en mariage, mais mon père les repérait avant qu'ils n'atteignent Port Stephens et les envoyait balader. Les femmes venaient car elles n'avaient jamais cru possible de s'essayer à la pêche au gros et encore moins de se mesurer aux hommes. Quant aux familles, c'était la beauté de Silver Bay, avec son anse protégée, ses dunes à l'infini et ses eaux calmes, qui les attirait.*

On construisit à la hâte deux appontements supplémentaires pour répondre à la recrudescence de bateaux. Dans la journée, le bruit des rames et des hors-bord retentissait, tandis que la baie et la mer au-delà étaient littéralement draguées de leur faune aquatique. L'air nocturne se chargeait de vrombissements, de musique et de tintements de verres. Il fut un temps, dans les années 1950, où il n'était pas illusoire de dire que nous étions l'endroit à la mode.

Aujourd'hui, nous avons toujours nos bateaux, nos jetées, même si nous n'en utilisons plus qu'une, et les gens courent après bien autre chose. Je n'ai pas tenu de canne à pêche depuis plus de vingt ans, tuer n'étant plus une activité qui m'attire. Les affaires sont plutôt calmes, même en été. Le gros du flux des vacanciers se fait autour des clubs et des hôtels de Coffs Harbour et de Byron Bay, et, à dire vrai, nous n'en sommes pas malheureux.

Je détiens toujours le record. Il est inscrit dans ces pavés vendus à d'innombrables exemplaires mais qu'aucune de vos connaissances n'achète jamais. Les éditeurs me font l'honneur de m'appeler de temps à autre pour m'avertir que mon nom apparaîtra une année encore. Les élèves des écoles avoisinantes s'arrêtent parfois pour me rapporter qu'ils m'ont trouvée à la bibliothèque, et je feins toujours la surprise, pour leur faire plaisir.

Ainsi, je reste la détentrice de ce record. Je ne dis pas cela par vantardise ou parce que, à soixante-dix ans, il m'est agréable de penser qu'un jour j'ai fait quelque chose de digne d'intérêt, mais parce que, lorsqu'on est, comme moi, entouré d'autant de secrets, il est bon qu'une partie de sa vie soit exposée au grand jour.

1

Hannah

Si l'on plonge la main dans le bocal à petits gâteaux du *Moby I*, en général, on en trouve au moins trois sortes. Yoshi répète sans arrêt que les équipages des autres bateaux lésinent sur les biscuits en n'achetant que du bas de gamme en promotion au supermarché. Elle considère que si l'on dépense près de cent cinquante dollars pour observer des dauphins, le moins que l'on puisse espérer, c'est de manger des gâteaux décents. Elle achète donc des Anzac pur beurre – épais, croustillants et enrobés de chocolat –, des Scotch Finger et des Mint Slices dans leurs sachets individuels. Si elle a le temps, ce qui est rare, elle apporte des cookies faits maison. Lance, le capitaine, raconte qu'elle en prend des bons parce qu'elle n'a rien d'autre à manger et que si leur patron l'attrape en train de dépenser autant pour des friandises, il l'écrabouillera comme un biscuit Garibaldi. Alors que le *Moby I* se dirigeait vers Silver Bay, je tenais le plateau, les yeux rivés sur les gâteaux tandis que Yoshi proposait du thé et du café aux passagers. Je priais pour qu'ils n'engloutissent pas tous les Anzac avant que j'aie eu la chance d'en prendre un. J'étais sortie sans petit-déjeuner et savais qu'elle ne me laisserait approcher du bocal qu'une fois dans le poste de pilotage.

— *Moby I* à *Suzanne*, combien de bières tu t'es enfilé hier soir ? Tu navigues comme un ivrogne unijambiste.

Lance parlait à la radio. À peine à l'intérieur, je plongeai la main dans le pot et en ressortis le dernier Anzac. La radio grésilla et une voix marmonna quelque chose d'incompréhensible. Il essaya de nouveau :

— *Moby I* à *Sweet Suzanne.* Écoute, mec, tu devrais redresser la barre… Tu as quatre passagers à l'avant penchés au-dessus du bastingage qui décorent tes sabords de tribord chaque fois que tu te déportes.

La voix de Lance MacGregor sonnait comme si elle avait été frottée à la paille de fer à l'instar des flancs du bateau. Il retira une main du gouvernail, et Yoshi lui tendit une tasse de café. Je me glissai derrière elle. Les embruns brillaient comme des paillettes sur le dos de son uniforme bleu marine.

— Tu as vu Greg ? demanda Lance.

Elle acquiesça.

— Il est tellement fait qu'il est incapable de garder un cap. (Il désigna le plus petit bateau par-delà le pare-brise moucheté de gouttelettes.) C'est moi qui te le dis, Yoshi, ses passagers vont lui demander de les rembourser. Celui avec le chapeau vert n'a pas levé la tête depuis qu'on a passé Break Nose Island. Bon Dieu, qu'est-ce qui lui a pris ?

Je n'avais jamais vu d'aussi beaux cheveux que ceux de Yoshi Takomura. Ils tombaient tels des nuages noirs autour de son visage et ne s'emmêlaient jamais malgré le vent et l'eau salée. J'attrapai une de mes mèches châtain terne ; on aurait dit du sable, bien que nous fussions en mer depuis seulement une demi-heure. C'est à ce moment-là que Lance s'aperçut de ma présence. Ça devait finir par arriver.

— Qu'est-ce que tu fais là, pitchoune ? Ta mère va m'étriper. Tu ne devrais pas être à l'école ?

— Vacances.

Je me cachai de nouveau derrière Yoshi, un peu gênée. Lance me parlait toujours comme si j'avais cinq ans de moins.

— On se fera discrètes, intervint Yoshi. Elle voulait seulement voir les dauphins.

Je le regardai en tirant sur mes manches.

Il me fixa en retour, puis haussa les épaules.

— Tu enfileras un gilet de sauvetage ?

J'opinai du bonnet.

— Et je ne te veux pas dans les pattes, compris ?

J'inclinai la tête, puis levai les yeux au ciel. Comme si c'était dans mes habitudes.

— Sois gentil avec elle, dit Yoshi. Elle a déjà vomi deux fois.

— C'est le trac, expliquai-je. Mon ventre fait toujours ça.

— Ah… Diable. Écoute, je veux que ta mère sache bien que je n'ai rien à voir là-dedans, d'accord ? Et la prochaine fois, pitchoune, embarque sur le *Moby II* – ou, encore mieux, sur le bateau d'un autre opérateur.

— Tu ne l'as pas vue, OK ? le rassura Yoshi. En tout cas, le cap de Greg n'est rien à côté de sa coque, ajouta-t-elle en souriant. Attends qu'il vire et regarde.

Comme l'avait dit Yoshi, c'était une bonne journée pour être en mer. L'océan était un peu agité, mais le vent léger et l'air si pur que l'on apercevait les moutons chevauchant les vaguelettes à des milles à la ronde. Je la suivis sur le pont du restaurant principal. Mes jambes absorbaient facilement les mouvements du catamaran et je me sentais un peu plus à l'aise maintenant que le capitaine me savait à son bord.

C'est lorsqu'on pénètre dans les eaux protégées où les dauphins aiment se réunir qu'il y a le plus de travail. Sur le pont supérieur, les passagers profitaient de ce jour de mai, emmitouflés dans de grandes écharpes, tandis que Yoshi, l'hôtesse, installait le buffet, offrait à boire et – si la mer était agitée, ce qui était de plus en plus fréquent à l'approche de l'hiver – sortait le désinfectant et le seau pour le mal de mer. Peu importait le nombre de fois qu'on le leur répétait, grommelait-elle en lorgnant les Asiatiques bien habillés qui composaient l'essentiel de la clientèle, ils resteraient à l'intérieur, mangeraient et boiraient trop vite, et iraient vomir dans les minuscules toilettes plutôt que par-dessus bord, ce qui les rendrait inutilisables pour quiconque. S'ils étaient japonais, ajoutait-elle avec un malin plaisir, ils passeraient le reste du voyage, enfermés dans un délire de honte, cachés derrière des lunettes noires, leurs visages terreux résolument tournés vers la mer.

— Thé ? Café ? Gâteaux secs ? Thé ? Café ? Gâteaux secs ?

Je la suivis sur le pont avant en relevant le col de mon blouson. Il y avait moins de vent, mais je sentais encore la fraîcheur me mordre le nez et les oreilles. La plupart des passagers ne voulaient rien – ils parlaient fort pour couvrir le bruit des moteurs, scrutaient l'horizon et se prenaient en photo. Je plongeais régulièrement la main dans les biscuits pour en choisir un qu'ils auraient mangé de toute façon.

Moby I était le plus grand catamaran de Silver Bay. D'ordinaire, c'était un bateau avec deux hôtesses, mais, au fur et à mesure que la température baissait, le nombre de touristes diminuait, et Yoshi se retrouvait seule à bord jusqu'à ce que les affaires reprennent. Je l'aidai à ranger les thermos de café et de thé, puis reculai vers l'étroite coursive où nous nous calâmes contre les hublots et suivîmes du regard le petit bateau qui continuait sa route irrégulière. Même à cette distance, nous distinguions un nombre accru de passagers perchés au-dessus du bastingage du *Suzanne*, la tête en avant, sans prêter attention au gribouillage de peinture rouge juste en dessous d'eux.

— On peut prendre dix minutes, maintenant. Tiens. (Yoshi ouvrit une canette de Coca et me la tendit.) Tu as déjà entendu parler de la théorie du chaos ?

— Mmm, fis-je en laissant entendre que c'était une possibilité.

— Si seulement ces gens savaient, poursuivit-elle en agitant le doigt tandis que les moteurs ralentissaient, que leur départ tant attendu à la rencontre des dauphins sauvages a été gâché par une ex-petite amie qu'ils ne rencontreront jamais et un homme qui vit désormais avec elle à plus de deux cent cinquante kilomètres d'ici, à Sydney, et qui pense qu'un short de cycliste violet est une tenue convenable pour tous les jours.

Je bus une gorgée de ma boisson. Les bulles me firent pleurer et j'avalai rapidement.

— Tu es en train de dire que c'est la théorie du chaos qui rend les touristes malades sur le bateau de Greg ? Je croyais que c'était parce qu'il avait encore trop bu hier soir.

Yoshi sourit.

— En quelque sorte.

Les moteurs s'étaient tus, le *Moby I* se stabilisait et, à part le bavardage des touristes et le clapot contre la coque, le silence se fit peu à peu sur l'eau. J'adorais être en mer, regarder ma maison devenir un petit point blanc sur l'étroite bande de plage, puis disparaître derrière les innombrables criques. Sans doute mon plaisir était-il amplifié par le fait que je désobéissais. Je n'étais pas une rebelle, mais j'en aimais l'idée.

J'enviais Lara qui avait un petit voilier avec lequel elle pouvait sortir seule, tant qu'elle restait dans l'espace délimité par les bouées. Ma mère ne me laisserait jamais naviguer dans la baie, même à onze ans. « Chaque chose en son temps », murmurait-elle. C'était un sujet qu'il était inutile d'aborder avec elle.

Lance apparut à nos côtés : il venait de se faire prendre en photo avec deux adolescentes ricanantes. On lui demandait fréquemment de poser avec des jeunes femmes, et il n'avait encore jamais refusé. Yoshi disait que c'était pour ça qu'il gardait sa casquette de capitaine, même si le soleil tapait à lui faire fondre la tête.

— Qu'a-t-il écrit sur le flanc de son bateau ?

Il observait le bateau de croisière de Greg en plissant les yeux. Il semblait avoir pardonné ma présence à bord.

— Je te le dirai quand on sera rentrés.

Je surpris un haussement de sourcils dans ma direction.

— Je peux lire ce qui est écrit, tu sais, affirmai-je.

L'autre bateau, qui se décrivait lui-même comme le *Sweet Suzanne* encore la veille, suggérait désormais en lettres rouges que Suzanne fasse quelque chose que Yoshi annonça comme une impossibilité biologique. Elle se tourna vers lui en baissant la voix autant que possible – comme si je ne pouvais pas l'entendre.

— Bobonne a fini par lui dire qu'il y avait un autre homme.

Lance siffla longuement.

— Il l'avait deviné, mais elle avait nié.

— Difficile d'avouer quand on connaît les réactions de Greg. De son côté, ce n'était pas non plus un ange… (Elle me jeta un coup d'œil.) Enfin, elle est partie vivre à Sydney et veut la moitié du bateau.

— Et lui ?

— L'inscription en dit long.

— Je n'arrive pas à croire qu'il ait embarqué des touristes dans cet état.

Lance ajusta ses jumelles afin d'étudier le graffiti.

Yoshi lui fit signe de les lui passer.

— Je doute qu'il se soit souvenu de quoi que ce soit, vu l'état dans lequel il était ce matin.

Nous fûmes interrompus par les cris déchaînés des touristes sur le pont supérieur. Ils se bousculaient vers le balcon avant.

— Nous y voilà, marmonna Lance en se redressant. (Il me sourit.) Voici notre argent de poche, pitchoune. Il est temps de nous remettre au boulot.

Aux dires de Yoshi, il leur arrivait de croiser dans la baie sans qu'aucun dauphin montre le bout de son nez. Or un bateau rempli d'observateurs frustrés était un bateau plein de seconds tours gratuits, de cinquante pour cent de remise et la déprime assurée pour leur patron.

Un groupe de touristes se bousculait à l'avant dans le cliquetis des appareils photo pour tenter d'immortaliser les silhouettes grises qui chevauchaient les déferlantes juste en dessous. J'examinai l'eau pour voir qui était venu jouer. Yoshi avait tapissé le mur du pont inférieur de photos des ailerons de tous les dauphins des environs. Ils avaient chacun leur nom : Zigzag, One Cut, Piper... Les autres équipages s'étaient moqués d'elle, mais, grâce à cela, tout le monde pouvait les reconnaître – Butterknife se montrait pour la deuxième fois cette semaine. Je connaissais les noms par cœur.

— On dirait Polo et Brolly, indiqua Yoshi en se penchant sur le côté.

— Est-ce le bébé de Brolly ? demandai-je.

Arcs gris et silencieux, les dauphins circulaient autour du bateau. Dès que l'un d'eux remontait à la surface, l'air s'emplissait du son métallique des obturateurs. Que pensaient-ils de nous qui les regardions bouche bée ? Je savais qu'ils étaient aussi intelligents que les humains et les imaginais se regrouper près des rochers pour se moquer de nous – celui au chapeau bleu ou celui aux drôles de lunettes.

La voix de Lance sortit des haut-parleurs :

— Mesdames et messieurs, nous allons virer lentement pour que chacun puisse voir correctement. Il y a de fortes chances pour que nous chavirions si vous vous précipitez tous du même côté. Les dauphins détestent les bateaux qui se renversent.

Je levai la tête et remarquai deux albatros ; ils s'arrêtèrent en plein ciel, puis replièrent leurs ailes et plongèrent ; c'est à peine si l'on distingua une éclaboussure lorsqu'ils pénétrèrent dans l'eau. L'un s'éleva de nouveau et tournoya à la recherche d'une proie invisible, l'autre le rejoignit, puis ils disparurent au-dessus de la petite baie. Tandis que le *Moby I* modifiait lentement sa position, je me penchai par-dessus bord et glissai mes pieds sous la lisse inférieure pour admirer mes nouvelles chaussures. Si le temps se réchauffait, Yoshi m'avait promis de me laisser m'asseoir dans les filets afin de caresser les dauphins, peut-être même nager avec eux. Mais seulement si ma mère était d'accord. Nous savions tous ce que cela signifiait.

Le bateau bougea subitement, et je manquai de tomber. Il me fallut un instant pour enregistrer que les moteurs s'étaient remis en route. Surprise, je me tins à la rampe. J'avais grandi à Silver Bay et savais qu'il y avait un certain comportement à adopter avec les dauphins. Couper les moteurs si on voulait qu'ils jouent. S'ils avançaient, garder un cap parallèle et les laisser vous guider. Les dauphins définissent les règles : s'ils vous aiment bien, ils s'approchent ou gardent une distance constante. S'ils ne veulent pas de vous, ils s'éloignent. Yoshi me regarda en fronçant les sourcils, et, tandis que le catamaran tanguait, nous attrapâmes la ligne de vie. Ma confusion se reflétait dans ses yeux.

Une accélération soudaine projeta le bateau en avant tandis que, au-dessus de nous, les touristes brailleurs s'écrasèrent dans leurs sièges. Nous volions.

Lance était à la radio. Alors que nous arrivions péniblement derrière lui dans le cockpit, le *Sweet Suzanne* filait au loin en bondissant au-dessus des vagues, ne se souciant apparemment pas des pauvres gens penchés par-dessus bord.

— Lance ! Qu'est-ce que tu fais ?

Yoshi se cramponna à la rambarde.

— Je te vois là-bas, mec... Mesdames et messieurs... (Lance fit une grimace et appuya sur le bouton du système de sonorisation. « J'ai besoin d'une traduction », articula-t-il en silence.) Nous avons quelque chose d'un peu particulier pour vous, ce matin. Vous venez d'admirer la magie de nos dauphins de Silver Bay, mais, si vous tenez bon, nous souhaiterions vous emmener voir quelque chose d'encore plus sensationnel. La première baleine de la saison a été aperçue un peu plus au large. Les baleines à bosse traversent nos eaux lors de leur migration annuelle de l'Antarctique vers le nord. Je vous promets des images inoubliables. Maintenant, s'il vous plaît, asseyez-vous ou accrochez-vous fermement. Nous risquons d'être un peu secoués, car c'est plus houleux au sud, mais je tiens à ce que vous soyez les premiers à les voir. Pour quiconque souhaite rester à l'avant, je suggère que vous empruntiez un ciré. Il y en a plein à l'arrière.

Il tourna la barre et fit un signe de tête à Yoshi qui se saisit du micro. Elle répéta ce qu'il venait de dire en japonais, puis en coréen pour plus de sûreté. Elle avait raconté ensuite qu'il était tout à fait possible qu'elle ait récité le menu du déjeuner de la veille, car elle n'était plus en mesure de se concentrer après l'annonce de Lance. Un mot chantait à ses oreilles comme aux miennes : baleine !

— À quelle distance ?

Yoshi se tenait toute raide et scrutait la surface scintillante. L'ambiance détendue quelques instants plus tôt avait totalement disparu. J'avais l'estomac noué.

— Quatre, cinq milles ? Je ne sais pas. L'hélicoptère qui survolait la zone en a mentionné deux, à deux milles au large de Torn Point. C'est un peu tôt dans la saison, mais…

— C'était le 14 juin, l'année dernière. On n'en est pas si loin, rappela Yoshi. Nom de Dieu ! Regarde Greg ! Il va perdre des passagers s'il continue à ce rythme. Son bateau n'est pas assez grand pour affronter ces vagues.

— Il ne veut pas qu'on arrive avant lui. (Lance secoua la tête et vérifia le compteur.) En avant, toute ! Faisons en sorte que le *Moby I* soit le premier, cette année. Pour une fois.

Certains membres d'équipage n'étaient là que pour remplir leurs heures de navigation en attendant de plus gros bateaux et de meilleures situations. D'autres, comme Yoshi, avaient commencé dans le cadre de leurs études et avaient tout bonnement oublié de rentrer chez eux. Mais, quelle que fût la raison de leur présence ici, j'avais compris depuis longtemps que la première baleine de la saison avait quelque chose de magique. Tant qu'on ne l'avait pas vue, il était impossible de croire qu'elles allaient revenir.

Être le premier ne signifiait pas grand-chose – dès que les baleines avaient été repérées, les cinq bateaux qui opéraient à partir de la Whale Jetty passaient de l'observation des dauphins au tourisme baleinier. En revanche, cela avait de l'importance pour les équipages. Comme toute grande passion, ça les rendait fous. Bon sang, que ça les rendait dingues !

— Regarde ce grand crétin. Bizarre comme il arrive tout à coup à maintenir un cap, cracha Lance. Greg naviguait à bâbord par rapport à nous et semblait gagner du terrain.

— Il ne supporte pas l'idée qu'on puisse arriver avant lui. (Yoshi attrapa un ciré et me le lança.) Tiens ! Au cas où nous sortions à l'avant. Ça va mouiller.

— J'y crois pas ! (Lance avait repéré un autre bateau à l'horizon.) C'est Mitchell ! Je te parie qu'il est resté collé à sa radio tout l'après-midi, et, maintenant, il parade avec un bateau sans doute complet. Je vais lui en coller une, un de ces quatre.

Tout le monde se plaignait de Mitchell Dray. Il ne se donnait jamais la peine de chercher les dauphins comme les autres : il attendait simplement un avis de passage à la radio et se précipitait à la suite de tous les autres.

— Est-ce que je vais vraiment voir une baleine ? demandai-je.

— Croise les doigts.

Yoshi avait les yeux braqués sur l'horizon.

Une vraie baleine. Je n'en avais vu qu'une, avec ma tante Kathleen. Je n'étais pas autorisée à sortir si loin en mer, d'habitude.

— Là… Là ! Non, ce ne sont que des embruns. (Yoshi avait pris les jumelles.) Peux-tu changer de cap ? Il y a trop de réverbération.

— Pas si tu veux qu'on arrive les premiers.

Lance vira à tribord pour tenter de modifier l'angle du soleil sur les vagues.

— On devrait contacter la terre. Se renseigner sur l'endroit exact où l'hélico l'a vue.

— Inutile, répliqua Lance. Elle a déjà pu se déplacer d'au moins deux milles. Et Mitchell écoutera. Je ne communiquerai pas une info de plus à ce salaud. Il a passé tout l'été à nous piquer des passagers.

— Guette le souffle.

— Ouais. Et le petit drapeau qui indique « baleines ».

— J'essaye seulement d'aider, Lance.

— Là ! (Je devinai la silhouette, comme un galet noir dans le lointain.) Nord, nord-est. Se dirige vers Break Nose Island. Vient de plonger.

Je me demandai si je n'allais pas être malade d'excitation. J'entendis Lance compter derrière moi.

— Un… Deux… Trois… Quatre… Baleine !

Une gerbe d'eau caractéristique s'éleva gaiement au-dessus de l'horizon. Yoshi laissa échapper un cri aigu. Lance jeta un coup d'œil à Greg qui, de son cap, ne l'avait pas encore repérée.

Baleine. Je roulai le mot dans ma bouche et le savourai. Mes yeux ne quittaient pas l'eau. J'imaginai la baleine qui, mue par une force invisible, s'élevait hors de l'eau derrière l'île, exposant son ventre blanc au monde.

— Baleine, chuchotai-je.

— Nous allons être les premiers, murmura Yoshi fiévreusement. Pour une fois, nous allons être les premiers.

Je regardai Lance manœuvrer et compter dans sa barbe le temps entre deux souffles. Plus de trente secondes, cela signifiait qu'elle avait plongé profondément. Nous l'aurions alors perdue. Si c'était moins, c'est qu'elle avait déjà plongé et qu'on avait une chance de la suivre.

— Sept… Huit… Elle remonte. Ouiiii ! (Lance frappa la barre de la paume, puis s'empara du micro.) Mesdames et messieurs, sur votre droite, vous distinguerez peut-être la baleine qui se dirige vers ce bout de terre, là-bas.

— Greg a compris où nous allions. (Yoshi sourit.) Il ne nous rattrapera plus, ses moteurs ne sont pas assez puissants.

— *Moby I* à *Blue Horizon*. Mitchell, hurla Lance dans la radio, si tu veux voir ce bébé, arrête de me coller aux basques.

La voix de Mitchell sortit de la radio :

— *Blue Horizon* à *Moby I.* Je suis simplement là pour repêcher les naufragés de Greg.

— Oh, rien à voir avec le gros poisson ? répondit Lance, laconique.

— *Blue Horizon* à *Moby I.* C'est cette bonne vieille mer, Lance. Il y a de la place pour tout le monde.

Je m'agrippai si fort aux rebords en bois de la table à cartes en regardant se rapprocher le cap broussailleux que mes jointures étaient toutes blanches. La baleine ralentirait-elle pour nous permettre de l'approcher ? Peut-être lèverait-elle la tête et nous regarderait-elle ? Peut-être viendrait-elle nager le long du bateau et nous laisserait-elle voir son petit ?

— Deux minutes, annonça Lance. Nous aurons contourné le cap dans deux minutes. Avec un peu de chance, on sera tout près.

— Allez, ma fille, donne-nous un beau spectacle.

Yoshi parlait toute seule, les jumelles toujours sur les yeux.

Baleine, appelai-je en moi-même. *Attends-nous, baleine.* Me verrait-elle ? Devinerait-elle que, plus que quiconque sur ce bateau, j'avais une empathie particulière pour les animaux marins ? J'en étais convaincue.

— Nom de Dieu... J'y crois pas...

Lance avait retiré sa casquette et regardait par la fenêtre, l'air renfrogné.

— Quoi ? demanda Yoshi en se penchant vers lui.

— Regarde.

Je suivis leurs regards. Nous nous tûmes le temps que le *Moby I* contourne le cap. À une courte distance de l'étendue de terre broussailleuse, à un demi-mille au large, dans l'eau aigue-marine, l'*Ismahel* attendait, immobile, ses flancs fraîchement repeints scintillant sous le soleil de la mi-journée.

Ma mère se penchait au-dessus du bastingage. Ses cheveux lui fouettaient le visage sous la casquette délavée qu'elle portait toujours pour sortir en mer. Elle se tenait sur une jambe, et Milly, notre chienne, dormait en travers de la barre à roue. Elle donnait l'impression d'attendre cette baleine depuis des années.

— Bon sang, comment a-t-elle réussi ce coup-là ? (Lance croisa le regard menaçant de Yoshi et haussa les épaules.) Rien de personnel, mais… Nom de Dieu…

— Elle est toujours la première. (La réponse de Yoshi était mi-amusée, mi-résignée.) Depuis que je viens ici, elle est toujours la première.

— Battu par une foutue Anglaise. C'est aussi nul qu'au cricket.

Lance alluma une cigarette, puis jeta l'allumette, écœuré.

Je sortis sur le pont.

La baleine émergea à ce moment-là. Elle donna un coup de queue qui lança une immense gerbe d'eau vers l'*Ismahel*. Les touristes regroupés sur le pont supérieur du *Moby I* l'acclamèrent. Elle était énorme et si proche que nous distinguions les excroissances de bernacles le long de son corps et son ventre blanc sillonné ; si proche qu'un instant je pus la regarder droit dans l'œil. Mais elle était également déconcertante de vivacité – à se demander comment une telle masse pouvait être aussi agile.

J'avais la gorge serrée. Une main fermement agrippée à la ligne de vie, j'empruntai les jumelles pour observer non pas la baleine, mais ma mère. J'oubliai un instant que je ne devais pas me montrer. Même à cette distance, je voyais le sourire de Liza McCullen et ses yeux plissés. Une expression qu'elle affichait rarement à terre, voire jamais.

Tante Kathleen déposa un imposant saladier de crevettes, des rondelles de citron et une grande corbeille à pain sur la table en bois décoloré au fond de la véranda. Elle est en réalité ma grand-tante, mais elle trouve que ça lui donne des airs d'antiquité. Je l'appelle donc tante K. Derrière elle, le bardage blanc de la devanture de l'hôtel rougeoyait doucement dans le soleil couchant, les fenêtres renvoyaient huit pêches d'un rouge ardent. Le vent s'était un peu levé, et la pancarte de l'hôtel se balançait en grinçant.

— En quel honneur ?

Greg leva la tête de la bouteille de bière qu'il sirotait. Il avait fini par retirer ses lunettes de soleil, et les cernes sous ses yeux trahissaient les événements de la veille.

— J'ai entendu dire que tu avais besoin de te tapisser l'estomac, répondit-elle en secouant une serviette devant lui.

— Il vous a dit que quatre de ses passagers avaient demandé à être remboursés quand ils ont vu sa coque ? rigola Lance. Pardon, Greg, mon pote, mais quelle fichue bêtise. Et l'écrire en plus !

— Vous êtes une reine, Kathleen.

Greg prit un morceau de pain.

Ma tante lui lança un regard noir.

— Et je me transformerai en tout autre chose si je te reprends à écrire de telles horreurs, visibles de Hannah, qui plus est.

— La Fille au Requin a encore toutes ses dents.

Lance fit semblant de mordre Greg.

Tante Kathleen l'ignora.

— Hannah, à table, tout de suite. Je parie qu'on ne t'a rien donné pour le déjeuner. Je vais chercher la salade.

— Elle a mangé des petits gâteaux, rectifia Yoshi en décortiquant une crevette d'une main experte.

— Des biscuits, grogna tante Kathleen.

Nous étions rassemblés près de la cuisine de l'hôtel avec les équipages de la Whale Jetty, comme presque tous les soirs. Il n'était pas rare que les différents membres d'équipage partagent une bière ou deux avant de rentrer chez eux. Ma tante disait souvent que les plus jeunes trinquaient tellement qu'il leur arrivait de ne pas rentrer du tout.

Tandis que je mordais dans une gamba juteuse, je remarquai qu'on avait sorti les braseros ; les clients de l'hôtel *Silver Bay* s'asseyaient rarement dehors en juin, mais, quelle que fût la météo, le personnel de bord se rassemblait ici en hiver pour discuter des événements survenus en mer. Les membres changeaient d'une année sur l'autre, selon qu'ils évoluaient dans leur carrière ou partaient pour l'université, mais Lance, Greg, Yoshi et les autres avaient été une constante depuis que je vivais ici. En général, tante Kathleen allumait les braseros au début du mois et ils brûlaient presque tous les soirs jusqu'en septembre.

— Vous en avez sorti beaucoup ? (Elle était revenue avec la salade. Elle la mélangea de ses doigts experts et énergiques, puis m'en servit avant que je n'aie pu protester.) Je n'ai eu personne au musée.

— Le *Moby I* était presque complet. Beaucoup de Coréens, répondit Yoshi en haussant les épaules. Greg a failli perdre la moitié des siens par-dessus bord.

— Ils ont vu la baleine. (Greg attrapa un nouveau morceau de pain.) Pas de plainte. Pas de demande de remboursement. Il vous reste des bières, mademoiselle M. ?

— Tu sais où est le bar. Tu l'as vue, Hannah ?

— Elle était énorme. J'ai vu ses bernacles.

Curieusement, je m'étais imaginé une peau lisse alors qu'elle était toute ridée, striée, cloutée de petites créatures marines, comme s'il s'agissait d'une île vivante.

— Elle était tout près. D'habitude, on ne les approche pas autant, expliqua Yoshi.

Greg fronça les sourcils.

— Si elle avait été sur le bateau de sa mère, elle aurait pu lui brosser les dents.

— Oui, eh bien, moins on en dira sur le sujet… (Tante Kathleen secoua la tête.) Pas un mot, articula-t-elle en silence à mon intention. C'était exceptionnel.

J'opinai scrupuleusement du chef. C'était la troisième exception du mois.

— Ce Mitchell s'est-il pointé ? Gardez-le à l'œil. J'ai entendu dire qu'il frayait avec les types de Sydney, avec leurs gros bateaux.

Ils levèrent tous les yeux.

— Je croyais que les parcs nationaux et le service de protection de la faune les avaient fait fuir ? interrogea Lance.

— Au marché aux poissons, on m'a dit qu'on en avait vu un au large du cap. Musique à fond, des gens qui dansaient sur les ponts comme dans une discothèque. Ils avaient ruiné la pêche de nuit. Le temps que les gars des parcs et de la faune arrivent, ils étaient partis depuis longtemps. Impossible de prouver quoi que ce soit.

L'équilibre de Silver Bay était délicat : pas assez de tourisme baleinier et le marché ne serait plus viable, trop de fréquentation et la faune qu'elle souhaitait révéler s'en trouverait perturbée.

Lance et Greg étaient du même avis. Ils étaient montés au créneau contre les gros catamarans à trois étages des alentours, qui arrivaient bondés et déversaient leur musique à plein volume.

— Ces gars-là causeront notre mort à tous, annonça Lance.

— Irresponsables. Obsédés par l'argent. Du Mitchell tout craché.

Je ne m'étais pas rendu compte à quel point j'avais faim. Je dévorai six énormes crevettes d'affilée, puis pourchassai les doigts de Greg autour du saladier vide. Il sourit et brandit une tête. Je lui tirai la langue. Je crois que je suis un peu amoureuse de lui, mais je ne l'ai jamais avoué à personne.

— Hé, hé, la voilà. Notre *Princess of Whales* !

— Très drôle. (Ma mère lança ses clefs de voiture sur la table, puis fit signe à Yoshi de lui laisser une place à côté de moi. Elle me déposa un baiser sur le front.) Bonne journée, chérie ?

Elle sentait la crème solaire et les embruns.

Je lançai un regard inquiet à ma tante.

— Excellente.

Je me penchai pour caresser les oreilles de Milly et surtout éviter que ma mère ne s'aperçoive pas du rose qui me montait aux joues. Les images de cette baleine devaient irradier de moi tellement je les sentais encore présentes.

— Qu'est-ce que tu as fait de beau ? demanda maman en se servant un verre d'eau.

— Oui. Hannah, qu'est-ce que tu as fait de beau ? répéta Greg en m'adressant un clin d'œil.

— Elle m'a aidée à faire les lits, ce matin. (Tante Kathleen me lança un regard furieux.) J'ai entendu dire que tu avais passé un bon après-midi.

— Pas mal, répondit maman, puis elle but une longue gorgée : Dieu que j'ai soif. As-tu bu suffisamment aujourd'hui, Hannah ? A-t-elle eu assez d'eau, Kathleen ?

Son accent anglais était encore perceptible après tant d'années en Australie.

— Elle en a bu des litres. Combien en as-tu vu ?

— Elle ne boit jamais assez. La seule et unique, une grande fille. Elle a projeté l'équivalent d'une demi-baignoire dans mon sac avec sa queue. Regarde.

Elle sortit son carnet de chèques dont les bords gondolaient.

— Erreur d'amateur, constata Kathleen avec un soupir de dégoût. Tu n'avais personne avec toi ?

Ma mère secoua la tête.

— Je voulais essayer ce nouveau gouvernail, voir comment il réagissait dans des eaux agitées. Le chantier naval m'avait avertie qu'il pouvait se coincer.

— Et tu es tombée sur une baleine, ajouta Lance.

Elle but une nouvelle rasade d'eau.

— Quelque chose du genre.

Son visage se ferma, et ce fut comme si la baleine n'avait jamais existé.

Nous mangeâmes en silence quelques instants tandis que le soleil descendait lentement vers l'horizon. Deux pêcheurs passèrent et nous saluèrent. Je reconnus l'un d'entre eux, le père de Lara, mais je ne suis pas certaine qu'il m'ait vue.

Ma mère avala un morceau de pain et une minuscule assiette de salade, encore moins que moi qui déteste cela. Elle jeta un coup d'œil à Greg.

— J'ai entendu parler du *Suzanne.*

— La moitié de Port Stephens a entendu parler du *Suzanne.*

Greg avait les yeux fatigués et semblait ne pas s'être rasé depuis des jours.

— Oui. Eh bien, je suis désolée.

— Assez désolée pour sortir avec moi vendredi ?

— Non. (Elle se leva, regarda sa montre, fourra son chéquier trempé dans son sac et se dirigea vers la porte de la cuisine.) Ce gouvernail ne va toujours pas, je dois appeler le chantier avant qu'il ne ferme. Ne reste pas dehors sans pull, Hannah. Le vent se lève.

Je la regardai s'éloigner à grands pas, suivie de la chienne.

Nous restâmes silencieux jusqu'à ce que la porte écran claque. Lance s'installa confortablement, les yeux rivés sur la baie qui s'assombrissait. On distinguait un yacht dans l'horizon lointain.

— Notre première baleine de la saison, la première cuite de Greg. Belle coïncidence, vous ne trouvez pas ?

Il esquiva un morceau de pain qui s'envola de la chaise derrière lui.

2

Kathleen

Le musée des baleiniers est abrité par l'ancienne usine de transformation, à quelques centaines de mètres de l'hôtel *Silver Bay*. Il n'est pas un modèle de modernité : un grand hangar au sol rouge-brun plutôt suspect, des murs en bois qui suintent encore le sel utilisé pour la pêche. À l'arrière, une remise accueille les toilettes, et on prépare tous les jours un broc de citronnade fraîche pour les assoiffés. Un panneau indique qu'il est possible de se restaurer à l'hôtel. Les « commodités », comme on les appelle aujourd'hui, sont deux fois plus importantes que du vivant de mon père.

Le clou de la visite est une partie de la coque du baleinier *Maui II*, un navire de chasse coupé en deux en 1935 par une baleine de Minke qui s'était sentie insultée. Elle l'avait soulevé avec sa queue jusqu'à ce qu'il se retourne et casse net. Un chalutier naviguant dans les parages avait repêché les naufragés et vérifié leurs dires. Durant des années, les gens du coin étaient venus constater les preuves de ce que la nature peut infliger à l'homme lorsqu'elle estime qu'il en a suffisamment profité.

Je dirige le musée depuis la mort de mon père en 1970. Les visiteurs ont toujours été autorisés à escalader les restes de la coque, à passer leurs doigts le long du bois éclaté, et je vois leurs visages s'animer lorsqu'ils s'imaginent ce que cela devait être de chevaucher une baleine. Il y a longtemps, quand certains yeux perspicaces me reconnaissaient comme étant la Fille au Requin sur la coupure de presse encadrée, je posais pour leurs photos et leur parlais des poissons naturalisés dans les caissons de verre qui ornaient les murs.

Désormais, plus grand monde ne s'intéresse au musée. Les touristes qui séjournent à l'hôtel passent parfois poliment un petit quart d'heure à visiter l'intérieur poussiéreux, dépensent quelques cents en cartes postales ou signent une pétition contre la reprise de la chasse à la baleine. Mais, le plus souvent, je dois leur présence au fait qu'ils attendent un taxi ou parce que le vent les empêche de sortir en mer.

Alors que les occasions de tenir entre les mains un os de baleine – ou ce morceau de fanon si étrange qu'on dirait du plastique – sont si rares, le *Maui II* fait de plus en plus figure de tas de bois flotté, face à l'engouement pour le minigolf ou les jeux vidéo du club de surf. Depuis des années, les gens me conseillent de me moderniser, mais je n'en tiens pas compte. À quoi bon ? La moitié des visiteurs qui arpentent le musée se sent mal à l'aise de commémorer une activité aujourd'hui illégale. Parfois, je me demande pourquoi je le garde ouvert, en dehors du fait que la chasse à la baleine fait partie intégrante de l'histoire de Silver Bay – et l'histoire est ce qu'elle est, même dure à avaler.

J'ajustai au mur le vieux harpon du *Maui II*, connu sous le nom de Old Harry pour des raisons qui m'ont échappé. Je pris ensuite une canne à pêche, l'époussetai avec mon chiffon et actionnai son moulinet pour vérifier son état de marche. Non que cela ait une quelconque importance, mais j'aime que tout soit en ordre. J'hésitai. Puis, sans doute séduite par la sensation familière, je l'inclinai vers l'arrière comme si je m'apprêtais à lancer ma ligne.

—Il n'y a pas grand-chose à attraper dans le coin.

Je me retournai vivement, une main sur le cœur.

—Nino Gaines! Tu as failli me faire lâcher ma canne.

—Peu probable. (Il ôta son chapeau et s'avança jusqu'au centre de la pièce.) Je ne t'ai jamais vue lâcher une proie. (Il sourit, révélant une rangée de dents irrégulière.) J'ai deux caisses de vin dans le camion. Je pensais que tu aimerais en déboucher une avec moi pour le déjeuner. Ton avis serait le bienvenu.

—Si je me souviens bien, ma commande ne devait pas arriver avant la semaine prochaine.

Je remis la canne en place, puis m'essuyai les mains sur mon pantalon de moleskine. J'ai passé l'âge pour ce genre de considérations, mais je n'apprécie pas qu'on me surprenne en tenue de travail, les cheveux en bataille.

—C'est un bon cru. J'aimerais ton avis.

Il sourit. Les rides de son visage révélaient les années passées dans son vignoble, et la touche de rose autour de son nez laissait présumer des soirées qui s'ensuivaient.

—Je dois préparer une chambre pour un client qui arrive demain.

—Combien de temps te faut-il pour border un drap, femme?

—Il n'y a pas trop de visiteurs à cette période de l'année. Je ne veux pas faire la fine bouche, mais… (Je lus la déception sur son visage et cédai.) Je devrais arriver à me libérer quelques minutes si tu n'es pas trop regardant sur la qualité d'un déjeuner rapide. J'attends la livraison de l'épicerie. Ce crétin de livreur est toujours en retard.

—J'ai tout prévu, déclara-t-il en soulevant un sac en papier. J'ai deux quiches et deux tamarillos pour le dessert. Je connais les carriéristes comme toi. Elles ne pensent que travail, travail, travail… Quelqu'un doit prendre soin de vous.

Je ne pus m'empêcher de rire. D'aussi loin que remonte la guerre, lorsqu'il avait débarqué la première fois avec l'intention de s'installer, Nino Gaines avait eu cet effet sur moi. Puis toute la baie avait été envahie par les militaires australiens et néo-zélandais. Mon père avait dû rappeler avec insistance son habileté au maniement des armes à feu à tous ces jeunes gens qui me sifflaient derrière le bar. Nino avait fait preuve de plus de tact : il avait toujours retiré sa casquette en attendant d'être servi et n'avait jamais manqué d'appeler ma mère « m'dame ». « Je ne lui fais pas confiance pour autant », ronchonnait mon père, et, tout bien pesé, il avait sans doute eu raison.

Le temps était clair et l'eau calme, une bonne journée pour les équipages. Tout en nous asseyant, j'observai les *Moby I* et *II* qui s'éloignaient vers l'embouchure de la baie. Je n'y voyais plus aussi bien qu'avant, mais, d'ici, ils semblaient transporter de nombreux passagers. Liza était partie plus tôt ; j'avais beau lui répéter que c'était idiot, elle emmenait gracieusement tous les mois un groupe de la RSL.

— Tu fermes pour l'hiver ?

Je secouai la tête et mordis dans ma quiche.

— Non. Nous testons une nouvelle formule avec les *Moby* – un forfait gîte, couvert et excursion, avec en plus une entrée au musée. Un peu comme je fais déjà avec Liza. Ils ont imprimé des dépliants et vont publier un truc sur le nouveau site de l'office du tourisme de Nouvelle-Galles du Sud. Ils disent que ça marche bien.

Je m'attendais à ce qu'il marmonne quelque chose à propos de la technologie qui le dépassait, mais non.

— Bonne idée. Je vends près de quarante caisses par mois en ligne, maintenant.

— Tu es sur Internet ?

Je le regardai par-dessus mes lunettes.

Il leva son verre, incapable de cacher sa satisfaction de m'avoir surprise.

— Contrairement à ce que tu crois, il y a un tas de choses que tu ignores de moi, mademoiselle Kathleen Whittier Mostyn. Je me promène dans le cyberespace depuis dix-huit mois. Frank me l'a installé. À dire vrai, j'aime bien surfer. J'ai acheté plein de trucs. (Il fit un signe en direction de mon verre – il voulait que je goûte le vin.) C'est aussi sacrément intéressant d'observer ce que les grands vignerons de Hunter Valley proposent.

Je tentai de me concentrer sur mon vin sans parvenir à reconnaître à quel point l'apparente aisance de Nino Gaines en matière de technologie me déconcertait. Comme souvent lorsque je discutais avec des jeunes gens, je me sentis prise au dépourvu. Il me semblait qu'une sorte de nouveau savoir vital s'était diffusé dans mon dos. Je humai mon verre, puis bus une gorgée en laissant l'arôme envahir ma bouche. Il était un peu vert, mais sa qualité n'en était pas atténuée.

— Il est très bon, Nino. Une note de framboise.

Au moins comprenais-je encore le vin.

Il acquiesça, satisfait.

— Je savais que tu la relèverais. Tu sais que tu es citée ?

— Pourquoi ?

— La Fille au Requin. Frank a tapé ton nom dans un moteur de recherche et tu es apparue, avec photo et tout. Des archives de journaux.

— Il y a une photo de moi sur Internet ?

— En maillot de bain. Tu as toujours été ravissante avec. Il y a aussi deux articles sur toi. Une fille de l'université de Victoria s'est servie de toi pour sa thèse sur le rôle de la femme dans la chasse, ou quelque chose du genre. Un travail impressionnant – plein de symboles, de références classiques et Dieu sait quoi encore. J'ai demandé à Frank de l'imprimer, mais j'ai oublié de la prendre. Je pensais que tu pourrais le mettre dans le musée.

Je me sentis complètement déstabilisée. Je reposai mon verre sur la table.

— Il y a une photo de moi en maillot de bain sur Internet?

Nino Gaines rit.

— Calme-toi, Kate, ce n'est pas *Playboy.* Viens à la maison demain et je te montrerai.

— Je ne suis pas certaine d'apprécier l'idée de tout ceci. Être exposée au vu de n'importe qui…

— C'est la même photo qu'ici. Tu te moques bien que les gens la regardent bouche bée.

— Oui, mais ça, c'est différent.

Je sus en l'énonçant que la distinction n'avait pas de sens. Mais le musée était mon domaine. Je pouvais décider de qui y entrait et de ce que les visiteurs y voyaient. L'idée que des gens puissent plonger dans ma vie, mon histoire, aussi facilement que s'ils feuilletaient des pronostics de courses…

— Tu devrais mettre en ligne une photo de Liza et de son bateau. Tu aurais peut-être quelques visiteurs supplémentaires. Laisse tomber la publicité de l'hôtel avec les *Moby*, une belle fille comme elle pourrait être un véritable atout.

— Oh, tu connais Liza. Elle aime choisir qui elle emmène.

— Ce n'est pas une façon de gérer ses affaires. Pourquoi ne te concentres-tu pas sur ton bateau? Gîte, couvert et une excursion sur l'*Ismahel* avec Liza. Elle aura des demandes du monde entier.

— Non, objectai-je en commençant à desservir. Je ne crois pas. C'est très gentil de ta part, Nino, mais ce n'est vraiment pas pour nous.

— On ne sait jamais. Elle pourrait se trouver un fiancé. Il est temps qu'elle fréquente du monde.

Deux minutes passèrent avant qu'il se rende compte que l'atmosphère avait changé. Il en était à la moitié de sa quiche quand il perçut dans mon expression quelque chose qui l'arrêta. Déconcerté, il tentait de comprendre ce qu'il avait bien pu dire de si terrible.

— Je ne voulais pas te blesser, Kate.

— Ce n'est pas le cas.

— Pourtant, quelque chose ne va pas, tu es toute tendue.

— Pas du tout.

— Regarde-toi !

Il désigna ma main qui ne cessait d'aller et venir le long du bois décoloré.

— Depuis quand bouger les doigts est un crime ? rétorquai-je en plaquant la main sur mes genoux.

— Que se passe-t-il ?

— Nino Gaines, j'ai une chambre à préparer. Maintenant, si tu veux bien m'excuser, j'ai déjà perdu la moitié de la journée.

— Tu ne vas pas rentrer ? Oh, voyons, Kate. Tu n'as pas terminé ton déjeuner. Que se passe-t-il ? C'est ce que j'ai dit à propos de ta photo ?

Personne à part Nino Gaines ne m'appelle Kate. Pour une raison quelconque, cette marque d'intimité m'acheva.

— J'ai des choses à faire.

— Je vais leur envoyer un courriel pour leur demander de la retirer. Nous pouvons sans doute clamer qu'elle est soumise à des droits d'auteur.

— Oh, arrête de radoter sur cette foutue photo ! Je rentre. Je dois vraiment finir cette chambre. On se voit bientôt. (Je retirai quelques miettes imaginaires de mon pantalon.) Merci pour le déjeuner.

Tandis que je me levais plus lestement que mon âge n'aurait dû le permettre et me dirigeais d'un pas énergique vers la cuisine, il me regarda – moi, la femme qu'il aimait et le laissait perplexe depuis plus d'un demi-siècle. Je l'abandonnai devant deux parts de quiche à moitié entamées et un verre de son meilleur cru à peine touché.

Il dut ressentir une certaine frustration face à l'injustice, à la condamnation arbitraire dont il faisait encore l'objet. Je l'entendis se lever et, pour une fois, il fut incapable de se contenir.

— Kathleen Whittier Mostyn, tu es la femme la plus versatile que j'aie jamais rencontrée, hurla-t-il derrière moi.

— Personne ne t'a demandé de venir, répliquai-je.

À ma grande honte, je ne pris même pas la peine de tourner la tête.

Il y a longtemps, à la mort de mes parents, quand je me retrouvai à la tête de l'hôtel *Silver Bay*, des tas de gens me conseillèrent de le moderniser, d'installer des salles de bains attenantes aux chambres et la télévision par satellite comme à Port Stephens ou à Byron Bay ; d'augmenter ma publicité afin de vanter la beauté de notre petit littoral. Je leur prêtais rarement plus de deux minutes d'attention – notre manque de clientèle ne m'inquiétait plus depuis longtemps. Autour de nous le long de la côte, nous avions vu nos voisins faire leurs choux gras puis subir les conséquences inattendues de leur succès : embouteillages, vacanciers ivres et le besoin perpétuel de mises à jour et de nouveaux équipements. La fin de la tranquillité.

J'osais croire qu'à Silver Bay nous avions trouvé le juste équilibre : assez de visiteurs pour nous assurer de quoi vivre et trop peu pour que n'importe qui se mette à tirer des plans sur la comète. Depuis des années, je voyais la population doubler pendant la saison d'été, puis lentement décliner durant les mois d'hiver. L'intérêt croissant pour le tourisme baleinier générait des pics d'affluence, mais c'était en général un marché stable qui, s'il n'allait probablement pas nous enrichir, n'engendrait pas non plus trop de frustrations. Il n'y avait que nous, les dauphins et les baleines. Et c'était bien ainsi.

Silver Bay n'avait jamais été particulièrement accueillante envers les étrangers. Quand les premiers Européens débarquèrent à la fin du xviiie siècle, elle fut jugée inhabitable. Ses affleurements rocheux, ses broussailles et ses dunes instables étaient trop désertiques pour permettre aux hommes de s'implanter. (J'imagine que, à cette époque, les Aborigènes n'étaient pas tout à fait considérés comme des humains.) Les bateaux s'échouaient ou se brisaient sur les bas-fonds et bancs de sable, ruinant tout attrait, jusqu'à ce que l'on érige les premiers phares. Puis, comme toujours, l'avidité remplaça la curiosité : la découverte de hautes futaies lucratives sur les flancs de nos collines volcaniques ainsi que des bancs d'huîtres à leur pied eut raison de l'isolement de Silver Bay.

On abattit les arbres jusqu'à la désertification. On récolta les huîtres, pour la chaux d'abord, puis pour la consommation, jusqu'à ce qu'elles soient protégées avant leur disparition complète. Je dois reconnaître que, en arrivant ici, mon père ne valait pas mieux que les autres : il découvrit une mer gorgée de poissons pour la pêche au gros – marlins, thons, requins et makaires – et entrevit la possibilité de s'enrichir grâce aux bienfaits de la nature. Une gamme infinie de trophées à sa porte. Notre hôtel s'érigea donc sur ce dernier affleurement rocheux de Silver Bay, engloutissant jusqu'au dernier cent les économies de mon père et de M. Newhaven.

À l'époque, ma famille vivait dans une aile totalement indépendante du reste de l'hôtel. Ma mère détestait que les clients la voient dans ce qu'elle appelait son « mode de fonctionnement domestique » – ce qui signifiait, je crois, ne pas être coiffée –, tandis que mon père aimait savoir qu'il existait pour ma sœur et moi des limites au monde extérieur – non que cela ait freiné Norah : elle nous quitta pour l'Angleterre avant d'avoir atteint ses vingt et un ans. Pour ma part, je les ai toujours soupçonnés de vouloir se ménager la possibilité de se disputer en privé.

Depuis que l'aile ouest a brûlé, nous – ou plutôt moi, pour la plus grande part – avions vécu comme s'il s'agissait d'une maison privée avec ses pensionnaires. Ils dormaient dans les chambres donnant sur le couloir principal, alors que nous occupions celles de l'autre côté de l'escalier, et le salon était commun. Seule la cuisine restait sacrée, une règle que nous avions fixée quelques années plus tôt, quand les filles étaient venues vivre avec moi. Salon et cuisine étaient à l'opposé l'un de l'autre. Quand Liza n'était pas dehors avec les autres membres d'équipage, elle restait dans la cuisine. Guère friande de conversations superficielles, elle évitait les pièces communes. Elle gardait une porte close entre elle et l'imprévu. Avec la convivialité de la jeunesse, Hannah passait le plus clair de son temps lovée dans le canapé du salon avec Milly à ses pieds, à regarder la télévision, lire ou, plus fréquemment maintenant, à téléphoner à ses amies – Dieu seul sait ce qu'elles trouvaient encore à se dire après six heures passées sur les mêmes bancs d'école.

— Maman ? Tu es déjà allée en Nouvelle-Zélande ?

Quand elle entra dans la cuisine, je remarquai l'empreinte profonde du coussin du canapé sur son visage.

Liza releva distraitement la tête pour lui faciliter la tâche.

— Non, mon cœur.

— Moi, j'y suis allée, intervins-je. (Je reprisais une vieille paire de chaussettes, ce que Liza estimait une perte d'énergie quand on en vendait par lots pour seulement quelques dollars au supermarché. Seulement, je ne suis pas le genre de personne à rester assise à ne rien faire.) Je suis allée sur le lac Taupo il y a quelques années pour un voyage de pêche.

— Je ne m'en souviens pas, remarqua Hannah.

Je calculai.

— Eh bien… je suppose que c'était il y a vingt ans, et donc quatorze ans avant que tu n'arrives ici.

L'expression du visage de Hannah traduisait l'incompréhension des enfants qui ne s'imaginent pas qu'il ait pu se passer quoi que ce soit avant leur naissance, encore moins à une époque aussi lointaine. Je ne pouvais lui en vouloir ; quand j'avais son âge, une soirée sans mes amis passait aussi lentement que si j'avais été condamnée à la prison. Aujourd'hui, les années se succédaient à la vitesse de l'éclair.

— Es-tu allée à Wellington ? voulut-elle savoir en s'asseyant à table.

— Oui. Il y a plein de maisons construites sur les collines qui bordent le port. La dernière fois que j'y suis allée, je me suis demandé comment elles tenaient là-haut.

— Elles sont sur pilotis ?

— Quelque chose du genre. Cela dit, ce n'est pas très malin, car toute la ville repose sur une faille géologique. Je n'aimerais pas me retrouver dans une de ces maisons si la terre tremble.

Hannah sembla digérer l'information.

— Pourquoi poses-tu toutes ces questions, mon cœur ?

Liza tapota ses cuisses pour inciter la chienne à sauter. Milly ne se le faisait jamais dire deux fois.

Hannah enroula une mèche autour de ses doigts.

— Il y a un voyage scolaire. Après Noël. Je me demandais si je pourrais y aller. (Elle nous regarda l'une après l'autre comme si elle avait deviné ce que nous allions dire.) Ce n'est pas si cher. On logera dans des auberges – et vous connaissez les profs. On n'aura jamais le droit d'aller nulle part sans eux. (Son débit s'accélérait.) C'est un voyage qui se veut très éducatif. On nous expliquera la culture maorie, les volcans… (Il est terrible d'observer le visage d'une enfant qui sait qu'elle demande l'impossible.) Je pourrai participer, si c'est trop cher.

— Je ne crois pas que ce soit envisageable, répondit Liza en tendant la main vers elle. Je suis sincèrement désolée, chérie.

— Tout le monde y va.

Elle était une enfant trop sage pour se mettre en colère. Il s'agissait plus d'une supplique que d'une opposition. Parfois, j'aurais préféré qu'elle éclate.

— S'il te plaît.

— Nous n'avons pas les moyens.

— Mais j'ai presque trois cents dollars d'économies, et c'est dans longtemps. On peut tous mettre de l'argent de côté.

Liza me regarda et haussa les épaules.

— On verra, conclut-elle sur un ton qui nous laissa entendre qu'elle n'y reviendrait sûrement pas.

— Je vais te proposer quelque chose, Hannah. (Je posai mon ouvrage. De toutes les manières, je n'étais bonne à rien.) J'ai des placements qui arrivent à échéance au printemps de l'année prochaine. Je pensais nous emmener toutes les trois en voyage dans le Territoire du Nord. J'ai toujours eu envie de visiter le parc national de Kakadu. Que dirais-tu d'un combat de crocodiles ?

À sa tête, je devinais ses pensées : elle n'avait aucune envie de traverser l'Australie en compagnie de sa mère et d'une vieille dame, elle préférait changer de pays, prendre l'avion avec ses amies, ricaner, se coucher tard et envoyer des cartes postales en feignant le mal du pays. C'était pourtant ce que nous ne pouvions lui offrir.

J'essayai, Dieu sait que j'essayai.

—Nous pourrions emmener Milly, suggérai-je. Et, si nous avons assez, nous pourrions demander à sa mère si Lara peut nous accompagner.

Les yeux rivés sur la table, Hannah finit par dire :

—Ce serait sympa.

Puis, avec un sourire qui n'en était pas un, elle ajouta :

—Je vais à côté. Mon émission commence dans une minute.

Liza me regarda. Ses yeux exprimaient ce que nous savions toutes les deux : Silver Bay est un endroit magnifique, mais même un coin de paradis peut devenir l'enfer s'il est impossible de s'en échapper.

—Tu n'as pas à t'en vouloir, déclarai-je une fois certaine que Hannah ne nous entendrait pas. Tu n'y peux rien. Pas pour l'instant.

Souvent, au cours de ces dernières années, avais-je pu lire le doute sur son visage.

—Elle s'en remettra, ajoutai-je.

Je posai une main sur les siennes, qu'elle pressa avec reconnaissance.

Nous n'en étions convaincues ni l'une ni l'autre.

3

Mike

Tina Kennedy portait un soutien-gorge violet gansé de satin avec quatre, peut-être cinq boutons de rose mauves sur le haut de chaque bonnet. Je n'étais pas coutumier de ce genre d'observations au cours de mes journées de travail. La lingerie de Tina Kennedy n'était pas ce à quoi j'avais envie de penser, surtout maintenant. Cependant, en s'arrêtant à la hauteur de mon patron pour lui passer le dossier qu'il avait demandé, elle se pencha fortement en avant et me regarda droit dans les yeux, d'une manière que je qualifierais plus tard de provocatrice.

Ce soutien-gorge violet m'adressait un message. Lui et la chair hydratée et légèrement bronzée qu'il contenait étaient un souvenir de ma soirée d'avancement qui avait eu lieu une quinzaine de jours plus tôt.

Je ne suis pas d'un naturel peureux, mais là, j'étais terrifié.

Inconsciemment, je cherchai mon téléphone dans ma poche. Vanessa, ma fiancée, m'avait envoyé trois textos en une demi-heure. Je lui avais pourtant parlé de l'importance capitale de cette réunion qui ne pourrait en aucun cas être interrompue. J'avais lu le premier message et tenté d'ignorer les vibrations insistantes des suivants :

N'oublie pas d'acheter *Vogue Hommes*, le costume p. 46. Tu serais magnifique dans le foncé. Love

Chéri stp appelle. On doit parler des plans de table.

Urgent. Appelle avt 14 h. Dois donner réponse à Gav pour chaussures. J'ATTENDS. Love

Je soupirai, envahi par cet étrange mélange d'inquiétude tenace et d'attentisme que peuvent générer deux heures passées dans une salle de réunion bondée, entouré d'autres hommes en costume.

—Le facteur décisif, comme toujours dans ce genre d'entreprises, est la capacité d'accueil. Nous avons mis au point un plan de développement qui nous apportera le potentiel de croissance à plus long terme du marché du séjour de luxe, avec les bénéfices d'un marché à court terme plus fluide, les deux étant définis pour maximiser le flot des revenus non seulement durant les mois d'été, mais tout au long de l'année.

Le téléphone vibra contre ma cuisse, et je me demandai distraitement si quelqu'un l'entendait malgré le discours de Dennis Beaker. Je devais le lui reconnaître, Nessa n'abandonnait pas facilement. C'est à peine si elle m'avait entendu ce matin quand je lui avais expliqué qu'il me serait compliqué de quitter le bureau en milieu d'après-midi, et encore plus de l'appeler. Cela dit, elle ne semblait pas entendre grand-chose ces derniers temps, à part « mariage », ou peut-être « bébé ».

En bas, le tronçon gris sale de la rue de Liverpool s'étirait jusqu'à la City. En penchant la tête, je distinguais les silhouettes sur le trottoir : des hommes et des femmes vêtus de bleu, de noir ou de gris. Ils marchaient hâtivement le long des bâtiments charbonneux à la recherche de plats à emporter qu'ils avaleraient en vitesse dans leur bureau. Certains considéraient cela comme une foire d'empoigne, mais pas moi : je me sentais toujours rassuré par l'uniformité, l'objectif partagé. Même si le but était l'argent. Les jours calmes, Dennis pointait du doigt par la fenêtre et demandait : « Combien crois-tu qu'il gagne, lui, hein ? Ou elle ? » Il les évaluait selon des variables telles que la coupe d'une veste, le style de chaussures ou la démarche. Deux fois, il avait envoyé le plus jeune du bureau descendre en courant vérifier son estimation, et les deux fois, à ma grande surprise, il avait vu juste.

Dennis Beaker clame que tout et chacun sur cette terre a une valeur monétaire. Après quatre ans passés à travailler avec lui, j'ai tendance à le croire.

Notre offre écrite reposait devant moi sur la table parfaitement astiquée. Ses pages pelliculées étaient le résultat des semaines que nous avions consacrées, Dennis, les autres associés et moi-même, à sortir cette affaire des bords du précipice. La nuit précédente, alors que je traquais encore les erreurs, Nessa s'était plainte que je consacrais bien plus d'énergie à ce document qu'à ce qu'elle considérait comme nos préoccupations plus urgentes. Je m'étais rebiffé, avec modération. Je savais où j'en étais avec ce dossier. J'étais bien plus à l'aise avec les chiffres d'affaires et les revenus prévisionnels qu'avec ses désirs flous et versatiles de tel arrangement floral ou tel ensemble coordonné. Il m'était impossible de lui dire que je préférais lui laisser l'organisation du mariage – les rares occasions où je m'étais impliqué, à sa demande, je m'étais apparemment trompé et l'avais rendue hystérique. Je n'y pouvais rien, c'était comme si nous ne parlions pas la même langue.

—J'aimerais maintenant laisser la parole à mes collaborateurs pour une brève présentation. Histoire de vous donner un avant-goût de cette offre particulièrement séduisante.

Tina avait traversé la salle de réunion. Elle se tenait à proximité de la table basse, l'air détendu, mais ce n'était qu'une apparence. J'entrevoyais toujours cette bretelle violette. Je fermai les yeux, tentant d'évacuer le souvenir soudain de ses seins contre mon corps dans les toilettes des hommes du bar *Brazilia*, de l'aisance fluide avec laquelle elle avait retiré son chemisier.

— Mike ?

Elle me fixait de nouveau. Je lui jetai un coup d'œil, puis détournai le regard pour ne pas l'encourager.

— Mike ? Tu es toujours parmi nous ?

Dennis parlait d'un ton sec. Je me redressai vivement et farfouillai dans mes notes.

— Oui, répondis-je, avant de répéter plus fermement : Oui. (J'adressai un sourire à l'assemblée d'investisseurs en capital-risque aux regards d'acier, et tentai de paraître aussi assuré et affable que Dennis.) Simplement… euh… une réflexion sur les quelques points que vous avez relevés. (Je respirai profondément et fis un geste vers le fond de la salle.) Tina ? Lumière ?

J'attrapai la télécommande nécessaire à mon exposé et, tandis que mon téléphone vibrait de nouveau, je m'en voulus de ne pas l'avoir éteint. Je fouillai dans ma poche dans cette intention quand, dans la pénombre, je surpris le regard de Tina qui, malheureusement pour moi, avait pris ce geste pour elle. Elle me renvoya un sourire détaché et baissa les yeux sur mon entrejambe.

— Bien, entamai-je en soufflant, refusant obstinément de la regarder. Je souhaiterais vous montrer, chers messieurs les chanceux, les images de ce que nous considérons avec modestie comme la plus belle opportunité d'investissement de la décennie.

Je perçus une faible rumeur amusée. Ils m'aimaient bien. Assis là, gagnés par l'enthousiasme naturel de Dennis, ils étaient disposés à entendre ma liste de faits et chiffres. Réceptifs, attentifs, désireux d'être rassurés. Mon père répétait que le milieu des affaires me convenait à la perfection. Il se référait plus au costume sombre qu'à l'opportunité du siècle ultra sexy. En effet, bien qu'ayant atteint les sommets de la hiérarchie, je n'étais pas aventurier de naissance. J'étais M. Vérification Diligente, un de ces hommes avisés, prudents, considérés, qui se documentaient sur tout et poussaient leurs recherches bien au-delà du domaine requis.

Enfant, avant de dépenser mon argent de poche sagement accumulé, de peur de subir la déception dévastatrice qui surviendrait en cas d'erreur, je passais des heures dans un magasin à évaluer les avantages d'Action Man contre ceux de ses compatriotes. Si je devais choisir un gâteau, j'opposais la rareté potentielle d'une tarte au citron meringuée au réconfort solide d'une génoise au chocolat, tout en m'y reprenant à deux fois pour vérifier que la gelée de framboises n'était pas une option.

Rien de tout cela ne signifiait un manque d'ambition. Je savais exactement où je voulais aller et j'avais compris depuis longtemps que la clef de mon succès passait par la voie de la discrétion. Tandis que les carrières plus audacieuses de certains collègues s'effondraient et parlaient en fumée, je restais à l'abri du besoin grâce à ma surveillance méticuleuse des taux d'intérêt et des placements. Aujourd'hui, après six ans chez Beaker Holdings et ma promotion en tant que jeune associé qui n'avait en apparence rien à voir avec mes fiançailles avec la fille du patron, j'étais apprécié pour mes capacités à évaluer avec précision les avantages – géographiques, sociaux ou économiques – de n'importe quelle option. Encore deux grosses affaires et je deviendrais associé principal. Encore sept ans avant que Dennis prenne sa retraite, et je serais prêt à lui succéder. J'avais tout prévu.

C'est pourquoi mon attitude au cours de cette nuit-là ne me ressemblait en rien.

— Tu fais une crise d'adolescence tardive, avait constaté ma sœur Monica deux jours plus tôt.

Je l'avais emmenée dans le restaurant le plus chic que je connaissais pour son anniversaire. Elle travaillait pour un grand quotidien national, mais gagnait moins par mois que ce que je dépensais en frais.

— Je n'aime même pas cette fille, avouai-je.

— Depuis quand le sexe a-t-il à voir avec les sentiments ? rétorqua-t-elle. Je crois que je vais prendre deux desserts. Je n'arrive pas à choisir entre le fondant au chocolat et la crème brûlée. (Elle avait ignoré ma grimace.) C'est une réaction contre le mariage. Tu essayes inconsciemment de féconder quelqu'un d'autre.

— Ne sois pas ridicule. (J'en tremblais presque.) Mon Dieu ! L'idée que…

— Bon, d'accord. Mais il est évident que tu rues dans quelques brancards. Ruade. (Elle sourit. Je reconnaissais bien là ma sœur.) Tu devrais dire à Vanessa que tu n'es pas prêt.

— Elle a raison. Je ne serai jamais prêt. Je ne suis pas ce genre de type.

— Tu préférerais que ce soit elle qui prenne la décision ?

— Pour tout ce qui concerne notre vie privée, oui. Ça marche bien comme ça entre nous.

— Tellement bien que tu as ressenti le besoin de coucher avec une autre ?

— Baisse d'un ton, tu veux ?

— Tu sais quoi ? Je vais prendre le fondant. Mais je goûterai la crème brûlée si tu en prends une.

— Et si elle en parle à Dennis ?

— Tu auras de gros ennuis – mais tu devais le savoir avant de t'envoyer en l'air avec sa secrétaire. Mike, tu as trente-quatre ans, tu es loin d'être innocent.

J'avais laissé tomber ma tête entre mes mains.

— Je ne sais pas ce qui m'a pris.

Monica était devenue subitement enjouée.

— Dieu que c'est bon de te l'entendre dire. Tu n'imagines pas à quel point c'est réconfortant pour moi de savoir que tu es capable de foirer ta vie comme n'importe lequel d'entre nous. Je peux le dire aux parents ?

L'apparition soudaine de l'image du triomphe de ma sœur me fit perdre le fil, et je dus me référer à mes notes. J'expirai lentement, puis relevai la tête afin d'observer de nouveau ces visages pleins d'expectative autour de moi. Il faisait soudain très chaud dans la salle de réunion. Je posai mon regard sur leur équipe – personne n'avait même vaguement rougi. Dennis répétait sans cesse que les investisseurs en capital-risque avaient de la glace dans le sang. Sans doute avait-il raison.

— Comme Dennis vous l'a expliqué, continuai-je, tout l'intérêt de ce projet réside dans la qualité de sa cible. Les consommateurs visés par cette création ont soif d'expériences. Ce sont les mêmes qui ont passé ces dix dernières années à acheter des biens matériels qui ne les ont pas rendus heureux. Ils sont riches en biens, pauvres en temps, et à la recherche de nouveautés pour dépenser leur argent. Le véritable segment de croissance est, selon nos études, leur sens du bien-être. À ce titre, ce programme offrira non seulement un hébergement d'une qualité lui garantissant le créneau du marché haut de gamme, mais aussi une variété d'opportunités de loisirs adaptés à l'environnement.

J'actionnai la télécommande et dévoilai les images que l'artiste ne nous avait livrées que le matin même, tandis que le turbocompresseur de Dennis rechargeait ce qui lui restait de pression sanguine.

— Il comprendra un spa dernier cri avec six piscines différentes, du personnel de soin à temps complet et toute une gamme de soins holistiques des plus novateurs. À la page treize du document, l'espace vous est présenté plus en détail, ainsi qu'une sélection des services qu'il proposera. Enfin, pour qui chercherait des activités plus dynamiques – et, soyons réalistes, nous parlons là en grande majorité des hommes…, ajoutai-je avant de marquer une pause pour ménager mon effet. Voici le clou de notre complexe : un centre intégré entièrement dédié aux sports nautiques qui comprendra jet-ski, surf, hors-bord et ski nautique. Il y aura de la pêche au gros. Des instructeurs diplômés de plongée accueilleront également les clients pour des sorties au large sur mesure. Nous croyons qu'un équipement de premier ordre combiné à du personnel hautement qualifié apportera aux clients une expérience inoubliable, tout en leur offrant la possibilité de s'essayer à de nouveaux sports.

—Tout cela en restant dans un complexe qui sera la définition même du service et du luxe, enchaîna Dennis. Mike, montre-leur les dessins de l'architecte. Comme vous le voyez, il y a trois niveaux d'hébergements afin de répondre aussi bien à la demande des célibataires que des familles aisées, avec un appartement terrasse réservé aux VIP. Vous remarquerez que nous avons évité l'option économique. Nous avons déjà reçu l'intérêt de…

—J'ai entendu dire que vous aviez perdu le site, le coupa une voix du fond de la salle.

Le silence tomba.

Mon Dieu, pensai-je.

—Tina, allume les lumières.

C'était Dennis. Je me demandai s'il s'apprêtait à répondre, mais il me regardait.

J'adoptai mon expression la plus neutre. Je suis très bon dans ce genre d'exercice.

—Excusez-moi, Neville, je n'ai pas compris. Vous aviez une question ?

— J'ai entendu dire que tout ceci était prévu en Afrique du Sud et que vous aviez perdu votre site. Rien dans ce document ne nous indique un nouveau lieu d'implantation. Vous n'espérez tout de même pas que nous investissions dans un club de vacances qui n'a pas encore trouvé sa localisation ?

Le léger tremblement de la mâchoire inférieure de Dennis trahit sa surprise. Comment diable pouvaient-ils être au courant pour l'Afrique du Sud ?

Ma voix retentit avant que je n'aie le temps de réfléchir :

— Je ne sais pas d'où viennent vos informations, mais l'Afrique du Sud n'a jamais été pour nous autre chose qu'une éventualité. Après un examen approfondi du site potentiel, nous en avons conclu qu'il n'offrirait jamais à nos clients le genre de vacances que nous avions en tête. Nous nous concentrons sur un marché très spécifique et nous…

— Pourquoi ?

— Pourquoi quoi ?

— Pourquoi l'Afrique du Sud ne convient-elle pas ? Il s'agit pourtant d'une des destinations vacancières les plus en vogue dans le monde.

Ma chemise Turnbull & Asser me collait dans le bas du dos. J'hésitai ; Neville était-il au courant de l'échec de notre précédent financement ?

— La politique, s'interposa Dennis.

— La politique ?

— Le temps de transfert entre l'aéroport et le complexe aurait été d'une heure et demie. Quelle que soit la route empruntée, elle nous aurait conduits à travers des quartiers, disons… moins nantis ? Notre étude indique que, lorsque des clients ont payé un maximum pour des vacances de luxe, ils ne veulent pas être confrontés à la misère. Cela les rend… (Je suppliai en silence qu'il n'adresse pas un sourire de sympathie à leur secrétaire. Trop tard. Le sourire empathique fut aussi mièvre que mal calculé.)… mal à l'aise. C'est la dernière chose que nous voulons pour nos clients dans cet ensemble. Qu'ils soient joyeux, oui. Enthousiastes, oui. Satisfaits, évidemment. Coupables ou mal à l'aise face à la détresse de leurs… cousins de couleur, non.

Je fermai les yeux. Je sentis, plus que je ne la vis, la secrétaire noire faire de même.

—Non, Neville, la politique et les vacances de luxe ne se mélangent pas. (Dennis secoua la tête avec l'attitude d'un sage récitant un oracle.) C'est le genre d'études approfondies dont nous nous enorgueillissons chez Beaker Holdings, et que nous menons systématiquement avant de nous embarquer dans un projet d'envergure.

—Vous avez donc un autre site en tête ?

—Non seulement en tête, mais signé et verrouillé, répondis-je. C'est une autre orientation, mais qui nous évite le champ de mines que représentent l'Afrique du Sud et tous les pays du tiers-monde. Une destination pleine d'anglophones, au climat magnifique et, je l'affirme volontiers, avec les plus beaux paysages qu'il m'ait été donné de voir. Et dans ce métier, Neville, vous le savez aussi bien que moi, les endroits splendides ne manquent pas.

RJW Land nous avait piqué le site sous le nez. Quelqu'un de chez eux devait avoir informé Vallance. Je réfléchis à toute allure : si RJW tentait de développer un projet similaire, se seraient-ils rapprochés de Vallance pour le financer ? Essayaient-ils de saboter le nôtre ?

—Je ne peux entrer plus avant dans les détails, dis-je posément. Cependant – en toute confidentialité –, nous avons découvert d'autres choses concernant le site sud-africain qui sous-entendent un bénéfice bien moins important. Or, comme vous le savez, nous sommes tous ici soucieux de maximiser les profits.

En réalité, je ne savais presque rien du nouveau site. En désespoir de cause, nous avions eu recours à un expert foncier, un vieux copain de Dennis, et le marché n'avait été conclu que deux jours auparavant. Je détestais cette sensation d'avancer à l'aveuglette.

— Tim, continuai-je en souriant, vous savez comme je peux devenir un raseur de première quand on en arrive aux études, il n'y a rien que je préfère plus comme livre de chevet qu'une pile d'analyses. Croyez-moi, si j'avais estimé que le site sud-africain avait une meilleure rentabilité sur le long terme, je n'aurais pas été aussi heureux de le laisser filer. Mais j'aime enfoncer le clou…

— Vos livres de chevet nous intéressent vivement, Mike, mais il serait utile que…

— … et tout est une question de marges. Voilà le problème fondamental.

— Personne ne s'inquiète des marges plus que nous, mais…

Dennis leva une main potelée.

— Tim, non. Plus un mot – j'aimerais vous montrer quelque chose avant d'aller plus loin. Messieurs, si vous voulez bien me suivre dans la pièce à côté, nous vous avons préparé une petite récréation avant de vous parler de l'endroit exact.

Tandis que nous les suivions, je songeai que le divertissement n'était pas une priorité dans l'agenda des investisseurs en capital-risque. Certains s'étaient carrément renfrognés à l'idée de se voir déracinés de leur zone de confort, la table de réunion et les fauteuils en cuir, et grommelaient, mal à l'aise. Étant arrivé avec une demi-heure de retard, je n'étais pas certain de ce que Dennis avait en tête. Je priai pour qu'il ne demande pas à Tina de se mettre en bikini. J'étais toujours hanté par les souvenirs du hula hawaïen.

Dennis avait préparé quelque chose de bien différent. On avait vidé la deuxième salle de réunion de son mobilier, et l'écran était baissé. Il n'y avait plus de branchements vidéo ni de desserte à café dans le coin. Au centre de la pièce trônait une énorme machine, trapue et inquiétante, entourée de boudins gonflables bleus et surmontée d'une planche de surf d'un jaune flamboyant.

Nous restâmes tous pétrifiés par l'improbabilité absolue de cette chose.

— Messieurs, veuillez ôter vos chaussures et vous tenir prêts pour un *hang ten*. (Dennis tendit un bras vers la machine.) Ceci est un simulateur, annonça-t-il tandis que nous restions cois. Vous pourrez tous l'essayer.

Le silence était total, mis à part le bourdonnement sourd de l'appareil. Créature extraterrestre sur un océan gris, il présentait des touches multicolores pour annoncer à qui le désirait que l'expérience de la planche pourrait être accompagnée d'un air des Beach Boys.

J'observai leurs expressions et décidai de faire diversion pour sauver la situation.

— Peut-être ces dames et messieurs préféreraient-ils manger un morceau avant ? Une boisson ? Tina, vous voulez bien ?

— Comme vous voudrez, Mike, répondit-elle en croisant nonchalamment mon regard.

J'aurais pu jurer qu'elle avait ondulé des hanches en quittant la pièce, mais Dennis ne remarqua rien.

— Je veux seulement vous montrer à quel point notre offre est séduisante. J'ai déjà essayé tout à l'heure, ajouta-t-il en se déchaussant. C'est très amusant. Si personne d'autre ne se sent le courage, je vais vous faire une démonstration. Vous montez là… (Il avait ôté sa veste, et son ventre volumineux pendait au-dessus de la ceinture de son pantalon. Heureusement, Vanessa avait hérité des gènes maternels.) Je vais commencer par des petites vagues. Vous voyez ? C'est facile.

Sur les accords de « I Get Around », mon patron – qui, au cours des trois dernières années, avait géré pour soixante-dix millions de livres sterling d'investissements fonciers et avait sur son bureau des photos de lui au côté de Henry Kissinger et Alan Greenspan – surfait. Ses bras levés en une position qui se voulait athlétique révélaient deux taches de transpiration. Sous son air bouffon bien connu se cachait un cerveau affûté pour les affaires – quoique, parfois, j'en doutais.

— Mets-le en route, Mike.

Je jetai un coup d'œil aux hommes derrière moi. Ce n'était pas l'image que nous devions incarner.

— Appuie sur le bouton, Mike, je m'occupe du reste. Allez, Tim, Neville, ne me dites pas que vous n'avez pas envie d'essayer !

La planche s'anima en couinant légèrement. Dennis plia les genoux et tendit une main devant lui en agitant les doigts.

— Ce… que… je ne… vous… ai pas… dit, messieurs, c'est que les simulateurs seront aussi… oups ! (Il lutta pour garder l'équilibre.) Voilà… Les simulateurs seront sur place pour permettre aux clients d'apprendre avant de se jeter à l'eau. C'est une offre… complète.

Ceux qui n'avaient jamais mis les pieds sur une planche de leur vie, avait-il continué, le souffle coupé par l'effort, auraient la possibilité de s'entraîner en privé avant de s'exposer aux regards de leurs homologues vacanciers. Je ne sais pas si ce fut l'étonnante improbabilité de cette machine comme partie intégrante de la proposition, ou le plaisir évident de Dennis, mais, en quelques minutes, je dus admettre qu'il les avait conquis. J'observai Tim et Neville qui se rapprochaient doucement de la machine tout en sirotant le champagne que Tina leur avait offert.

Leur M. Finance, un poids lourd florissant nommé Simons, avait déjà retiré ses chaussures, révélant des chaussettes usées jusqu'à la corde. Les deux plus jeunes de l'équipe révisaient les expressions du jargon du surf que Tina avait préparées.

Je devais reconnaître que Dennis débordait d'imagination.

—Que se passe-t-il si on monte d'un cran, Dennis? lança Neville en souriant.

—Tina vous a donné... une... liste, répondit-il à bout de souffle. Il faut croire... que je... passerai dans l'essoreuse.

Neville s'était encore rapproché. Il ôta sa veste et tendit son verre à sa secrétaire.

—Jusqu'à quel niveau monterais-tu, Dennis?

Je le soupçonnai d'avoir un fort esprit de compétition.

Tout comme Dennis.

—Celui que tu veux, Nev. Tourne le bouton, cria-t-il, le visage perlé de sueur. Nous verrons qui attrapera la plus grosse vague, hein?

—Vas-y, Mike, m'encouragea Neville.

Ils s'amusaient tous. Ainsi que Dennis l'avait prévu, le simulateur avait détourné leur attention des rumeurs sud-africaines.

—J'ai toujours rêvé d'un petit tour en planche, avoua Tim en ôtant sa veste. (Devant eux, le simulateur geignait et tremblait sous le poids de Dennis.) À quel niveau es-tu, vieille branche?

—Trois, répondis-je en jetant un coup d'œil au cadran. Sincèrement, je ne crois pas...

—Allez, on peut faire mieux que ça. Montez encore, Mike. Voyons qui restera le plus longtemps.

—Oui, poussez-le, psalmodièrent les costumes sombres de Vallance Equity Financing dont le vernis de la réserve avait craquelé sous l'engouement.

Je regardai Dennis qui fit un signe de tête approbateur, puis me dirigeai vers le cadran.

—Allez, mon vieux Mike, amène les vagues.

— Tu es déchaîné, Dennis ! (Tim étudiait les terminologies spécifiques au surf.) Les vagues sont *gnarly* !

Sons sa gaieté apparente, Dennis suait maintenant à grosses gouttes. Je perçus une lueur de désespoir derrière son faible sourire tandis qu'il tentait de rester debout sur la planche qui ondulait rapidement.

— Vous voulez que je baisse d'un cran, Dennis ? lui proposai-je.

— Non ! Non ! Je suis… déchaîné ! Depuis combien de temps suis-je au niveau quatre, les gars ?

— Montez-le à cinq ! hurla Neville en avançant d'un pas. (Il attrapa le cadran.) Voyons comment il glisse sur… Ah ! les broyeuses !

— Je ne…, commençai-je.

Ensuite, personne ne sut exactement ce qu'il se passa. Dennis était le seul à n'avoir pas bu de champagne. Pourtant, le simulateur fut amené à son plus haut niveau au moment où il perdit l'équilibre. Dans un cri épouvantable, il fut carrément projeté en dehors des coussins gonflables et à travers la salle de réunion, étonnamment vite pour quelqu'un de son gabarit, et atterrit sur sa hanche.

Évidemment, elle se cassa. Ceux qui n'avaient pas imaginé que l'impact puisse y parvenir se l'entendirent confirmer par un craquement à soulever le cœur. Je n'oublierai jamais ce bruit. Il m'ôta le plus infime désir que j'avais eu d'essayer cette machine. Je ne suis pas d'un naturel aventureux, comme je l'ai déjà mentionné.

Il s'ensuivit un tohu-bohu. Tous se regroupèrent autour de lui. Au-dessus des exclamations d'inquiétude et des cris – « Appelez une ambulance ! » –, la planche de surf tournoyait, et les Beach Boys chantaient.

— L'Australie, hein ? demanda Neville tandis que Dennis était amené vers l'ascenseur sur une civière. Une présentation inoubliable. Nous sommes sans aucun doute intéressés. Nous reparlerons du site dès votre sortie de l'hôpital.

— Mike vous enverra une copie du rapport, n'est-ce pas, Mike ?

Dennis parlait les dents serrées, blême de douleur.

— Bien sûr.

J'essayai de paraître aussi assuré que lui.

Il m'attira vers lui au moment où on le montait dans l'ambulance.

— Je sais ce que tu penses, me murmura-t-il, mais tu vas devoir en rédiger un.

— Mais le délai… Le mariage…

— Je réglerai ça avec Vanessa. De toute manière, il vaut mieux que tu restes en dehors de l'organisation. Prends un vol cet après-midi. Et, pour l'amour de Dieu, Mike, reviens avec un plan qui rendra ce site opérationnel.

— Mais nous n'avons…

— Je les retiendrai aussi longtemps qu'il te faudra pour tout rassembler. C'est le plus gros projet que nous ayons jamais eu. Donne-moi raison de t'avoir promu.

Il ne lui était pas venu à l'idée que je puisse refuser, ni que je fasse passer ma vie privée avant les besoins de la société. Il avait sans doute raison. Je suis un homme dévoué à son entreprise. Quelqu'un de fiable. Je réservai un vol l'après-midi même. La classe affaires sur une compagnie asiatique était moins chère que l'économique sur les deux autres que j'avais initialement choisies.

4

Greg

Quelle est la meilleure heure de la journée pour commencer à boire de la bière ? Selon mon père, toute bière était bonne à prendre une fois midi sonné. Il les éclusait comme ma mère ses tasses de thé. Il décapsulait une Tooheys à peu près toutes les deux heures, à chacune des pauses qu'il prenait, quelle que soit la maison qu'il construisait.

C'était un grand type que personne ne soupçonnait de boire autant. Ma mère en avait conclu que c'était parce qu'il était soûl en permanence – chaleureux l'après-midi, exubérant à l'heure du thé, légèrement embrumé le matin des vapeurs de la veille. Nous n'avons jamais eu le malheur de l'approcher parfaitement sobre.

Je pense que l'heure appropriée se situe autour de 14 heures, sauf quand je travaille, auquel cas c'est à l'heure à laquelle je ramène le *Sweet Suzanne.* On ne me prendra jamais ivre à la barre – quelles que soient mes erreurs, je ne mettrais jamais mon bateau ou mes passagers en péril. Une bière fraîche chez Kathleen, le soleil haut dans le ciel et quelques chips sur la table, ça me va. Je ne vois pas qui aurait à y redire. À part mon ex.

D'après Suzanne, ce n'était jamais la bonne heure pour moi. Elle prétendait que j'avais l'alcool méchant, laid, et que je buvais trop souvent pour qu'elle me le pardonne. C'est pour ça qu'elle ne me supportait plus. C'est pour ça que je n'étais plus aussi beau qu'avant. Et que nous n'avions jamais eu d'enfants – même si, comme je le lui avais suggéré, elle avait toujours refusé catégoriquement de m'accompagner chez le médecin pour voir s'il pouvait arranger ça. J'étais le premier à admettre que je n'étais ni un ange ni le mec le plus facile à vivre, mais il ne devait pas y avoir beaucoup d'hommes en Australie prêts à se faire tripoter les valseuses, surtout par un autre gars.

Mais je voulais à tout prix avoir des enfants. Voilà pourquoi, en quittant le cabinet de mon avocate à 11 h 25 – étonnant comme les souvenirs sont précis quand on paye à l'heure et le tarif du samedi –, je décidai que c'était l'heure idéale pour ouvrir une canette de VB, même s'il faisait assez froid pour supporter un pull et que le vent soufflait trop fort pour s'asseoir dehors sans virer au bleu.

Cette bière était plus ma façon de lui adresser un doigt d'honneur qu'autre chose. Elle et son foutu prof de sport, sa demi-part de tout et ses exigences absurdes. Pour être honnête, elle n'avait pas eu si bon goût. J'étais parti pour boire une pinte au pub, mais, en réfléchissant, m'asseoir tout seul à une table à 11 h 25 m'avait paru un peu… triste. Même un samedi.

Je m'installai donc à l'avant de mon camion et savourai ma bière un peu plus lentement que je ne l'aurais fait d'habitude. J'attendais le moment où rien ne serait plus un effort, où les heures s'adouciraient d'elles-mêmes. Je n'avais pas de clients ce jour-là. Il faut dire que les chiffres avaient beaucoup baissé depuis que j'avais tagué mon bateau. Liza m'avait aidé à le repeindre pendant le week-end et m'avait dit sans ménagement que, si j'arrivais à la fermer, tout le monde aurait oublié d'ici une semaine ou deux. C'est ce que j'ai fait – j'allais devoir bosser d'arrache-pied pour payer ce que réclamait mon ex.

Ils appelaient ça une « rupture nette ». Le genre d'expression que les médecins utilisent pour parler d'une jambe cassée. C'est ce que je ressentais. C'était si douloureux que, si j'y pensais trop, ça me rendait malade physiquement.

J'étais assis dans mon camion sur le parking à repenser aux touristes qui avaient défilé le long de la jetée, perchés sur leurs talons hauts, accrochés à leurs caméras et à leurs CD de chants de baleines, lançant des regards méfiants au *Suzanne*, comme s'il allait sauter hors de l'eau et révéler d'autres insanités.

Si je n'avais pas eu d'autres projets ce jour-là, je serais sorti tout seul. Même après une bière. Le simple fait de rester assis à regarder les dauphins me remontait le moral. Ils sortent la tête avec cette espèce de sourire idiot comme s'ils plaisantaient, et on ne peut pas s'empêcher de rire, même les jours où on a envie de s'ouvrir les veines. Les membres d'équipage et moi, on est tous un peu pareils. Pour nous, c'est ça le meilleur, être seul avec ces créatures, dans le silence de la mer.

« Au moins vous n'avez pas d'enfants », avait relevé l'avocate en vérifiant le compte joint. Elle n'avait pas idée de ce qu'elle venait de dire.

J'avais terminé ma seconde bière quand je l'aperçus. J'avais broyé la canette dans mon poing et m'apprêtais à la balancer au pied du siège passager. Impossible de le rater. Il attendait dans son costume bleu nuit de gratte-papier, flanqué de deux énormes valises assorties, et regardait derrière lui vers la rue principale. Je le fixai jusqu'à ce qu'il me remarque, puis sortis la tête par la vitre.

— Ça va, mon pote ?

Il hésita, puis attrapa ses valises et s'avança vers moi. Ses chaussures noires à lacets avaient été cirées jusqu'à l'usure.

Ce n'était pas le genre de type avec qui j'avais l'habitude de discuter, mais il avait l'air crevé et j'ai dû avoir pitié de lui. Un paumé pour un autre.

Arrivé à ma hauteur, il laissa tomber ses bagages et sortit un morceau de papier de sa poche.

—Je crois que mon taxi ne m'a pas laissé au bon endroit. Pourriez-vous me dire s'il y a un hôtel près d'ici ?

Un rosbif. J'aurais dû m'en douter. Je le regardai du coin de l'œil.

—Y en a quelques-uns, mon vieux. Quel côté de Silver Bay cherchez-vous ?

Il se pencha de nouveau sur son bout de papier.

—Il est seulement indiqué... ah... hôtel *Silver Bay*.

—Chez Kathleen ? Ce n'est pas vraiment un hôtel. Plus maintenant.

—Est-ce loin à pied ?

La curiosité prit le dessus. Dans le coin, on ne rencontre pas si souvent un homme sapé comme un clown.

—Assez loin en remontant cette route. Montez. Je dois y faire un tour moi-même. Balancez vos valises dans la benne.

Je vis le doute traverser son esprit, comme si prendre quelqu'un en voiture était louche. Ou peut-être ne souhaitait-il pas que ses beaux bagages côtoient mon équipement plein d'algues dans le coffre. Irrité, je changeai presque d'avis. Mais il tira ses valises jusqu'au hayon et les hissa par-dessus le rebord. Il ouvrit ensuite la portière et grimpa côté passager malgré l'amoncellement de canettes vides à ses pieds.

—Attention à vos chaussures, le prévins-je en démarrant. Il ne devrait plus y avoir de bière, mais on ne sait jamais.

Le nom de Silver Bay est un peu trompeur. Il n'y a pas une, mais deux baies, séparées par la Whale Jetty, le ponton des baleines, qui prolonge une avancée de terre. Vue du dessus, la mer ressemblait à deux grosses fesses bleues. (Suzanne fronçait les sourcils quand je la décrivais ainsi, mais elle les fronçait presque à tout ce que je disais.)

La maison de Kathleen est installée tout au bout de l'anse la plus éloignée, près du dernier point avant le large. De son côté, il ne reste que la vieille maison des Bullen, le musée et les dunes. De l'autre côté du ponton des baleines se trouvait le restaurant de fruits de mer MacIver et le marché aux poissons, puis, plus loin, la ville qui s'étend.

Il s'appelait Mike, et j'oubliai son nom de famille. Il n'ajouta pas grand-chose d'autre. Je lui demandai s'il était là pour affaires, et il répondit : « Essentiellement pour mes loisirs. » *Quel drôle de zèbre est-il pour s'habiller ainsi en vacances ?* avais-je pensé. Il me raconta qu'il avait atterri le matin même et que la société de location de voitures avait cafouillé. Ils devaient en rapatrier une de Newcastle pour le lendemain.

— Long vol, n'est-ce pas ? lui demandai-je.

Il approuva d'un signe de tête.

— Déjà venu ?

— À Sydney. Une fois. Pas longtemps.

J'estimai qu'il devait avoir la trentaine passée. Pour quelqu'un qui ne travaillait pas, il regardait souvent sa montre. Je lui demandai comment il connaissait l'hôtel de Kathleen.

— Ce n'est pas l'endroit le plus fréquenté, soulignai-je en jetant ostensiblement des regards sur son costume hors de prix. Je pensais que les gens comme vous préféraient les hôtels… plus… chics.

Il regarda droit devant lui comme s'il cherchait sa réponse.

— J'ai entendu dire que c'était un joli coin, et c'était le seul hébergement répertorié.

— Vous seriez mieux au *Blue Shoals*, un peu plus haut sur la côte, insistai-je. Un bel endroit. Salle de bains dans chaque chambre, piscine olympique et tout le tintouin. Ils ont un magnifique buffet ouvert du lundi au jeudi pour quinze dollars par tête, je crois. C'est un peu plus cher le vendredi. (Je me déportai vivement afin d'éviter un chien qui bondissait sur la route.) Il y a aussi l'*Admiral* à Nelson Bay. La télévision satellite dans toutes les chambres avec de bonnes chaînes, pas les nulles. Vous auriez un bon prix à cette époque de l'année ; j'ai appris par hasard qu'il n'y avait presque personne.

— Merci, finit-il par répondre. Ça me sera utile si je décide d'aller ailleurs.

Ensuite, on ne se dit plus grand-chose. Je suivais la route, légèrement agacé par ce type qui ne faisait aucun effort. Je l'avais ramassé, conduit jusqu'à destination – un taxi lui aurait coûté au moins dix dollars –, je l'avais renseigné sur les bons et mauvais plans du coin, et il n'avait même pas pris la peine de m'adresser la parole.

J'étais à deux doigts de lui assener une remarque – la bière m'avait un peu échauffé –, quand je me rendis compte qu'il dormait. Assommé. Même un homme d'affaires en costume bien taillé n'a pas l'air glorieux quand il se bave sur l'épaule. Curieusement, cela me remonta le moral, et je sifflotai tout le long de la route du littoral jusqu'à Silver Bay.

Kathleen avait dressé une table magnifique. Je remarquai la nappe et les ballons bien avant tout le reste ; le damassé blanc se gonflait à l'air vif, les ballons dansaient et tentaient de s'échapper vers le ciel.

Sur la banderole faite maison était écrit « Joyeux anniversaire, Hannah », et dessous, la reine de la fête et sa bande de copines poussaient des cris aigus devant un gars avec un serpent enroulé autour du bras.

L'espace d'un instant, j'oubliai le visiteur dans la cabine de mon camion. En marchant le long de l'allée, je me rappelai soudain que la fête avait commencé une heure plus tôt.

— Greg. (Kathleen avait cette manière de vous scruter de haut en bas qui vous indiquait qu'elle savait parfaitement d'où vous veniez.) Sympa d'être venu.

— Qui est-ce ? demandai-je avec un signe de tête en direction du type au serpent.

— Le « professeur de créatures », c'est le nom qu'il se donne. Toutes les bestioles possibles et imaginables. Cafards géants, serpents, tarentules… Il laisse les enfants les prendre, les caresser, ce genre de trucs. C'est ce que Hannah a demandé. (Elle frissonna.) Jamais rien vu d'aussi dégoûtant.

— À mon époque, on les écrasait avec nos Blundstone aux pieds, approuvai-je.

Il y avait huit enfants et quelques adultes, pour la plupart des membres d'équipage. Ce qui ne m'étonna guère. Hannah était une drôle d'enfant, mûre avant l'âge, qui depuis toute petite tramait souvent avec nous.

C'était bon de la voir avec des enfants de son âge. Je ne lui connaissais pas d'amis, mis à part Lara. En général, on oubliait qu'elle était si jeune. Liza disait qu'elle était ainsi, un peu solitaire. Je me demandais parfois si elle parlait de Hannah ou d'elle-même.

Kathleen me tendit une tasse de thé que j'acceptai en espérant qu'elle ne remarque pas l'odeur de bière. C'était déplacé pour l'anniversaire d'une enfant, et j'aimais beaucoup cette gosse.

— Ton bateau est plus joli maintenant, déclara Kathleen en souriant.

— Vous savez sans doute déjà que Liza m'a aidé à le repeindre.

— Ton sale caractère finira par t'attirer des ennuis, me reprocha-t-elle. Tu devrais le savoir, à ton âge.

— C'est vous qui me dites ça, Kathleen ?

— Tu n'es donc pas si soûl.

— Une, protestai-je. Je n'en ai bu qu'une seule. Ou peut-être deux, d'accord.

Elle jeta un coup d'œil à sa montre.

— Et il est à peine midi passé. Grand bien t'en fasse.

Il faut reconnaître à la Fille au Requin qu'elle va droit au but. Pas comme Liza. Elle vous regarde comme si une tout autre conversation se déroulait dans sa tête et, quand vous lui demandez à quoi elle pense – comme une femme ! Voilà ce à quoi elle vous réduit ! –, elle hausse les épaules comme si de rien n'était.

— Salut, Greg !

Hannah passa en courant, rayonnante. Je me souviens de cette sensation d'enfant, le jour de son anniversaire, quand, l'espace d'une journée, les autres vous donnent l'impression d'être la personne la plus importante du monde. Elle s'arrêta, juste le temps de remarquer le petit paquet sous mon bras. C'est un ange, cette petite fille, mais elle n'est pas idiote.

— Oh, c'est pour ta tante Kathleen, prétendis-je.

Elle se planta devant moi, l'air espiègle.

— Comment se fait-il qu'il soit enveloppé dans du papier cadeau pour enfants ? remarqua-t-elle.

— Vraiment ?

— C'est pour moi ? se risqua-t-elle.

— Es-tu en train de sous-entendre que ta tante Kathleen est trop vieille pour ce genre de papier ? demandai-je en prenant mon expression la plus candide.

Ce qui n'avait jamais marché avec Suzanne non plus. Elle avait les yeux rivés sur le paquet, tentant de deviner son contenu.

Ce n'est pas le genre d'enfant à vous arracher un cadeau des mains. Elle est prudente, elle réfléchit avant d'agir. Je finis par le lui donner, ne supportant pas l'idée de la faire attendre davantage. Je dois l'avouer, j'étais moi-même assez fébrile.

Elle déchira le papier, entourée de ses amies. Elles grandissaient toutes, et j'avais remarqué la transformation de leurs jambes maigrelettes et joues rebondies. Pour deux d'entre elles, on voyait déjà le genre de femmes qu'elles allaient devenir. Ce qui m'attristait le plus, c'était de savoir que certaines finiraient comme Suzanne. Insatisfaites, acariâtres… infidèles.

— C'est une clef, annonça-t-elle, perplexe, en levant l'objet devant elle. Je ne comprends pas.

— Une clef? répétai-je en adoptant une expression des plus confuses. En es-tu sûre?

— Greg…

— Tu ne la reconnais pas?

Elle secoua la tête.

— C'est la clef de mon box.

Elle fronça les sourcils, ne comprenant toujours rien.

— Celui près du ponton. Mince alors! J'ai dû laisser ton cadeau à l'intérieur. Tu devrais filer là-bas avec tes copines, pour voir.

Elles détalèrent avant que je n'aie pu ajouter quoi que ce soit, le sable volait autour d'elles, nuée de baskets aux cris perçants. Kathleen me dévisagea d'un air interrogateur, mais ne prononça pas un mot. Parfois, on veut simplement savourer le moment présent et, ces derniers temps, mes instants précieux étaient rares.

Elles remontèrent le chemin en courant quelques minutes plus tard.

— Est-ce que c'est le bateau? Le petit bateau?

Elle avait les joues rouges et les cheveux en bataille. J'en eus le souffle coupé. Elle ressemblait tellement à sa mère.

— Tu as vu son nom ? demandai-je.

— *Hannah's Glory*, annonça-t-elle hors d'haleine à sa tante. C'est un Optimist bleu qui s'appelle *Hannah's Glory*. Il est vraiment pour moi ?

— Bien sûr, princesse, confirmai-je.

Son sourire balaya d'un coup ma matinée pourrie. Elle lança ses petits bras autour de moi et, heureux, je la serrai fort en retour.

— On peut le sortir ? Je peux le sortir, tante K ?

— Pas tout de suite, trésor. Tu as ton gâteau à découper. Mais rien ne vous empêche de vous asseoir dedans.

J'entendis leur conversation animée tout le long du chemin.

— Un bateau ? (Dès que Hannah fut suffisamment loin pour ne plus nous entendre, Kathleen se tourna vers moi, un sourcil levé.) Tu en as parlé à Liza ?

— Euh… pas encore. (Les filles sautillaient vers mon box.) Mais je vais en avoir l'opportunité sous peu.

Elle avançait vers moi, portant le gâteau d'anniversaire sur une assiette, la petite chienne sur les talons. Elle était magnifique. Comme toujours, Liza avait l'air ailleurs, mais elle s'arrêta devant nous, comme si elle nous accordait une faveur.

— Salut. Je viens d'accrocher un morceau de fanon de baleine sur son mur – elle le veut au-dessus de son lit. (Elle m'adressa un signe de tête.) C'est une puanteur. Elle a quatre livres sur les dauphins, deux sur les baleines, plus une cassette vidéo. À ce rythme-là, elle ouvrira bientôt son propre musée. On n'a jamais vu autant de bric-à-brac sur les dauphins dans une chambre. (Elle se redressa.) Où sont les enfants ?

— Greg a deux mots à te dire à ce sujet, intervint Kathleen, qui s'éclipsa aussitôt, une main levée comme pour signaler qu'elle refusait de rester dans les parages pour ce qui allait suivre.

— Elles… euh… étudient mon cadeau.

Elle posa l'assiette sur la table.

— Ah oui ? Que lui as-tu offert ?

Elle retira le film étirable des sandwichs.

— Le vieux Carter le vendait. Un petit dériveur. Je l'ai poncé et repeint. Il est en parfait état.

Il lui fallut une minute pour enregistrer ce que je venais de dire. Elle fixa la table un moment, puis leva les yeux vers moi.

— Tu lui as acheté quoi ?

— Un petit bateau. Rien que pour elle. Après quelques leçons, elle pourra sortir avec ses copines pour voir les dauphins.

Je fus un peu décontenancé par son attitude, aussi ajoutai-je :

— Elle devait bien finir par en avoir un.

Elle porta ses mains jointes à sa bouche – un peu comme si elle priait. Elle paraissait tout sauf reconnaissante.

— Greg ?

— Ouais ?

— As-tu perdu la raison ?

— Quoi ?

— Tu as acheté un bateau à ma fille ? Ma fille qui n'a pas le droit de sortir en mer ? Qu'est-ce qui t'est passé par la tête, bon sang ? s'exclama-t-elle sur un ton cinglant.

Je la regardai, incapable de croire à sa fureur.

— J'ai voulu faire plaisir à ta fille pour son anniversaire.

— Ce n'est pas à toi de lui faire plaisir pour son anniversaire.

— Elle vit sur l'eau. Toutes ses copines ont des petits bateaux. Pourquoi pas elle ?

— Parce que je lui ai dit que c'était impossible.

— Pourquoi ? Quel mal y a-t-il ? Elle doit apprendre, non ?

— Elle apprendra quand je serai prête.

— Elle a onze ans ! Pourquoi es-tu aussi en colère ? De quoi s'agit-il, au juste ? (Comme elle ne répondait pas, je fis un geste en direction de Hannah devant la porte du box.) Regarde-la, elle est fière comme Artaban. Je l'ai entendue dire à ses amies que c'était son plus beau cadeau d'anniversaire.

Elle ne voulut rien entendre. Campée devant moi, elle vociféra :

—Oui ! Et maintenant, à moi de jouer la méchante sorcière pour lui dire qu'elle doit le refuser. Merci beaucoup, Greg.

—Alors ne le dis pas. Laisse-la accepter. On la surveillera.

—On ?

C'est à ce moment-là que Mike apparut. Je l'avais oublié depuis un bout de temps, endormi dans mon camion. Maintenant, il était là, légèrement embarrassé, son visage tout fripé de sommeil. J'aurais pu allégrement lui demander de dégager.

Liza ne remarqua pas sa présence. Elle continuait d'enrager.

—Tu aurais dû me demander, Greg, avant de t'immiscer en essayant d'acheter l'amour d'une petite fille avec ce foutu bateau – chose que je lui interdis depuis cinq ans.

—C'est seulement un Optimist, pas un hors-bord de deux cents chevaux !

J'étais furieux. C'était comme si elle m'accusait de vouloir faire du mal à la gamine.

—Excusez-moi… Puis-je…

Elle leva une main, toujours en me regardant.

—Ne t'immisce plus dans notre vie, d'accord ? Je t'ai déjà dit une douzaine de fois que je ne voulais pas de relation avec toi, et pourrir ma fille n'y changera rien.

Le silence tomba tandis que les mots flottaient autour de nous. Nom de Dieu, elle savait taper là où ça faisait mal.

—Pourrir ? (Je n'en croyais pas mes oreilles.) Pourrir ? Mais pour qui tu me prends ?

—Va-t'en, Greg…

—Je suis sincèrement désolé de vous interrompre, mais…

— Maman ?

Hannah se tenait à côté de l'Anglais ; son sourire d'anniversaire s'était effacé. Son regard balançait entre sa mère et moi.

— Pourquoi cries-tu contre Greg ?

Elle parlait doucement, prudemment, les yeux écarquillés, comme si nous l'avions effrayée.

Liza respira un grand coup.

— Je… euh… Quelqu'un pourrait-il m'indiquer la réception ? hasarda Mike, visiblement aussi peu enclin que moi à rester là.

Liza remarqua soudain notre hôte supplémentaire. Elle se tourna vers lui, le visage encore empourpré de colère.

— La réception ? Vous voulez dire Kathleen, là-bas. La dame au chemisier bleu.

Il esquissa un sourire, baragouina quelque chose avec son accent anglais, puis, après un bref silence, s'éclipsa.

Hannah était à côté de moi. Sa petite voix triste me donna envie de gifler sa mère.

— J'imagine que cela veut dire que je n'ai pas le droit de garder le bateau ?

Quand Liza se retourna vers moi, toutes ses pensées les plus noires me heurtèrent de plein fouet.

— On en reparlera, chérie, éluda-t-elle.

— Liza… (Pour le bien de Hannah, j'essayai de garder mon calme.) Jamais je n'ai voulu…

— Ça ne m'intéresse pas, coupa-t-elle. Hannah, dis à tes amies que c'est l'heure du gâteau. (Comme Hannah ne bougeait pas, elle leva un bras.) Allez, va. Je vais voir si on peut allumer les bougies. Ça ne va pas être facile, avec ce vent.

Je posai une main sur l'épaule de Hannah.

— Ton bateau t'attendra dans le box jusqu'à ce que tu sois prête, promis-je sur un ton provocateur.

Puis je m'éloignai, raide comme un piquet, grommelant dans ma barbe des mots dont je ne suis pas fier.

Yoshi me retrouva au camion.

— Ne pars pas, Greg. Tu sais qu'elle monte sur ses grands chevaux à propos de certains trucs. Ne gâche pas la journée de Hannah.

Elle avait encore du papier cadeau à la main, ayant bondi hors de la cuisine pour m'arrêter.

J'avais envie de lui répondre que ce n'était pas moi qui gâchais la fête, ni moi qui étais aussi résolu à empêcher ma fille de réaliser son rêve. Qui avais fait de la famille un sujet tabou, mis à part Kathleen, comme si cette gamine avait une enfance normale. Qui, trois ou quatre fois par an, la couvais pire qu'une mère poule, puis ne lui accordais pas plus d'attention qu'à un ver de terre. Je sais quand je suis coupable, mais je sais aussi distinguer quand ce n'est tout bonnement pas ma faute.

— Dis-lui que j'ai un bateau à sortir, assenai-je plus fermement que je ne l'aurais voulu.

Je me sentis fautif par la suite. Après tout, Yoshi n'avait rien à voir là-dedans.

Je ne me dirigeai pas vers l'océan, mais vers le bar le plus proche pour boire jusqu'à ce qu'une bonne âme vienne m'avertir que nous avions enfin atteint les rives du lendemain.

5

Kathleen

Étant donné la taille de notre pays, il est difficile de croire aujourd'hui que l'exploitation baleinière fut un jour l'une des industries les plus florissantes d'Australie. Au xixe siècle, des baleiniers en provenance d'Angleterre débarquaient chez nous quelques prisonniers, puis se rechargeaient avec nos baleines qu'ils nous revendaient dans nos ports. Une certaine idée de l'échange, disait Nino. Vers la fin, les Australiens se réveillèrent et se mirent à pêcher eux-mêmes. Il faut dire que la baleine est exploitable dans à peu près tous les domaines – l'huile pour les lampes, bougies et savons, les fanons pour les corsets, l'ameublement, les parapluies et les fouets. J'imagine aisément que la demande en cravaches était bien plus importante en ce temps-là. À l'époque, les baleiniers chassaient principalement la baleine franche australe – ils l'avaient appelée « franche » tant elle était facile à capturer. Non seulement cette pauvre bête était la créature la plus lente de tout l'hémisphère Sud, mais en plus, une fois morte, elle flottait, ce qui leur permettait de la remorquer jusqu'à la rive. Je suppose que les chasseurs auraient préféré qu'elles se harponnent elles-mêmes et nagent ensuite jusqu'aux usines de transformation.

Évidemment, elles sont désormais protégées, du moins ce qu'il en reste. Enfant, je me souviens d'en avoir vu une remorquée par deux petits bateaux dans la baie. J'avais regardé l'énorme ventre gonflé, hissé avec désinvolture sur la rive, l'œil vide tourné vers les cieux, désespérée par le manque d'humanité des hommes. À cette époque, je pêchais à peu près n'importe quoi – mon père se targuait d'avoir une fille qui ferrait, décrochait et vidait avec une efficacité telle que l'on aurait pu prendre ça pour de la cruauté –, pourtant, j'avais pleuré devant cette baleine australe.

La folie baleinière n'avait pas atteint la côte Est, contrairement à ce que l'on avait entendu dire pour l'Ouest. Cependant, notre baie était devenue un repaire de chasseurs de baleines – nos équipages d'observation ont hérité de leur nom –, sans doute parce que les cétacés s'approchaient si près que l'on pouvait les voir depuis les terres. Quand j'étais jeune, ils les chassaient depuis des petits bateaux. Le duel semblait plus équilibré, et cela maintenait le nombre de prises assez faible. Mais les hommes étaient devenus gourmands.

Entre 1950 et 1962, près de douze mille cinq cents baleines à bosse furent capturées et transformées dans les usines de Norfolk Island et Morton Island. Plus les gens s'enrichissaient avec l'huile et la viande, plus les armes des chasseurs devenaient sophistiquées et les prises nombreuses. La taille et la vitesse des bateaux s'accrurent, donnant à la pêche des allures de récolte abondante et macabre. Au moment où la chasse à la baleine à bosse fut interdite dans les eaux australiennes, ils en étaient à utiliser des sonars, des fusils et des canons à harpon – du matériel de guerre, avait sifflé mon père, dégoûté.

Bien entendu, ils en tuèrent bien trop. Ils balayèrent ces océans jusqu'à ce qu'il n'y en ait presque plus et, par la même occasion, signèrent leur propre arrêt de travail. Les entreprises baleinières fermèrent les unes après les autres, tout comme les usines de transformation, dont certaines se reconvertirent dans les fruits de mer. La région retomba peu à peu dans un isolement misérable, au grand soulagement de la plupart d'entre nous. Mon père, qui avait adoré le romantisme des débuts de la chasse à la baleine, à l'époque où c'était un homme contre une baleine plutôt qu'une baleine contre une grenade de PETN, acheta l'usine de Silver Bay pour en faire un musée. Certains scientifiques estiment aujourd'hui à un peu moins de deux mille le nombre de baleines à bosse longeant nos côtes lors de leur migration annuelle, d'autres assurent qu'elles ne retrouveront jamais leur nombre initial.

Il m'arrive de raconter cette histoire aux équipages quand ils parlent d'agrandir leurs flottes ou d'élargir leur clientèle.

Mais que je sois damnée si quelqu'un m'écoute.

—Bonjour.

—Bonjour...

Mike Dorme hésitait sur le pas de la porte, l'air de quelqu'un dont l'horloge biologique lui criait qu'il n'était pas dans le bon hémisphère.

—Je vous avais laissé une tasse de café devant votre porte après avoir frappé, mais quand je l'ai retrouvé glacé une heure plus tard, j'ai décidé de vous laisser dormir.

Il semblait ne rien comprendre à ce que je lui disais. Je lui accordai un instant avant de lui proposer de s'asseoir. Habituellement, je ne laisse pas les gens s'installer dans la cuisine, mais je venais de terminer de dresser la table de la salle à manger pour le dîner. Je posai une assiette et un couteau devant lui.

—On dit qu'il faut environ une semaine pour retrouver un sommeil normal. Avez-vous réussi à dormir ?

Il se frotta les cheveux. Il n'était pas rasé et portait une chemise et un pantalon décontractés – plus chic que ce que nous avions l'habitude de voir à Silver Bay, mais rien à voir avec l'accoutrement strict dans lequel il était arrivé.

—Je ne me suis réveillé qu'une fois, déclara-t-il avec un sourire gêné. Mais j'ai mis pas loin de trois heures à me rendormir.

Je ris, puis lui servis du café. Il avait une bonne tête, ce M. Michael Dormer, de celles qui augurent une certaine clairvoyance – une qualité rare chez la plupart de mes clients.

—Voulez-vous un petit déjeuner ? Je serai heureuse de vous préparer quelque chose.

—À 12h45 ?

Il jeta un coup d'œil à la pendule.

—Appelons-le déjeuner, si vous préférez.

Il me restait de la pâte à pancakes dans le frigo. Je les lui servirais avec des myrtilles et des œufs au bacon.

Il fixa son café un moment, puis réprima un bâillement. Je lui glissai le journal sans un mot, sachant que son égarement s'estomperait après une ou deux tasses de caféine. Je me déplaçai en silence, écoutai la radio d'une oreille et calculai distraitement ce dont j'aurais besoin pour le dîner. Hannah allait chez une amie en sortant de l'école, Liza avait un appétit d'oiseau, je n'avais donc à me préoccuper que de mes clients.

Les pancakes étaient prêts. M. Dormer sembla se ragaillardir quand j'en posai une assiette pleine devant lui.

—Waouh ! s'exclama-t-il devant la pile. Merci.

J'aurais parié qu'il n'avait pas l'habitude de la cuisine maison. Ceux-là sont toujours les plus reconnaissants.

Il mangea comme la plupart des hommes d'ici, avec enthousiasme et une certaine forme de détermination que j'observe rarement chez une femme. Ma mère répétait que je mangeais comme un homme, mais je doute que ce fût un compliment. Je pus l'étudier à loisir tandis qu'il avait la tête baissée sur son assiette. Nous recevons rarement des hommes seuls de son âge ; ils sont le plus souvent avec leur femme ou leur petite amie. Les célibataires s'en tiennent aux clubs plus animés. Je suis un peu gênée d'admettre que je le dévisageai comme je le fais toujours avec les hommes susceptibles de convenir à Liza. Peu importait la véhémence de sa désapprobation, je n'avais pas encore renoncé à l'idée de lui trouver quelqu'un.

— Les baleines ne restent pas ensemble toute leur vie, raillait-elle. Et comme tu aimes à nous le répéter, Kathleen, nous devons apprendre des créatures qui nous entourent.

Elle avait réponse à tout, cette fille. La seule fois où j'avais fait remarquer qu'il serait bon pour Hannah d'avoir la figure d'un père, elle m'avait regardée avec tant d'angoisse et de reproches dans les yeux que je m'étais immédiatement sentie honteuse. Je n'ai jamais relancé le sujet.

Cela ne signifiait pas pour autant que je n'avais pas le droit d'espérer.

— C'était délicieux, vraiment.

— Avec plaisir, monsieur Dormer.

Il sourit.

— Mike. Je vous en prie.

Pas aussi coincé qu'il en avait l'air…

Je m'accordai une pause et m'assis devant lui tout en remplissant sa tasse.

— Avez-vous un programme pour la journée ?

J'allais lui désigner les prospectus dans le hall, mais il ne devait pas être le genre d'homme à apprécier les plaisirs d'une excursion à la journée dans les jardins de thé.

Il plongea son regard dans son café.

—Je pensais seulement prendre mes repères. On devrait m'apporter une voiture de location un peu plus tard, et, d'ici là, je ne peux pas faire grand-chose.

—Oh, il y a des tas d'endroits à visiter. Mais vous avez raison. À part le bus pour Port Stephens qui part de plus haut sur la route, sans véhicule, vous êtes plutôt coincé. Vous disiez que vous étiez en vacances ?

Bizarrement, il rougit légèrement.

—En quelque sorte, répondit-il.

J'en restai là. Je sais ne pas pousser quelqu'un qui ne veut pas parler. Il avait ses raisons d'être là – une rupture, une ambition personnelle, une décision à prendre en solitaire. Je déteste les gens qui posent sans arrêt des questions. Mike Dormer m'avait réglé une semaine d'avance et remerciée poliment pour son petit déjeuner : rien que pour ça, il méritait ma courtoisie professionnelle.

—Je vais... euh... vous laisser travailler, m'informa-t-il en rangeant avec soin ses couverts sur son assiette, avant de se lever. Merci beaucoup, madame Mostyn.

—Kathleen.

—Kathleen.

Je débarrassai ses couverts sans plus penser à rien.

Je devais m'occuper d'autres clients cette semaine-là, en particulier un couple qui fêtait ses vingt-cinq ans de mariage. C'était notre première réservation découlant de l'annonce Internet. Les deux *Moby* étant complets, Liza se trouvait obligée de s'occuper d'eux.

Cela avait suffi à la mettre de mauvaise humeur – elle avait été on ne peut plus claire sur le fait qu'elle ne voulait pas entendre parler de nos affaires sur le Net –, mais, en plus, l'homme n'arrêtait pas de se plaindre. La chambre n'était pas assez grande, le mobilier miteux et la douche sentait le moisi. Il avait terminé les céréales en deux matins et avait grogné le lendemain contre le choix limité quand j'en avais ouvert un nouveau paquet. Pour couronner le tout, il avait jugé intolérable que Liza reporte leur excursion d'observation des baleines, alors qu'il était arrivé en retard après avoir décidé de visiter le musée qu'il m'avait fait ouvrir exprès pour lui. C'était inclus dans le prix, voyez-vous.

Son épouse était une femme élégante, toujours tirée à quatre épingles, ce qui me laissait songeuse quant au temps et aux efforts que certaines sont prêtes à consacrer à ce genre de détails. Elle le suivait partout et murmurait des excuses à tous ceux qu'il malmenait. Vu son incroyable aisance de conspiratrice, elle ne devait pas en être à sa première expérience. Le voyage était son cadeau d'anniversaire, m'avait-elle raconté d'un air contrit, tout en jetant des coups d'œil à son mari qui se dirigeait à grands pas vers l'hôtel, la tête dans les épaules. Combien d'années avait-il fallu à ces rides profondes pour apparaître sur son front? « Il s'est bien plus amusé que durant le voyage de l'année dernière », m'informa-t-elle, et je posai une main compatissante sur son bras.

— C'est une brute, déclara Liza en rentrant. Si ce n'avait pas été pour elle, je ne les aurais jamais emmenés.

Nous échangeâmes un regard.

— Pourtant, je suis certaine que tu l'as rendue heureuse, aujourd'hui.

— Pas vraiment. Nous n'avons pas vu une seule baleine. Je leur ai accordé une heure supplémentaire, mais c'était comme si la mer s'était vidée.

— Peut-être avaient-elles deviné.

— J'avais sorti mon sonar pour leur dire de ficher le camp pour la journée.

Il m'arrive de voir sa mère, ma petite sœur, dans les traits de Liza. C'est elle dans sa manière de pencher la tête quand elle réfléchit, dans ses doigts à la fois fins et forts, dans son sourire quand elle regarde sa fille. C'est dans ces moments-là que je bénis la présence ici de ma nièce et de Hannah. Il y a un plaisir élémentaire à observer la prolongation d'une lignée, une joie très particulière pour ceux qui, comme moi, n'ont pas d'enfants. Le choc de la filiation lorsque tout à coup ce n'est plus la mère que vous voyez, mais votre grand-oncle Evan, votre grand-mère ou peut-être un peu de vous-même. Reconnaître un front familial, un air renfrogné ou un petit rire a adouci, d'une certaine façon, la douleur causée par la perte de ma sœur.

Toutefois, Liza a ses particularités – sa vigilance, sa tristesse permanente, la trace décolorée de sa cicatrice entre la mâchoire inférieure et l'oreille gauche –, autant de traits qui n'appartiennent qu'à elle.

Que Nino Gaines n'ait pas donné signe de vie pendant quelques jours n'aurait pas dû m'étonner outre mesure – surtout après l'avoir envoyé paître comme je l'avais fait. Mais la distance plutôt inhabituelle qu'il mettait entre nous m'affecta. Je n'irais pas jusqu'à dire qu'il me manquait, mais je détestais l'idée qu'il fût à Barra Creek en train de penser du mal de moi. Plus que quiconque, je savais que la vie était trop courte pour la rancune.

Après le déjeuner, j'emballai un gâteau au citron dans du papier sulfurisé, le posai sur le siège passager de ma voiture et me mis en route pour aller lui rendre visite. Par cette journée magnifique, les montagnes se découpaient dans le lointain, et chacune des aiguilles des pins qui bordaient la route scintillait. En cet été particulièrement sec, le sol avait viré au rougeâtre, et les chevaux faméliques, sans herbe à brouter, tuaient le temps en agitant la queue pour chasser les sempiternelles mouches. Plus loin de la côte, l'air était différent : le pollen et la poussière restaient en suspens, l'atmosphère morne et plombée. Je ne comprends pas comment les gens peuvent vivre à l'intérieur des terres. Ce brun à perte de vue est déprimant, et la ligne ininterrompue des collines et des vallées beaucoup trop monotone. On s'habitue aux sautes d'humeur de la mer – comme à celles d'une épouse, j'imagine. Au fil des ans, ce n'est peut-être pas ce qu'on préfère, mais ça fait partie du quotidien.

Il rentrait tout juste chez lui quand je me garai. Au bruit du moteur, il se retourna, essuya ses mains énormes sur l'arrière de son pantalon et me salua quand il me reconnut. Il portait le même gilet matelassé qu'il avait déjà, je l'aurais juré, à la naissance de ses deux garçons dans les années 1970.

J'hésitai avant de sortir de la voiture. Nous nous étions rarement querellés, et je n'étais pas certaine de savoir comment il allait réagir. Nous restâmes à nous regarder du coin de l'œil, complètement ridicules : de vieux squelettes fragiles se faisant face comme deux adolescents.

— Bonjour, lançai-je.

— Tu viens pour ta commande ? demanda-t-il avec une lueur dans le regard qui me soulagea, alors que je ne le méritais pas.

— Je t'ai apporté un gâteau, l'avisai-je en le cherchant dans la voiture.

— J'espère qu'il est au citron.

— Pourquoi ? Tu vas le renvoyer, si ce n'est pas le cas ?

— Peut-être.

— D'habitude, tu n'es pourtant pas difficile à contenter, Nino Gaines. Borné, gourmand et fruste, mais difficile, non.

— Tu as mis du rouge à lèvres.

— Et impertinent, avec ça !

Il m'adressa un sourire, et je ne pus retenir celui qui se formait sur mon visage. C'est ce qu'on ne vous dit jamais sur la vieillesse : elle n'empêche personne d'agir comme un jeune imbécile.

— Viens, Kathleen. Je vais voir si M. Têtu, Goulu et Impertinent peut nous préparer une tasse de thé. Au fait, tu es très jolie.

La première fois que Nino Gaines me demanda en mariage, j'avais dix-neuf ans. La deuxième, dix-neuf ans et deux semaines. La troisième arriva quarante-deux ans plus tard. Aucune défaillance de mémoire ou d'attention de sa part n'est à mettre en cause, simplement, dans l'intervalle, ayant renoncé à moi, il avait épousé Jean. Il l'avait rencontrée deux mois après mon deuxième refus.

Elle avait débarqué à Woolloomoolloo d'un « bateau des mariées » et avait changé d'avis sur le soldat qu'elle devait épouser. Nino attendait un vieil ami sur le quai quand il tomba sur sa taille de guêpe et ses bas filés. Véritable force de la nature, elle l'ébranla et se fit passer la bague au doigt dans les deux mois qui suivirent. Des tas de gens trouvaient qu'ils formaient un couple étrange – ils se disputaient sans cesse –, mais il la ramena sur le domaine viticole qu'il venait d'acheter à Barra Creek, où ils vécurent jusqu'à ce qu'elle meure d'un cancer à cinquante-sept ans. Malgré leurs querelles, ils étaient bien assortis.

Je comprends pourquoi elle est restée avec lui. Tout le monde s'accordait à le dire à l'époque : Nino Gaines était un des garçons les plus séduisants de Silver Bay, même en maillot de bain de fille. Il en enfilait un tous les ans, lors du spectacle organisé par les militaires pour les enfants du coin. J'appris avec embarras qu'on lui avait ordonné de demander le mien en premier. Durant les années de guerre, j'étais une fille costaude, grande et aux épaules larges ; je n'ai pas beaucoup changé depuis. Tandis que d'autres femmes se sont tassées, leur dos voûté en point d'interrogation, les articulations déformées par l'arthrite et l'ostéoporose, je me tiens toujours droite et j'ai les membres solides. Je maintiens que c'est grâce au travail que demande l'entretien du vieil hôtel avec ses huit chambres et très peu d'aide. (Les membres d'équipage soutiennent pour plaisanter que le cartilage de requin est aujourd'hui réputé pour ses qualités conservatrices.)

La première fois que je posai les yeux sur lui, je servais au bar de l'hôtel. Il entra à grands pas dans son uniforme de l'armée de l'air et m'examina avec une telle audace que j'en rougis. Puis il aperçut la photo du journal encadrée près des étagères et demanda :

— Vous mordez ?

Ce ne sont pas tant les mots qui horripilèrent mon père, mais le clin d'œil qui les accompagna. J'étais tellement innocente que tout me passa au-dessus de la tête aussi vite que les avions militaires qui survolaient Tomaree Point.

— Non, répliqua mon père de derrière son journal près de la caisse. Mais son père, oui.

Un peu plus tard, il avait mis ma mère en garde :

— Il faut le surveiller, celui-là. Un beau parleur, et malin comme un singe.

Puis, se tournant vers moi :

— Tu ne t'approches pas de lui, compris ?

À cette époque, la voix de mon père m'était parole d'Évangile. Je limitai mes échanges avec Nino Gaines au strict minimum, m'efforçai de ne pas trop m'empourprer à ses compliments sur mes robes et étouffai mes rires à ses blagues chuchotées au-dessus du bar. J'essayai de ne pas remarquer qu'il venait dès qu'il avait quartier libre, alors que la vie nocturne la plus passionnante se trouvait à une bonne vingtaine de minutes de là en voiture, sur la route du littoral. Ma petite sœur Norah n'avait que quatre ans à cette époque (inutile de dire que sa naissance fut plus qu'une surprise pour mes parents) et elle le regardait comme s'il était un dieu, principalement parce qu'il la fournissait en chocolat et en chewing-gum.

Puis Nino voulut m'épouser. Connaissant l'opinion implacable de mon père sur les militaires, je me sentis obligée de refuser. Il m'arrive parfois de penser que nous nous serions peut-être mariés si, la deuxième fois, il ne me l'avait pas demandé devant mon père.

Quand Jean mourut, il y a presque quinze ans maintenant, je craignis que Nino Gaines ne s'effondre. Je l'ai déjà constaté chez les hommes de son âge : leurs vêtements deviennent un peu plus négligés, ils oublient de se raser, ils se nourrissent de plats cuisinés. Ils se laissent dépérir comme s'ils espéraient encore que quelqu'un surgisse pour s'occuper d'eux. C'est ainsi que cette génération d'hommes fut élevée. Ils n'ont jamais appris à faire quoi que ce soit par eux-mêmes. Mais Frank et John John l'épaulèrent et le maintinrent actif en étudiant avec lui de nouveaux projets pour tel raisin ou tel mélange. Frank resta à la maison, et la femme de John John vint deux fois par semaine leur faire la cuisine. Nino Gaines se remit bien mieux qu'aucun de nous ne l'aurait imaginé. Au bout d'un an, plus grand-chose chez lui n'indiquait qu'il avait connu un tel drame. Puis, un soir, autour d'une bouteille de merlot, il me confia que, deux semaines avant de mourir, Jean l'avait menacé de venir lui tirer les oreilles s'il se morfondait tout seul dans son coin une fois qu'elle serait partie.

Il y eut ensuite un long silence. Quand je relevai la tête de mon verre, il me fixait droit dans les yeux. Ce silence me brûle encore aujourd'hui lorsque j'y pense.

— Elle avait bien raison, avais-je commenté en évitant son regard. Ce serait idiot de passer ton temps à broyer du noir. Occupe-toi. Va dans le Nord voir des amis. C'est le mieux à faire.

Il ajouta ensuite autre chose dont nous n'avons jamais reparlé. Depuis des années maintenant, Nino a accepté que, lui et moi, nous ne serions jamais rien d'autre que de bons amis. J'attachais une grande valeur à cette amitié – sans doute bien plus qu'il ne le soupçonnait –, et il était rare que l'un soit invité sans l'autre à un quelconque événement. Nous nous étions installés dans une sorte d'intimité complice, une joute verbale que nous exécutions tant parce que nous prenions plaisir à nos affrontements que parce que nous ne savions pas comment cacher autrement notre gêne réciproque. Il ne s'était plus abandonné à la confidence, et cela nous convenait très bien.

—Frank était en ville hier et il est tombé sur Cherry Dawson, me raconta-t-il.

J'avais les yeux rivés sur ses sets de table ornés de dessins et aquarelles des hauts lieux de Londres qu'il continuait à disposer pour chaque repas comme si Jean le lui avait demandé. Elle préférait les meubles lourds et richement décorés qui ne correspondaient pas à la personnalité de Nino. J'étais étonnée que cette maison ne le déprime pas davantage : elle ressemblait à un funérarium. Je n'étais jamais entrée dans son salon avec son canapé en tissu floqué, flanqué de deux fauteuils assortis et protégés par des têtières, sans être prise d'une envie de tout déchirer et de repeindre en blanc.

—Elle est toujours au conseil municipal ?

—Bien sûr. Elle m'a dit que les Bullen avaient vendu la vieille ferme ostréicole. Ça jase pas mal à la mairie sur ce qui la remplacera.

Je bus une gorgée de thé. Je détestais également les pompeuses tasses à fleurs. J'avais toujours eu envie de lui dire qu'un mug m'aurait suffi, mais il aurait pu le prendre comme une critique à l'encontre de Jean.

— Le terrain aussi ?

— Une bonne partie du front de mer, y compris l'ancienne écloserie, mais reste la question des parcs d'affinage.

— Que peut-on faire d'une telle étendue sous-marine ?

— C'est ce que je me demande.

Avant de se lancer dans le vin, fut un temps où Nino avait caressé l'idée d'ouvrir son propre parc à huîtres. Il avait envisagé d'acheter la ferme des Bullen au moment où ceux-ci luttaient contre les importations japonaises. Il avait cherché conseil auprès de mon père, qui s'était moqué de lui en disant qu'un homme qui en savait aussi peu sur la mer que Nino Gaines ferait mieux de la laisser tranquille. Papa aurait peut-être changé d'avis quand le vignoble de Nino remporta un prix et, plus tard, quand son chiffre d'affaires atteignit les six zéros.

— Tu as toujours des visées dessus ?

— Non. Ton père avait sans doute raison.

Il termina son thé et consulta sa montre. Tous les soirs, il parcourait la propriété sur son quad. Il inspectait le système d'irrigation, vérifiait que ses vignes n'étaient pas atteintes de botrytis ou de mildiou et savourait toujours avec autant de plaisir le fait que toute la terre qui s'étendait sous ses yeux était à lui.

— La baie n'est pas bonne à grand-chose. Ce ne pourra être qu'une nouvelle ferme ostréicole.

— Je ne crois pas.

Nino secoua la tête.

J'eus le sentiment qu'il en savait plus qu'il ne le disait.

— Bon, finis-je par dire quand je compris qu'il ne s'étendrait pas davantage. Ils devront laisser le chenal d'eaux profondes pour le passage des bateaux, donc, quoi qu'ils décident de faire, cela ne devrait rien changer pour les équipages. Au fait, t'ai-je dit que Hannah avait vu sa première baleine ?

— Liza a fini par l'emmener, c'est vrai ?

Je fis la grimace.

— Non, alors garde-le pour toi. Elle est sortie sur le *Moby I* avec Yoshi et Lance. Elle était tellement heureuse que je me demande comment Liza ne s'est rendu compte de rien. Quand je suis passée devant sa porte à 22 h 30, elle chantait sur un enregistrement de baleines.

— Elle devrait relâcher la pression sur cette enfant, observa-t-il. Les années délicates arrivent. Si Liza la tient trop serrée, elle foncera droit dans le sens opposé. (Il fit semblant de ferrer un poisson.) Mais je n'ai pas besoin de te le dire.

Je jetai un coup d'œil sur la pendule au-dessus de la cheminée et me levai. Je n'avais pas vu l'heure passer. Je voulais juste lui apporter un gâteau.

— C'était bon de te voir, Kate.

Alors que je m'apprêtais à partir, il se pencha pour m'embrasser la joue, et je lui pris le bras, ce qui aurait pu passer pour un signe d'affection ou au contraire un moyen de le maintenir à distance.

Mon père pensait qu'il était comme les autres, qu'il n'en avait qu'après ma célébrité et l'hôtel. Je m'étonne aujourd'hui qu'un père ne laisse pas sa fille croire qu'elle est assez bien pour être aimée pour elle-même.

Quand je rentrai, ils étaient déjà attablés dehors. Liza avait dû les servir, et ils étaient sur le banc avec leurs bières et des paquets de chips. Yoshi et Lance jouaient aux cartes, emmitouflés dans des pulls et des bonnets de laine contre le vent frais du sud. Apparemment, personne n'avait pensé à allumer les braseros.

— La livraison du boucher est arrivée, annonça Liza en levant une main. (Elle lisait le journal local.) Je ne savais pas ce que tu avais prévu, alors j'ai tout collé dans le frigo.

— Je ferais mieux de vérifier. La dernière fois, il s'est complètement trompé, déclarai-je. Bonjour à tous. Vous êtes rentrés tôt.

— Seulement un groupe, trop loin pour que les clients le voient. Vous êtes allée voir votre jules, mademoiselle M ?

Tout en parlant, Greg lança un coup d'œil à ma nièce, mais Liza l'ignora. Elle ne lui avait toujours pas adressé la parole et j'en étais désolée. Greg avait voulu bien faire, mais, parfois, ça se retournait contre lui.

Je trouvai Mike Dormer dans le hall en train de feuilleter le journal que je laissais à disposition des clients. Il leva les yeux et m'adressa un signe de tête.

— Votre voiture a-t-elle été livrée ?

J'allais retirer mon manteau, mais me ravisai.

— Oui. Une… (Il sortit les clefs de sa poche.)… Holden.

— Ça vous ira. Vous récupérez ?

Il avait toujours l'air fatigué. Je me rappelai que le décalage horaire frappait par vagues.

— Ça vient. Je me demandais… Serait-il possible de dîner ici ce soir ?

— Vous pouvez manger maintenant, si vous le désirez. Je m'apprête à sortir de la soupe pour les membres d'équipage. Attrapez votre veste et joignez-vous à nous.

Je remarquai son hésitation. Je ne sais pas pourquoi j'avais insisté. Sans doute parce que j'étais moi-même fatiguée et ne me sentais pas de préparer un repas complet pour un seul client. Peut-être aussi avais-je envie que Liza côtoie un autre homme que Greg…

— Voici Mike. Il dînera avec nous, ce soir.

Ils le saluèrent à voix basse. Plus curieux que les autres, Greg haussa le ton, et ses blagues se firent un peu plus lourdes.

Tout en remuant la soupe, je les écoutai par la fenêtre de la cuisine et ris presque de sa transparence.

Je sortis le dîner sur deux plateaux. (Je ne laisse pas le choix du menu aux membres d'équipage, ou alors j'y passerais la nuit.) Chacun des hommes prit un bol et un gros morceau de pain, levant à peine la tête pour me remercier. Seul Mike s'extirpa du banc.

— Laissez-moi vous aider, offrit-il en se saisissant du second plateau.

— Vous, alors ! s'exclama Lance en souriant. On voit que vous n'êtes pas d'ici.

— Merci beaucoup, monsieur Dormer, dis-je en m'asseyant à côté de lui.

— Je vous en prie, appelez-moi Mike.

— Ah ! N'allez pas donner des idées à Kathleen, intervint Greg.

Liza leva la tête à ce moment-là, et je surpris son regard qui se posait sur Mike.

Il parut gêné de toute l'attention qu'il suscitait. Il s'assit, détonnant un peu avec sa chemise repassée. Il n'était probablement pas plus jeune que Greg, mais, à côté de ce dernier, son visage semblait étonnamment lisse. *Tout ce temps passé enfermé dans un bureau*, pensai-je.

— Vous n'avez pas froid, en chemise ? demanda Yoshi en se penchant en avant. Nous sommes presque en août.

— Il fait assez doux pour moi, répondit-il, comme s'il palpait l'air autour de lui.

— Tu étais pareille quand tu es arrivée, Liza, fit remarquer Lance en levant un doigt vers elle. Maintenant, elle prend des bains de soleil en thermolactyl.

— D'où êtes-vous originaire ? demanda-t-il à Liza qui ne parut pas l'entendre.

— Que faites-vous dans la vie, Mike ? demandai-je.

— Je travaille dans la finance.

— Dans la finance !

Je répétai un peu plus fort pour que Liza entende. Instinctivement, je me disais qu'il n'y avait rien à craindre.

— Un *jackeroo* arrive à cheval devant un bar, raconta Greg en élevant la voix. Il met pied à terre, contourne sa monture, lui soulève la queue et lui embrasse le cul.

— Greg, le rabrouai-je.

— Un autre cow-boy l'arrête au moment où il entre dans le bar. Il lui dit : « Pardon, mec, est-ce que je t'ai bien vu embrasser le cul de ce cheval ? »

— Greg, le coupai-je encore, exaspérée.

— « Pour sûr », répond le *jackeroo.* « Je peux te demander pourquoi ? », questionne le cow-boy. « Pas de problème, fait-il. J'ai les lèvres gercées. » (Il regarda autour de lui pour s'assurer qu'il avait bien toute l'attention de la tablée.) « Et ça les soigne ? », demande le cow-boy. « Non, répond le *jackeroo.* Mais, pour sûr, ça m'empêche de passer la langue dessus. »

Il frappa la table, hilare, et je levai les yeux au ciel.

— Elle est nulle, déclara Yoshi. En plus, tu l'as déjà racontée il y a deux semaines.

— Elle n'était pas plus drôle à ce moment-là, confirma Lance.

Je remarquai leurs jambes entremêlées sous la table. Ils croyaient encore que personne n'était au courant.

— Tu sais ce que c'est qu'un *jackeroo*, vieux ?

Greg se pencha sur la table.

— Je devine. La soupe est délicieuse, observa Mike en se tournant vers moi. Vous la préparez vous-même ?

— Elle a dû l'attraper elle-même, commenta Greg.

— Comment trouvez-vous Silver Bay ? (Yoshi souriait à Mike.) Êtes-vous sorti aujourd'hui ?

Il resta silencieux le temps de finir sa bouchée de pain.

— Je ne suis pas allé beaucoup plus loin que la cuisine de Mlle Mostyn – enfin, Kathleen. Le peu que j'en ai vu me paraît très… joli. Alors… euh… vous travaillez tous sur des bateaux de croisière ?

— Des baleiniers, rectifia Greg. À cette époque de l'année, on cherche de quoi se mettre sous la dent. Parmi les espèces non humaines.

— Greg n'est pas très regardant.

— Vous chassez les baleines ? (La cuiller de Mike s'arrêta à mi-chemin.) Je croyais que c'était interdit.

— L'observation de baleines, intervins-je. Ils emmènent des touristes les voir. Entre maintenant et septembre, les baleines à bosse remontent au nord vers les eaux plus chaudes et passent près d'ici. Dans deux mois, elles feront le trajet inverse.

— Nous sommes les chasseurs de baleines des temps modernes, ajouta Lance.

Mike parut surpris.

— Je déteste cette expression, s'exclama Yoshi. Cela nous donne un côté… cruel. On ne les chasse pas, on les observe à une distance raisonnable. Cette appellation est complètement fausse.

— Si cela ne tenait qu'à toi, Yosh, nous serions tous des « observateurs marins accrédités de cétacés Dieu sait quoi ».

— De *Megaptera novaeangliae*, pour être exacte.

— Je n'y avais jamais songé, avoua Lance. On nous a toujours surnommés ainsi.

— Je croyais que c'était la raison de votre présence, fis-je remarquer à Mike. La plupart des gens s'arrêtent ici pour voir des baleines.

Il baissa la tête vers son bol.

— Eh bien… je… certainement… Cela me paraît une activité intéressante.

— Attention si vous embarquez avec Greg, par contre, le prévint Yoshi en essuyant son bol avec un morceau de pain. Il a tendance à perdre certains passagers. Par accident, bien entendu.

— C'est elle qui a sauté ! Une espèce de cinglée, protesta Greg. J'ai dû lui lancer une bouée de sauvetage.

— Mais pourquoi a-t-elle sauté ? demanda Lance. Elle a eu peur de se faire… hum… harponner par Greg ?

Yoshi rigola.

Greg jeta un coup d'œil à Liza.

— Faux.

— Eh, comment se fait-il que je t'aie vu prendre son numéro de téléphone un peu plus tard ?

— Je lui ai donné le mien, expliqua-t-il lentement, parce qu'elle va peut-être organiser une excursion privée.

La tablée éclata d'un rire bruyant. Liza ne leva pas la tête.

— Oh ! s'exclama Lance. Une excursion privée ! Comme celle que tu as organisée en avril pour ces deux hôtesses ?

Mike observait ma nièce. Elle parlait peu, comme à son habitude, et le calme qu'elle affichait n'était qu'une façade. J'essayai de la regarder au travers de ses yeux à lui : une belle femme, qui faisait à la fois plus et moins que ses trente-deux ans, les cheveux rassemblés en arrière comme si elle avait cessé depuis longtemps de se préoccuper de son apparence.

— Et vous ? demanda-t-il doucement en se penchant vers elle. Vous chassez également les baleines ?

— Je ne chasse rien du tout, répondit-elle, impassible. J'essaye de les localiser et je garde mes distances. En général, c'est la manière la plus sage d'opérer.

Quand leurs regards se croisèrent, je surpris Greg en train de les observer. Il la suivit des yeux quand elle sortit de table, annonçant qu'elle partait chercher Hannah. Il se retourna ensuite vers Mike, et je priai pour être la seule à avoir perçu la froideur de son sourire.

—Ouais. Quand il s'agit de Liza, c'est la meilleure façon de faire. (Son sourire était aussi large et amical que celui d'un requin.) Garder ses distances.

6

Mike

La baie s'étend sur sept kilomètres et demi entre Taree Point et l'île la plus éloignée, Break Nose Island, à une courte distance en voiture de Port Stephens, un grand port prisé pour ses attractions. L'eau claire et protégée se prête parfaitement aux sports nautiques. Les marées sont de faible coefficient, ce qui permet de se baigner en toute sécurité. Il existe une industrie artisanale prospère, bien que réduite, d'observation des cétacés.

Silver Bay est à trois ou quatre heures de voiture de Sydney et accessible par autoroute pour une grande partie du trajet. Le front de mer est composé de deux moitiés d'anses. Celle à l'extrémité nord est pratiquement inexploitée ; quant à l'autre, où se situe à proprement parler Silver Bay, elle est à une faible distance, peut-être dix minutes à pied. On y trouve un certain nombre de petits hébergements et de commerces dont le chiffre d'affaires provient essentiellement des habitants de Sydney ou de Newcastle. Il y a un potentiel à développer, ainsi que de nombreux biens immobiliers accessibles à bas prix. Il est fort probable que les propriétaires envisageraient un accord financier honnête comme un atout pour l'économie locale.

En ce qui concerne la concurrence, il n'existe aucun hôtel de taille ni d'envergure. Le seul hôtel de la baie, victime d'un incendie il y a quelques décennies, fait la moitié de sa taille d'origine. Son fonctionnement se rapproche des chambres d'hôtes. Il ne propose aucune activité et, dans le cas où la propriétaire refuserait de vendre, il ne devrait poser aucun problème en termes de rivalité.

Je ne pouvais soumettre cela à personne, pensai-je. Ça n'avait ni queue ni tête. Peu importaient les faits et chiffres que j'avais pu glaner auprès du service d'urbanisme local ou de la chambre de commerce, je continuais à croire que j'écrivais sur un sujet auquel je ne connaissais rien.

À peine arrivé, j'avais découvert que ce n'était pas un endroit simple. J'étais habitué aux mètres carrés de la City; locaux de direction, immeubles de bureaux des années 1970 réhabilités en centres de remise en forme, nouveaux sièges sociaux de luxe. Dans ces milieux-là, je pouvais me fondre dans la masse, étudier les tarifs locatifs en vigueur comparés aux prix d'acquisition, les revenus disponibles des résidents alentour et, au bout du compte, disparaître.

Là, je l'avais su dès que j'étais monté dans le camion de Greg rempli de canettes de bière, tout serait différent.

Ici, impossible de passer inaperçu. Même en jean et sweat-shirt, j'avais l'impression que l'absence d'une couche de sel trahissait mes intentions. Malgré son petit nombre d'habitants, l'endroit me paraissait surpeuplé et beaucoup trop influencé par sa population. Il s'agissait pour moi d'une expérience inédite, et je ne parvenais pas à y voir clair.

Dans un soupir, j'ouvris un nouveau document et commençai à taper les rubriques : géographie, climat économique, industrie locale, concurrence. Non sans quelque ressentiment, je songeai à mon coupé sport, celui que je m'étais promis en finalisant cette affaire ; la voiture qui m'attendait sur le parking du concessionnaire, payée et lustrée. Je consultai ma montre. J'étais assis là depuis près de deux heures et je n'avais rédigé que trois paragraphes. C'était l'heure d'une nouvelle pause thé.

Kathleen Mostyn m'avait attribué ce qu'elle décrivait comme sa « bonne » chambre après le départ d'autres clients. La veille au soir, elle m'avait monté un plateau avec tout le nécessaire à thé ou à café. Elle avait marmonné qu'elle ne l'avait pas proposé aux précédents occupants « parce qu'ils se seraient certainement plaints que l'eau ne bouillait pas assez vite ». En Angleterre, elle aurait été le genre de femme à diriger une école ou peut-être un château. De celles qui vous font penser que « l'âge ne peut la flétrir » : des yeux perçants, extrêmement affairée, l'esprit vif. Je l'aimais bien. Je crois que j'apprécie les femmes à forte personnalité : il m'est plus facile de ne pas avoir à penser pour deux. Ma sœur aurait une tout autre théorie, à n'en pas douter.

Je mis la bouilloire en route et me postai devant la fenêtre en préparant ma tasse. La chambre n'était pas luxueuse, mais confortable, à l'opposé de la plupart des chambres d'hôtel haut de gamme dont j'avais l'habitude. Les murs étaient blanchis à la chaux et le lit double en bois était paré de draps blancs et d'une couverture à rayures bleu et blanc. Il y avait un vieux fauteuil en cuir et un tapis persan qui un jour avait peut-être eu de la valeur. Je travaillais sur un petit bureau en pin brossé accompagné d'une chaise de cuisine. Quand je détaillais l'hôtel Silver Bay, j'avais le sentiment que Kathleen Mostyn avait décidé depuis longtemps que la décoration réclamait bien trop d'imagination, et opté pour tout badigeonner à la chaux. « Facile à nettoyer, facile à repeindre », pouvais-je l'entendre dire.

Je me rendis compte assez rapidement que j'étais son unique client à long terme. L'hôtel avait dû un jour être très chic, mais semblait s'être résigné avec pragmatisme à n'accueillir que peu de visiteurs. La plupart des meubles avaient été choisis pour leur côté pratique plutôt qu'esthétique. Les tableaux se limitaient principalement à des photos sépia de l'hôtel au temps de sa splendeur et à quelques aquarelles de bords de mer. Les cheminées et les étagères accueillaient des collections étranges de galets ou de bois flottés, un détail qui ailleurs aurait pu passer pour quelque prétention stylistique, mais qui ici n'était rien de plus que des trouvailles en mal de domicile.

Ma chambre donnait directement sur la baie, sans même une route entre la maison et la plage. La veille, j'avais dormi la fenêtre ouverte, bercé par les vagues pour ma première nuit de sommeil digne de ce nom depuis des mois, et, tandis que l'aube commençait à poindre, j'avais vaguement perçu les camions des baleiniers, leurs pneus crissant sur le sable mouillé, et les allées et venues des pêcheurs sur les galets.

Quand je parlai du cadre à Nessa, elle me traita de sacré veinard et me raconta qu'elle avait passé un savon à son père pour m'avoir éloigné d'elle.

— Tu ne te rends pas compte de tout ce que je dois organiser, m'avait-elle dit sur un ton à moitié accusateur, comme si ma présence à Londres lui aurait été d'un quelconque secours.

— Tu sais que nous pouvons faire autrement, hasardai-je quand elle se trouva à court de récriminations. Nous pourrions nous envoler quelque part et nous marier sur une plage.

Le silence qui s'ensuivit fut assez long pour que je me demande ce que cette suggestion me coûterait.

— Après tout ça ? (L'incrédulité était perceptible.) Après tout ce que j'ai fait, tu voudrais simplement t'envoler quelque part ? Depuis quand as-tu un avis sur la question ?

— Oublie ce que je viens de dire.

— Tu mesures à quel point tout cela est difficile ? Je me démène pour tout planifier, et la moitié de ces foutus invités ne se donne même pas la peine de répondre. C'est tellement mal élevé. Je vais devoir leur courir après moi-même.

— Écoute, je suis désolé. Tu sais que je n'ai pas demandé à être là. Je bosse d'arrache-pied sur cette affaire et je serai rentré plus vite que tu ne le penses.

Elle s'apaisa. Enfin. Elle sembla se dérider quand je lui rappelai qu'ici nous étions en hiver. Qui plus est, Nessa sait que je n'aime pas le farniente. Je n'ai jamais pu me prélasser sur une plage ne serait-ce qu'une semaine d'affilée. Au bout de quelques jours, j'explore l'intérieur des terres et scrute les journaux locaux en quête d'affaires à faire.

— Je t'aime, dit-elle avant de raccrocher. Finis le boulot et rentre vite.

Même pour moi, il était difficile de travailler dans un tel environnement. La connexion Internet par la ligne téléphonique était lente et capricieuse. Les journaux et les pages financières n'arrivaient pas avant midi. Tandis que la plage, avec sa courbe élégante et son sable blanc, invitait à la promenade. La jetée en bois encourageait à venir s'asseoir et laisser pendre ses jambes nues dans la mer. La longue table décolorée où les équipiers des baleiniers se retrouvaient le soir témoignait des bières fraîches et des frites.

J'ouvris un courriel et commençai à rédiger :

Dennis. J'espère que vous allez bien. Je suis passé à l'urbanisme hier et ai rencontré M. Reilly, comme vous l'aviez suggéré. Il a l'air d'apprécier les plans et dit que les seuls problèmes possibles seraient...

Je sursautai quand on frappa à la porte et fermai d'un coup mon ordinateur portable.

—Est-ce que je peux entrer?

J'ouvris et trouvai Hannah, la fille de Liza McCullen. Elle portait une assiette contenant un sandwich.

—Tante K a pensé que vous auriez peut-être faim. Elle ne savait pas si vous vouliez descendre.

Était-ce déjà l'heure du déjeuner?

—C'est très gentil. Remercie-la pour moi.

Elle aperçut mon ordinateur.

—Qu'est-ce que vous faites?

—J'envoie quelques courriels.

—Il y a Internet?

—Bientôt.

—Je rêve d'avoir un ordinateur. À l'école, toutes mes amies en ont un. (Elle se balança sur une jambe.) Vous savez que ma tante est sur Internet? Je l'ai entendue le dire à maman.

—Beaucoup d'hôtels ont un site.

—Non, répliqua-t-elle. C'est elle qui est sur Internet. Elle n'aime pas en parler, mais elle était célèbre dans le coin pour avoir attrapé des requins.

J'imaginai la vieille dame en train de lutter contre une créature comme celle des *Dents de la mer.* Curieusement, cela ne me parut pas si difficile.

L'enfant traîna sur le pas de la porte, manifestement peu pressée de partir. Elle affichait cet air lumineux et dégingandé qu'ont les jeunes filles juste avant d'entrer dans l'âge adulte ; cette période obscure où, durant quelques mois voire quelques années, il est impossible de dire si elles vont devenir de grandes beautés, ou si les hormones et la génétique vont concourir à allonger un peu trop le nez ou alourdir le menton. Dans son cas, je penchai plutôt pour la première hypothèse.

Elle ressemblait beaucoup à sa mère.

— Monsieur Dormer ?

— Mike.

— Mike. Si vous n'êtes pas trop occupé un jour, est-ce que je pourrais essayer votre ordinateur ? J'aimerais vraiment voir cette photo de ma tante.

Le soleil rayonnait sur toute la baie, les ombres rétrécissaient, les trottoirs et le sable ondulant réfléchissaient la lumière. Depuis mon arrivée à Kingsford Smith, l'aéroport de Sydney, je ne me sentais pas dans mon élément. Que quelqu'un me demande quelque chose de familier me fit du bien.

— Et si nous y jetions un coup d'œil maintenant ? lui proposai-je.

Nous sommes restés assis là pendant près d'une heure, le temps de me rendre compte que c'était une enfant adorable. Par certains côtés, elle paraissait plus jeune que son âge : elle était bien moins préoccupée par son apparence que les petites Londoniennes que je connaissais, ou par la culture pop, la musique et tout le reste. Néanmoins, son air mélancolique et sa maturité cadraient mal dans un corps aussi jeune. En général, je ne suis pas très doué avec les enfants – je ne sais pas quoi leur dire –, mais j'aimais la compagnie de Hannah McCullen.

Elle me posa des questions sur Londres, ma maison, si j'avais des animaux. Elle découvrit très vite que j'allais me marier et planta ses grands yeux sombres et sérieux dans les miens pour me demander d'un ton grave :

— Êtes-vous certain qu'elle est la bonne personne ?

Je fus un peu déconcerté, mais estimai qu'elle méritait une réponse tout aussi sérieuse.

— Je crois. Nous sommes ensemble depuis longtemps. Nous connaissons nos forces et nos faiblesses.

— Vous êtes gentil avec elle ?

Je réfléchis un instant.

— J'espère être gentil avec tout le monde.

Elle sourit, un sourire plus enfantin.

— Vous avez l'air gentil, concéda-t-elle.

Puis nous nous penchâmes sur le véritable sujet, l'ordinateur. Nous cherchâmes et imprimâmes deux photos d'une jeune femme en maillot de bain avec un requin ainsi que deux articles écrits par des gens qui de toute évidence ne l'avaient jamais rencontrée. Nous consultâmes le site d'un groupe de pop, un autre de tourisme sur la Nouvelle-Zélande, puis vérifiâmes une kyrielle de faits et chiffres sur les baleines à bosse que Hannah confessa déjà connaître par cœur. J'appris que les poumons d'une baleine étaient de la taille d'une petite voiture, qu'un nouveau-né pouvait peser jusqu'à une tonne et demie, et que le lait d'une mère avait la consistance du fromage blanc. Je dois admettre que j'aurais pu me passer de ce dernier détail.

— Tu sors souvent voir les baleines avec ta maman ?

— Je n'ai pas le droit, répondit-elle. (Je perçus le ton nasillard de l'accent australien, l'intonation plus haute en fin de phrases.) Maman n'aime pas que j'aille en mer.

L'échange houleux entre Liza McCullen et Greg me revint soudain à l'esprit. Je faisais de mon mieux pour ne pas mettre mon nez dans la vie privée des gens, mais je me rappelai vaguement qu'il était question de Hannah et d'un bateau.

Elle haussa les épaules, comme pour se convaincre qu'elle s'en fichait.

— Elle fait de son mieux pour me protéger. Nous… (Elle leva la tête vers moi, hésita, puis se ravisa.) Peut-on regarder des photos d'Angleterre sur l'ordinateur ? J'ai quelques souvenirs, mais pas trop.

— Que veux-tu voir ?

Liza McCullen apparut.

— Je me demandais où tu étais passée, lança-t-elle du pas de la porte.

Oscillant de l'un à l'autre, son regard semblait accusateur, comme si elle me prenait en faute. Cela m'excéda.

— Hannah m'a apporté un sandwich, déclarai-je d'un ton plein de sous-entendus. Et elle m'a demandé si elle pouvait jeter un coup d'œil à mon ordinateur.

— Il y a vingt-trois mille cent pages sur les baleines à bosse sur Internet, fanfaronna Hannah.

Liza s'adoucit.

— J'imagine qu'elle a voulu toutes les lire. (Il y avait une note d'excuse dans sa voix.) Hannah, chérie, laisse maintenant M. Dormer tranquille.

Elle portait la même tenue que les deux autres fois : un pantalon de toile vert, une polaire et un ciré jaune. Ses cheveux étaient toujours rassemblés en queue-de-cheval, les pointes presque blanches, alors que sa couleur naturelle était bien plus foncée. Je songeai à Nessa qui, au cours de notre première année de vie commune, se levait une demi-heure avant moi afin de se coiffer et se maquiller avant que je ne la voie. Il m'avait fallu presque six mois pour comprendre comment elle arrivait à dormir avec du rouge à lèvres sans laisser de traces sur l'oreiller.

—Je suis désolée si elle vous a dérangé, s'excusa Liza sans vraiment me regarder dans les yeux.

—Elle ne m'a pas dérangé le moins du monde. Ce fut un plaisir. Si tu veux, Hannah, j'installerai l'ordinateur en bas pour que tu puisses l'utiliser quand je ne suis pas là.

Les yeux de Hannah s'agrandirent.

—Vraiment ? Toute seule ? Maman ! Je vais pouvoir faire tout mon dossier.

Je m'attendais à la désapprobation de sa mère, c'est pourquoi j'évitais son regard, feignant de l'ignorer. Ce n'était pas grand-chose, après tout. Je débranchai l'ordinateur, ayant pris soin de fermer tous mes dossiers protégés par un mot de passe.

—Vous sortez maintenant ?

Une idée m'avait traversé l'esprit. Une suggestion de Kathleen plus tôt dans la matinée.

—Oui, affirmai-je en tendant mon portable à Hannah. Si ta mère veut bien m'emmener.

Étant donné que la médiocre économie de Silver Bay reposait en quasi-totalité sur le tourisme et que, d'après les chiffres des autorités locales, le salaire mensuel moyen était inférieur à mille livres sterling, une sortie lucrative en mer aurait pu représenter une aubaine pour Liza McCullen. Son bateau venait de subir près de deux cents dollars de réparation, elle n'avait aucune excursion programmée avant le lundi suivant, et sa tante avait précisé à de nombreuses reprises qu'elle était bien plus heureuse sur l'eau qu'à terre ; elle aurait dû bondir sur l'occasion. Sans compter que je proposais de payer le prix de quatre personnes, minimum requis pour une excursion économiquement viable pour un bateau.

—Je ne sors pas cet après-midi, décréta-t-elle, les poings enfoncés dans ses poches.

—Pourquoi ? Je vous offre près de cent quatre-vingts dollars. Ça vaut bien un peu de votre temps.

—Je ne sors pas cet après-midi.

—Annonce-t-on un orage ?

—Tante K a dit que c'était un prix fixe, intervint Hannah.

—Avez-vous des informations particulières sur les baleines ? Sont-elles parties en excursion pour la journée ? Je ne réclamerai pas de remboursement si je ne vois rien, mademoiselle McCullen. Je veux simplement sortir en mer.

—Allez, maman ! Comme ça, je pourrai utiliser l'ordinateur de Mike.

J'eus de la peine à réprimer un sourire.

Elle refusait toujours de me regarder.

—Je ne vous emmènerai pas. Demandez à quelqu'un d'autre.

—Les autres, ce sont de gros bateaux, n'est-ce pas ? Pleins de touristes. Pas du tout mon genre.

—Je vais appeler Greg pour vous. Voir s'il sort cet après-midi.

—Celui qui perd les gens par-dessus bord ?

Kathleen surgit soudain sur le palier, s'arrêtant pour observer la scène qui se déroulait dans ma chambre, un peu étonnée.

—Je vous inscris pour lundi, conclut Liza. J'ai déjà trois réservations, ce sera plus agréable à plusieurs.

Bizarrement, je commençais à m'amuser.

—Non, rétorquai-je. Je suis asocial. Je veux sortir cet après-midi.

Elle finit par me regarder droit dans les yeux en secouant la tête d'un air de défi.

—Non, riposta-t-elle.

Quelque chose intriguait Kathleen. Elle se tenait en silence derrière Liza, mais observait intensément la scène.

— D'accord… Trois cents dollars, offris-je en sortant l'argent de mon portefeuille. C'est assez pour un bateau complet, n'est-ce pas ? Je vous paye trois cents dollars et vous me racontez tout ce qu'il y a à savoir sur les baleines.

Hannah retint sa respiration.

Liza regarda sa tante. Kathleen haussa les sourcils. Le temps s'arrêta.

— Trois cent cinquante dollars, enchéris-je.

Hannah rigolait.

Je n'avais pas l'intention de céder. Je ne sais pas ce qui me prit. L'ennui, probablement. Ou sa réticence. Peut-être la mise en garde de Greg avait-elle éveillé ma curiosité. Mais j'allais monter sur ce bateau, coûte que coûte.

— Cinq cents dollars. Voilà l'argent.

Je sortis les billets restants. Je ne les lui agitai pas sous le nez, mais les gardai en main.

Liza me dévisagea.

— Et je compte les petits gâteaux et le café.

Kathleen grogna.

— C'est votre argent, finit par lâcher Liza. Vous devrez porter des chaussures souples et un bon chandail, pas cet accoutrement de citadin. Je serai prête dans un quart d'heure.

Elle prit les billets et les fourra dans sa poche. Son regard de biais indiquait clairement qu'elle me trouvait cinglé.

Pourtant, je savais ce que je faisais. Comme Dennis aime à le répéter, tout et chacun a un prix.

Le bateau de Liza était le seul amarré. Elle me devançait de quelques pas, n'adressant la parole qu'à son petit chien, ce qui me permit de regarder alentour. Il n'y avait pas grand-chose à Silver Bay, même autour de la jetée : un café, une boutique de souvenirs au chiffre d'affaires manifestement ridicule, vu la vitrine poussiéreuse, et un marché aux poissons, dans le bâtiment le plus moderne de la baie orienté vers le centre-ville. Il disposait d'un parking à quelques pas de là, si bien que les clients en demande de poissons frais étaient peu disposés à revenir en arrière pour profiter des autres infrastructures – un agencement bien mal conçu. Il aurait été plus malin de l'aménager de l'autre côté de la jetée.

Il y avait peu de monde, pour un samedi. Les touristes, s'ils existaient, devaient être sortis avec les autres bateaux. Les rares motels que j'avais aperçus en pointillé le long de la route principale qui sortait de la ville annonçaient désespérément leurs chambres libres, petits déjeuners compris ; pour autant la baie ne donnait pas l'impression d'attendre grand-chose en dehors de la saison. Il lui manquait le côté abandonné et maussade si particulier aux villes anglaises de bord de mer ; l'éclat du soleil lui conférait un air jovial, tandis que ses habitants paraissaient étonnamment joyeux.

Sauf Liza.

D'un ton grave et monocorde, elle m'avait enjoint de monter à bord et de l'attendre tandis qu'elle parcourait la liste des consignes de sécurité, puis, presque à contrecœur, elle me demanda si je souhaitais du café.

— Montrez-moi où c'est et je m'en occupe, répondis-je.

— Pliez les genoux quand vous vous déplacez, me conseilla-t-elle en me tournant le dos. Et ne donnez rien aux mouettes. Cela les encourage à piquer sur les passagers et elles salissent tout.

Elle grimpa les marches et disparut.

Le pont inférieur avait deux tables et des chaises, des banquettes plastifiées et une vitrine proposant du chocolat, des vidéos et des cassettes sur les baleines, ainsi que des comprimés contre le mal de mer. Un mot avertissait les passagers qu'il était judicieux de ne pas se servir des consommations trop chaudes, étant donné le risque de les renverser. Je remplis deux tasses et remarquai les hauts rebords du buffet ainsi que les supports à thé et café, prévus pour éviter que les thermos ne basculent en cas de forte houle. Je refusai d'imaginer le genre de roulis capable d'envoyer valdinguer des cafetières bouillantes, celui-là même qui apparemment empêchait Hannah de sortir en mer, mais les moteurs se mirent en route et je dus me retenir au bastingage pour garder l'équilibre. Nous nous dirigions vers le large à vive allure.

Je réussis tant bien que mal à grimper la volée de marches qui menait à l'arrière du bateau. Liza se tenait aux commandes, son petit chien allongé langoureusement en travers de la barre : de toute évidence, son poste de prédilection. Je lui tendis une tasse et sentis le vent sur mon visage, le goût du sel sur mes lèvres.

Cela fait partie de mon boulot, songeai-je en essayant de légitimer mon attitude. Cependant, ce serait un exercice intéressant que d'en justifier la dépense.

Liza gardait les yeux rivés sur l'eau, et je me demandai pourquoi elle avait fait preuve d'autant de détermination pour ne pas m'accompagner. Je n'avais pas le souvenir de l'avoir offensée. Elle paraissait le genre de femme à se montrer instinctivement farouche face à toute approche. Et j'avais été moi-même extrêmement résolu.

— Depuis combien de temps faites-vous cela ? criai-je pour couvrir le bruit des moteurs.

— Cinq ans. Bientôt six.

— Ça marche bien ?

— Suffisamment pour nous.

— Le bateau vous appartient ?

— C'était celui de Kathleen, mais elle me l'a donné.

— Généreux de sa part.

Je pouvais compter sur les doigts d'une main le nombre de mes sorties en bateau, et tout m'intéressait. Je lui demandai les noms des différentes parties, où était bâbord et tribord (je les ai toujours confondus), comment appelait-on les divers instruments.

— Combien vaut un bateau de cette taille ?

— Ça dépend.

— Combien vaut ce bateau, précisément ?

— Vous rapportez toujours tout à l'argent ?

La remarque ne se voulait pas hostile, mais me cloua le bec un moment. Je bus une gorgée de café avant de faire une nouvelle tentative.

— Vous venez d'Angleterre ?

— C'est ce que Hannah vous a dit ?

— Non… C'est ce que… euh… les membres d'équipage ont dit. L'autre soir, à table. Je l'ai entendu.

Elle réfléchit un instant.

— Oui. Nous avons vécu en Angleterre.

— Cela vous manque ?

— Non.

— Vous êtes venue ici exprès ?

— Exprès ?

— Pour l'observation des baleines ?

— Pas vraiment.

Se comportait-elle ainsi avec tous ses clients ? Un mauvais divorce, pariai-je. Ou peut-être n'aimait-elle pas les hommes.

— Vous voyez beaucoup de baleines ?

— Il suffit d'être au bon endroit.

— C'est une vie agréable ?

Elle retira sa main de la barre et se tourna vers moi, l'air suspicieux.

—Vous posez beaucoup de questions.

Je me refusai à réagir. J'avais l'intuition qu'elle n'était pas naturellement quelqu'un d'hostile.

—Vous devez susciter la curiosité. J'imagine qu'il n'y a pas tant de femmes capitaines dans la région, anglaises de surcroît.

—Comment le sauriez-vous ? Nous pourrions être des milliers. (Elle s'autorisa une esquisse de sourire.) Figurez-vous que Port Stephens est justement célèbre pour cela.

C'était là l'apogée de son sens de l'humour.

—Bien, une question pour vous. Pourquoi avez-vous dépensé autant d'argent pour une sortie en mer ?

Parce que c'était le seul moyen pour que ce soit avec vous, voilà pourquoi.

Mais je me gardai bien de le dire tout haut.

—L'auriez-vous fait pour moins ? demandai-je en changeant de tactique.

Elle sourit.

—Évidemment.

Dès lors, quelque chose changea. Liza McCullen se détendit, ou peut-être décida-t-elle qu'en fin de compte je n'étais pas si déplaisant ou si menaçant qu'elle l'avait jugé de prime abord. Le malaise qui dominait jusque-là se dissipa.

Nous ne parlâmes pas beaucoup. Je m'assis sur la banquette en bois derrière elle et admirai la mer, heureux de profiter des compétences de quelqu'un d'autre dans un domaine auquel je ne connaissais strictement rien. Elle tourna la roue, jeta un coup d'œil au tableau de bord, appela un des autres bateaux à la radio, nourrit Milly, le chien, d'un drôle de gâteau. Parfois, elle pointait du doigt une étendue de terre ou une créature digne d'intérêt et donnait quelques explications. Je ne saurais aujourd'hui les répéter. Car, sans être la femme la plus belle du monde, sans prêter plus d'attention à son apparence qu'à sa façon de parler, et malgré sa manie de me tourner le dos la plupart du temps ou de me menacer du regard, Liza McCullen exerçait sur moi une étrange fascination.

Nessa vous dirait que je ne suis pas fin psychologue. Je me moque de comment les gens fonctionnent si cela ne m'est pas utile. Mais je n'avais jamais rencontré quelqu'un d'aussi peu enclin à se dévoiler. Il fallait lui arracher des bribes de conversation. Le moindre aveu sur elle-même paraissait une torture. Lorsque je lui demandai comment elle prenait son café, elle fronça les sourcils comme si je lui avais parlé de ses sous-vêtements. Quand elle me répondit : « Sans sucre », je crus à une confession. Le tout teinté d'une certaine… mélancolie ?

— Lance dit qu'ils ont aperçu une femelle à trois milles, annonça-t-elle après une demi-heure de mer. Ça vous tente ?

— Bien sûr, répondis-je.

J'avais oublié que nous étions supposés chercher des baleines. Quand on n'est pas habitué à l'océan, la première chose qui frappe est son ampleur. C'est un paysage en soi. Une fois le large atteint, n'offrant plus à la vue que de l'eau à l'infini, l'œil se perd dans l'immensité ondulante, attiré par une zone de lumière où les rayons du soleil traversent les nuages, ou par les moutons dans le lointain. Je ne prétends pas que je n'étais pas inquiet – moi qui suis un habitué de la terre ferme –, mais, une fois accoutumé à l'instabilité, au roulis et aux grincements, j'appréciai le sentiment de solitude, la liberté du bateau de se mouvoir sans être gêné par les autres.

— C'est là que nous allons, m'indiqua-t-elle, une main en visière contre la lumière aveuglante.

Je ne distinguai rien d'autre que les oiseaux qui plongeaient dans l'eau.

— Cela signifie qu'il y a du poisson. Et, là où il y a du poisson, il y a souvent des baleines.

À ce moment-là, les autres apparurent. Elle pointa son doigt vers le bateau de Greg qui semblait de la même taille que le sien, puis un peu plus loin vers celui qu'elle appela le *Moby II.*

— Là ! s'exclama-t-elle. Souffle !

— Souffle quoi ? m'enquis-je, ce qui la fit rire.

— Là.

Ne voyant rien, je plissai les yeux. Elle me prit le bras, sans doute inconsciemment, et m'attira vers elle.

— Regardez ! m'intima-t-elle en tentant de diriger mon regard dans le prolongement de l'axe. Nous allons nous approcher.

Je ne distinguais toujours rien. Cela aurait pu être frustrant, sauf que son plaisir enfantin me distrayait. J'avais devant moi une Liza McCullen que je ne connaissais pas encore. Un sourire large et franc, un éclaircissement dans sa voix.

— Oh, qu'elle est belle ! Je parie qu'il y a aussi un petit. Je le sens…

C'était comme si elle avait oublié sa froideur envers moi. Je l'entendis parler à la radio.

— *Ismahel* à *Moby II* – notre fille est à bâbord par rapport à toi, à environ un mille et demi devant. J'ai l'impression qu'elle a un petit, alors vas-y doucement, d'accord ?

— *Moby II* à *Ismahel*, je l'ai repérée, Liza. Je passe au large.

— Nous gardons une distance d'au moins cent mètres, m'expliqua-t-elle. Trois cents mètres quand il y a des petits. Tout dépend de la mère. Certaines sont curieuses, elles peuvent amener leur bébé tout près pour nous voir, et là, c'est autre chose. Mais ça me paraît toujours un peu… Je ne l'encourage pas. (Elle me regarda droit dans les yeux.) On ne peut pas garantir que le prochain bateau qu'elles croiseront sera aussi bienveillant. Bon ! Nous y voilà !

Je m'accrochai tandis que les trois bateaux convergeaient en une sorte de ballet délicatement chorégraphié, jusqu'à ce que nous soyons assez près les uns des autres pour que les passagers s'entraperçoivent. Ils coupèrent les moteurs et le silence se fit. J'attendis auprès de Liza que la baleine veuille bien se montrer de nouveau.

— Va-t-elle vraiment refaire surface ?

Il avait été inutile de poser la question. Je laissai échapper un « Waouh ! » involontaire quand l'énorme tête surgit hors de l'eau, à moins de dix mètres de nous. J'avais pourtant déjà vu des baleines en photo et imaginé à quoi elles ressemblaient. Mais la rencontre d'une créature aussi gigantesque et improbable dans son milieu naturel procure une sensation difficile à décrire.

— Regardez ! criait Liza. Le voilà ! En dessous !

À peine visible, en partie caché par sa mère, j'aperçus le baleineau, une note soudaine de bleu-gris. Ils passèrent deux fois devant nous, puis les exclamations des autres embarcations nous indiquèrent qu'ils étaient également allés leur rendre visite.

Je souriais comme un idiot. Liza me rendit ce sourire, dans lequel je décelai une forme de victoire, l'air de dire : « Vous voyez ? » Elle rit en apercevant la nageoire étonnamment longue.

— Elle nous salue, dit-elle, puis rit encore plus fort quand je me surpris à la saluer en retour. Elle a le ventre en l'air : cela montre qu'elle se sent en confiance avec nous. Vous savez qu'elle et son bébé utilisent leurs nageoires pectorales pour se caresser ?

Liza remarqua deux autres spécimens au loin. J'entendais vaguement la conversation radio entre les trois bateaux, leurs exclamations enthousiastes sur cette pêche miraculeuse. Elle rayonnait.

— Voulez-vous écouter quelque chose de magique ? me demanda-t-elle soudain.

Elle descendit en courant dans la coquerie, puis remonta avec un instrument bizarre au bout d'un câble. Elle brancha une extrémité dans une boîte et jeta le reste dans l'eau.

— Écoutez, m'intima-t-elle tout en appuyant sur des interrupteurs. C'est un hydrophone. Ils sont peut-être escortés.

Il n'y eut rien pendant quelques minutes. Je scrutai la mer afin de repérer la baleine sans entendre rien d'autre que le clapot, les oiseaux qui tournoyaient au-dessus de nous et, par moments, les voix des passagers des autres bateaux, portées par le vent. Puis une plainte faible s'éleva, langoureuse, presque inquiétante. Un son que je n'avais jamais entendu auparavant, et qui me donna froid dans le dos.

— Magnifique, n'est-ce pas ?

Je la dévisageai.

— C'est une baleine ?

— Un mâle. Ils chantent tous la même chose. Des recherches ont été faites là-dessus – un chant de dix-huit minutes, identique pour toutes les baleines du clan, tous les ans. Si une nouvelle arrive avec un autre air, c'est celui-là qu'elles reprennent. Vous les imaginez là-dessous, en train de s'apprendre à chanter les unes aux autres ?

Je devinai soudain Hannah sous ses traits. Je m'étais trompé en disant que Liza McCullen n'était pas belle : quand elle souriait, elle était éblouissante.

Le sourire s'évanouit.

— Qu'est-ce que…

Ce fut un bruit sourd, régulier, insistant. Je crus un instant que c'était un moteur, mais le bruit s'amplifia et je compris qu'il n'avait rien à voir avec l'hydrophone. Deux gros bateaux bondés et couverts de guirlandes contournèrent le cap. Quatre énormes haut-parleurs crachaient une musique bruyante sur le pont supérieur, et même à cette distance on entendait le tintement des verres et les rires hystériques des passagers ivres morts.

— Oh non, encore eux, déplora Liza. Le bruit les anéantit. Cela les désoriente… particulièrement les petits. Il y a trop de bateaux. Elle va s'affoler. (Elle sauta sur la radio et tripota le cadran.) *Ismahel* à *Bateau Disco* ou quel que soit votre nom. Baissez votre musique. Vous êtes trop bruyant. Vous m'entendez ? Vous êtes trop bruyant !

Je regardai l'eau fixement tandis que nous écoutions les grésillements de la radio. Plus rien n'apparaissait à la surface. Aucun son ne couvrait le rythme sourd et insistant qui se rapprochait.

Son front se plissa quand elle se rendit compte de leur vitesse.

— *Ismahel* au gros catamaran non identifié, est-nord-est de Break Nose Island. Coupez vos moteurs et votre musique. Vous êtes près d'une baleine et de son petit, et peut-être aussi d'un mâle. Vous allez trop vite, vous êtes en danger de collision, et le bruit les met en péril. Vous me recevez ?

Je restai planté là, inutile, tandis qu'elle essaya encore deux fois de les contacter. Avec ce vacarme, il était peu probable qu'ils entendent quoi que ce soit.

— *Ismahel* à *Suzanne* : Greg, peux-tu appeler les garde-côtes ? La police ? Qu'ils envoient une vedette. Ils sont trop près.

— Bien reçu, Liza. *Moby II* essaie de les détourner.

— *Moby II* à *Ismahel.* Je ne vois plus nos baleines, Liza. Je prie Dieu pour qu'elles soient parties de l'autre côté.

— Puis-je faire quelque chose ? demandai-je.

Je ne comprenais rien à ce qu'elle disait, mais l'angoisse était palpable.

— Tenez ça, me somma-t-elle en m'indiquant la barre, puis elle mit les moteurs en route. Maintenant, dirigez-vous vers le *Disco Billy,* là-bas, et je vous dirai quand virer. Je vais faire en sorte qu'on ne heurte rien au passage.

Elle ne me laissa pas le choix. Elle courut en bas, puis revint avec un tas de trucs sous sa veste. Je distinguai un porte-voix, mais j'étais trop concentré sur la barre pour identifier le reste. C'était une sensation inconnue et la vitesse m'intimidait. Le petit chien, qui avait flairé la tension, se leva en gémissant.

Nous étions à environ trois cents mètres du bateau quand Liza m'ordonna de maintenir un cap parallèle. Elle se précipita ensuite à l'avant en me hurlant de ne pas bouger.

Le porte-voix dans une main, elle se pencha au-dessus du bastingage.

— *Night Star II*, vous êtes trop bruyant et naviguez trop vite. Merci de baisser le volume de votre musique. Vous êtes dans une zone de baleines en migration.

Dieu seul sait comment ils pouvaient être aussi soûls en plein milieu de l'après-midi. Les silhouettes qui dansaient sur le pont supérieur me rappelaient ces vacances pour jeunes dont des excursions journalières avaient pour but de les rendre le plus ivres et inaptes possible. Existait-il un équivalent australien ?

— *Night Star II*, nous avons alerté les garde-côtes ainsi que le département des parcs nationaux et de la faune. Éteignez votre musique et quittez le secteur immédiatement.

S'il y avait un capitaine, il n'écoutait pas. L'un des stewards – un jeune type en polo rouge – fit un doigt d'honneur à Liza, puis disparut. L'instant d'après, la musique était sensiblement montée d'un cran. On perçut une acclamation tandis que de plus en plus de gens dansaient. Liza fixa le bateau, puis se baissa. De là où j'étais, il m'était impossible de voir ce qu'elle faisait. Je lus le nom du bateau. C'est alors que je percutai.

J'attrapais mon téléphone dans ma poche quand la radio grésilla :

— Liza ? Liza ? C'est Greg. Les gens des parcs sont en route. Allez, il faut rentrer. Moins on sera à naviguer dans le secteur, mieux ce sera pour les baleines.

Je rangeai mon téléphone et observai le récepteur. J'appuyai timidement sur le bouton.

— Allô ?

— Allô ?

— *Suzanne* à *Ismahel*, vous me recevez ?

— C'est… euh… Mike Dormer.

Il y eut un bref silence, puis Greg répondit :

— Qu'est-ce qu'elle fait, à l'avant ?

— Je ne sais pas, avouai-je.

Je l'entendis bougonner quelque chose, certainement un juron, puis il y eut une explosion. Je bondis sur le côté du bateau juste à temps pour voir un énorme éclat s'élever dans le ciel, dirigé à moins de deux mètres au-dessus du navire-discothèque.

Liza se tenait à la proue et chargeait quelque chose de long et fin dans une espèce de lanceur.

— Vous n'allez tout de même pas leur tirer dessus ? lui hurlai-je sans qu'elle y prêtât la moindre attention.

Le cœur battant, je regardai les gens s'éloigner rapidement du pont supérieur de l'autre bateau, j'entendis des cris d'inquiétude et un homme qui la couvrit d'insultes. Le chien aboyait sauvagement. Quant à Liza, elle avait chargé une nouvelle fusée qu'elle pointait vers le ciel. Dans une détonation assourdissante, elle l'expédia dans les airs pas très loin au-dessus d'eux et trébucha en arrière sous l'effet du recul.

Tandis que mes oreilles résonnaient et que les moteurs du navire-discothèque le propulsaient enfin dans le sens opposé, j'entendis une nouvelle voix dans la radio : rocailleuse, chargée d'incrédulité et d'admiration.

— *Moby II* à *Ismahel. Moby II* à *Ismahel.* Bonté divine, Liza, t'as remis ça !

7

Liza

À peine avait-on atteint la jetée que Kathleen me criait déjà dessus, son corps rigide et droit frémissant d'indignation. J'amarrai l'*Ismahel*, posai Milly à terre, puis me dirigeai vers elle.

—Je sais, concédai-je.

Elle leva les mains, exaspérée.

—Tu te rends compte de ce que tu as fait ? Tu es devenue folle ou quoi ?

Je m'arrêtai devant elle et écartai les cheveux de mes yeux.

—Je n'ai pas réfléchi.

L'inquiétude qui se lisait sur son visage reflétait la mienne. En fait, je me serais giflée. Ça m'avait obsédée pendant tout le trajet du retour.

—Ils sont allés directement voir la police maritime, Liza. Tout ce qu'on sait maintenant, c'est qu'ils sont en route vers ici.

—Ils n'ont pas de preuve.

—Malheureusement si : ils étaient en liaison radio quand tu as lancé la seconde fusée.

Je n'étais qu'une imbécile, je le savais, et Kathleen aussi. Contre toute règle de sécurité en mer, contre tout bon sens, j'avais lancé ces deux fusées de détresse pour effrayer les passagers. Tout le monde sait qu'elles sont imprévisibles. Si l'une d'elles avait fait long feu… Si les sauveteurs en mer avaient aperçu l'autre… Mais de quel autre moyen disposais-je pour éloigner ces bateaux ? Et comment expliquer à ma tante que, si j'avais eu un fusil, je leur aurais tiré dessus ?

Je fermai les yeux. Ce ne fut qu'en les rouvrant que je me rendis compte que je n'avais pas attendu Mike Dormer. Le crissement de ses chaussures annonça son arrivée près de nous. Ses cheveux châtains étaient tout ébouriffés et humides. Il avait l'air un peu secoué. Le visage de Kathleen s'adoucit.

— Pourquoi n'allez-vous pas nous attendre à l'intérieur, Mike ? Je vais préparer du thé.

Il rechigna.

— S'il vous plaît, insista-t-elle sur un ton quelque peu menaçant. Nous avons besoin d'être seules un moment.

Je sentis ses yeux sur moi. Il s'éloigna à contrecœur de quelques pas, puis s'arrêta pour caresser Milly, comme s'il n'avait pas l'intention d'aller plus loin.

— Qu'est-ce que je fais ? murmurai-je.

— Ne dramatisons pas. Peut-être vont-ils seulement te donner un avertissement.

— Ils voudront enregistrer ma déposition. S'il existe une base de données…

À l'expression de Kathleen, je compris qu'elle y avait déjà réfléchi, mais n'avait pas encore trouvé de solution. Un vent de panique s'éleva dans ma poitrine. Je jetai un coup d'œil au mouillage du *Suzanne* et du *Moby II* derrière moi.

— Je pourrais tout bonnement filer, suggérai-je.

J'eus soudain une envie irrépressible de sauter dans le camion avec Hannah et Milly. C'est alors que le bruit d'un autre genre de moteur attira mon attention. Reconnaissable à son logo et ses phares, le pick-up blanc de la police de Nouvelle-Galles du Sud arrivait par la route du littoral.

— Oh, mon Dieu, m'exclamai-je.

— Souris, m'ordonna-t-elle. Pour l'amour de Dieu, souris et dis que c'était un accident.

Deux officiers descendirent du pick-up avec cet air détendu qui cache des intentions plus sérieuses. Leurs insignes étincelaient sous le soleil de cette fin d'après-midi. J'avais toujours veillé à rester du bon côté de la loi australienne, à éviter toute contravention, même pour un stationnement ; pourtant, je venais de tirer des fusées de détresse, qui plus est sur un autre bateau.

— Bonjour, mesdames, nous salua le plus grand des deux en portant la main à sa casquette. (Il laissa traîner son regard sur mon ciré jaune et les clefs que je tenais.) Greg, ajouta-t-il.

— Agent Trent, répondit ma tante en souriant. Quel bel après-midi !

— Sans aucun doute, acquiesça-t-il. (Les plis sur les manches de sa chemise bleue avaient l'air aussi tranchants qu'une lame. Il désigna l'*Ismahel*.) C'est le vôtre ?

— Parfaitement, enchaîna ma tante avant que je ne puisse prononcer un mot. L'*Ismahel*, immatriculé à mon nom depuis dix-sept ans.

Il la regarda, puis se retourna vers moi.

— J'ai reçu un appel cet après-midi de deux autres navires qui auraient été visés par des fusées de détresse lancées d'un bateau correspondant à sa description. Avez-vous quelque chose à me dire à ce propos ?

Je voulais parler, mais la vue de cet uniforme bleu me tétanisait. Je me rendais vaguement compte que Mike Dormer nous observait à quelques mètres de là et que le policier était maintenant planté devant moi dans l'attente d'une réponse.

— Je…

— Oui, mon vieux, intervint Greg à côté de moi. Tout est ma faute.

Le policier se tourna vers lui.

— J'étais de sortie avec un groupe pour observer les baleines. Je savais que les gosses allaient nous créer des histoires, mais je ne les ai pas surveillés d'assez près. Dès que j'ai eu le dos tourné pour chercher des baleines, les petits salauds ont envoyé deux fusées.

— Des gamins ? demanda le policier, sceptique.

— Je savais qu'il ne fallait pas les laisser monter à bord, continua Greg qui s'arrêta ensuite le temps d'allumer une cigarette. Liza m'avait prévenu. Mais vous savez ce que c'est, on aime bien que les gosses voient les baleines et les dauphins. Le côté éducatif…

Il me regarda brièvement, et ce que je lus dans ses yeux m'emplit de gratitude et un peu de honte, aussi.

— Pourquoi ne l'avez-vous pas signalé aux sauveteurs en mer ? Vous savez ce qui se serait passé si on avait entrepris des recherches ?

— Je suis désolé, mon vieux. Je n'avais qu'une idée, c'était de rentrer au plus vite pour qu'ils arrêtent leurs bêtises. J'avais d'autres passagers, vous savez…

— Lequel est votre bateau, Greg ?

Greg le désigna. Nos bateaux étaient tous les deux des yachts de quinze mètres et, depuis que je l'avais aidé à repeindre ses graffitis personnels, ils portaient une bande de la même couleur.

— Comment s'appellent ces enfants ? voulut savoir le policier en sortant son calepin.

— On ne tient pas de registre, intervint Kathleen. S'il fallait qu'on inscrive les coordonnées de chacun de nos passagers, on ne s'en sortirait pas. (Elle posa une main sur le bras de Trent.) Écoutez, officier, vous savez que ceux qui travaillent sur cette jetée ne sont pas des voyous. Ma famille est implantée dans la baie depuis plus de soixante-dix ans. Vous n'allez pas nous pénaliser pour deux petits crétins, n'est-ce pas ?

— Comment se fait-il que vos balises ne soient pas protégées, Greg ? Elles devraient être sous clef quand vous avez des enfants qui font les idiots sur le pont inférieur.

Greg secoua la tête.

— Les petits crétins avaient piqué les clefs dans ma poche. J'ai toujours un double, vous voyez ? Pour être tranquille.

J'étais certaine que le policier n'en croyait pas un mot : il nous regarda chacun notre tour en fronçant les sourcils, et je fis de mon mieux pour avoir l'air chagriné plutôt que terrifié. Il consulta de nouveau son calepin, puis leva les yeux sur moi.

— L'homme a précisé que c'était une femme qui leur tirait dessus.

— Cheveux longs, fusa Greg. Aujourd'hui, il est impossible de les distinguer. Foutus hippies. Écoutez, monsieur l'agent, tout est ma faute. J'étais à la barre et il en allait de ma responsabilité. Je n'ai pas été suffisamment vigilant. Mais il y a eu plus de peur que de mal, non ?

J'essayai tant bien que mal de contrôler ma respiration et me concentrai sur une petite coupure que j'avais sur la main. C'était la meilleure chose à faire.

— Vous savez qu'utiliser une balise de détresse comme arme est un crime qui relève de la loi sur l'utilisation des armes à feu et peut conduire à des poursuites pour agression ?

— C'est ce que je leur ai dit, répondit Greg. Grossière erreur. Ils se sont barrés à peine arrivés.

— Vous encourez une peine de mille dollars assortie de douze mois de prison. Vous pourriez également être poursuivi par la marine, si nous voulions jouer les pointilleux.

Greg prit un air repentant. Je ne l'avais jamais vu aussi conciliant avec un représentant de la loi.

— Encore heureux qu'il ne soit pas question d'alcool. Je n'ai pas oublié l'avertissement qu'on vous a donné en juin dernier, poursuivit l'homme.

— Vous pouvez me faire passer un alcootest, si vous le souhaitez. Je ne bois pas une goutte quand je travaille.

J'eus soudain mal pour lui. Je ressentais son humiliation – j'en étais responsable.

Les deux policiers jetèrent un coup d'œil à leur pick-up. Le plus petit s'éloigna pour répondre à un message radio.

— Bon, reprit Kathleen. Je vais préparer du thé, et vous pourrez réfléchir à la suite que vous donnerez à cette histoire pendant qu'il infuse. Vous prenez toujours du sucre, officier Trent ?

À ce moment-là, Mike Dormer s'approcha. Mon cœur bondit dans ma poitrine. *Éloignez-vous*, priai-je en silence. Il n'avait pas la moindre idée de ce que nous leur avions raconté. S'il ouvrait la bouche et laissait échapper la vérité, nous coulerions tous.

— Au fait, se lança-t-il. Puis-je dire quelque chose ?

— Pas maintenant, Mike, le rembarra Kathleen. Nous sommes légèrement occupés.

— Allez-y, officier, affirma Greg en s'interposant entre Mike et l'officier. Je fais tous les tests que vous voulez. Prise de sang, alcootest, n'importe quoi.

— Je voudrais seulement dire quelque chose à la police, continua Mike plus fort.

Avec horreur, je me rendis compte que je n'avais aucune idée de ce qu'il avait pensé de ma réaction. Je ne lui avais pas adressé la parole de tout le trajet de retour, pressée de rentrer au plus vite.

La même idée traversa l'esprit de Kathleen. Mais il était trop tard. Il sortit quelque chose de sa poche.

— Je ne crois pas que vous puissiez nous aider en quoi que ce soit, Mike, déclara-t-elle fermement, mais il fit comme s'il ne l'avait pas entendue.

— Lorsque nous étions sur l'eau, reprit-il, une sorte de bateau de réception s'est approché de nous. Il faisait assez de tapage pour effrayer les baleines. Je crois qu'il existe une réglementation contre ce genre de choses.

Le premier policier croisa les bras.

— C'est exact.

Mike esquissa un petit sourire. Il leva son portable. Son accent anglais lui conférait une certaine autorité.

— Eh bien, j'ai pensé que vous aimeriez des preuves. J'ai tout filmé avec mon téléphone. Vous constaterez le niveau sonore.

Tandis que nous restions bouche bée, son portable diffusa un extrait du *Night Star*, montrant bien sa vitesse de navigation et les silhouettes des fêtards sur le pont. On entendait le bruit sourd de la musique. Je n'avais jamais rien vu de tel.

— Les baleines semblaient bouleversées. Non que je sois un expert en la matière, conclut Mike.

— Regardez, lançai-je en pointant du doigt le petit écran. On voit qu'il navigue près du cap. Nous avons essayé de joindre les garde-côtes, mais ils ne sont pas arrivés à temps.

Le soulagement avait rendu ma voix plus aiguë.

— Je peux vous en envoyer une copie, reprit Mike. Dans le cas où vous souhaiteriez engager des poursuites contre quelqu'un.

Les deux policiers examinèrent les images, totalement déconcertés.

— Je ne sais pas très bien à qui vous pourriez l'adresser, déclara l'un, mais donnez-nous votre numéro et nous vous tiendrons au courant. Qui êtes-vous ?

— Oh, un simple client, répondit Mike. Michael Dormer. Je viens d'Angleterre et suis en vacances ici. Je peux aller chercher mon passeport, si vous le désirez.

Il tendit la main. Peu de gens dans la région offrent de serrer la main à un représentant de la police. Le regard ébahi des deux agents me le confirma.

— Ce ne sera pas nécessaire pour l'instant. Eh bien, nous allons vous laisser. Mais faites attention de bien mettre vos balises sous clef, ou vous aurez droit à une autre visite. Moins amicale, cette fois.

— À double tour, répliqua Greg en agitant son trousseau.

— Merci, messieurs, s'exclama Kathleen en leur emboîtant le pas. À bientôt !

Je restai sans voix. Tandis qu'ils remontaient à bord de leur véhicule et enclenchaient la marche arrière, un soupir long et vacillant s'échappa de quelque part dans ma poitrine. Mes jambes tremblaient.

— Merci, articulai-je à Greg.

Je fis un signe de tête vers Mike avant de me précipiter vers la maison.

J'aime l'Australie pour de nombreuses raisons. Je ne vais pas vous débiter un tas de banalités à propos du temps, de la lumière ou des grands espaces – bien qu'ils soient un plus –, parce que ce n'est pas ça dont il s'agit. Ce n'est pas le vin ou la bonne chère, le paysage, le rythme paisible de la vie qui s'écoule, bien que ces éléments aient largement contribué au plaisir que j'ai eu d'y élever ma fille. C'est que, ici, vous pouvez vivre votre vie sans que personne vous prête la moindre attention.

Malgré notre héritage commun, les Australiens sont très différents des Britanniques. Ils vous acceptent tel que vous êtes, sans doute parce qu'il n'existe pas d'échelle sociale à quoi vous mesurer. Si vous vous montrez honnête avec eux, globalement, ils le seront avec vous. Du jour où j'ai débarqué chez Kathleen, avec ma fille exténuée dans mon sillage, elle m'a présentée comme sa nièce et on nous a accueillies. Sans la moindre explication, nous avons été admises dans la communauté de Silver Bay.

Intégrer cette société de marins m'a aidée. La moitié des équipiers sont de passage, habitués à entrer et sortir de la vie des gens. Les autres ont leurs raisons d'être là. De quelque côté que l'on se place, personne ne pose trop de questions. En cinq ans, seul Greg m'avait cuisinée sur les raisons de mon départ d'Angleterre. J'étais tellement ivre quand nous avons eu cette conversation intime que, à ma grande honte, je ne me souviens pas de ce que je lui ai raconté.

Instinctivement, je sus que Mike Dormer bouleverserait cet équilibre. La panique s'était emparée de moi quand je l'avais entendu poser toutes sortes de questions à Kathleen : qui travaillait dans la baie ? Combien de temps les gens restaient-ils, en général ? Depuis combien de temps vivions-nous ici ? Il était soi-disant en vacances, mais je n'avais jamais connu de touriste posant autant de questions si particulières.

Je me doutais que Mike ne respecterait pas mes limites. Quand j'ai un groupe à bord de l'*Ismahel*, les passagers bavardent entre eux. Lorsqu'il n'y en a qu'un, il veut discuter avec moi. Il pose des questions, cherche à en savoir un peu plus long sur ma vie comme sur l'expérience de marin. C'est pourquoi je n'emmène pratiquement jamais de personne seule.

Ce que Greg savait pertinemment.

— Alors, cette petite virée en amoureux, de quoi s'agit-il ? Hein ?

Nous étions assis sur le banc à regarder Hannah lancer une algue à Milly sur la plage, dans la lumière déclinante. Mike Dormer était dans sa chambre et Kathleen partie chercher d'autres bières. Il parlait tout bas pour que Lance et Yoshi ne l'entendent pas.

— D'argent, essentiellement.

De toute évidence, Greg s'arrogeait le droit de poser la question puisqu'il m'avait sortie du pétrin. Il était si prévisible. Je sortis la liasse de billets de ma poche.

— Cinq cents, annonçai-je. Pour une excursion.

Greg réfléchit avant de parler, ce qui était plutôt inhabituel.

— Pourquoi paierait-il autant pour sortir avec toi ?

Je ne jugeai pas nécessaire de répondre à cette question.

— Eh, de quoi avez-vous parlé ? demanda-t-il.

— Oh, pour l'amour de Dieu !

— Je m'intéresse, c'est tout, protesta-t-il. Il débarque ici avec son air aigrefin, jette son argent par les fenêtres... Qu'est-ce que ça cache ?

Je haussai les épaules.

— Je n'en sais rien et je m'en fiche. Laisse-le tranquille. Il sera parti bien assez tôt.

— Il a intérêt. Je ne l'aime pas.

— Tu n'as jamais aimé les nouveaux.

— Certainement pas les nouveaux qui te courent après.

Hannah nous rejoignit en courant, haletante et hilare. Milly s'effondra à mes pieds.

— Elle s'est roulée dans un truc dégoûtant, nous informa Hannah. Elle pue. Je crois que c'était un crabe mort.

— Tu as des devoirs à faire ?

Je me penchai pour écarter les mèches qui lui barraient le visage. Chaque fois que je la regardais, j'avais l'impression qu'elle avait encore grandi et que les traits de son visage changeaient. Je n'arrivais pas à imaginer qu'elle se détache de moi un jour, étant donné les liens qui nous unissaient.

— Que des révisions. Nous avons un contrôle de sciences mardi.

— Vas-y maintenant, comme ça, tu auras ta soirée libre.

— Sur quoi va porter le contrôle ? demanda Yoshi. Apporte ton livre pour que je t'aide, si tu veux.

Au fil des ans, j'avais découvert que les membres d'équipage avaient assez de compétences à eux seuls pour subvenir à toute l'éducation de Hannah. Yoshi, par exemple, avait fait des études poussées en biologie et sciences de la mer, tandis que Lance pouvait répondre à n'importe quelle question sur la météo. D'autres l'avaient instruite dans des domaines qui m'impressionnaient moins, comme Scottie, qui lui avait appris à jurer et, une fois, alors que je m'étais absentée, lui avait suggéré de tirer une bouffée de sa cigarette ; Lance l'avait vu et l'avait frappé. Ma fille savait aussi des choses sans qu'on les lui enseigne ; des capacités qu'elle tenait de moi : comment jauger les gens, comment garder ses distances tant qu'on n'est pas certain de qui ils sont, comment passer inaperçue dans un groupe. Comment gérer son chagrin.

Elle avait appris cette dernière leçon bien trop tôt.

Yoshi s'assit avec elle et, tandis que la nuit tombait, elles bûchaient sur l'osmose. Yoshi lui expliquait bien mieux que je ne l'aurais su. Il faut dire que je n'ai pas fait d'études, une erreur que je ne voulais pas que Hannah reproduise.

Greg sentit que j'avais été secouée par les événements de la journée et tenta de me faire rire avec des histoires sur un couple en conflit qu'il avait eu à bord. Il ne fit aucune allusion à son ex ni au sort de son bateau ; j'espérais qu'elle le laisserait un peu tranquille. Mes yeux continuaient d'errer le long de la route du littoral. Je m'attendais à ce que la voiture réapparaisse et expulse de nouveau ces uniformes bleus.

Greg se pencha vers moi.

— Ça te dit de venir chez moi, ce soir ? J'ai récupéré tout un tas de vidéos par un des gars du chantier naval. Des comédies. Il y en a peut-être une qui te plairait.

Il s'efforçait de parler avec désinvolture.

— Non, répondis-je. Merci quand même.

— Ce n'est qu'un film, insista-t-il.

— Ce n'est jamais qu'un film, Greg.

— Un jour, dit-il en laissant ses yeux s'attarder sur les miens.

— Un jour, concédai-je.

Mike Dormer sortit quand le dernier rayon du soleil disparut. Les braseros étaient allumés, et Kathleen avait préparé des sandwichs au bacon avec d'épaisses tranches de pain blanc. Je n'avais pas très faim et picorai le bacon. Hannah était serrée contre moi, emmitouflée dans une polaire, ses cheveux bruns et raides attachés en arrière. Je sentis le parfum de son shampooing.

Kathleen lui tendit une assiette tandis qu'il contournait la table pour s'asseoir à la place libre. Il s'était douché et changé. Ses vêtements propres le distinguaient des autres. La plupart d'entre nous portaient parfois les mêmes affaires pendant des jours, bien cachées sous leurs cirés. Il me jeta un rapide coup d'œil, puis aux autres, en marmonnant : « Bonsoir. » Son accent me faisait toujours tiquer. Nous recevions peu d'Anglais à Silver Bay, et je n'avais pas entendu l'accent de mon pays depuis des années.

Hannah se pencha en avant.

— Vous avez vu ce que j'ai écrit ?

Il inclina la tête.

— Sur votre ordinateur. Je vous ai laissé un mot. Je jouais avec, tout à l'heure, et j'ai fait ce que vous m'aviez dit pour trouver des gens, raconta-t-elle tandis qu'il prenait un sandwich. J'ai de nouveau cherché tante K. Et puis vous, aussi.

Il redressa la tête d'un coup.

— Il y a une photo de vous. En gros plan. Et de votre société.

Il parut étrangement mal à l'aise. Remarquez, je comprends qu'on n'aime pas qu'on fouille dans sa vie, et je réprimandai Hannah pour son indiscrétion.

— Alors, de quoi s'agit-il, mon vieux ? demanda Lance. Drogue ? Traite des Blanches ? On peut vous vendre des morveuses pour pas cher, dans le coin. Même la chienne, si vous voulez.

Hannah donna un petit coup sur le bras de Lance.

— En vérité, ça a l'air plutôt rasoir, avoua-t-elle en souriant. Je ne crois pas que j'aimerais travailler dans une grande ville.

— Tu as raison, observa Mike en reprenant des couleurs. C'est nettement mieux ici.

— Que faites-vous, en fait ? lâcha Greg.

Son ton agressif m'indiqua qu'il n'avait pas encore pardonné à Mike la témérité de notre excursion. Curieusement, cela fit naître en moi des instincts protecteurs envers Mike.

Celui-ci croqua dans son sandwich.

— De la recherche, essentiellement. Des études de fond pour des transactions financières.

La bouche pleine, il était à peine audible.

— Oh, lança Greg avec dédain. Des trucs ennuyeux.

— La société est à vous ? demanda Hannah.

Mike secoua la tête.

— Ça paye bien ? demanda Lance à son tour.

Mike finit sa bouchée.

— Je m'en sors, répondit-il.

J'attendis que Hannah s'en aille pour lui parler.

— Écoutez, je suis désolée pour tout à l'heure. Je veux dire, si je vous ai effrayé. Je ne savais tout bonnement pas comment me défaire de ces bateaux. C'était idiot de ma part. J'ai agi… dans la précipitation. Surtout avec un passager à bord.

Il avait bu deux ou trois bières et paraissait aussi détendu que possible, le col de sa chemise au-dessus de son pull et les manches relevées. Il était adossé à sa chaise, le regard plongé dans le vide de la nuit. Les nuages cachaient la lune et je ne distinguai que son sourire dans la lumière de la marquise.

— J'ai été quelque peu surpris, reconnut-il. J'ai cru que vous alliez les harponner.

Je me demandai comment, avec un tel sourire, j'avais pu le soupçonner de vouloir me livrer à la police. Je fonctionne ainsi : par défaut, ma position est la suspicion.

— Pas cette fois, déclarai-je, et il sourit.

Mike était quelqu'un de bien. Il y avait longtemps que je n'avais pas pensé cela d'un homme.

Ma chambre donnait à l'arrière de l'hôtel. J'étais au bout du couloir, dans le coin le plus reculé du bâtiment, sans rien d'autre que du verre et du bois entre la mer et moi. La chambre de Hannah était à côté de la mienne et, plus souvent que nous ne voulions l'admettre l'une comme l'autre, au petit matin, elle arrivait à pas de loup et se glissait dans mon lit comme elle le faisait quand elle était petite. Je m'enroulais alors autour d'elle, heureuse de sa présence et du parfum de sa peau tiède. Je ne dormais profondément que lorsque je la sentais contre moi. Jamais je ne le lui dirais ; elle portait un fardeau déjà assez lourd sans que je la rende responsable de mes insomnies. Cependant, vu la façon qu'elle avait de sombrer dans un sommeil paisible avant même que je la recouvre, il devait en être de même pour elle.

Étendue sur le tapis, Milly dormait entre la fenêtre et mon lit. Depuis ma première nuit ici, je laissais la fenêtre ouverte la nuit, bercée par le bruit de la mer, rassurée par les étoiles dans l'infini du ciel. Il n'avait jamais fait trop froid. Là, au deuxième étage, je pouvais rester plongée dans mes pensées et pleurer sans que personne entende. C'étaient les seules fois où je fermais ma fenêtre, pour qu'aucun bruit ne parvienne aux équipiers ou à quelque oreille qui pourrait traîner en dessous. Inversement, si le vent d'est étouffait mes larmes, la douce brise de l'ouest m'apportait leurs mots, leurs rires. C'est ainsi que j'entendis la voix de Greg au moment où je passais ma polaire par-dessus ma tête. Il était un peu soûl et son ton avait perdu toute chaleur.

— Vous n'irez nulle part avec elle, articulait-il avec emphase. Ça fait quatre ans que je l'attends et je vais vous dire, personne ne l'a jamais approchée d'aussi près.

Il me fallut quelques secondes avant de comprendre qu'il parlait de moi. Son arrogance me rendit folle de rage ; oser s'arroger un quelconque droit sur moi et, qui plus est, en parler avec un étranger ! Je luttai contre l'envie de me rhabiller, de descendre et de lui rabattre son caquet.

Je renonçai, trop secouée par les événements de la journée pour engager une nouvelle querelle. Allongée sur le dos en maudissant Greg Donohoe, je tentai d'éloigner les images que rappelait cet accent anglais.

Une bonne heure s'écoula avant que je me rende compte que je n'avais pas entendu la réponse de Mike Dormer.

8

Kathleen

Il pensait que je ne devinais rien. Pourtant, chaque fois qu'il la regardait, cela se voyait comme le nez au milieu de la figure. J'aurais pu le prévenir, lui confirmer que ce que Greg avait dit était en partie vrai. Mais à quoi bon ? Les gens n'entendent que ce qu'ils veulent. Qui ne se croit pas capable de changer le monde pour obtenir ce qu'il désire vraiment ?

Cela dit, l'idée que M. Mike Dormer de Londres, Angleterre, s'approche de ma nièce m'incitait à l'examiner d'un peu plus près. Je me surpris à analyser d'innocents échanges, révélateurs de quelque trait de sa personnalité, et à glaner tout ce que je pouvais sur son histoire. Hannah avait dit qu'il travaillait à la City, et le peu qu'il m'en avait raconté n'évoquait rien d'intéressant de ce côté-là. Certains auraient pu être impressionnés par le fait incontestable qu'il avait de l'argent, mais la fortune ne voulait pas dire grand-chose par ici, en particulier pour moi. En revanche, Mike Dormer était gentil, d'une extrême politesse, prenait toujours le temps de répondre à Hannah, et tout cela jouait en sa faveur. Il était beau, du moins à mes yeux – ce qui, d'après Hannah, n'est pas un critère –, et, malgré son flegme, ne se laissait pas marcher sur les pieds. Je l'avais constaté un soir, quand Greg avait tenté de le mettre en garde à propos de Liza. « Merci pour l'info », avait-il répliqué. J'étais restée sur le pas de la porte, ne sachant pas s'il fallait s'attendre à une explosion. Il avait ajouté sur un ton sec : « Vous ne m'en voudrez pas si je l'ignore, jusqu'à preuve du contraire ma vie privée ne vous regarde en rien. » À ma grande surprise, Greg avait battu en retraite.

Même après trois semaines à Silver Bay, il avait toujours l'air d'un poisson hors de l'eau. Les cols de ses chemises s'étaient un peu relâchés et il s'était acheté un ciré, mais, assis parmi les baleiniers, on ne le sentait pas plus chez lui que je ne l'aurais été dans une salle de réunion à la City.

Pourtant, il essayait : il répondait avec bonhomie aux plaisanteries, se prêtait de bonne grâce aux taquineries éculées et dépensait plus que sa part en boissons.

Cependant, quelque chose me tracassait à propos de Mike. J'avais l'intuition qu'il ne jouait pas franc jeu avec nous. Pourquoi un jeune célibataire passait-il autant de temps dans une petite station comme la nôtre ? Pourquoi ne parlait-il jamais de sa famille ? Il m'avait dit un matin qu'il n'était pas marié, n'avait pas d'enfants, puis avait poliment changé de sujet. La plupart des hommes, en particulier ceux qui réussissent, parlent d'eux à tout bout de champ, alors que lui évitait de nous communiquer quoi que ce soit sur lui.

Un après-midi, je l'aperçus dans les bureaux municipaux. J'étais en ville pour aller chercher une nouvelle robe d'uniforme pour Hannah – prise par deux excursions ce jour-là, Liza n'avait pu se libérer. Je venais de retirer de l'argent à la banque quand je le vis descendre les marches deux par deux, un gros dossier sous le bras.

Cela n'aurait pas dû m'alerter en soi. Nombre de mes clients finissent par aller à l'office du tourisme, souvent sur mes conseils. Je ne saurais l'expliquer clairement, mais il m'avait paru plus déterminé et plus énergique qu'il ne l'était chez nous. Je sais reconnaître les gens pris au dépourvu et, quand il m'aperçut, l'expression de son visage le trahit.

Il se ressaisit très vite, traversa la rue en courant, me raconta ce qu'il avait vu en ville, et me demanda de lui indiquer le meilleur endroit pour acheter des cartes postales. Mike nous cachait quelque chose.

Nino trouvait que j'en faisais trop. Il en savait peu sur le passé de Liza – juste ce qu'il fallait – et estimait que je la surprotégeais. « C'est une grande fille, disait-il. Bien différente de quand elle est arrivée. Bonté divine, elle a trente-deux ans. » Il avait raison. En fait, je m'en rends compte en regardant les photographies qu'elle et ma sœur m'ont envoyées au cours des quinze années avant son arrivée en Australie.

Une vie racontée en photos n'est pas rare – plus inhabituelle en revanche était la façon dont l'apparence physique de Liza reflétait son moral : la taille de ses yeux après la mort de ma sœur, sa mère. Un an plus tard, elle était méconnaissable sous un maquillage sombre et ostentatoire. Il était difficile de croire que la petite fille qui m'envoyait des lettres sans queue ni tête à propos de poneys ou de la difficulté de la classe de troisième se cachait derrière cette image.

Quelques années plus tard, j'observai la douceur et la vulnérabilité de la maternité : une photo la montrait fière et épuisée, peu après son accouchement, les cheveux humides de sueur collés sur son visage. Sur une autre, quand Hannah commence à marcher, elle embrasse sa grosse joue dans un de ces Photomaton exigus. Les photos cessèrent d'arriver quand elle rencontra Steven. Sur la seule que je possède de cette période dont je n'ai jamais voulu parler, il a l'air suffisant et la tient par les épaules. Nino estima que, là aussi, j'exagérais. « Elle est magnifique, me dit-il. Pomponnée, bien habillée. » Mais, pour moi, ses yeux sont voilés et n'expriment rien.

Nous n'avons aucune photo du temps où elle est arrivée ici. Pour quoi faire ?

Aujourd'hui, cinq ans plus tard, que verrait-on ? Une femme plus avisée, plus forte. Une femme qui n'a peut-être pas réglé ses comptes avec le passé, mais qui est farouchement déterminée à lui échapper.

Une bonne mère. Une femme courageuse, aimante, plus triste et plus réservée que je ne le souhaiterais. Voilà ce qu'on verrait sur une photo. Si elle nous laissait en prendre une.

Le lendemain matin, un livreur arriva alors que Hannah et Liza prenaient leur petit déjeuner. Le véhicule – comme tous les camions de livraison – dérapa en s'arrêtant sur les graviers. Mâchant bruyamment son chewing-gum, il me tendit un colis adressé à Mike et pour lequel je signai. Quand celui-ci descendit – il prenait désormais la plupart de ses repas avec nous dans la cuisine –, Hannah était au comble de la curiosité.

— Vous avez reçu un paquet ! annonça-t-elle dès qu'il apparut. Il est arrivé ce matin.

Il s'empara du carton et s'assit. Il portait un chandail qui paraissait plus doux que jamais. Je dus me retenir pour ne pas lui demander si c'était du cashmere.

— Plus rapide que je ne l'aurais cru, constata-t-il, et il le tendit à Liza. C'est pour vous.

Le regard qu'elle lui lança fut plus que suspicieux.

— Pardon ?

— Pour vous, répéta-t-il.

— Qu'est-ce que c'est ? demanda-t-elle, les yeux rivés sur le paquet mais refusant de le toucher.

Elle n'avait pas encore attaché ses cheveux qui dissimulaient son visage.

— Ouvre-le, maman ! s'écria Hannah. Je peux le faire, si tu veux.

Tandis que je coupais le pain, Hannah s'attaqua au plastique à l'aide de son couteau. Une fois l'emballage arraché, elle examina la boîte en carton qui l'enveloppait.

— C'est un téléphone portable ! annonça-t-elle.

— Avec une caméra intégrée, précisa Mike en désignant la photo. Comme sur le mien. J'ai pensé que vous aimeriez filmer ces bateaux.

Liza scrutait le petit appareil argenté : si petit, me sembla-t-il, qu'il devait être impossible de composer un numéro sans un stylet et une loupe. Une éternité passa, puis elle dit :

— Combien a-t-il coûté ?

Il beurrait une tranche de pain grillé.

— Ne vous inquiétez pas de cela.

— Je ne peux pas accepter, affirma-t-elle. Il a dû coûter une fortune.

— On peut filmer avec ?

Hannah fouillait déjà dans la boîte à la recherche du mode d'emploi.

Mike sourit.

— Vraiment, je n'ai rien eu à payer. J'ai travaillé avec la société qui les fabrique. Ils étaient très heureux de m'en envoyer un. (Il tapota sa poche.) C'est comme ça que j'ai eu le mien.

Hannah était impressionnée.

— Beaucoup de gens vous envoient des trucs gratuits ?

— C'est ce qu'on appelle les affaires.

— Vous recevez tout ce que vous voulez ?

— Le plus souvent, les gens offrent des cadeaux quand ils espèrent obtenir quelque chose en retour, expliqua-t-il, avant d'ajouter rapidement : Dans le monde professionnel, j'entends.

Je réfléchis à cette phrase en posant le lait devant lui un peu plus brutalement que je n'en avais eu l'intention. J'essayai de ne pas penser à notre rencontre de la veille.

—Écoutez, reprit-il alors que Liza n'avait toujours pas touché à l'appareil. Considérez-le comme un prêt, si vous préférez. Prenez-le et utilisez-le pour la saison de migration des baleines. Je n'ai pas aimé ce que j'ai vu l'autre jour, et je serais heureux de savoir que vous avez un peu plus de munitions face à ces voyous.

L'argument porta ses fruits. Il avait compris qu'elle n'aurait jamais pu s'offrir ce genre de matériel, même avec deux excursions complètes par jour pendant toute la saison.

—Je pourrai envoyer des images directement aux parcs nationaux, articula-t-elle en saisissant le téléphone.

—À la minute où vous voyez qui que ce soit faire quoi que ce soit de mal, confirma-t-il. Puis-je encore avoir du café, Kathleen ?

—Non seulement les bateaux discos, mais aussi les animaux en détresse, coincés dans les filets de pêche. Je pourrais le prêter aux autres quand je ne m'en sers pas.

—Je pourrais filmer les dauphins dans la baie et montrer la vidéo à l'école. Si tu me laissais t'accompagner, évidemment.

Hannah regarda sa mère, mais Liza avait toujours les yeux rivés sur le petit téléphone.

—Je ne sais pas quoi dire, finit-elle par ajouter.

—Ce n'est rien, répliqua-t-il comme pour clore le débat. Vraiment. Il n'y a rien à ajouter.

Puis il attrapa le journal et se mit à lire.

J'avais une drôle d'impression qui me fut confirmée plus tard dans la journée, quand je trouvai le reçu de l'appareil en faisant son lit. Il l'avait commandé en Australie, par Internet, et l'avait payé plus cher qu'une semaine dans cet hôtel.

Le jour où Liza et Hannah étaient arrivées, Liza s'était allongée sur mon lit et n'en avait plus bougé pendant neuf jours.

Le troisième jour, folle d'inquiétude, j'avais appelé le médecin. Liza était dans une sorte de coma. Elle ne mangeait rien, ne dormait pas, buvait simplement quelques gorgées de thé sucré que je posais sur la table de chevet, et refusait de répondre à mes questions. La plupart du temps, elle restait allongée sur le côté, les yeux rivés sur le mur, transpirant légèrement dans la chaleur de la mi-journée, ses cheveux raides et ternes, une blessure au visage et un énorme bleu sur le bras. Le docteur Armstrong la déclara en bonne santé. Il pouvait s'agir d'un virus ou d'un état de choc, il fallait qu'elle se repose.

Je fus surtout soulagée qu'elle ne soit pas venue pour mourir ici. Cependant, elle m'avait largement apporté de quoi m'occuper. Hannah n'avait que six ans. Elle était anxieuse et collante, sujette aux crises de larmes, et je la retrouvais la nuit à errer dans le couloir en pleurant. Ce n'était pas surprenant, après les deux nuits et la journée de voyage qu'il avait fallu pour arriver dans un endroit qu'elle ne connaissait pas, pour se faire garder par une vieille dame qu'elle n'avait jamais vue. C'était en plein été. La chaleur lui provoqua une insolation, elle se fit dévorer par les moustiques et ne comprenait pas pourquoi je ne l'autorisais pas à courir dehors. J'avais peur de l'effet du soleil sur sa peau blanche, peur de la laisser s'approcher trop près de l'eau, peur qu'elle ne revienne pas.

Quand je ne la surveillais pas, distraite par une quelconque tâche domestique, elle montait sans bruit et s'accrochait à sa mère tel un petit singe, comme si elle tentait de la ramener à la vie par ses câlins. Je me revois invoquer ma sœur au ciel pour lui demander ce que j'étais censée faire avec sa progéniture.

Le neuvième jour, j'en eus assez. J'étais épuisée de m'occuper à la fois de mes clients et de cette petite fille larmoyante qui n'avait pas su me dire exactement ce qui s'était passé. J'étais moi-même incapable de lui fournir la moindre explication. Je voulais retrouver mon lit et le calme. N'ayant jamais eu de famille à moi, je n'étais pas habituée au chaos que génèrent les enfants, leurs besoins et leurs sempiternelles requêtes.

À ce stade-là, je songeai même à la drogue: Liza semblait tellement loin de la vie, tellement pâle et détachée. Nous avions eu si peu de contact au cours des années précédentes. J'étais en pleine déconfiture. Bon, me résolus-je ce matin-là. Si elle débarquait ainsi chez moi, il allait falloir qu'elle s'explique et qu'elle se plie à mes règles.

—Debout, lui ordonnai-je en ouvrant la fenêtre après avoir déposé une nouvelle tasse de thé à côté d'elle.

Comme elle ne répondait pas, je retirai les couvertures et tressaillis devant sa maigreur.

—Allez, Liza, c'est une journée magnifique. Il est temps que tu te lèves. Ta fille a besoin de toi, et moi, je dois me remettre au travail.

Toutes mes résolutions s'étaient envolées au moment où elle avait tourné la tête, les yeux assombris par les horreurs qu'elle avait vécues. Je m'assis sur mon lit qui sentait le moisi et pris sa main dans les miennes.

—De quoi s'agit-il, Liza? lui demandai-je doucement. Que se passe-t-il?

Quand elle m'eut raconté, je l'attirai contre ma poitrine et la serrai très fort, le regard perdu dans le lointain. Près de vingt mille kilomètres et quelques centaines d'heures plus tard, elle pleura, enfin.

Il était un peu plus de 22 heures ce soir-là quand nous apprîmes qu'un baleineau s'était échoué sur une plage. Yoshi m'avait appelée par radio dans l'après-midi pour m'avertir qu'une baleine à bosse en détresse allait et venait à l'entrée de la baie. Ils s'étaient approchés, avec Lance, mais n'avaient pu identifier le problème : elle ne présentait aucun signe de maladie ni ne traînait de filet qui aurait pu la blesser. Elle ne faisait que nager le long d'un passage connu d'elle seule. Ce n'était pas un comportement habituel pour une baleine en migration. Le soir même, alors qu'ils emmenaient un groupe d'employés d'une compagnie d'assurances de Newcastle, ils découvrirent le baleineau.

— C'est celui que nous avons vu l'autre jour, affirma Liza en raccrochant le combiné. Je le sens.

Nous étions dans la cuisine ; la nuit était fraîche, et Mike s'était retiré dans le salon pour lire un journal près du feu.

— Je peux vous aider ? demanda-t-il en nous voyant dans le hall en train d'enfiler nos vestes et nos bottes.

— Pouvez-vous rester ici avec Hannah ? Ne lui dites rien, si elle se réveille.

La demande me surprit – elle n'avait que très rarement eu recours à des baby-sitters depuis son arrivée –, mais nous devions agir vite et, tout comme moi, elle avait dû se faire son opinion sur lui.

— Cela risque d'être long, le prévins-je en lui tapotant le bras. Ne nous attendez pas. Et, surtout, ne laissez pas sortir Milly ! Cette pauvre baleine a déjà suffisamment de soucis sans qu'un chien vienne lui tourner autour.

Il nous regarda monter dans le camion. Il aurait préféré nous suivre et donner un coup de main. Je vis sa silhouette sur le pas de la porte dans le rétroviseur tout le long du chemin qui menait à la route du littoral.

Il n'y a rien de plus tragique comme spectacle qu'un baleineau échoué sur une plage. Dieu merci, en soixante-dix ans et quelques, je n'en avais vu que deux. Étendu sur le sable, le petit mesurait dans les deux mètres de long. Étranger et vulnérable, pourtant si familier. La mer le tirait avec douceur, comme si les vagues tentaient de le convaincre de rentrer chez lui. Il ne devait pas avoir plus de deux mois.

— J'ai appelé les autorités, nous informa Greg qui était déjà sur place et essayait d'empêcher l'animal de s'enfoncer davantage dans le sable du rivage.

Il était désormais illégal de bouger une baleine sans une aide officielle : si elle était malade, on risquait de faire plus de mal que de bien. Si on la tournait vers la mer, elle pouvait attirer le groupe entier : un nombre terrifiant de baleines s'échouerait, comme par solidarité.

— Il est peut-être malade, suggéra Greg. Très faible, en tout cas. (Son jean était trempé jusqu'aux genoux.) Il tète encore et ne va pas faire long feu sans lait. À mon avis, il est là depuis quelques heures déjà.

Le baleineau était sur le côté. Le nez pointé vers la plage, les yeux mi-clos, il semblait méditer sur son supplice. Il était désolant, trop jeune pour se retrouver seul dans cet environnement.

— Il ne s'est pas échoué parce qu'il est malade. Ce sont ces foutus bateaux, siffla Liza en partant remplir son seau dans la mer. La musique est tellement forte que ça les désoriente. Les petits n'ont aucune chance.

Il n'y avait pas de lumière le long de la route. Nous travaillâmes tous les trois en silence pendant près d'une heure en attendant l'arrivée des employés des parcs nationaux et des sauveteurs. Les faisceaux de nos torches électriques balayaient la plage tandis que nous allions et venions entre la mer et le baleineau pour le maintenir hydraté. Nous étions aussi discrets que possible. La taille des baleines donne une impression trompeuse sur leur robustesse. En réalité, cette gigantesque créature est aussi fragile qu'un poisson rouge.

— Allez, mon bébé, lui susurrait régulièrement Liza, agenouillée dans le sable, tout en lui caressant la tête. Tiens bon pendant qu'on va te chercher une civière. Ta maman est là-bas, elle t'attend.

C'était sans doute vrai. Toutes les demi-heures environ, nous entendions un plouf distant qui se réverbérait dans les collines recouvertes de pins derrière le cap principal ; ce devait être la mère qui sondait les eaux et évaluait jusqu'où elle pouvait s'approcher. C'était déchirant d'écouter son inquiétude. J'essayais de me boucher les oreilles tandis que nous nous affairions. Je craignais que la baleine, en désespoir de cause, ne vienne s'échouer à son tour.

Greg appela trois fois avec son téléphone portable, et moi-même je conduisis une fois jusqu'en haut de la route pour contacter les sauveteurs par radio. Il était minuit passé quand les gardes des parcs nationaux nous rejoignirent. Apparemment, toute communication avait été coupée, on leur avait signalé une mauvaise position, et quelqu'un était parti avec le seul brancard disponible.

Liza ne prêta guère attention à leurs excuses.

— Écoutez, il faut le remettre à l'eau. Vite. Nous savons que sa mère est encore là.

— On va essayer, assurèrent-ils, avant de rouler le baleineau dans la civière.

Ils le portèrent vers le haut-fond sans se soucier du froid glacial des vagues. Depuis le rivage, je les regardais hésiter à le charger sur un bateau pour l'emmener auprès de sa mère. L'un des gardes du parc national doutait qu'il puisse supporter le branle-bas et encore moins nager. Ils craignaient également que la mère n'ait peur du bateau et ne s'éloigne.

— Si nous arrivons à le stabiliser, murmura quelqu'un, peut-être pourrons-nous l'amener un peu plus loin dans la baie…

Ils bercèrent doucement le baleineau pour l'amener à retrouver son équilibre dans l'eau. Après environ une heure, ils avancèrent un peu plus profondément. Liza et Greg avaient maintenant de l'eau jusqu'à la poitrine ; aucun d'eux ne portait de combinaison et tous deux tremblaient de froid en enjoignant à ce petit de nager vers sa mère. Les dents de Liza claquaient, et moi aussi, j'étais frigorifiée.

Le baleineau ne bougea pas pour autant.

— Bon, on ne va pas le pousser au large, décida l'un des hommes en abandonnant tout espoir qu'il se mette à nager. Nous allons attendre ici et le laisser se repérer tant qu'il est soutenu. Peut-être a-t-il besoin d'un peu plus de temps pour s'orienter.

Même en partie porté par l'eau, un baleineau est terriblement lourd. Depuis la rive, Yoshi à mon côté, j'observais les épaules étroites de Liza s'arc-bouter sous le poids et l'entendais lui murmurer des encouragements, l'adjurant de retourner auprès de sa mère.

À ce moment-là, à près de 2 heures du matin, il nous paraissait à tous évident que le baleineau était mal en point. Il semblait épuisé ; sa respiration était irrégulière, son œil se fermait périodiquement. Je me demandai s'il n'était pas malade avant de s'échouer. Peut-être sa mère le savait-elle, mais refusait-elle de l'abandonner.

J'ignore combien de temps ils sont restés là. La nuit prit une tournure étrange et intemporelle, les heures s'égrenaient dans une atmosphère de froid, de conversations à voix basse et de pessimisme croissant. Attirées par les faisceaux lumineux balayant la plage, deux voitures s'arrêtèrent. L'une était pleine de jeunes surexcités qui sortirent proposer leur aide. Nous les remerciâmes avant de les renvoyer ; la dernière chose dont cette pauvre créature avait besoin, c'était d'une bande d'adolescents ivres s'agitant dans tous les sens. Yoshi et moi préparâmes du café sur le *Moby I* qui était au mouillage, puis elle entra dans l'eau avec Lance pour relayer les sauveteurs et leur permettre de se revigorer quelques minutes avec une boisson chaude. La nuit traînait en longueur. J'empruntai une veste pour la superposer à celle que je portais déjà ; les vieux os gèlent bien plus profondément.

Soudain, nous l'entendîmes : un son faible mais saisissant venu du large, un étrange mélange de mélopée funèbre et de mugissement, l'extraordinaire chant d'une baleine au-dessus de l'eau.

— C'est sa mère ! s'écria Liza. Elle l'appelle !

Yoshi secoua la tête.

— Les femelles ne chantent pas. Il est bien plus probable que ce soit un mâle.

— Combien de fois as-tu entendu un chant de baleine au-dessus de l'eau ? demanda Liza. C'est la mère, j'en suis sûre.

Yoshi n'insista pas. Elle finit par ajouter :

— Des études montrent qu'il arrive qu'un chanteur accompagne de loin une mère et son petit. Une sorte d'escorte. Peut-être les a-t-il cherchés ?

— Je n'ai pas l'impression que ça ait eu le moindre effet sur ce petit bonhomme, constata l'un des gardes des parcs nationaux tandis que nous nous asseyions sur le sable humide. Il n'a plus l'énergie de se battre.

À côté de moi, Liza secoua la tête. Ses doigts avaient bleui avec le froid.

— Il faut qu'il y arrive. Il est seulement désorienté. Si nous lui laissons assez de temps, il retrouvera sa mère. Le fait de l'entendre doit avoir une influence.

Nous n'étions pas certains de ce que le petit baleineau percevait encore. Pour moi, il était déjà à moitié mort et luttait visiblement pour respirer. Je ne tenais pratiquement plus debout ; je suis de constitution robuste, mais n'ai plus l'âge des nuits blanches. Yoshi me demandait sans cesse de m'asseoir et, quand je finis par céder, je m'endormis rapidement, soudain ranimée par des conversations enflammées à quelques mètres de moi.

C'est ce qu'il y a de pire quand une baleine s'échoue : c'est comme si elle avait décidé de mourir et que nous, humains, sans rien comprendre, nous prolongions son agonie en voulant y mettre fin. Chaque fois que nous sauvons une baleine, elle nage triomphalement vers le large, ce qui nous conforte dans notre action, nous rend plus certains que jamais que nous devons les secourir. Qu'adviendrait-il si nous n'intervenions pas ? Si le baleineau devait partir ? Si nous l'avions laissé, sa mère serait-elle venue l'encourager à se remettre à l'eau ? J'ai entendu dire que c'était déjà arrivé. L'idée que nous avions concouru à la détresse de cet animal était trop pénible pour s'y attarder, et je la chassai en me concentrant sur les menus détails du quotidien – les chaussures de sport de Hannah, une bouilloire cassée, la dernière fois que j'avais fait mes comptes. Je me laissai gagner par un sommeil intermittent.

Quand le soleil se leva enfin au-dessus du cap, éclairant notre petit groupe d'une pâle lueur bleue, je me réveillai tout à fait, tandis que l'un des gars des parcs nationaux annonçait qu'il n'y avait plus d'espoir.

—Nous devons l'euthanasier, dit-il en se frottant les yeux. Si on attend plus longtemps, on risque que la mère s'approche et s'échoue à son tour.

—Mais il est toujours vivant, protesta Liza.

La lumière pâle révéla son état d'épuisement. Elle tremblait dans ses vêtements trempés, mais refusa les secs que Yoshi lui proposa, sous prétexte qu'elle allait retourner dans l'eau.

— Tant qu'il y a de la vie...

Greg passa son bras autour de ses épaules. Il avait les yeux rouges et une barbe naissante qui assombrissait son visage.

— Nous avons fait tout ce qui était en notre pouvoir, Liza. On ne peut pas aussi mettre la mère en péril.

— Mais il n'est pas malade! s'écria-t-elle. Ce sont ces foutus bateaux. Si on peut l'amener jusqu'à sa mère, il s'en sortira.

— Non. (Le responsable des parcs nationaux posa une main sur le dos du baleineau.) Nous nous occupons de lui depuis huit heures, nous l'avons amené dans des eaux plus profondes, puis ramené sur la rive. Il a à peine bougé. Il est trop jeune pour se dresser et trop faible pour retourner là-bas. Si nous l'emmenons plus loin, il se noiera, et je refuse de prendre part à ça. Je suis désolé, les gars, mais il ne va plus nulle part.

— C'est bien triste, constata Lance.

Yoshi, blottie dans ses bras, pleurait, et je luttai, moi aussi, contre les larmes.

— Une demi-heure de plus, supplia Liza, caressant la peau du bébé. Rien qu'une demi-heure. Simplement le temps de le ramener à sa mère... Elle le saurait, s'il ne pouvait pas y arriver, non? Elle l'aurait abandonné depuis le temps!

Je dus détourner le regard. Ce que je percevais dans sa voix m'était insupportable. L'homme se dirigea vers son camion.

— Sa mère ne va plus l'aider, maintenant. Je suis désolé.

— Alors laissez-le mourir auprès d'elle, implora Liza. Ne le laissez pas mourir seul. Nous pouvons le rapprocher d'elle.

— Je ne peux pas. Même si le voyage ne le traumatisait pas, on ne peut garantir qu'elle nous laisse l'approcher. On risque de la stresser davantage.

Je partis à ce moment-là, afin d'être avec Hannah quand elle se réveillerait pour l'école, et aussi pour échapper à cette scène.

Je suis heureuse de ne pas avoir assisté aux deux injections ni perçu l'angoisse des deux employés des parcs nationaux quand ni l'un ni l'autre ne réussit à endormir le baleineau. Il leur fallut encore vingt minutes pour trouver un revolver, mais Yoshi me raconta par la suite que, avant qu'ils n'aient appuyé le canon sur sa tête, la pauvre bête avait laissé échapper un léger gargouillement, puis s'était éteinte. Ils avaient tous pleuré, frissonnant dans la brume matinale. Même le grand type des parcs nationaux, qui en était à sa deuxième baleine échouée en quinze jours.

Aux dires de Yoshi, on aurait cru que Liza avait perdu un être cher. Elle avait pleuré si fort qu'elle avait eu du mal à respirer, et Greg s'était cramponné à elle de peur qu'elle ne craque. Les bras tendus, elle s'était avancée dans l'eau et avait hurlé des excuses à la mère comme si c'était elle, personnellement, qui était fautive. Ses larmes avaient redoublé quand ils avaient recouvert le corps d'une bâche pour le protéger des regards, si bien que les hommes des parcs nationaux avaient demandé en douce à Lance si elle était dans son état normal.

À ce moment-là, raconta Yoshi, Liza s'était un peu calmée. Greg lui avait donné du cognac – il en avait une bouteille dans la boîte à gants de son camion. Alors que Lance et Yoshi n'en avaient bu qu'une goutte pour se remettre, elle en avait descendu plusieurs verres. Puis, tandis que le soleil se levait sur Silver Bay, éclairant le corps sur la plage et la beauté parfaite qui l'entourait, tandis que s'affaiblissaient les pleurs que nous espérions tous ne pas être ceux de la mère, Liza avait grimpé de façon mal assurée dans le camion et était partie chez Greg.

9

Mike

Maudit soit le décalage horaire. Il était à peine 6 heures et je venais de raccrocher avec Dennis, en Angleterre.

J'avais compris ce qui s'était passé. Je m'étais réveillé un peu après 4 heures pour découvrir que l'hôtel était toujours vide, Hannah et moi mis à part. Après avoir erré à travers les pièces désertes, j'étais finalement retourné dans la chambre avec des jumelles appartenant à Kathleen. Je ne distinguai que les faisceaux des lampes électriques. À travers les flashs intermittents, je reconnus Greg, ainsi que les autres baleiniers, allant et venant dans l'eau ; puis, un peu plus tard, je repérai Liza – à la couleur de sa veste –, assise sur le sable, tandis que deux gars discutaient de ce qui avait l'air d'une bâche.

Maudit soit le décalage horaire. Je me forçai à croire qu'il était possible de s'en remettre, même en ayant parfaitement bien dormi pendant plus d'une semaine. J'avais tiré les rideaux, fait du café et lutté contre l'envie de continuer à regarder. Il y a quelque chose de fascinant dans le spectacle de la mort. Pour moi, le besoin compulsif de l'observer allait de pair avec un léger malaise, comme si l'intérêt que j'y portais révélait une déficience de ma personnalité, un côté insensible et voyeur.

Regarder sans être vu me rappela tout ce que j'avais caché à Vanessa... Tout ce qui menaçait encore de m'engloutir sous la preuve de ma fourberie. À Silver Bay, la plupart du temps, je parvenais à oublier mes méfaits, les perdant de vue avec la distance et les fuseaux horaires, les enterrant sous l'impression de vivre la vie de quelqu'un d'autre. Sauf que, durant les heures silencieuses qui précèdent l'aurore, il n'y avait pas d'échappatoire, aucun moyen de fuir la réalité.

Interrompant le fil de mes pensées, Dennis avait appelé. Vibrant d'une fureur à peine contenue sur le fait qu'il était cloué au lit, il insistait pour que je lui décrive en détail toutes les démarches entreprises et l'avancement de notre projet. Il n'était déjà pas facile de le rassurer en temps normal, mais, quand il était de cette humeur-là, c'était de l'ordre de l'impossible. Au bureau, dans ces moments-là, nous disparaissions tous dans des réunions imaginaires et restions cachés jusqu'à ce que, tel un ouragan, il finisse par s'apaiser. Un homme d'extrêmes : quatre-vingt-dix-neuf pour cent du temps, il était d'une grande générosité, optimiste, le genre d'homme qui donne envie de se dépasser, vous emmène au-delà de ce que vous pensiez être vos limites. C'était l'une des raisons pour lesquelles j'avais voulu travailler pour lui. Mais le pour cent du temps restant, il pouvait être sanglant.

—As-tu obtenu le permis de construire ? s'enquit-il.

—Ça ne marche pas aussi vite que ça, ici. (Je jouais avec mon stylo tout en me demandant comment cet homme censé n'être que mon associé, mon égal, parvenait à me faire rougir comme un adolescent, même à vingt mille kilomètres de distance.) Je vous avais prévenu avant de partir.

—Tu sais que ce n'est pas ce que j'ai envie d'entendre. J'ai besoin de conclure cette affaire, Mike.

— Il se peut qu'il y ait quelques problèmes d'un point de vue… écologique.

— Qu'est-ce que ça veut dire, bon sang ?

— Les sports nautiques pourraient être considérés comme… ayant un impact négatif sur la faune aquatique.

— C'est une baie ! cracha-t-il. C'est une baie dans laquelle on trouve des bateaux, des parcs à huîtres, des hors-bord et Dieu sait quoi encore. Et ce depuis un siècle. Comment est-ce qu'un peu de boucan sur une minuscule partie du littoral pourrait être considéré comme affectant quoi que ce soit ?

— Nous risquons un peu de résistance de la part des observateurs de baleines.

— Les observateurs de baleines ? C'est qui, ça ? Un groupe de mangeurs de lentilles admirateurs de Greenpeace ?

— C'est la plus importante attraction touristique de la baie.

— Et que font-ils, exactement ?

— Euh, ils observent les baleines…

— Exactement ce que je disais. Et d'où observent-ils les baleines ?

— De bateaux.

— De bateaux à moteur ? À rames ?

— À moteur.

Je voyais où il voulait en venir.

Quand je regardai de nouveau par la fenêtre, tout le monde était parti, même la baleine.

Vers 6 heures, j'entendis la porte et descendis pour tomber sur Kathleen en train de retirer son manteau mouillé. Dans la pâle lueur du petit matin, elle paraissait exténuée, comme plus âgée et plus fragile que douze heures plus tôt. Liza n'était pas avec elle.

— Permettez-moi de prendre votre manteau, lui proposai-je.

Elle me repoussa.

— Laissez-moi tranquille. (Le ton de sa voix m'informa sur le sort du baleineau.) Où est Hannah ?

— Elle dort encore.

Ce qui n'était pas le cas du chien de Liza qui n'avait cessé de geindre et gratter à la porte dès qu'elles avaient eu le dos tourné.

— Merci, me souffla-t-elle, les épaules voûtées. (C'était la première fois que je la voyais comme une vieille dame.) Je vais faire du thé. Vous en voulez ?

Je me doutais que la mort d'un bébé baleine était un événement suffisamment rare pour la secouer. Pourtant, de la part d'une femme célèbre pour avoir tué des requins, je m'étonnais qu'elle éprouve tant de peine pour un animal. Tandis que je méditais là-dessus, assis à la table de la cuisine puisque Kathleen avait insisté pour préparer le thé elle-même, je me surpris à guetter la porte, le bruissement du ciré de Liza et le cliquetis de ses clefs dans le saladier, sur la table du hall.

— Pauvre bête, lâcha Kathleen en s'asseyant enfin. Elle n'avait aucune chance. On aurait dû l'abattre dès le début.

Je bus deux tasses de thé avant d'oser dire quoi que ce soit. Sur un ton le plus désinvolte possible, j'observai que Liza avait visiblement décidé de sortir tôt sur l'*Ismahel.* Avant que je ne poursuive, Kathleen me lança un regard qui laissait entendre qu'il était inutile de tourner autour du pot.

— Elle est chez Greg, déclara-t-elle.

Les mots restèrent en suspens.

— Je n'avais pas compris qu'ils étaient ensemble.

Ma voix trop aiguë sonnait faux.

— Ils ne le sont pas, rectifia-t-elle avec lassitude, avant d'ajouter, sans raison apparente : Elle a pris la mort de ce baleineau très à cœur.

Il y eut un très long silence durant lequel je regardai ma tasse vide et tentai d'éviter de laisser mes pensées divaguer.

— Mais elle a sûrement tout essayé, laissai-je échapper.

C'était d'une banalité… Je ne saisissais pas comment une baleine morte l'avait amenée à coucher avec Greg.

— Écoutez, Mike, Liza a perdu un enfant il y a cinq ans, juste avant d'arriver ici. C'est sa façon à elle de gérer.

Elle baissa la voix et but une gorgée de thé. Je remarquai que ses mains étaient larges, des mains d'ouvrier, contrairement à celles de ma mère, douces et lisses.

— Malheureusement, cela implique qu'une ou deux fois par an, ce pauvre idiot croit qu'il a ses chances.

Tandis que je digérais l'information, elle se leva en prenant appui sur la table, puis annonça dans un bâillement à peine étouffé qu'elle ferait mieux d'aller réveiller Hannah. La façon dont elle avait brusquement changé de sujet m'indiqua qu'elle coupait court à cette discussion. La lumière inondait la pièce et lui donnait un teint blafard, loin de son habituel rose aux joues. J'imaginai le genre d'épreuve qu'elle avait traversée sur la plage. Il était facile d'oublier son âge.

— Je peux la conduire à l'école, si cela vous arrange, proposai-je. Je n'ai rien de prévu.

J'avais besoin de m'occuper pour arrêter de réfléchir. J'aspirais au joyeux bavardage de Hannah sur le hit-parade, les cours de technologie ou la cantine. Je voulais rouler, sortir de cette maison.

— Kathleen, vous m'avez entendu ? Je vais l'emmener.

— Vous êtes sûr ?

Le regard plein de gratitude qu'elle m'adressa quand j'allai chercher mes clefs m'indiqua à quel point Kathleen Whittier Mostyn, légendaire femme de pêche au gros et infatigable hôtesse, était épuisée.

Il est tout à fait possible que, sur le papier, comme dirait ma sœur, j'apparaisse plus joueur que je ne le suis en réalité. En fait, au cours des quatre ans de ma relation avec Vanessa, je n'avais jamais, jusqu'à la nuit avec Tina, ne serait-ce qu'embrassé une autre fille. Ce n'est pas que je n'y avais jamais songé, mais, jusqu'à cette soirée de travail, tromper Vanessa ne m'avait pas semblé envisageable, et encore moins possible. Lorsque j'avais tenu le corps mince et ferme de Tina contre le mien, que ses mains pressées s'étaient frayé un chemin vers le devant de mon pantalon, une part de moi s'était retenue d'éclater de rire devant le ridicule de la situation.

J'ai rencontré Vanessa Beaker à Beaker Holdings, où elle travaillait provisoirement au service marketing. Bien que beaucoup de gens aient soupçonné le contraire, nous sortions ensemble depuis déjà plusieurs semaines avant que je découvre la signification de son nom de famille. Quand je compris qui elle était, je songeai à mettre un terme à notre relation ; je tenais vraiment à mon boulot et avais déjà établi mon plan de carrière. L'idée de le compromettre pour une liaison dont je n'étais pas sûr ne me semblait pas valoir le risque.

C'était compter sans ma nouvelle petite amie. Elle me somma d'arrêter mes âneries, informa son père de notre relation devant moi, ajoutant que le fait que nous restions ensemble ou pas ne le concernait en rien, puis m'annonça que j'étais l'élu de son cœur. Le sourire qu'elle m'adressa alors m'avertit clairement que l'éventualité qu'une telle déclaration puisse m'effrayer était inenvisageable.

Ma sœur Monica estime que je suis paresseux en amour ; j'étais heureux d'être la cible de femmes séduisantes et n'ai eu qu'une seule fois à mettre un terme à une relation. Vanessa était jolie, voire splendide parfois, heureuse, confiante et intelligente. Elle répétait chaque jour qu'elle m'aimait, était aux petits soins pour moi, avait un appétit raisonnable pour le sexe et consacrait un temps et une énergie infinis à entretenir mon allure ainsi que mon bien-être. Cela ne me dérangeait pas, je n'avais ainsi pas à m'en préoccuper moi-même. J'avais confiance en Vanessa. Elle était futée, comme je l'ai déjà dit, et avait hérité du sens des affaires de son père.

Je ne savais pas pourquoi je devais défendre cette relation auprès de ma sœur, mais je le fis. Souvent. Elle trouvait Vanessa trop snob, arguait que j'aurais épousé n'importe quelle femme, pourvu qu'elle s'applique autant que Vanessa à me faciliter la vie. Elle affirmait également que je n'avais jamais été vraiment amoureux puisque je n'avais jamais souffert. C'était là sa version sur les relations amoureuses, mais, en ce qui me concernait, cela paraissait plutôt relever du masochisme.

Ma sœur était célibataire depuis quinze mois. Elle se croyait arriver à l'âge où les petits amis potentiels la trouvaient trop compliquée.

— Qu'est-ce que tu veux ? demanda-t-elle quand je l'appelai.

— « Bonjour, frère chéri. Tu m'as manqué, rétorquai-je. Comment va la vie de l'autre côté de la planète ? Comment se présente le projet qui va faire exploser ta carrière ? »

— Tu m'appelles pour m'annoncer que tu émigres ? Tu m'offres un billet pour que je te rende visite ? Prends-moi un siège en classe affaires, et je l'annonce aux parents pour toi.

Je l'entendis allumer une cigarette. Un téléphone bourdonna dans le fond, et je consultai ma montre pour calculer l'heure qu'il était à la maison.

— Je croyais que tu avais arrêté, lui fis-je remarquer.

— J'ai arrêté, répliqua-t-elle en soufflant bruyamment dans le récepteur. Ce doit être un problème avec la ligne téléphonique. Alors, qu'est-ce que tu veux ?

En vérité, je ne le savais pas très bien.

— Simplement parler avec quelqu'un, j'imagine.

Cela la déconcerta. Je n'ai jamais exprimé à ma sœur de besoin affectif.

— Tu vas bien ?

— Oui, ça va. C'est juste que… je viens de passer une drôle de nuit. Un baleineau est mort devant l'hôtel, et ça m'a un peu secoué.

— Waouh ! Un baleineau ? Quelqu'un l'a tué ?

— Pas exactement. Il s'est échoué.

— Ah oui. J'ai déjà entendu parler de ça. Étrange. (Je l'entendis tirer sur sa cigarette.) Tu as fait des photos ? Ça pourrait faire un article intéressant.

— Arrête les chiens écrasés, Monica.

— Et toi, arrête de faire ton délicat. Eh bien, quoi, vous avez tous essayé de le remettre à l'eau ?

— Pas moi.

— Tu ne voulais pas salir ton beau pantalon, hein ?

Je me sentis soudain agacé par son inaptitude singulière à se montrer gentille et honnête envers moi, plutôt que cinglante et sarcastique. « Nous n'avons plus quatorze ans, au cas où tu ne l'aurais pas remarqué », avais-je envie de hurler. Au lieu de quoi je dis simplement :

— Oh, laisse tomber. Je ferais mieux d'y aller.

— Hé… Hé… C'est bon, Mike. Pardon.

— Écoute, on discutera un autre jour.

J'aurais dû appeler Vanessa.

— Mike, ne te fâche pas. Je suis désolée, d'accord ? Qu'est-ce… Que voulais-tu me dire ?

Là était le problème : je l'ignorais. Je restai assis presque cinq minutes avant de me rendre compte que je n'en avais vraiment aucune idée.

Je la vis arriver par la route du littoral une heure et demie après avoir accompagné Hannah ; le chien fêtait son retour en aboyant. Très pâle, elle semblait épuisée. Son pantalon était trempé et couvert de sable. Son expression ne changea pas lorsqu'elle m'aperçut, assis à l'extrémité de la jetée la plus proche de la plage, mais elle s'arrêta à quelques pas de moi et leva une main en visière contre le soleil matinal. Elle chancelait légèrement, et je me demandai si elle n'était pas un peu soûle. Je la regardais différemment à présent, après ce que j'avais appris.

— Vous voulez venir avec moi au supermarché ?

Je distinguai à peine son visage à contre-jour.

— C'est vous qui conduisez ?

— Il serait préférable que ce soit vous, si vous maîtrisez le changement de vitesse de cette Holden. Kathleen est trop fatiguée pour faire les courses et elle a besoin de dormir.

Je n'aurais pas mieux, comme invitation. J'allai chercher les clefs de ma voiture.

Pour un œil anglais, les supermarchés australiens sont des cornes d'abondance, étranges et pourtant familiers, avec une profusion de fruits et légumes colorés, ponctués de délices bizarres comme des barres de chocolat Violet Crumble, ou de la pâte à pancakes Green's. Il ne m'arrivait pas souvent de faire les courses : ou bien Vanessa s'en chargeait, ou bien, selon ses instructions, je cliquais sur l'onglet « Renouvellement de la liste » de notre supermarché en ligne et tout était livré, bien empaqueté dans des sacs étiquetés « Congélateur », « Réfrigérateur » et « Cellier » – comme si tout le monde à Londres disposait d'un cellier. Tandis que nous marchions dans la grande surface australienne, je me surpris à convertir tous les prix de ces nouveaux aliments en livres sterling – avais-je seulement la moindre idée de combien coûtaient leurs équivalents anglais ?

Liza arpentait les allées, jetant des articles dans le caddie surdimensionné avec la confiance de quelqu'un qui s'attelle à cette tâche régulièrement. Il était impossible de croire qu'elle n'avait pas dormi de la nuit, tant ses gestes étaient précis et rapides.

— Y a-t-il quelque chose que vous désirez en particulier ? me demanda-t-elle par-dessus son épaule. En partant du principe que vous restez encore un moment.

Rien dans sa voix ne suggérait que cela avait la moindre importance.

— Je ne suis pas difficile, répondis-je en reposant un paquet de biscuits salés sur le rayonnage, et songeai à quel point cet aveu était vrai.

À la caisse, elle dut fouiller ses poches pour trouver le montant exact – billets froissés et toutes sortes de pièces. J'allais intervenir quand le coup d'œil qu'elle me lança m'avertit de garder ma main dans ma poche où elle demeura sur mon portefeuille. Je fis mine de chercher un mouchoir, puis me mouchai si fort que la femme derrière moi en fut horrifiée.

Tandis que je l'observais, j'assemblai les différentes pièces de puzzle. L'impossibilité pour elle de laisser sortir en mer sa fille survivante. Sa mélancolie. Peut-être son autre enfant s'était-il noyé. Peut-être était-ce un bébé. Peut-être avait-elle perdu un mari en même temps. Je me rendis compte du peu de questions que je lui avais posées. Du peu de questions que j'avais posées à qui que ce soit. Dennis Beaker aurait tout aussi bien pu avoir une seconde famille. Tina Kennedy avait peut-être fui un couvent deux ans plus tôt. Je n'avais jamais cherché plus loin que les apparences. Je me demandai tout à coup ce que j'avais raté.

Liza McCullen avait perdu un enfant. Elle avait trois ans de moins que moi, et soudain, à côté d'elle, j'avais l'impression d'avoir autant d'expérience qu'une amibe.

Nous ne nous sommes adressé la parole qu'au bout de vingt minutes de trajet.

En passant devant les bureaux municipaux, je songeai à notre projet ainsi qu'à ma conversation avec Dennis. Quelques jours plus tôt, Kathleen m'avait raconté que Silver Bay avait été aménagé lorsque les soldats alliés y avaient construit une base. Elle se souvenait avec nostalgie du temps où il n'y avait que son hôtel, quelques maisons et une épicerie. J'aurais dû dire quelque chose à ce moment-là, mais la lâcheté m'en empêcha. Je savais comment elle – et tous les autres – réagirait. Je les aimais bien. Et l'idée qu'ils ne m'aiment pas me déplaisait.

Liza, les fusées de détresse et le baleineau eurent raison de mes convictions sur le bien-fondé de notre plan, du moins tel que nous l'envisagions. Il existait sûrement un moyen de répondre aux différents besoins, à la fois ceux de notre projet d'hôtel et ceux des observateurs de baleines. Je préférais ne pas en parler tant que je n'avais pas trouvé de solution. Ni à Liza ni à Kathleen. Ou à Dennis, malgré sa colère devant mes faux-fuyants. Je me concentrai sur la route, troublé par la présence de Liza à côté de moi. Sa façon d'entortiller ses cheveux avec sa main droite quand ses pensées l'entraînaient au loin.

J'avais plein de choses à dire, mais refusais de lui donner l'occasion de se retrancher derrière des formules de politesse. Nous avions dépassé ce stade. Bizarrement, j'avais l'impression qu'on me devait une explication. Je n'arrêtais pas de penser à Greg, à son sourire et à ses allusions douteuses sur leur nuit, comme s'il voulait me prouver qu'il avait eu raison de me mettre en garde. J'ai croisé des tas de types comme lui dans ma vie : charismatiques, bruyants, puérils dans leur volonté d'attirer l'attention. Je n'ai jamais compris comment ils séduisaient les plus belles femmes, pour finir invariablement par mal les traiter. Je l'imaginais sur le banc, assis à côté de Liza, un bras possessif autour de ses épaules, persuadé, comme Kathleen l'avait mentionné, qu'il avait une chance. Peut-être en avait-il plus qu'elle ne le croyait. Qui sait ce qui se cache au fond d'un cœur ? Après tout, Liza l'aimait assez pour avoir couché avec lui. Plus d'une fois.

Pourquoi lui ? Pourquoi ce loser, coureur de jupons et pochetron ?

Nous avions parcouru la moitié du chemin quand elle se décida à parler. Deux bateaux étaient amarrés à la Whale Jetty : *Moby I* et *Ismahel*. Je les reconnaissais désormais de loin, ce qui me procurait un étrange sentiment de fierté. Haut dans le ciel, le soleil faisait scintiller l'eau bleue, et les pins qui couvraient les collines paraissaient anormalement luxuriants. Chaque fois que je regardais ce paysage, je le visualisais en photo dans un dépliant.

— Vous êtes sans doute au courant de ce qui s'est passé la nuit dernière ? me demanda-t-elle sans me regarder.

— Ce ne sont pas mes affaires, répondis-je.

— C'est exact, approuva-t-elle.

Je mis mon clignotant à gauche et amorçai lentement le virage pour descendre le chemin qui menait à l'hôtel, regrettant soudain que nous soyons déjà arrivés. L'horloge de la voiture indiquait l'heure du déjeuner. J'avais l'impression d'avoir roulé toute la journée.

Elle reprit la parole d'une voix mesurée.

— Je connais Greg depuis longtemps. Il… Eh bien, je le connais depuis assez longtemps pour savoir que ça n'a aucune importance pour lui.

Je me garai. Nous restâmes assis en silence, tandis que le moteur refroidissait et cliquetait jusqu'à finir par se taire. Nous méditions chacun sur le besoin qu'elle avait ressenti de me parler.

— Votre tante m'a parlé de votre enfant. Je suis désolé.

Elle tourna la tête brutalement. Elle avait les yeux rouges. Cela devait être le manque de sommeil ou les larmes incessantes.

— Elle n'aurait pas dû.

Je ne sus que répondre.

Me penchant vers elle, je pris entre mes mains le beau visage épuisé de Liza McCullen et l'embrassai. Dieu seul sait pourquoi. Contre toute attente, elle me rendit ce baiser.

10

Hannah

Lara m'a emmenée sur son bateau. Il a été baptisé *Baby Dreamer*. C'est un petit dériveur, avec un banc de nage – le banc qui est au milieu. Son gréement ressemble à celui d'un sloop des Bermudes avec une grand-voile et un foc. On dirait deux triangles, l'un plus petit que l'autre, avec un petit drapeau – le guidon – qui indique le sens du vent.

Elle m'a appris à tirer des bords et à virer, les deux choses les plus importantes en voile. Pour y arriver, il faut se servir du safran, des voiles et du poids de l'équipage, tout en même temps. Avec Lara, nous nous déplacions d'un côté à l'autre du bateau, ce qui nous faisait rigoler. Quelquefois, Lara faisait semblant de tomber, mais je ne me suis jamais inquiétée car je savais qu'elle blaguait.

Je ne l'ai pas dit à maman. La mère de Lara était au courant – elle nous surveillait depuis sa maison –, et je portais un gilet de sauvetage. Maman parle rarement avec les autres mères, alors je me sentais plutôt en confiance.

Tout le monde pratique la voile, dans la famille de Lara. Elle navigue depuis qu'elle est bébé. Dans son salon, il y a une photo d'elle portant des couches, ses petites mains potelées posées sur la barre et un bras qui lui enserre le ventre. Elle se souvient d'avoir dormi sur leur voilier quand elle était vraiment toute petite, et sa maman raconte que si maintenant elle dort si mal, c'est parce qu'elle a été habituée à être bercée par le clapot.

Lara a fait un stage à Salamander Bay et connaît toutes les allures, c'est-à-dire la direction d'où provient le vent. Vent debout, qui peut vous faire reculer, ou le travers qui permet d'aller le plus vite. Elle m'a dit que, quand maman me laisserait prendre le *Hannah's Glory*, nous pourrions suivre des cours ensemble, pour apprendre par exemple à naviguer avec une seule voile ou sans dérive. L'école de voile est ouverte pendant les vacances scolaires, et il vaut mieux venir avec son bateau, plutôt que d'attendre son tour sur celui de l'école. Une seule fois depuis mon anniversaire, j'ai demandé à maman si je pouvais utiliser le dériveur de Greg. Elle m'a simplement répondu « non », sur un ton qui indiquait qu'elle n'en reparlerait plus. Tante K m'a promis de s'en occuper et pense que si nous étions assez malignes, maman finirait par céder. C'est comme pour la pêche : il faut apprendre le calme et la patience pour attraper ce qu'on veut.

Il faisait assez doux, même sur l'eau, et nous ne portions qu'une polaire. La maman de Lara nous avait obligées à garder tout le temps notre gilet de sauvetage, au cas où, et ça nous tenait chaud. La mer était calme. Nous avions le droit de naviguer entre les deux bouées les plus proches, et sur la gauche le long de la côte, tant que nous n'entrions pas dans le couloir de navigation. Lara obéit toujours à sa mère. Elle m'a raconté que son père connaissait quelqu'un qui s'était égaré dans le chenal et avait failli se faire happer par un porte-conteneurs parce qu'il ne regardait pas où il allait.

Les dauphins sont venus nous voir près de la pointe. Nous nous étions arrêtées un moment pour manger du chocolat. J'ai reconnu Brolly et son bébé grâce aux photos du *Moby I*. J'ai montré à Lara son aileron qui avait la forme exacte du dessous d'un parapluie. Son petit était si mignon que Lara en a presque pleuré. Nous étions certaines qu'ils nous reconnaissaient – ils ne vont pas toujours voir les baleiniers. C'était la troisième fois que je sortais en mer avec Lara, et chaque fois les dauphins nous approchaient. On dirait qu'ils sourient. Nous sommes restées près d'une heure à leur parler et à les regarder jouer. Le bébé de Brolly avait grandi d'au moins quinze centimètres depuis la dernière fois que je l'avais vu, et sa mère est venue si près du bateau que nous avons pu lui caresser le nez ; pourtant, elle devait savoir que nous n'avions pas de poissons. Je ne résistais pas à l'envie de la toucher. Yoshi répète que nous ne devons pas les encourager à s'approcher trop près, car ils pourraient s'imaginer que tous les hommes sont gentils. Elle m'a raconté que, l'année dernière, sans raison, des individus avaient poignardé un dauphin à mort. J'ai pleuré en pensant à ce pauvre dauphin nageant vers eux, avec sa belle tête souriante, croyant qu'il s'était fait des nouveaux amis. À la fin, je pleurais si fort que Yoshi avait dû chercher maman pour me consoler.

Les dauphins étaient les animaux préférés de Letty. Sur sa table de nuit, elle avait quatre figurines en cristal de couleurs différentes. Elle les avait reçues pour ses cinq ans. J'avais l'habitude de les changer de place, et elle se fâchait parce que je fouillais dans ses affaires. Nous nous disputions souvent, car elle n'avait que quatorze mois de moins que moi. Maman disait que nous nous ressemblions comme deux gouttes d'eau. Quand je pense à nos querelles, je me sens vraiment mal, car si j'avais su ce qui allait lui arriver, j'aurais essayé d'être gentille avec elle tous les jours. Je dis bien « essayé », car ce n'est pas facile d'être gentil avec quelqu'un tous les jours. Maman m'énerve parfois, mais je suis gentille avec elle, parce que je sais qu'elle est encore triste et que je suis tout ce qu'il lui reste. J'ai toujours les dauphins en cristal. L'un d'entre eux ressemble un peu à Brolly, alors je l'ai appelé comme ça. J'ai décidé que le plus petit serait son bébé, même s'il n'est pas vraiment de la bonne taille. Je les garde dans une boîte, parce qu'ils sont précieux. Et aussi parce que les sortir rappelle trop de choses.

En les manipulant avec précaution, Lara m'a demandé :

— Est-ce que tu penses beaucoup à ta sœur ?

J'étais sous mon lit en train de chercher un truc dans un magazine que je voulais lui montrer, si bien qu'elle ne m'a pas vue acquiescer de la tête.

— Je n'en parle pas trop parce que ça bouleverse maman, ai-je répondu en reculant, tout en faisant attention à ne pas me cogner la tête, mais elle me manque toujours.

Je ne pouvais pas en dire plus. C'était encore trop difficile.

— Ma sœur, je la déteste, affirma-t-elle. C'est une sorcière. J'adorerais être enfant unique.

Je n'arrivais pas à le lui expliquer correctement, mais j'avais toujours une sœur. Que Letty ne soit plus vivante ne fait pas de moi une enfant unique, seulement la moitié de ce que j'étais.

Jeudi, maman m'a demandé pour la troisième fois de la semaine d'apporter son petit déjeuner à Mike.

— Tu ne pourrais pas t'en charger ? lui rétorquai-je. Je ne me suis pas encore coiffée.

J'aime me faire des nattes pour aller à l'école, mais, si on perd le rythme, elles sont inégales au milieu. Tante K estime ses vieux doigts trop raides pour tresser des cheveux, et maman se fiche totalement des siens, il n'y a donc que moi pour le faire.

— Non, dit-elle.

Comme s'il n'y avait rien à ajouter. Elle déposa le plateau sur le pas de ma porte.

Elle était plutôt étrange. Je ne savais pas si c'était parce qu'elle ne l'aimait pas, mais elle ne s'asseyait plus dehors en fin de journée, et les rares fois où elle le fit, elle l'ignora. Pourtant, il était là chaque soir, comme s'il l'attendait. J'ai dit à Lara que c'était plutôt puéril, vraiment, comme certaines filles de notre classe qui font semblant de ne pas nous voir alors qu'on se tient juste devant elles.

— Es-tu fâchée avec Mike ? demandai-je finalement à maman.

Elle parut étonnée.

— Non… Pourquoi ?

— On dirait.

Elle se mit à s'entortiller les cheveux.

— Je ne suis pas fâchée, mon cœur. Je crois simplement que ce n'est pas une bonne idée d'être trop proche des clients, expliqua-t-elle.

Je l'entendis plus tard discuter avec tante K dans la cuisine, quand elles croyaient que je regardais la télé. Les baleiniers étaient dehors, et maman refusait de les rejoindre alors qu'ils devaient discuter de l'augmentation du prix des billets à cause de la hausse des carburants. Le coût de l'essence était un éternel sujet de conversation.

— Je ne comprends pas pourquoi tu es si irritée, commença tante K.

— Qui te dit que je suis irritée ?

— Cette ébréchure sur mon assiette ?

J'entendis le bruit de l'assiette qu'on posait sur le plan de travail, et maman qui murmura :

— Pardon.

— Liza, ma chérie, tu ne peux pas te cacher éternellement.

— Pourquoi ? Nous sommes heureuses, non ? On s'en sort ?

Tante Kathleen ne répondit rien.

— Je ne peux pas, d'accord ? Ce n'est pas une bonne idée.

— Parce que Greg, oui ?

Greg n'aime pas Mike. Croyant que personne ne l'entendait, il l'a appelé « fils de pute » quand tante Kathleen lui parlait.

La voix de maman était très tendue quand elle dit :

— Je pense que c'est mieux pour tout le monde si Hannah et moi évitons de nous… engager avec qui que ce soit.

Puis elle sortit. Ma tante poussa un soupir.

J'ai cherché « s'engager » dans le dictionnaire : « S'impliquer dans une relation sentimentale ou sexuelle, compliquée ou difficile à suivre. » Je l'ai montré à tante K pour savoir quelle définition était la bonne, mais elle a répondu que les deux résumaient bien la situation.

À l'école, tout le monde parlait du voyage scolaire. Parfois, j'avais l'impression que c'était le seul sujet de conversation, alors que nous avions encore des mois et des mois devant nous et que notre institutrice menaçait que personne n'irait si nous ne nous donnions pas un peu plus de mal. Nous étions toutes assises dehors, sur le long banc de la cour, quand Katie Taylor me demanda si j'allais y participer. Je lui répondis que peut-être pas, mais je ne voulus pas en dire plus, car c'est le genre de fille qui déforme tout. Bien sûr, elle s'est levée et a dit devant tout le monde :

— Pourquoi ? Vous n'avez pas assez d'argent ?

— Ce n'est pas ça, le problème, répondis-je en rougissant.

— Alors, pourquoi ? Tout le monde vient.

Comme d'habitude, elle avait deux marques roses au-dessus des oreilles, parce que sa mère remontait ses barrettes trop haut. Lara pensait que c'était la raison pour laquelle elle était toujours méchante.

— Pas tout le monde, intervint Lara.

— Tout le monde, à part les toqués.

— Je ne viens pas, parce que nous allons ailleurs, dis-je sans réfléchir. Nous faisons un voyage.

Lara hocha la tête comme si elle le savait depuis des lustres.

— Vous retournez en Angleterre ?

— Peut-être. Ou dans les Territoires du Nord.

— Tu ne sais même pas où vous allez ?

— Écoute, sa maman n'a pas encore décidé, coupa Lara, de ce ton qui invite à me laisser tranquille. Ne fais pas ta fouineuse, Katie. Cela ne te regarde pas.

Plus tard, alors que nous rentrions chez elle, Lara passa son bras sous le mien. Maman venait me chercher chez elle tous les mardis, après le thé, et Lara trouvait toujours drôle que je préfère sa maison et elle la mienne. J'aime sa famille, bruyante et gaie, même quand ils se disputent. J'aime la manière dont son père la taquine et frotte la plante de ses pieds nus contre son menton mal rasé en l'appelant « mon chaton ». Ça me rappelle quand Lance m'appelle « pitchoune », mais ce n'est pas pareil. Nous n'échangeons jamais de câlin avec Lance, comme Lara le fait avec son père. Une fois, celui-ci m'a attrapé les pieds pour les frotter contre son menton, mais je me suis sentie gênée. Tout le monde fait mine de m'intégrer parce que je n'ai pas de papa à moi. Lara aime être chez moi parce que personne n'entre dans ma chambre et fouille dans mes affaires, et que tante K nous donne les clefs du musée des baleiniers pour qu'on puisse s'y balader sans personne sur notre dos. Tante K sait qu'on n'abîmera rien parce que nous sommes sages. Les plus gentilles filles qu'elle connaisse. Je ne lui ai pas raconté la fois où Lara a volé une des cigarettes de sa mère que nous avons fumée, cachées derrière le *Maui II* jusqu'à en être malades.

— Hannah, déclara Lara quand nous arrivâmes en bas de sa rue, d'une voix douce pour me montrer à quel point elle était mon amie. Est-ce réellement à cause d'un problème d'argent que tu ne viens pas en Nouvelle-Zélande?

Je me rongeai un ongle.

— C'est un peu compliqué.

— Tu es ma meilleure amie. Je ne le répéterai à personne.

— Je sais.

Je serrai son bras. J'aurais vraiment aimé pouvoir lui en parler, mais je n'étais pas certaine d'avoir moi-même tout compris. Je savais seulement ce que maman m'avait dit, que nous ne pourrions jamais quitter l'Australie et que je ne devais en parler à personne, ni dire pourquoi.

Le lendemain, Katie Taylor remit le sujet sur le tapis. Elle raconta que je ne pouvais pas venir car l'hôtel Silver Bay était en faillite. Ensuite, que c'était tante K qui avait tué le baleineau, tout comme elle avait tué le requin, ainsi que les journaux en avaient parlé à l'époque, et que tout le monde le savait. Elle ajouta que si j'avais eu un père, j'aurais pu participer à plus de voyages scolaires. Elle demanda son nom tout en sachant que je ne pouvais pas répondre. Alors qu'elle éclatait de son rire narquois, Lara la bouscula. Katie lui attrapa la main et lui retourna les doigts, puis elles se sont vraiment battues, jusqu'à ce que Mme Sherborne les sépare.

— Ce n'est qu'une stupide garce! lâcha Lara tandis que nous retournions dans les vestiaires. (Elle cracha par terre des cheveux de Katie qu'elle avait encore dans la bouche.) Ne fais pas attention à elle.

Soudain, je ne me sentis plus en colère contre Katie ou ses crétines d'amies, mais contre maman. Tout ce que je voulais, c'était être comme les autres. J'ai des bonnes notes et n'aborde jamais aucun sujet dont je ne suis pas censée parler. Je ne parle même pas de Letty quand j'en ai envie, parce que je ne dois pas heurter qui que ce soit. Alors si nous trouvions l'argent pour un voyage en Nouvelle-Zélande, comme tout le monde dans ma classe – même David Dobs, qui fait pipi au lit et dont la mère prend des choses dans les magasins sans les payer –, pourquoi serais-je toujours tenue à l'écart ? Pourquoi devrais-je toujours être celle qui dit « non » ?

Si on ne compte pas d'où on vient, je suis la seule de ma classe à n'avoir jamais dépassé les Blue Moutains.

J'étais toujours en colère quand j'arrivai à la maison. Maman était venue me chercher. Elle était tellement absorbée par quelque chose d'autre qu'elle n'a pas remarqué mon silence. Ensuite, je me rappelai qu'il y avait cette horrible famille à l'hôtel, avec ces deux garçons qui me regardaient comme si j'étais idiote. Cela me rendit encore plus en colère.

— As-tu des devoirs ? me demanda-t-elle quand nous nous garâmes.

À l'arrière, Milly rongeait la torche électrique de maman. Je l'avais vue dès le début du trajet, mais ne l'avais pas arrêtée.

— Non, répondis-je en descendant de la voiture avant qu'elle n'ait le temps de vérifier.

Elle me regarda, mais les paroles de Katie résonnaient encore dans mes oreilles, et j'avais besoin de rester seule.

En montant l'escalier, je remarquai la porte ouverte de Mike. Il était au téléphone et j'hésitai un instant, ne sachant pas si je devais attendre qu'il ait terminé.

Je crois qu'il sentit ma présence, car il se retourna.

— Un S94. Ouais, c'est ça. Apparemment, cela devrait accroître nos chances de cent pour cent. (Il me jeta un coup d'œil.) Bon, je ne peux pas vous parler plus longtemps, Dennis. Je vous rappellerai. (Il posa son téléphone et me gratifia d'un énorme sourire.) Bonjour, vous. Comment ça va ?

— Très mal, affirmai-je en laissant tomber mon sac par terre. Je déteste la terre entière.

Je me surpris moi-même en m'entendant. D'habitude, je ne dis pas ce genre de choses.

Il n'essaya pas de me calmer, ni de me contredire, ce que fait tante K en général, comme si je ne savais pas ce que je ressentais. Il se contenta d'opiner de la tête.

— Il y a des jours comme ça.

— Aujourd'hui en est un ?

Il fronça les sourcils.

— Aujourd'hui est un quoi ?

— Un de ces jours. Horrible. Une horrible journée.

Il réfléchit un instant, puis secoua la tête. Il sourit et je le trouvai presque aussi beau que Greg.

— Non. La plupart de mes journées sont plutôt agréables, en ce moment. Viens par ici. (Il me fit signe de venir m'asseoir.) Est-ce qu'un de ceux-ci te remonterait le moral ? Je me suis donné pour mission d'essayer tous les biscuits australiens.

Il ouvrit son tiroir dans lequel se trouvaient tous mes gâteaux préférés : Iced VoVo, Anzac, Tim Tam au chocolat et Mint Slice d'Arnott's.

— Vous allez grossir, le prévins-je.

— Non. Je cours tous les matins, répliqua-t-il. J'ai un bon métabolisme et je trouve que les gens s'inquiètent bien trop de ce genre de choses.

Il se prépara du thé, puis s'assit dans le fauteuil en cuir. Je m'installai à son bureau et il me laissa pianoter sur son ordinateur. Il me montra un logiciel qui permet de retoucher des photos. Pour rire, nous avons repris une photo de tante K avec le requin, sur laquelle nous lui avons dessiné un grand sourire. Sur une autre, j'attribuai à tante K une belle paire de moustaches et de grands pieds, et ajoutai une pancarte sur laquelle j'écrivis : « Le dentifrice de la Fille au Requin – pour un plus beau sourire. »

Je finissais juste quand je sentis ses yeux posés sur moi. Quand on regarde quelqu'un suffisamment fort, on peut faire en sorte qu'il se retourne. J'avais l'impression qu'il fixait ma nuque, alors je me suis retournée très vite pour vérifier.

— Tu avais un frère ou une sœur ? demanda-t-il. Celui qui est mort.

Je fus tellement sous le choc d'entendre ces mots tout haut que je faillis cracher mon Tim Tam. Aucune grande personne ne parlait de Letty. Pas aussi franchement. Les yeux de tante K s'assombrissaient quand je prononçais son nom, comme si c'était trop dur à supporter, et maman était tellement triste que je n'osais pas l'évoquer.

— Une sœur, finis-je par répondre après un moment. Elle s'appelait Letty.

Puis, comme il ne parut pas horrifié ni ne m'adressa de regard m'intimant de me taire, je poursuivis :

— Elle est morte à cinq ans, dans un accident de voiture.

Il haussa légèrement les épaules.

— C'est vraiment dur. Je suis désolé.

J'eus soudain très envie de pleurer. Personne ne m'avait jamais dit cela. Personne n'avait jamais pensé à ce que c'était pour moi, de perdre ma sœur, ou dit que cela devait être affreux pour moi. Personne ne me demandait si elle me manquait, ou si j'avais parfois l'impression que c'était ma faute. Parce que je suis petite, il semble que mes sentiments n'ont aucune importance. Je les ai entendus dire : « Les jeunes rebondissent. Elle guérira », ou encore : « Dieu merci, elle se souvient de si peu. » Et puis aussi : « La pire chose qu'il puisse arriver est de perdre un enfant. » Mais jamais ils n'ont dit : « Pauvre Hannah ! Perdre la personne qu'elle préférait au monde », ou bien : « Allez, Hannah, parlons de Letty. De tout ce qui te manque d'elle et de tout ce qui te rend triste. » J'étais incapable de lui confier tout ça : c'était trop ancré au fond de moi, quelque part où j'avais appris qu'il valait mieux le laisser enfoui. Alors, quand les larmes me montèrent aux yeux, je fis semblant d'être contrariée à cause du voyage scolaire. Je lui racontai Katie Taylor, les problèmes d'argent, le fait que je serais la seule de ma classe à ne pas y participer. Ma technique marcha si bien que, en peu de temps, je réussis à ne plus penser à Letty mais seulement au voyage, à l'horreur de rester seule quand tous les autres seraient en Nouvelle-Zélande, et je pleurai.

Mike me tendit un mouchoir et scruta par la fenêtre le temps que je reprenne mes esprits. Il s'assit en silence, jusqu'à ce que j'arrête de renifler, puis se pencha en avant et me regarda droit dans les yeux en me disant :

— Bien, Hannah McCullen. Je vais te faire une proposition de travail.

Mike Dormer me demanda de prendre des photos de la baie et de ses alentours. Il acheta trois appareils jetables et me proposa un dollar pour chaque bon cliché. Il prétendit être un piètre photographe, mais, en rentrant, ses amis voudraient savoir ce qu'il avait fait et où il était allé, à moi donc de prendre tous les plus beaux coins. Ensuite, il me demanda de dresser une liste de tout ce que je trouvais bien dans mon école, à Silver Bay, et tout ce qui pourrait être amélioré.

— Comme le fait que notre bus scolaire soit tombé en panne et que nous n'en ayons pas de nouveau ? Ou que notre bibliothèque est toujours dans des locaux provisoires ?

— Exactement, me répondit-il en me tendant un bloc de papier. Pas sur qui tu aimes, ou cette fille idiote qui te taquine, mais un exposé. Des vraies recherches.

Il me promit un bon salaire selon la qualité de mes observations.

— Je veux un travail de professionnel, m'expliqua-t-il. Pas du n'importe quoi, bâclé à la va-vite. Tu t'en sens capable ?

J'acquiesçai, surtout parce que l'idée de gagner de l'argent m'emballait. Mike insista sur le fait que, si je prenais la mission au sérieux, il ne voyait pas pourquoi je ne pourrais pas m'offrir le voyage pour la Nouvelle-Zélande avec mes amis.

— Mais quand repartez-vous ? m'enquis-je.

J'essayai de calculer de combien de temps je disposais pour récolter l'argent nécessaire. Maman ne pourrait plus refuser. Il m'annonça que la date de son départ faisait partie des impondérables. J'allais lui demander ce que ça voulait dire, mais je ne voulais pas qu'il me prenne pour une idiote, donc je me contentai de hocher la tête une fois de plus, comme je faisais avec Yoshi quand elle se mettait à me parler de trucs auxquels je ne comprenais rien.

Je montrai ensuite à tante K les photos retouchées d'elle et du requin, elle haussa les sourcils puis s'esclaffa en disant que Dieu ne la laisserait jamais l'oublier.

Contre toute attente ce soir-là, je me sentis heureuse. Si j'avais été directement dans ma chambre, comme prévu, je sais que j'aurais été triste, mais nous nous sommes bien amusés, un peu comme à une fête.

Les clients étaient sortis. Je n'avais donc pas à affronter ces deux garçons criblés de taches de rousseur et leurs regards de crétins chaque fois que je passais dans le salon. Lance avait gagné aux courses et acheté des pizzas pour tout le monde. Pour une fois, tante Kathleen n'avait qu'à mettre les pieds sous la table. Mike était certes un client, mais il faisait maintenant partie des meubles, elle n'avait donc pas à s'inquiéter de lui. Il me donna tout le salami de sa pizza, c'est ce que je préfère.

Richard et Tom, de l'autre *Moby*, nous rejoignirent et racontèrent qu'ils avaient croisé un groupe de cinq baleines près de Break Nose Island dans l'après-midi. Un de leurs passagers, un Américain, était si content qu'il leur avait laissé un pourboire de cinquante dollars à chacun. Ensuite, M. Gaines a apporté du vin que tante K a jugé bien trop bon pour des gens comme nous, mais elle a tout de même ouvert les deux bouteilles. Ils se mirent à parler du bon vieux temps, comme souvent lorsqu'ils étaient ensemble.

Greg n'était pas là. Il n'avait pas sorti son bateau depuis quatre jours. Tante K expliqua qu'une rupture pouvait provoquer ce genre de chose, et c'était plus difficile pour certaines personnes que pour d'autres. Quand je lui demandai où il était, elle me répondit :

— Sans doute quelque part au fond d'une bouteille.

La première fois que je l'avais entendue faire cette blague, j'avais ri parce qu'il n'existe aucune bouteille dans toute l'Australie assez grande pour contenir un adulte, Greg en particulier.

Il faisait frais, mais tous les braseros étaient allumés et nous étions serrés les uns contre les autres sur le banc, sauf Lance et Yoshi, assis tous les deux dans le grand fauteuil. Tante Kathleen et M. Gaines avaient choisi les fauteuils en osier avec des coussins, car, étant donné leur grand âge, ils méritaient un peu plus de confort. Maman était en face de moi et, quand j'eus fini de boire, je lui fis part de l'offre de Mike.

— Lui donner de l'argent ? Vous allez la payer pour prendre des photos ?

Mike avala une gorgée de vin.

— Vous pensez que je devrais lui donner de l'argent pour rien ?

— Vous êtes pire que Greg, lança-t-elle.

— Je n'ai rien à voir avec Greg, et vous le savez très bien.

— Ne l'utilisez pas, Mike, murmura-t-elle comme si je ne pouvais pas l'entendre. Ne l'utilisez pas pour vous rapprocher de moi, parce que cela ne marchera pas.

Mike ne parut pas ennuyé.

— Je ne le fais pas pour vous. Je le fais parce que Hannah est une enfant particulièrement sympathique et que j'ai des petits boulots à faire. Si je ne le lui avais pas demandé, je l'aurais demandé à quelqu'un d'autre, mais, franchement, je préfère travailler avec Hannah.

J'essayai de ne pas trop penser à l'« enfant particulièrement sympathique ». Je crois que je commençais à m'enticher de Mike.

— En tout cas, reprit-il la bouche pleine, je vous trouve bien présomptueuse. Qui vous dit que je veux me rapprocher de vous ?

Il y eut un bref silence tandis que maman le regardait sévèrement. Puis je vis ses lèvres trembler comme si elle s'empêchait de sourire sans y parvenir, et je me détendis. Si elle avait dû m'interdire de gagner de l'argent, elle l'aurait fait à ce moment-là.

Elle fixait ses mains en réfléchissant.

— Dans quel but, ces photographies ? demanda-t-elle.

Mike se lécha les doigts.

— Je ne peux rien vous dire. Secret professionnel. Hannah, pas un mot, répondit-il en souriant.

— C'est une bonne photographe, indiqua-t-elle.

— Cela en a tout l'air, étant donné le prix qu'elle me demande.

— Combien la payez-vous ?

— Information tout aussi confidentielle. (Il m'adressa un clin d'œil.) Si vous avez l'intention de proposer moins cher que votre fille, je serai ravi d'entendre votre offre.

Je ne comprenais rien à leur discussion, mais ils semblaient heureux, aussi arrêtai-je de m'inquiéter. Je réfléchissais à comment réussir à voler une gorgée de la bière de Mike sans que maman s'en aperçoive.

— Dans ce cas, combien de temps allez-vous rester ? s'enquit-elle.

Au moment où il allait répondre, nous aperçûmes des phares le long de la route du littoral. Nous restâmes silencieux en attendant de voir qui c'était – le camion de Greg avait des phares antibrouillard à l'avant, ce n'était donc pas lui.

— Ce sont peut-être les bookmakers, suggéra M. Gaines en se penchant vers Lance. Ils viennent t'annoncer que ton dernier cheval vient de finir sa course.

Lance leva son verre à sa santé.

C'était un taxi. Quand il atteignit le bas de la pente, tante Kathleen se leva en grommelant qu'il n'y avait pas de repos pour les braves.

— Je n'ai plus rien à manger. J'espère qu'ils ne s'attendent pas à être nourris.

— Bien, reprit maman en se tournant vers Mike. Vous n'avez pas répondu à ma question.

J'avais également envie de savoir, mais je fus distraite par le retour de tante Kathleen, une valise à la main. Derrière elle avançait une femme assez jeune, aux cheveux blonds très raides, avec un gilet rose enroulé autour des épaules. Elle portait des chaussures à talons hauts avec des paillettes comme si elle allait à une soirée. Tante K s'approcha de Mike, les sourcils levés, et laissa tomber la valise à ses pieds.

— Quelqu'un pour vous, lâcha-t-elle.

— Papa m'a donné un congé, annonça la jeune femme. (Mike se leva, retenant sa respiration.) Je suis venue t'aider. Peut-être pourrions-nous avancer notre lune de miel ?

11

Mike

C'était étrange. On imagine d'inoubliables scénarios de retrouvailles avec sa fiancée après une longue séparation : une course au ralenti l'un vers l'autre, des baisers interminables, le besoin pressant de se toucher. Comme s'il existait un protocole universel pour ce genre de réunions, un déballage affectif, l'affirmation de ce que l'on représente l'un pour l'autre. Mais quand je vis Vanessa, tout ce que je réussis à ressentir, c'est cette sensation bizarre, comme lorsque, enfant, votre mère vient vous chercher trop tôt chez votre copain.

Je me sentis coupable de ne pas être à la hauteur de ce qu'elle attendait – de ce que j'aurais pu attendre de moi –, et elle le remarqua aussitôt. Comme je l'ai déjà dit, ma petite amie est loin d'être idiote.

—Je pensais que ça te ferait plaisir, déclara-t-elle plus tard cette nuit-là, alors que nous étions étendus l'un près de l'autre. Encore une chose étrange : nous ne nous touchions pas.

—Je suis content, affirmai-je. C'est seulement que tout n'a pas été si facile ici… J'ai été tellement pris par mon travail que je n'ai pas pensé à tout ce qui nous concerne.

— De toute évidence, ne put-elle s'empêcher de constater sèchement.

Je fermai les yeux dans le noir.

— Je n'ai jamais été doué pour les surprises. Tu le sais. Il était prévisible que je te déçoive.

Son silence m'indiqua qu'elle était au moins d'accord avec moi sur ce point.

En réalité, ce furent les vingt minutes les plus singulières de notre relation. Elle était restée plantée devant les baleiniers, vêtue comme si elle sortait tout droit d'un magazine de mode, le regard passant de l'un à l'autre, tandis qu'elle se rendait compte de l'ampleur de son erreur, son sourire si soigneusement préparé s'évanouissant peu à peu. Kathleen était rentrée lui chercher à boire. Hannah, à côté de moi, en avait profité pour prendre subrepticement une gorgée de bière. M. Gaines lui avait offert sa chaise avec force démonstration, dépoussiérant le coussin ostensiblement, comme si son exotisme était encore plus flagrant qu'il n'y paraissait. Pendant tout ce temps, Lance n'avait cessé de plaisanter sur mon côté cachottier et, plus il insistait, plus l'assurance de Vanessa vacillait. Elle comprenait combien elle avait eu peu d'importance pour moi depuis que j'étais ici.

Liza, assise de l'autre côté, impassible comme un masque japonais, enregistrait froidement cet élément imprévu. J'eus envie de l'emmener à l'écart pour tout lui expliquer, mais ce fut impossible. Après dix minutes de présentations glaciales mais cordiales, elle serra la main de Vanessa, puis demanda de l'excuser car elle devait rentrer avec Hannah qui avait école le lendemain.

Je ressentais sa présence au bout du couloir comme de la radioactivité.

Cela me semblait bizarre d'avoir Vanessa dans cette chambre : je m'étais tellement approprié cet espace qu'elle en devenait un rappel d'une autre vie. Je m'étais habitué à son esthétisme dépouillé et avais trouvé plutôt libérateur de ne plus vivre dans mon décor habituel. Vanessa et ses valises assorties, ses innombrables paires de chaussures, ses rangées de crèmes et d'onguents, bref sa présence si affirmée bouleversaient l'équilibre des choses. Elle me rappela ma vie à Londres et je me demandai si j'y avais vécu aussi heureux que je le croyais.

Je me sentis minable rien que d'y penser. Je me tournai sur le côté et posai une main sur le ventre recouvert de soie de Vanessa.

— Écoute, commençai-je pour essayer de la rassurer, c'est simplement un peu étrange, alors qu'ils ne connaissent rien de notre projet. J'imagine que ton arrivée rend les choses un peu plus compliquées.

— Il semble que tu te sois réellement… impliqué, remarqua-t-elle.

Je restai immobile tout en essayant de mesurer ses propos.

Puis elle reprit :

— J'imagine qu'il est impossible de faire autrement, vu l'exiguïté. D'apprendre à connaître les gens, je veux dire.

— Ce n'est pas… ton standard hôtelier habituel, bredouillai-je.

— J'ai compris cela.

— On dirait plutôt une pension de famille.

— Ils ont l'air gentil.

— Ils le sont. C'est très différent de ce que je connais, de ce que nous connaissons.

Heureusement qu'elle ne voyait pas mon visage.

— Tu avais l'air d'être… chez toi. (Elle bougea, et le lit grinça.) C'était tellement curieux de te voir au milieu de tous ces gens, en jean, avec ta veste de pêcheur ou je ne sais quoi.

Elle s'assit au bord du lit, me tournant le dos. Je ne distinguai que sa silhouette dans le noir, et ses cheveux emmêlés éveillèrent chez moi une bouffée de tendresse.

— C'était tellement déroutant, sans toi, avoua-t-elle.

Je m'adossai aux oreillers.

— Je ne serais jamais venu ici si ton père n'avait pas eu cet accident.

— Ces trois semaines et demie m'ont paru une éternité, dit-elle en pivotant la tête. Je pensais que tu appellerais plus souvent.

— C'est la nuit ici quand c'est le jour chez nous – tu le sais.

— Tu aurais pu m'appeler n'importe quand.

Son parfum était puissant. Jusqu'à présent, je n'avais respiré que l'air salé dans cette chambre.

— Ce sont les affaires, Ness. Tu sais ce que c'est. Tu sais comment je fonctionne.

Elle se détourna.

— Oui. Je suis désolée. Je ne sais pas ce qu'il m'arrive. C'est seulement que je me suis sentie…

— C'est le décalage horaire, coupai-je, quelque peu désarçonné par sa soudaine fragilité.

Vanessa était si sûre de tout. C'est ce que je préférais chez elle. L'éventualité que je puisse la faire vaciller m'était insupportable.

— Moi aussi, à mon arrivée ici, je me suis longtemps senti bizarre.

Je ne me suis jamais senti responsable du bonheur de Vanessa et n'aimais pas l'idée d'en être le garant.

Je tendis les bras vers elle pour l'inciter à s'allonger, pensant que si nous faisions l'amour, nous nous sentirions peut-être moins étrangers l'un envers l'autre. Mais elle se déroba dans un mouvement fluide et se dirigea vers la fenêtre. La lune, haute, éclairait toute la baie. La mer scintillait comme par magie, les lumières des bateaux dans le lointain ressemblaient à de petites échelles illuminées au-dessus des vagues couleur d'encre, tandis que les sombres collines qui cernaient la baie paraissaient chargées de secrets.

— C'est magnifique, constata-t-elle doucement. Tu me l'avais dit.

— C'est toi qui es magnifique, repris-je.

Elle était comme l'image d'un film en contre-jour, les courbes de son corps à peine visibles sous le tissu vaporeux.

Tout va bien. Si c'est ce que je ressens pour elle, alors, tout va bien. Tout le reste n'est qu'aberration.

Elle se tourna légèrement vers moi. Voilà la femme que j'allais épouser. Celle que j'aimerais jusqu'à la fin de mes jours, et j'eus soudain un regain d'espoir que tout finirait bien.

— Bien, et où en sommes-nous avec le permis de construire ? demanda-t-elle.

Comme je le racontai à Vanessa, nous rencontrions quelques difficultés pour notre projet. La veille, j'avais passé des heures au service d'urbanisme à remplir des formulaires et à rencontrer les fonctionnaires en charge du dossier. Les semaines précédentes, j'avais eu rendez-vous avec M. Reilly, le plus haut placé de la hiérarchie. Je l'aimais bien. Un homme grand, couvert de taches de rousseur et dont l'attitude laissait à penser qu'il avait déjà été confronté à toutes sortes de demandes. J'y étais allé en douceur et lui avais fait clairement comprendre que nous étions prêts à modifier notre projet selon ses desiderata. Je m'étais incliné devant lui, m'efforçant de ne pas nous faire passer pour une banale entreprise étrangère désireuse d'exploiter l'endroit. Ce que, en fait, nous étions.

Jusqu'à un certain point, mon approche avait payé. Au cours de plusieurs entretiens, il avait manifesté son intérêt pour le design, les offres d'emploi et le potentiel pour cette région en expansion, plus traditionnelle qu'économique. Il aimait les perspectives de répercussions directes sur les commerces et négoces. J'avais souligné l'impact positif de projets similaires sur l'économie locale en illustrant mon propos d'exemples que j'avais glanés dans d'autres complexes le long de la côte Est australienne. L'architecture était en harmonie avec la région. L'approvisionnement des matériaux se ferait localement. L'office du tourisme avait donné son accord. J'avais commencé à développer un site Internet que les autochtones pourraient visiter s'ils avaient la moindre question ou désiraient déposer leur candidature en temps voulu. Il avait hésité sur ce dernier point, comme si j'avais poussé le bouchon un peu trop loin, mais avait fini par admettre que j'avais fait ma part du boulot.

Comme je l'avais craint, ce qui le dérangeait était l'impact que notre projet pourrait avoir sur l'environnement. Il ne s'agissait pas seulement du bruit et de l'agitation liés à la construction dans une région si proche des parcs nationaux ; les gens de Silver Bay avaient une opinion bien arrêtée sur le contrôle de leurs eaux. Il mentionna un projet de ferme perlière dans une baie voisine qui avait dû être abandonné devant un barrage d'opposition.

— La différence entre notre projet et le leur, avais-je souligné, est que l'emploi et d'autres avantages qui en découlent sont bien plus forts.

M. Reilly n'était pas idiot.

— Jusqu'à un certain point, observa-t-il, et nous avons déjà connu cela. Vous ne pouvez pas me promettre que vous réinjecterez les profits dans notre communauté. Il s'agit de capital-risque – de spécialistes anglais du capital-risque. Ils voudront un retour, n'est-ce pas ? Vous serez entre les mains d'actionnaires. Vous ne proposez pas une opération d'intérêt général.

Je lui désignai les plans.

— Monsieur Reilly, vous savez aussi bien que moi que vous ne pouvez arrêter le progrès. Nous parlons d'un site exceptionnel du front de mer australien, le lieu idéal pour des vacances en famille – des familles australiennes. Tout ce que nous voulons, c'est leur proposer cela.

Il soupira, agita les doigts, puis désigna le document.

— Mike – puis-je vous appeler Mike ? Vous devez comprendre que tout a changé ici, ces deux dernières années. Certes, votre proposition entre dans un cadre jugé acceptable, mais nous devons tenir compte d'autres facteurs. Comment allez-vous minimiser l'impact environnemental ? Vous ne m'avez pas encore fourni de réponse satisfaisante. Cette région se préoccupe de plus en plus de sa population de baleines et de dauphins. Sur un plan purement économique, cela représente une attraction touristique en expansion.

— Nous ne sommes pas comme les pêcheurs de perles. Nous n'allons pas nous approprier d'immenses zones du front de mer.

— Vous en rendrez pourtant certaines inaccessibles.

— Avec des activités que les touristes ont l'habitude de pratiquer, rien à grande échelle, ni sujet à controverse.

— Voilà le problème. Nous n'avons pas ce genre de touristes ici – pas à Silver Bay, en tout cas. Ils nagent ou pagayent, mais les scooters des mers, les jet-skis ou le ski nautique sont bien plus bruyants et dérangeants.

— Monsieur Reilly, vous savez comme moi que, dans un site comme celui-là, cette promotion immobilière n'est qu'une question de temps. Si ce n'est pas nous, ce sera quelqu'un d'autre.

Il posa son crayon et me dévisagea avec un mélange d'agressivité et de sympathie.

—Écoutez, mon ami, nous sommes tous pour le développement et ce qui peut aider la communauté. Nous savons que nous avons besoin d'emplois et d'infrastructures. Cependant, nos animaux marins, notre faune et notre flore ne sont pas de second ordre. Nous ne sommes pas comme ces villes européennes qui construisent d'abord et s'inquiètent de l'environnement ensuite. Chez nous, les deux sont liés. Vous n'arriverez à rien tant que vous n'aurez pas réglé cette question-là.

—Bien, monsieur Reilly, conclus-je en ramassant mes papiers. Tout cela est très louable. Mais j'aurais été plus enclin à recevoir vos arguments si cette semaine je n'avais pas vu deux baleines se faire persécuter par des touristes sur des bateaux-discothèques qui n'ont pas l'air d'être contrôlés par qui que ce soit chez vous. C'est bien beau de me répéter que mon projet risque d'avoir un impact négatif, mais la menace pèse déjà sur les baleines, et bien plus que tout ce que nous proposons. Et, d'après ce que je constate, personne n'y fait rien. Nous suggérons un aménagement limité. Nous nous soucions de l'environnement autant que possible, et sommes prêts à demander l'avis d'experts, ainsi que toutes les autorisations nécessaires. Mais ne me dites pas que votre région est un modèle d'excellence en matière d'environnement, parce que j'ai vu le baleineau mort et je sais ce qui a causé sa perte. Je suis allé observer les baleines et, je déteste le dire, mais l'activité est une intrusion en soi.

—Vous ne savez pas de quoi vous parlez.

—Et vous ne savez pas si quelques skieurs nautiques pourraient affecter la migration de baleines qui a lieu depuis des siècles. Soyons cohérents.

—J'en parlerai, répondit-il. Mais ne soyez pas surpris si vous êtes soumis à une enquête publique. Les gens ont eu vent de ce projet et certains s'agitent déjà.

J'étais rentré d'une humeur de chien et avais téléphoné à Dennis, assez content de lui imposer mon heure. Après avoir résumé les résultats de mon entrevue, je fus déconcerté par sa capacité à passer du sommeil profond à l'action, sans entre-deux comateux. C'est comme s'il avait tout programmé pendant qu'il dormait.

— C'est compliqué, Dennis. Je peux difficilement prétendre le contraire. Il m'est venu une autre idée. Que se passerait-il si… nous abandonnions les sports nautiques pour nous concentrer plutôt sur les soins thermaux ? Nous pourrions nous démener pour en faire un truc dans le style de *Vogue*, où les vedettes viendraient se ressourcer.

— Tu oublies que les sports nautiques sont justement l'atout majeur, hurla Dennis. Ce pourquoi les investisseurs nous suivent. Il s'agit d'activité physique, de garder la forme. Nous nous concentrons sur le corps en ciblant aussi bien les hommes que les femmes. Nous parlons de loisirs de luxe. Est-ce encore à cause de ces foutues baleines ? Que t'ont-ils dit ?

— Rien. Ils ne savent toujours pas.

— Quel est le problème, alors ?

— Il faut que ça passe à tous les niveaux.

— Je ne comprends pas.

— Dennis, ce serait beaucoup plus facile avec l'urbanisme si nous leur assurions que nous ne faisons courir aucun risque aux animaux marins.

— Ce serait surtout beaucoup plus facile si tu faisais ton travail correctement et que tu insistais sur la formidable opportunité pour une région peu développée et tout l'argent que cela générerait.

— Ce n'est pas une question d'argent…

— C'est toujours une question d'argent.

— D'accord. Mais, quand on est ici, on ne peut s'empêcher d'être sensibilisé… à l'importance que représentent les baleines.

Il y eut un moment de silence avant qu'il reprenne.

— L'importance des baleines ? articula-t-il.

Je me préparai au pire.

— Mike, ce n'est pas ce à quoi je m'attendais, venant de toi. Ce n'est pas ce que j'ai envie d'entendre quand je suis coincé en Angleterre, à l'affût de nouvelles de l'implantation d'un hôtel de luxe de cent trente millions de livres sterling que tu n'as toujours pas sécurisé avec un permis de construire, alors que tu es en Australie depuis trois semaines. Nous avons besoin de ce permis et nous en avons besoin de toute urgence. Alors tu vas parler à tes foutus copains défenseurs de baleines et leur chanter ce que tu veux. Propose de l'argent à M. Reilly ou fais-le prendre en photo avec une strip-teaseuse lituanienne ; quoi qu'il en coûte, mais reviens vers moi dans les quarante-huit heures avec un plan précis que je puisse présenter à Vallance Equity quand ils se pointeront lundi, compris ? Ou les baleines ne seront pas les seules à pleurer.

Il inspira profondément. J'étais heureux que des milliers de kilomètres nous séparent.

— Tu voulais être associé, prouve que tu es à la hauteur. Car même si je t'aime comme mon fils, cela ne m'empêchera pas de te botter le cul avec tes perspectives d'avenir. Suis-je clair ?

On ne pouvait faire plus limpide. Je m'enfonçai dans ma chaise et fermai les yeux pour regarder défiler tout ce pour quoi j'avais œuvré ces dernières années, tout ce que j'avais hâte de devenir. Puis je réfléchis à ce que Hannah m'avait dit à propos de son bus scolaire. Le manque de bibliothèque.

— Bien…, finis-je par répondre. Il y a peut-être une solution. Vous vous souvenez de ce truc appelé le S94 ?

M. Reilly m'avait expliqué que, pour chaque projet touristique créé dans la région de Silver Bay, la mairie attendait des promoteurs une contribution financière de cinquante pour cent du montant des travaux effectués par les services locaux – routes, parkings, équipements de loisirs, lutte contre les incendies et services d'urgence. Nous avions déjà eu à faire face à ce genre de dispositions, et j'avais découvert qu'il y avait souvent une clause résolutoire, comme c'était le cas pour Silver Bay, si le projet rapportait suffisamment à la communauté. Je m'étais toujours débrouillé pour la faire valoir en me fondant sur mes recherches. Dennis l'avait également obtenue – mais après avoir graissé des pattes et promis des contrats lucratifs à certaines entreprises. « Il existe plusieurs manières de plumer un canard, répétait-il en se frottant les mains. Et chacun a un prix. »

Le document à fournir était une recherche approfondie qui demandait non seulement des prévisions démographiques pour la région, mais aussi le coût de tous les aménagements que cela engendrerait. Je commençai à calculer laborieusement les charges supplémentaires en essayant d'évaluer les équipements qui remporteraient la faveur du public.

La création sans cesse croissante d'hébergements touristiques dans notre région et tout le long de la côte va générer un besoin accru d'équipement urbain... Le niveau de demande varie selon la catégorie et la durée de séjour que ces hébergements proposent, mais il faut également tenir compte des besoins des résidents permanents qui s'ajoutent de façon significative...

En étudiant le formulaire S94, je m'étais rendu compte qu'il était incontournable : que se passerait-il si notre société proposait plus que le niveau prescrit et apportait, par exemple, une nouvelle bibliothèque pour l'école de Silver Bay, ou un nouveau bus scolaire, ou encore la rénovation du musée des chasseurs de baleines ?

Au cours de notre réunion, M. Reilly avait affiché une expression d'homme blasé qui a déjà tout entendu. Il est évident que, au fil des ans, il avait dû examiner bon nombre de projets du même genre, et en refuser autant qu'en accepter. Cependant, contrairement à la plupart des promoteurs, Beaker Holdings n'allait pas fournir le minimum requis d'équipements publics pour construire son complexe, mais se montrerait en lui-même un modèle de promotion responsable. Nous offririons au-delà des espérances et des besoins ; nous serions généreux, imaginatifs et, avec un peu de chance, ce projet deviendrait un modèle à suivre. Les prévisions de dépenses publiques ne représentent pas en général une lecture des plus passionnantes, mais, cet après-midi-là, avant que Hannah m'interrompe, j'étais aussi exalté par un document financier municipal qu'il était possible de l'être.

Vanessa dormit jusqu'à 11 heures passées le lendemain matin. J'étais resté un moment allongé à son côté, à regarder son visage, guetter ses mouvements sous le drap, avant de me lever sans bruit. Peu après 7 h 30, je me coulai dans l'escalier puis sortis courir huit kilomètres et retour, sur la route du littoral, profitant de l'humidité fraîche du petit matin, du silence et de l'isolement que seul le jogging procure.

Je courus plus longtemps et plus vite que d'habitude, me débarrassant au fur et à mesure des épaisseurs de vêtements, sans ressentir de fatigue. J'avais besoin d'effort physique, de temps pour réfléchir. En suivant le sentier qui séparait la route de la plage, je visualisai le nouveau complexe, avec peut-être quelques logements abordables pour accueillir le personnel. J'avais découvert que l'Australie, tout comme l'Angleterre, souffrait du coût de l'immobilier. Nous pourrions sans doute proposer des commerces et des cafés liés aux sports nautiques. Et, si les retours étaient suffisants, pourquoi pas un centre médical ? En revenant, j'évitai de regarder l'hôtel Silver Bay. Dans le projet à venir, au mieux il serait éclipsé, au pire démoli.

Par deux fois, des gens que je reconnaissais désormais – promeneurs de chiens, pêcheurs – m'adressèrent un signe de la main. Que penseraient-ils de mes plans ? À leurs yeux, je n'étais pas cet Anglais, ce poisson sorti de son bocal, ce fiancé déclaré, ce fouineur, celui qui vole la femme des autres. En consultant la liste des coups de fil urgents que j'avais à passer – Dennis, le département financier, M. Reilly pour un nouveau rendez-vous –, je repensai à ces gens et me demandai à qui en vérité ils adressaient leur salut.

J'avais eu une révélation. Depuis des mois, j'avais été obsédé par ce projet, en ne le considérant que sous l'angle de ma carrière ou de ma société. Aujourd'hui, j'étais confronté aux pertes potentielles. Je me rendais compte que ma préoccupation première n'était plus l'argent ou l'ambition, mais quelque chose d'infiniment plus compliqué : trouver un compromis. Je voulais que Kathleen et Liza se réjouissent autant du résultat que nos intraitables investisseurs. Je voulais que les dauphins et les baleines continuent à vivre en toute tranquillité. Ou du moins aussi tranquille qu'un animal puisse l'être lorsqu'il côtoie les humains. Je ne savais pas encore comment m'y prendre, mais en gardant à l'esprit les sites protégés et les musées commémoratifs, j'étais certain de finir par trouver une issue.

Je rentrai à 8 h 30, trempé de sueur, le cerveau paralysé par l'effort, avec l'espoir de prendre mon petit déjeuner sans croiser qui que ce soit. J'avais calculé l'heure de mon retour pour qu'elle coïncide avec celle où Liza et Hannah seraient en route pour l'école.

Kathleen était toujours assise dans la cuisine. Elle avait terminé son petit déjeuner depuis longtemps, ses cheveux gris étaient attachés en arrière et son gros pull bleu annonçait l'arrivée de l'hiver. Elle m'avait dressé mon couvert et servi du café et des céréales. Une autre tasse attendait ostensiblement à côté.

— Vous nous l'aviez cachée, celle-là, observa-t-elle derrière son journal, tandis que je m'asseyais.

Comment lui dire que c'était comme si je l'avais oubliée ?

12

Greg

Personne ne pouvait remarquer la cicatrice sur le visage de Liza McCullen sans s'approcher tout près d'elle, lui caresser la joue et dégager ses cheveux derrière l'oreille. Elle s'était bien estompée maintenant, un peu moins de quatre centimètres de peau légèrement boursouflée et d'une blancheur de perle. Son irrégularité laissait penser qu'elle n'avait pas été soignée. La plupart du temps, elle portait sa vieille casquette de baseball qui cachait cette partie de visage. Quand elle riait, la cicatrice était à peine visible, masquée par les sillons que le vent et la mer avaient dessinés aux coins de ses yeux.

Mais moi, je l'ai repérée. Même sans cette cicatrice, on comprenait que quelque chose n'allait pas chez Liza.

La première fois que je l'ai rencontrée, elle avait l'air d'un fantôme. Cela peut paraître bizarre, mais je jure qu'on aurait presque vu à travers elle. Elle était comme l'embrun, prête à se volatiliser dans les airs. « Voici ma nièce », l'avait présentée Kathleen, un après-midi, alors que nous attendions nos bières, sur un ton qui indiquait que c'est tout ce que nous aurions comme détails sur la nouvelle venue, dont la plupart d'entre nous n'avaient jamais entendu parler. « Et voici sa fille, Hannah. Elles viennent d'Angleterre et vont habiter ici. »

Mon bonjour fut repris par quelques autres chasseurs de baleines, puis Liza inclina la tête et nous salua sans jamais nous regarder dans les yeux. Elle était complètement épuisée par le décalage horaire. J'avais aperçu la gamine deux jours auparavant, pendue aux basques de Kathleen, et l'avais prise pour la fille d'un des clients. Ce fut un sacré choc de découvrir non seulement qu'elle était un membre de la famille de Kathleen, mais qu'il y avait eu quelqu'un d'autre aussi, pendant tout ce temps. Je la reluquai un moment (blonde, tout en jambes : exactement mon genre), mais elle n'avait pas grand-chose pour elle, à ce moment-là. Elle était pâle avec de gros cernes sombres sous les yeux, et ses cheveux pendouillaient tels des rideaux de chaque côté de son visage. Je fus plus curieux qu'intéressé.

Mais Hannah… J'ai aimé Hannah à la minute où je l'aperçus, et je suis certain qu'elle m'aime bien aussi. Elle se tenait derrière Kathleen avec ses grands yeux bruns, aussi écarquillés que ceux d'un opossum. Si quelqu'un lui avait crié « Bouh ! », je crois bien qu'elle serait tombée raide morte de peur. Je me suis agenouillé devant elle – elle était toute petite à cette époque – et lui ai dit :

— Bonjour, Hannah. Est-ce que ta tante Kathleen t'a dit ce qu'il y avait juste de l'autre côté de ta chambre ?

Kathleen me dévisagea sévèrement, comme si j'allais parler du croque-mitaine. Je l'ignorai :

— Des dauphins. Dans la baie. Les animaux les plus intelligents et joueurs que l'on connaisse. Si tu regardes bien par ta fenêtre, je te parie que tu vas les voir. Et tu sais quoi ? Ils sont tellement malins qu'ils pointeront le bout de leur nez pour te connaître aussi.

— La baie en est pleine, confirma Kathleen.

— Tu as déjà vu un dauphin de près ?

Elle secoua sa petite tête. J'avais capté son attention.

— Ils sont magnifiques. Ils jouent avec nous quand on sort en mer. Ils sautent à côté des bateaux, plongent en dessous. Tout aussi futés que toi et moi. Et très curieux. Ils viennent voir ce qu'on fait. Certains groupes vivent dans cette baie depuis trente, voire quarante ans. Pas vrai, Kathleen ?

La vieille dame opina de la tête.

— Si tu veux, je t'emmènerai les voir, lui proposai-je.

— Non, répondit une autre voix.

Je me levai. La nièce de Kathleen s'était animée.

— Non, répéta-t-elle, les dents serrées. Elle ne peut pas sortir en mer.

— Elle ne risque rien avec moi. Demandez à Kathleen. Je fais des tours pour voir les dauphins depuis près de quinze ans. Merde, les *Moby* et moi, on est ceux qui opèrent depuis le plus longtemps ici, après Kathleen. Les enfants portent toujours un gilet de sauvetage. Dites-lui, Kathleen.

Mais celle-ci ne semblait pas tout à fait dans son assiette.

— Tout le monde a besoin d'un peu de temps pour s'installer. Nous réfléchirons plus tard à toutes les belles choses que Hannah pourra faire. Il n'y a pas d'urgence.

Il y eut un drôle de silence. Liza me toisait comme si elle me défiait de proposer n'importe quelle autre excursion. J'avais l'impression d'avoir suggéré quelque chose d'affreux. Kathleen s'excusa par un sourire. Je ne l'avais jamais vue aussi dépassée.

Je suis un gars simple, pas le genre à chercher des histoires. Je décidai de rentrer tôt auprès de ma bourgeoise. C'était bien sûr à l'époque où elle ne sortait pas encore avec son prof de remise en forme.

— Je suis content de t'avoir rencontrée, Hannah. Garde un œil sur ces dauphins, la saluai-je portant deux doigts à ma casquette, et elle m'adressa un petit sourire qui me fit oublier tout le reste.

Liza McCullen, quant à elle, paraissait déjà ailleurs.

— Hé, Greggy. Tu as vu ça ?

J'étais assis dans le restaurant de poissons de MacIver, à cinq minutes à pied de la Whale Jetty, en train d'essayer de soigner mon mal de crâne avec une tarte et du café. C'était un bon compromis entre un petit déjeuner que j'avais raté et un déjeuner que je prenais rarement. L'intérêt de repasser chez moi était discutable ; j'avais quitté le bar après y être resté avec Del, le propriétaire, jusqu'à plus de 2 heures, puis étais revenu sur mes pas dès que j'avais pu me sortir de la douche.

Le bar était calme, le soleil projetait de grandes ombres sur la baie, le vent frais hivernal gardait le peu de touristes éloignés de l'eau, si bien que Del s'assit en face de moi et poussa le journal dans ma direction.

— Quoi ?

J'avais du mal à me concentrer.

— La une. À propos de cette bonne vieille promotion immobilière à Silver Bay.

— De quoi parles-tu ?

J'attrapai le journal et parcourus rapidement l'article sous le titre « Relance touristique importante pour la ville ». J'y appris qu'une promotion de plusieurs millions de dollars avait été approuvée le long de la baie, à partir de chez Kathleen. Une importante société internationale avait obtenu un permis de construire après une impressionnante série de propositions pour sauvegarder le caractère de la ville et la faune marine.

Vallance Equity, la société d'investissement à l'origine de ce projet, a présenté une offre qui inclut un nouveau musée des baleines afin d'éveiller la conscience des touristes aux animaux marins de Port Stephens, des sports nautiques sans danger pour les baleines avec toutes les informations nécessaires, y compris la sauvegarde des cétacés, ainsi que de nombreux avantages complémentaires comme le financement d'une nouvelle bibliothèque et d'un bus scolaire pour l'école élémentaire de Silver Bay.

« Nous espérons qu'il ne s'agit là que du début d'un riche partenariat avec la communauté locale, a déclaré Dennis Beaker, de Beaker Holdings, l'un des promoteurs britanniques. Nous voulons pousser plus loin notre relation afin de devenir une véritable référence en matière de développement dans la région. »

Le maire de Silver Bay, Don Brown, affirme : « Nous avons longuement délibéré sur le bien-fondé de cette promotion immobilière. Mais, après l'étude poussée du plan d'urbanisme, nous avons constaté de nombreux avantages liés à l'emploi et aux infrastructures que le nouveau complexe hôtelier apportera. Par-dessus tout, nous saluons l'attitude réfléchie et responsable de ces sociétés envers nos eaux. »

— « Et le pot-de-vin non négligeable que j'ai empoché », ajouta Del, sarcastique. Kathleen est-elle au courant ?

— Je ne sais pas. Je… Je n'ai pas mis les pieds à l'hôtel depuis plusieurs jours.

— Eh bien, j'imagine que, maintenant, elle l'est.

Il jeta son torchon sur son épaule et retourna à son gril où un steak haché projetait des étincelles dans la hotte.

— « Des sports nautiques sans danger pour les baleines » ? repris-je. Je me demande bien ce que cela peut vouloir dire.

— Peut-être qu'ils vont leur apprendre la natation synchronisée, gloussa Del. Ou à tirer les skieurs.

Mon cerveau se désembrumait.

— C'est un putain de désastre, reconnus-je en continuant ma lecture. Ils ont acheté la ferme des Bullen et l'eau qui l'entoure.

Del ne répondit rien et continua à retourner ses steaks. Je poursuivis ma lecture.

— Tu vas voir que, d'ici peu, il va nous falloir une autorisation pour sortir nos bateaux. Je n'arrive pas à y croire.

— Greg, ne dis pas qu'on n'a pas besoin d'eux.

— Tu le penses vraiment ?

Je regardai soudain le restaurant avec les yeux d'un étranger de passage. Le lino n'avait jamais été changé en quinze ans, depuis que je vivais à Silver Bay, les tables et les chaises étaient plus confortables qu'élégantes. Mais c'est ainsi qu'on l'aimait. Que je l'aimais.

Plus tard, je me dirigeai vers la billetterie de nos excursions dont Leonie, une étudiante, assurait la permanence pour l'hiver. Il était facile de trouver des ados fous de dauphins, prêts à travailler pour presque rien.

— Tu en as quatre cet après-midi, annonça-t-elle en brandissant un récépissé. Une famille de six pour mercredi, et deux personnes vendredi, mais je leur ai dit que je leur confirmerai, car les prévisions météo ne sont pas très bonnes.

Je hochai la tête, la remarquant à peine.

— Oh, Greg, ajouta-t-elle, Liza vient cet après-midi. Elle veut vous parler à tous à propos de cette histoire de promotion. Je crois qu'elle est un peu inquiète.

— Elle n'est pas la seule.

J'allumai une cigarette et partis m'asseoir dans mon camion.

La première fois que j'ai couché avec Liza, elle était tellement soûle que je ne suis pas certain qu'elle s'en souvienne. C'était environ un an après son arrivée ici. Elle s'était un peu réchauffée – quoiqu'un dégel arctique plutôt qu'une chaleur tropicale –, mais restait tout de même distante avec tout le monde. Elle n'était pas bavarde. Kathleen l'emmenait sur l'*Ismahel* et lui montrait les ficelles, pendant que la petite était à l'école. Plus elle passait de temps sur l'eau, plus elle semblait heureuse. J'ai fait plusieurs blagues sur le fait qu'elle devenait une concurrente, mais Kathleen me fit les gros yeux et me demanda si je n'avais pas d'autre endroit où dépenser mes misérables dollars. Je pense qu'elle rigolait.

Liza commença alors à me parler un peu. Elle s'asseyait avec nous certains soirs – Ned Durrikin et une Française à moustache s'occupaient alors du *Moby II* – et bavardait : « Salut », « Oui » ou « Merci ». C'était comme parler à un mur.

Je la titillais sans arrêt. Elle finit par se rapprocher de moi – j'adore faire rire les filles –, et cela m'embêtait quand, certains soirs, je ne parvenais pas à lui soutirer le moindre sourire. Mes efforts déployés pour elle coïncident à peu près à l'époque où Suzanne en a eu marre. Je passais toutes mes soirées à boire chez Kathleen. Quand je rentrais à moitié cuit, Suzanne m'attendait avec sa tête des mauvais jours et un dîner totalement carbonisé.

Ce soir-là, quelque chose avait changé. Liza n'était pas venue nous rejoindre, et Kathleen nous informa simplement qu'elle ne sortirait pas, rien de plus. Je suis donc parti la rejoindre dans la cuisine. Je ne fis aucun commentaire sur les photos qu'elle regardait, car, dès qu'elle m'avait vu, elle les avait rangées dans la poche de sa veste. Pour une fois dans ma vie, je réussis à fermer ma grande gueule. En m'y prenant bien, je pouvais tourner la situation à mon avantage.

Nous étions assis depuis plusieurs minutes, immobiles (je déteste rester assis sans bouger depuis que je suis gosse), quand elle leva les yeux vers moi, ses grands yeux si tristes que j'en aurais presque pleuré, et me demanda : « Greg, peux-tu m'aider à me soûler ? À me soûler vraiment ?

— OK, répondis-je en me frappant les genoux. Tu ne trouveras pas d'homme plus qualifié que moi dans tout Silver Bay.

Sans un mot pour Kathleen, nous partîmes chez Del où elle s'assit et s'enfila du Jim Beam coup sur coup.

Nous restâmes jusqu'à la fermeture. Elle tenait à peine debout. Elle n'avait pas le vin mauvais, comme Suzanne, qui chantait et devenait vulgaire, ce qui n'était pas joli pour une femme, lui avais-je dit, ni le vin agressif. Elle agissait comme si elle était dévorée de l'intérieur.

— Pas assez ivre, marmonna-t-elle quand je la hissai dans le camion. Faut que je boive encore.

— Les bars sont fermés à l'heure qu'il est, répondis-je. Il n'y en a pas d'ouvert de ce côté de Newcastle.

J'avais bu pas mal moi-même, mais il y a quelque chose qui vous retient quand vous accompagnez quelqu'un qui veut vraiment sombrer.

— Chez Kathleen, proposa-t-elle. On rentre et on boira chez Kathleen.

La vieille Fille au Requin n'apprécierait pas vraiment qu'on lui dévalise son bar au petit matin, mais, après tout, l'idée n'était pas de moi.

Il faisait encore assez chaud pour que nos habits nous collent à la peau, et nous nous assîmes dehors avec nos bières. Je voyais la sueur perler sur sa peau dans le clair de la lune. Cette nuit-là, tout me parut étrange. C'est le genre de nuit où un orage peut éclater soudainement en mer. J'écoutais les vagues se briser sur la plage, les criquets, et évitais de penser à la fille à côté de moi, accrochée à sa bière. Je me souviens que, à un moment donné, nous avons retiré nos chaussures et que l'un de nous eut l'idée d'aller barboter. Elle riait si fort que je me demandai si elle ne pleurait pas. Puis, quand elle perdit l'équilibre sous la jetée, elle tomba dans mes bras et je me rappelle encore le goût de ses lèvres ; Jim Beam combiné au désespoir, ai-je pensé, pas un très bon mélange.

Mais cela ne m'arrêta pas.

La deuxième fois, ce fut environ six mois plus tard. Suzanne et moi nous étions séparés, elle habitait chez sa sœur à Newcastle. Liza s'était soûlée encore davantage et, avant de la ramener, j'avais dû lui tenir les cheveux pendant qu'elle vomissait. Cela ne l'avait pas empêchée de descendre une bouteille du meilleur syrah de M. Gaines une fois chez moi. C'était une femme étrange : pas une goutte d'alcool les soirs de la semaine, mais, de temps en temps, elle décidait de se mettre KO. Cette nuit-là, je me réveillai à l'aube pour la trouver sanglotant à côté de moi. Elle me tournait le dos, ses épaules tressautaient et ses mains lui couvraient le visage.

— Est-ce que je t'ai fait mal ?

J'étais à moitié endormi. Il n'est pas très agréable de trouver une fille en larmes après lui en avoir mis un coup, si vous voyez ce que je veux dire.

— Liza ? Que se passe-t-il, chérie ?

C'est en lui touchant l'épaule que je me rendis compte qu'elle dormait. J'ai un peu flippé, si bien que je l'appelai d'abord, puis la secouai.

— Qu'est-ce qu'il y a ? demanda-t-elle en regardant autour d'elle. Oh, mon Dieu, où suis-je ?

— Tu pleurais dans ton sommeil. Je croyais… Je croyais que c'était à cause de moi.

Elle s'était déjà levée et cherchait son jean. Honnêtement, si je n'avais pas été soûl moi-même, je me serais senti insulté.

— Hé, hé, minute papillon. Tu n'as pas à t'enfuir. J'avais juste besoin d'être rassuré.

J'aperçus le blanc de son soutien-gorge alors qu'elle le passait dans ses bras.

— Cela n'a rien à voir avec toi. Greg, je suis désolée, je dois y aller.

On aurait dit un homme. J'agissais pareil quand je sortais me mettre sur le toit avant que je rencontre Suzanne. Je me retrouvais dans les bras de quelqu'un avant de vouloir désespérément me tirer.

Dix minutes après qu'elle fut partie, je me rendis compte qu'elle n'avait pas de voiture. Le temps que je descende, elle avait disparu depuis longtemps. Elle avait dû courir la moitié du chemin pour rentrer. Elle l'aurait fait, elle n'avait peur de rien. (« De quoi aurait-elle peur ? me répondit Kathleen, laconique, quand je le lui demandai. Le pire s'est déjà passé. »)

Le lendemain, quand je m'assis à côté d'elle sur le banc, elle se comporta comme si de rien n'était.

Cela se reproduisit encore quatre fois. Pas une fois nous ne sortîmes ensemble sans qu'elle ait bu. Si j'étais moins beau mec, je me serais posé des questions.

J'imagine que j'aurais dû en avoir ras le bol, mais, avec Liza, c'était impossible. Il y avait quelque chose chez elle. Elle n'était pas comme les autres.

Quand elle finit par me parler du mec, elle était sobre. Elle m'obligea à me taire. Elle ne répondrait à aucune question. Elle ne m'a même pas raconté comment la petite était morte.

Elle ne s'était confiée que parce que, dans un accès de colère, j'avais demandé de but en blanc pourquoi elle devait être bourrée à ce point pour coucher avec moi.

—Je ne me soûle pas pour coucher avec toi, répondit-elle. Je bois pour oublier. Coucher avec toi est l'effet secondaire. (Aussi directement que ça, comme si rien de tout cela ne pouvait m'atteindre.) Et ne va pas en parler à Hannah. (Elle eut aussitôt l'air de regretter de s'être livrée, ce qui pour le coup était trop.) Je ne tiens pas à ce que tu ravives le passé. Elle n'a pas besoin de se souvenir.

—Dieu que tu as une piètre opinion de moi, m'exclamai-je.

—Non, je suis simplement prudente. (Elle serra les poings.) Ces temps-ci, je suis simplement prudente.

Del était heureux d'accueillir la réunion – il savait qu'il y gagnerait quelques petits déjeuners supplémentaires –, mais il m'avait clairement signifié qu'il n'était pas contre ce complexe hôtelier. Situé où il l'était, à quelques pas de l'endroit, avait-il dit en s'essuyant les mains sur son tablier, il allait faire un malheur. Comme si la clientèle attendue s'arrêterait déjeuner dans ce bac à graisse qu'est le MacIver. Je ne parviendrais pas à faire changer d'avis ce vieux casse-pieds, mais, la culpabilité aidant, j'avais obtenu un friand gratuit que je dégustai dehors, avec un bon café bien fort.

J'avais répandu la nouvelle, et quelques propriétaires d'hôtel du coin, des pêcheurs, les chasseurs de baleines et d'autres gens susceptibles d'être touchés par le projet arrivèrent. Nous attendions que tout le monde entre petit à petit. Certains avaient apporté leur journal. D'autres se chuchotaient à l'oreille tandis que quelques-uns bavardaient tranquillement comme si la ville n'était pas sur le point de subir une véritable transformation.

Je ne dis rien à Liza quand elle arriva, et elle ne parut pas pressée de m'adresser la parole. En revanche, je fis signe à Hannah qui s'installa près de moi.

— Ton bateau attend toujours dans son box, lui affirmai-je tout bas, rien que pour la voir sourire.

— Est-ce que tous les dauphins vont partir ? demanda-t-elle.

Kathleen lui posa une main sur l'épaule.

— Je suis certaine qu'ils ont déjà vu pire que ça, répondit-elle. Pendant la guerre, la baie grouillait de navires, de bombes, de sous-marins… Mais les dauphins étaient toujours là. Ne t'inquiète pas.

— Ils sont intelligents, n'est-ce pas ? Ils sauront rester en dehors des passages ?

— Bien plus malins que la plupart des gens d'ici, reprit Kathleen.

Je n'appréciai pas le regard qu'elle me lança en disant cela.

Lance se leva pour parler. Nous étions tous d'accord qu'il serait notre meilleur représentant ; je n'ai jamais été bon pour débattre en public, et Liza aurait préféré mourir plutôt que de se mettre en avant. Il dit qu'il comprenait les avantages économiques qu'un tel projet pouvait apporter à la ville, mais l'école de sports nautiques risquait de détruire sa seule source de développement touristique : les baleines et les dauphins.

— Je suis conscient que pas mal d'entre vous se moquent que ce complexe hôtelier se construise ou non. Or le fait est que la seule chose qui démarque Silver Bay d'autres destinations, ce sont justement nos cétacés. Vous savez très bien que, lorsque les touristes débarquent de nos bateaux, ils s'arrêtent dans les cafés et les magasins avant de rentrer chez eux, ou dorment dans vos hôtels.

Il y eut un murmure d'approbation.

— Il s'agit d'argent étranger, continua-t-il. Certes, il y aura quelques emplois créés, mais vous pouvez parier que les bénéfices ne resteront pas à Silver Bay. Ni en Nouvelle-Galles du Sud. Les investissements étrangers retournent aux étrangers. En plus, nous ne connaissons pas la nature exacte de ce projet. S'il prévoit ses propres cafés et bars, eh bien, les gars, vous perdrez votre gagne-pain.

— Cela pourrait stimuler le marché hivernal, lança une voix dans le fond.

— À quel prix ? Si les baleines et les dauphins s'en vont, il n'y aura plus de marché hivernal du tout, répondit Lance. Réfléchissez. Combien de touristes viendraient en juin, juillet et août s'il n'y avait pas la Whale Jetty ? Hein ?

Il y eut un silence.

À côté de moi, Hannah lisait le journal. Cette gosse grandissait tellement vite qu'en deux temps trois mouvements elle conduirait.

— Greg, m'interpella-t-elle en fronçant les sourcils.

— Oui, chérie ? murmurai-je. Tu veux que j'aille te chercher quelque chose à manger ?

— C'est la société de Mike. (Son petit doigt s'était arrêté sur une ligne.) Beaker Holdings. Il y a sa photo sur leur site Internet.

Il me fallut quelques minutes pour enregistrer ce qu'elle disait, et quelques autres pour comprendre ce que cela signifiait.

— Beaker Holdings, lus-je. Tu es sûre, mon poussin ?

— Je m'en souviens parce que ça ressemble au bec d'un oiseau. Est-ce que cela veut dire que Mike a racheté Silver Bay ?

J'eus du mal à me concentrer pendant tout le reste de la réunion. J'avais à peine digéré l'information quand Lance organisa une pétition. Je réussis à lever la main quand ils votèrent pour contacter le gars de l'urbanisme et déposer une plainte. Quand la foule se dissipa, je demandai à Kathleen si Mike était à l'hôtel.

— Il est dans sa chambre, répondit-elle. Je crois que sa petite amie est sortie faire des courses. (Elle renifla.) Elle aime le shopping, ajouta-t-elle en me dévisageant. Greg ? Tout va bien ?

— Vous pouvez aller chercher Liza ? lui demandai-je en tentant de garder mon calme devant la petite. Il y a quelque chose que vous devez savoir.

Il m'avait fallu dix-huit mois pour coucher avec Liza McCullen et presque deux ans de plus pour qu'elle ait suffisamment confiance en moi pour me parler de sa fille.

C'est pourquoi j'eus du mal à en croire mes yeux quand, le lendemain de la mort du baleineau, je lui rapportai ses clefs qu'elle avait laissées chez moi dans son habituelle précipitation pour rentrer chez elle. Je n'étais pas retourné à l'hôtel depuis ; l'image me brûlait encore les yeux, indépendamment du nombre de bières que j'ingurgitais : sur le parking de l'hôtel Silver Bay, peu de temps après qu'elle fut sortie de mon lit, nue comme un ver, elle était dans les bras de cet Anglais.

Il était dans la cuisine, où seule la famille de Kathleen est autorisée à entrer, comme s'il avait des droits. Il leva la tête quand nous apparûmes sur le pas de la porte. Il était en train de lire un vieux guide touristique et portait une élégante chemise. Le simple fait de le voir me donna envie de le frapper.

Il mit quelques secondes à remarquer nos mines sinistres, mais Liza ne lui laissa guère plus de temps. Elle balança le journal sur la table.

— C'est comme ça que vous faites vos études, n'est-ce pas ?

Il lut le titre de l'article et blêmit. Je n'avais jamais vu ça : toute couleur s'échappa de lui si vite que j'eus presque envie de jeter un coup d'œil par terre pour vérifier qu'il n'y avait pas une flaque de sang sur le sol.

— Assis dans notre hôtel depuis un bon mois à vous faire des amis, poser des questions, baratiner ma fille, alors que vous vous apprêtez à nous anéantir ?

Il gardait les yeux rivés sur la une.

— Vous ! Sachant tout ce que vous saviez, comment avez-vous pu, Mike ? Comment avez-vous pu faire une chose pareille ?

Nom de Dieu, je ne l'avais jamais vue aussi furieuse. Elle était électrique, crépitante. On aurait dit que ses cheveux allaient se dresser sur sa tête.

Il se leva.

— Liza, laissez-moi vous expliquer…

— Expliquer ? Expliquer quoi ? Que vous êtes venu ici prétextant être en vacances, alors que vous complotiez et organisiez notre fin avec ce putain de conseil municipal ?

— Cela ne vous mettra en danger ni vous ni les baleines. J'ai travaillé à la mise en place de toutes ces garanties.

Elle rit, d'un rire caverneux, fou. Je dois admettre que, à ce moment-là, elle était un peu effrayante.

— Des garanties ? Comment un foutu centre de sports nautiques planté au milieu de la baie pourrait offrir la moindre garantie ? Il y aura des hors-bord partout, lancés à pleine vitesse en tirant des skieurs, des jet-skis et Dieu sait quoi encore. Vous avez une idée des conséquences pour les baleines ?

— Pas pire que ce que vous faites maintenant. Il ne s'agit que de moteurs de bateaux. Ils sauront rester en dehors du passage migratoire. Il y aura des règles. Des alertes.

— Des règles ? Qu'est-ce que vous en savez ? Vous croyez qu'un gosse de dix-huit ans sur un jet-ski a envie d'entendre parler de règles ? (Elle tremblait de rage.) Vous nous avez vus essayer de sauver ce baleineau, et maintenant vous avez le culot de prétendre que vos sacrés sports nautiques ne vont rien perturber ? Pire, vous avez amené ma fille à vous parler des besoins urgents de la communauté pour ensuite lécher les bottes du service d'urbanisme et les ranger de votre côté.

—Je pensais bien faire, protesta-t-il. Elle a parlé de certaines choses nécessaires.

—Des choses dont vous aviez besoin pour obtenir les faveurs de l'urbanisme. Vous êtes un malade, vous le savez ? Un malade !

—La décision finale ne relève pas de moi, lâcha-t-il en désespoir de cause. J'ai fait de mon mieux pour arranger tout le monde.

—Vous avez fait de votre mieux pour vous remplir les poches, intervins-je.

Tandis que j'avançais d'un pas vers lui, il se prépara à recevoir un coup.

Liza se retourna, au bord des larmes. Elle secoua la tête et conclut avec amertume :

—Tout ce que vous avez dit... sur vous n'était que mensonge. Tout.

Ce fut la première fois que je le vis en colère.

—Non, nia-t-il farouchement. Pas tout. Je voulais vous parler. Je le veux toujours, mais...

Elle l'écarta d'un geste comme s'il était toxique.

—Vous pensez sincèrement que vous avez quelque chose à dire susceptible de m'intéresser ?

—Je suis désolé. Je voulais vous parler du projet, insista-t-il, mais je tenais d'abord à boucler le dossier. Quand j'ai compris ce que les baleines représentaient pour vous, j'ai essayé de trouver une solution acceptable pour tout le monde.

—Eh bien, toutes mes félicitations, cracha-t-elle. J'espère que vous êtes content, parce que votre truc va nous ruiner et anéantir les baleines. Mais du moment que vos investisseurs perçoivent un bon rendement, tant mieux pour vous.

J'offris à ce moment-là de le cogner.

— Oh, ne sois pas si bête, lança-t-elle avec un geste dédaigneux envers nous deux, puis elle passa devant moi et sortit de la cuisine.

Il y avait une fille dans le hall, blonde, vêtue à grands frais, qui serrait un minuscule petit sac à main sur sa poitrine. Elle recula pour laisser passer Liza.

— Est-ce que tout va bien ? demanda-t-elle.

Encore une Anglaise. Sûrement la petite amie. Trop bien pour lui.

— Je t'aurai, mec, menaçai-je en le pointant du doigt. Ne crois pas qu'on va oublier quoi que ce soit.

— Oh, calme-toi, Greg ! m'enjoignit Kathleen en me poussant vers la sortie, comme si c'était ma faute. Vanessa, entrez donc vous asseoir. Je vais préparer du thé.

13

Kathleen

Newcastle Observer
11 avril 1939

La plus grosse femelle requin gris jamais pêchée en Nouvelle-Galles du Sud a été prise dans les filets d'une communauté de pêcheurs au nord de Port Stephens par une jeune fille de dix-sept ans.

Mlle Kathleen Whittier Mostyn, fille d'Angus Mostyn, le propriétaire de l'hôtel Silver Bay, a remonté l'animal mercredi après-midi dans les eaux proches de Break Nose Island. Sans l'aide de personne, elle a réussi à le sortir de l'eau alors que son père s'était momentanément absenté pour aller chercher des provisions.

Il a raconté : « J'ai été complètement secoué quand Kathleen m'a montré sa prise. Nous l'avons tout de suite ramenée à terre et appelé les autorités, car j'avais deviné qu'elle avait battu un record. »

Un porte-parole d'établissements piscicoles a confirmé que c'était le plus grand requin jamais pêché dans cette zone. « C'est un exploit remarquable pour une jeune femme, a expliqué

M. Saul Thompson. Le requin aurait été difficile à remonter même pour un pêcheur au gros. »
Le requin est d'ores et déjà devenu une attraction considérable pour les pêcheurs locaux et les touristes qui viennent de loin pour voir la bête. M. Mostyn envisage de le faire naturaliser pour le suspendre dans l'hôtel comme preuve du précieux coup de filet de sa fille. « Il nous reste à trouver un mur suffisamment costaud », plaisanta-t-il.
Le personnel de l'hôtel nous a informés que les réservations avaient triplé depuis l'annonce de cette nouvelle, et ce record viendra certainement encore accroître la réputation de la région en matière de pêche au gros.

Je dépoussiérai le cadre en verre et replaçai la coupure jaunissante sur le mur, à côté des photos du requin empaillé. La taxidermie n'avait pas été une réussite – je soupçonne mon père d'avoir été tellement pressé de l'exhiber qu'il ne s'était pas adressé au plus habile –, et l'animal était tombé en morceaux lorsque nous l'avions déplacé de l'hôtel au musée. Nous finîmes par jeter l'éponge et le mîmes aux ordures. J'avais regardé par la fenêtre en riant lorsque les éboueurs étaient passés.

Tous les gens passant par là avaient eu envie de le toucher. Visiblement, un requin naturalisé attirait les caresses. Sans doute était-ce le frisson de savoir que, en temps normal, l'approche d'un tel animal engendrait l'amputation ou la mort imminente. Peut-être chacun nourrit-il en soi le besoin pervers d'aller vers les choses susceptibles de le détruire.

Je détournai les yeux des photos et promenai mon chiffon sur les autres bibelots, essayant de regarder le musée avec les yeux d'un touriste attiré par un centre de sports nautiques dernier cri. Ou, comme l'avait écrit le journal, un « véritable » musée des baleines et dauphins. Je n'avais accueilli aucun visiteur depuis dix jours. Je ne pouvais pas leur en vouloir, pensai-je en raccrochant avec précaution un harpon. Cet endroit ressemblait plus à une collection de vieilles arêtes dans une remise trop bruyante qu'à un musée. Je ne le gardais qu'en mémoire de mon père.

Ils étaient tous à l'hôtel, assis dehors avec de la bière et des frites, à discuter des différentes façons de contester la décision du service d'urbanisme. Je n'avais pas eu envie de me joindre à eux et feindre la solidarité envers des crimes non encore commis contre des créatures marines libres. Mes sentiments, mes réserves étaient d'une tout autre nature que les leurs.

J'entendis la porte grincer et me retournai. C'était Mike Dormer. J'avais du mal à voir son visage en contre-jour et lui fis signe.

—Je n'étais jamais venu ici, dit-il en regardant autour de lui.

Il avait les mains enfoncées dans les poches et lui qui se tenait habituellement si droit était voûté et contrit.

—C'est exact, lui confirmai-je.

Il arpenta lentement le musée, observa les poutres d'où pendaient des vieilleries : lignes, filets, bouées, vêtements des chasseurs de baleines des années 1930. Il semblait s'intéresser à tout, contrairement aux habituels visiteurs, même les plus sincères.

—Je reconnais cette photo, déclara-t-il en s'arrêtant devant la coupure de presse.

—Oui, sans doute… S'il y a une chose que nous savons sur vous, désormais, c'est que vous vous y connaissez en recherches.

C'était sorti sur un ton plus dur que je ne l'aurais souhaité, mais j'étais fatiguée et toujours affectée par le fait qu'il était resté aussi longtemps chez moi sans que je parvienne à le sonder.

—Excusez-moi. Je méritais cette réflexion.

Je reniflai et commençai à dépoussiérer les souvenirs de la table à tréteaux située à côté de la vieille caisse enregistreuse.

Tout à coup, tout me parut vulgaire et pathétique : les porte-clefs baleine, les dauphins dans leurs boules en plastique, les cartes postales et les torchons imprimés d'animaux marins souriants. Des cadeaux pour enfants. Dans quel but, puisque aucun enfant ne venait plus ici ?

— Écoutez, Kathleen, je sais que vous n'avez sans doute pas très envie de discuter avec moi maintenant, mais j'ai quelque chose à vous dire. Il est important pour moi que vous compreniez.

— Oh, je comprends très bien.

— Non. Je suis venu ici en m'attendant à ce que ce soit un travail de promotion immobilière tout ce qu'il y a de plus simple. Je pensais que je repartirais aussi vite que j'étais venu, et que je construirais dans une région dont tout le monde se fichait. Quand j'ai compris que ce n'était pas le cas, j'ai essayé de trouver un compromis acceptable autant pour mon patron en Angleterre que pour vous tous ici. Pour cela, il fallait que j'en sache le plus possible.

— Vous auriez pu nous en faire part. Nous aurions peut-être été en mesure de vous apporter notre contribution. Sachant que j'habite ici depuis soixante-dix et quelques années.

— Je sais. (Je remarquai avec une étrange satisfaction que ses chaussures étaient très éraflées.) Seulement, une fois que j'ai appris à tous vous connaître, c'est devenu impossible.

— Liza en particulier, soulignai-je.

— Oui, avoua-t-il. Oui, et Liza.

— Eh bien, Mike, pour un homme discret, vous avez fait forte impression.

Je continuai mon travail. Je n'avais pas envie de rester plantée devant lui. Tandis que je lui tournais le dos, je sentais son regard posé sur moi.

— Bon, toussa-t-il. Je suis conscient que cela change la donne. J'ai passé quelques coups de fil. Il y a un endroit plus haut sur la côte qui veut bien m'héberger… nous héberger. Nous déménagerons cet après-midi. Je tenais à vous dire à quel point j'étais désolé. S'il y a quoi que ce soit que je puisse faire… pour atténuer les effets de ce projet, faites-le-moi savoir.

Je m'arrêtai, mon plumeau en l'air, et me retournai vers lui. Ma voix me parut étrangement forte dans cet espace caverneux.

—Comment voulez-vous atténuer les effets de la disparition d'une affaire de famille qui existe depuis plus de soixante-dix ans, Mike ? demandai-je.

Il eut l'air consterné.

—Vous savez quoi ? Je me fiche comme d'une guigne de l'hôtel, contrairement à ce que vous pouvez penser. Ce genre de bâtiment n'a aucune importance pour moi, et celui-ci tombe en ruine depuis des années. Dans le fond, cela m'est égal, la baie, les baleines et les dauphins. J'espère seulement que les fouineurs qui en sont désormais à l'affût feront attention à eux. Cependant, il y a quelque chose que vous devez savoir, Mike Dormer. En détruisant ce lieu, vous mettez Hannah en péril. C'est le seul endroit au monde où elle n'a pas à s'inquiéter, où elle peut grandir en toute sécurité et indemne. Je ne peux pas vous en dire plus. Vos activités auront des conséquences sur notre petite fille. Et cela, je ne vous le pardonnerai jamais.

—Mais… pourquoi devriez-vous partir ?

—Nous ne pouvons pas nous permettre de vivre dans un hôtel qui n'a plus de clientèle.

—Qui dit qu'il n'y aura plus de clients ? Votre hôtel n'a rien à voir avec ce qui est programmé. Il y aura toujours des amateurs pour un endroit comme le vôtre.

—Alors qu'il y a cent cinquante chambres avec salle de bains et télévision juste à côté ? Des promotions hivernales du style trois nuits pour le prix de deux et une piscine couverte chauffée ? Je ne pense pas. Le seul plus que nous ayons pour nous est l'isolement. Ceux qui viennent ici veulent être au milieu de nulle part. Ils veulent écouter la mer la nuit et le chuchotement des herbes dans les dunes, rien d'autre. Ils ne cherchent pas le karaoké dans le salon de la baleine à bosse, ni le bruit de quarante-huit voitures qui vont et viennent sur le parking alors qu'ils se dirigent vers le buffet gratuit. Allons, Mike, vous travaillez avec les chiffres, dans la prospection commerciale. Expliquez-moi comment une affaire comme celle-ci peut survivre.

Je crus qu'il allait parler, mais il secoua la tête en silence.

— Retournez chez vos chefs, Mike. Dites-leur que vous avez fait ce qu'ils vous ont demandé. Vous avez conclu le marché, ou peu importe comment les types de la finance comme vous appellent cela.

J'étais au bord des larmes, ce qui me rendit tellement furieuse contre moi-même que je recommençai à épousseter pour qu'il ne voie pas mon visage. Soixante-seize ans et prête à pleurer comme une adolescente. Mais je n'y pouvais rien. Chaque fois que je pensais à l'éloignement de Liza et de Hannah, au fait qu'elles aient à s'installer loin d'ici, à tout recommencer, j'avais du mal à respirer.

Depuis le temps que je lui tournais le dos, je pensais qu'il était parti. Mais, quand je me retournai, il était toujours là, les yeux rivés au sol, à réfléchir.

Enfin, il leva la tête.

— Je vais modifier le projet, affirma-t-il. Je ne sais pas encore comment, Kathleen, mais je vais rétablir la situation.

Je dus avoir l'air sceptique, car il s'avança vers moi :

— Je vous le promets, Kathleen. Je vais tout arranger.

Il tourna ensuite les talons, les mains toujours enfoncées dans les poches, et remonta le sentier qui menait à la maison.

Le lendemain, je déposai Hannah à l'école, puis bifurquai sur une route intérieure pour rendre visite à Nino Gaines. Il était l'une des rares personnes avec lesquelles je pouvais parler d'argent franchement. Tenter de faire comprendre à Liza combien nous étions à court n'aurait eu pour effet que l'inquiéter davantage. Je m'étais toujours employée à lui cacher le peu que couvraient ses excursions dans les dépenses de la maison.

— Alors, de combien disposes-tu ?

Nous étions assis dans son bureau. Je voyais par la fenêtre les vignes dénudées comme autant de bataillons de brindilles sous un ciel exceptionnellement gris. Il y avait des rangées de livres sur le vin derrière lui, ainsi qu'une affiche encadrée de la première promotion qu'un supermarché avait faite sur son shiraz. J'aimais le bureau de Nino : il respirait les affaires saines, l'innovation et le succès, malgré son âge avancé.

Je griffonnai des chiffres sur un bloc de papier devant moi avant de le pousser vers lui. Cela peut paraître loufoque, mais j'ai été élevée en pensant qu'il était grossier de parler d'argent et, encore à mon âge, je trouve difficile de prononcer des chiffres à voix haute.

— Ce sont les bénéfices avant impôts. Là, c'est approximativement le chiffre d'affaires. On s'en sort. Mais si je dois refaire la toiture ou engager d'autres frais, je devrai vendre le bateau.

— C'est plutôt serré, hein ?

— Très serré.

Nino était interloqué. Parce que mon père était un grand nom de la région lorsque nous nous étions rencontrés, il avait présumé d'un pécule important. Or, comme je le lui expliquai, les beaux jours de l'hôtel dataient d'il y a cinquante ans.

Et Silver Bay n'avait plus connu de flot continu de visiteurs depuis dix ans. Les impôts, les réparations et le coût de deux nouvelles résidentes – dont l'une avait toujours besoin de chaussures, de livres et de vêtements – avaient eu raison du peu que j'avais épargné.

Nino but une gorgée de thé. Frank nous avait apporté une assiette de petits gâteaux. Qu'il ait présenté le tout sur un napperon en dentelle transforma mon regard sur le fils de Nino, toujours célibataire.

— Veux-tu que j'investisse dans l'hôtel pour que tu puisses y faire un peu de travaux de rénovation ? Arranger les chambres ? Installer la télévision par satellite ? Ces dernières années ont été bonnes, et je serais heureux de placer quelques billets dans une nouvelle affaire. C'est ce que mon vieux comptable veut que je fasse. Tu pourrais être mon moyen de diversification.

— À quoi bon, Nino ? Tu sais aussi bien que moi que, une fois que le monstre sera sur la jetée, nous ne serons rien de plus qu'une remise au fond de son jardin.

— N'y a-t-il pas moyen de survivre avec l'argent des excursions ? Liza sortira certainement plus souvent, avec tous ces gens autour ? Peut-être faut-il investir dans un second bateau ? Trouver quelqu'un qui s'en occuperait pour ton compte ?

— Tout le problème est là. Elle ne restera pas, s'il y a plus de monde. Elle… Ça la rend anxieuse. Elle a besoin d'un endroit calme.

Même à mes oreilles, ces mots paraissaient faibles. J'avais arrêté depuis longtemps d'essayer de justifier l'énigme qu'était ma nièce.

Nous restâmes silencieux tandis que Nino digérait cette dernière information. Je finis mon thé et replaçai la tasse sur le plateau. Puis il se pencha au-dessus du bureau.

— D'accord, Kate. Tu sais que je ne m'en suis jamais mêlé, mais je vais te le demander maintenant. (Il baissa la voix.) Qu'est-ce que Liza fuit ?

Les larmes se mirent à couler sans que je puisse les arrêter. Les sanglots me secouaient violemment la poitrine et les épaules, comme si j'étais suspendue par des fils. Je ne crois pas avoir pleuré ainsi depuis l'enfance, mais je ne pouvais rien y faire. Je voulais si désespérément protéger mes filles. Mike Dormer, avec ses plans stupides et déloyaux, m'avait montré à quel point elles étaient vulnérables, et comment notre supposé sanctuaire au bout de la baie pouvait être réduit en miettes.

Quand je repris un peu mes esprits, je regardai Nino.

Il avait un sourire compatissant et des yeux inquiets.

— Tu ne peux rien me dire, hein ?

Je me pris la tête entre les mains.

— Cela doit être vraiment moche, sinon tu ne serais pas autant secouée.

— Tu ne dois pas penser du mal de Liza, marmottai-je à travers mes doigts qui tenaient un vieux mouchoir. (Je me frottai les yeux.) Personne n'a souffert autant qu'elle.

— Ne te tracasse pas pour ça. Je connais tes filles et je sais qu'elles n'ont pas un cheveu de méchanceté sur leur tête. Je ne te poserai plus de questions, Kate. Je pensais simplement que te confier à quelqu'un t'aurait un peu soulagée.

Je tendis le bras vers lui et attrapai sa vieille main vigoureuse.

Ses énormes articulations au-dessus des miennes me réconfortèrent plus que je ne l'aurais cru.

Nous restâmes ainsi un long moment à écouter le tic-tac de la pendule, ma main absorbant la chaleur de sa peau. Je n'avais pas envie de rentrer chez moi. Je n'avais pas le courage de rassurer Liza qui devenait presque maniaque à force d'anxiété. Je ne voulais pas être gentille avec Mike Dormer et sa gravure de mode, ni penser à ce qu'ils m'avaient fait. Je n'avais pas envie de faire leur note. Je voulais simplement rester assise dans le calme de cette pièce, dans le silence de cette vallée, et que quelqu'un s'occupe de moi.

—Et que penses-tu de venir ici? suggéra Nino d'une voix douce.

—Je ne peux pas, Nino.

—Pourquoi pas?

—Je te l'ai déjà dit. Je ne peux pas abandonner les filles.

—Je parlais de toi et des filles. Pourquoi pas? Il y a plein de place. Hannah n'aurait pas besoin de changer d'école si le trajet ne te fait pas peur. Regarde cette grande bicoque. Toutes ces pièces rêveraient d'accueillir de nouveau des jeunes. Frank ne reste que parce qu'il refuse de me laisser seul.

Je ne répondis rien. La tête me tournait.

—Viens vivre avec moi. On s'arrangera comme bon le semblera – toi dans ta propre chambre ou…

Il me regardait intensément, et je revoyais dans ses yeux ourlés de cils épais le jeune soldat effronté de l'armée de l'air d'il y a cinquante ans.

—Je ne te le redemanderai pas. Mais cela nous rendrait heureux tous les deux, j'en suis sûr. Sacrebleu, j'habite au milieu de nulle part, tu le sais. Même ce bougre de facteur a du mal à nous trouver la moitié du temps.

Je ris malgré moi. Nino Gaines a toujours eu cet effet sur moi. Puis son emprise sur ma main se resserra.

—Je sais que tu m'aimes, Kathleen.

Comme je ne disais rien, il continua:

—Je me souviens encore de cette nuit. De chaque minute. Et je sais ce qu'elle a représenté.

Je redressai brusquement la tête.

— Ne parle pas de ça, le rembarrai-je.

— Est-ce la raison pour laquelle tu refuses de m'épouser ? Parce que tu te sens coupable ? Mon Dieu, Kate, c'était une nuit, il y a vingt ans. Des tas de maris ont eu des comportements bien pires. Ce ne fut qu'une nuit, une nuit dont nous étions convenus qu'elle ne se répéterait pas.

Je secouai la tête.

— Et nous n'avons pas recommencé, n'est-ce pas ? J'ai été un bon mari pour Jean, tu le sais.

Oh que oui, je le savais. J'avais passé plus de la moitié de ma vie à y penser.

— Alors pourquoi ? Dans ses derniers instants, Jean m'a dit qu'elle souhaitait me voir heureux. Elle aurait tout aussi bien pu me dire que nous devrions être ensemble. Qu'est-ce qui t'arrête, nom d'une pipe ?

Je devais partir. J'agitai une main dans sa direction et pressai l'autre contre ma bouche tandis que je me dirigeais d'un pas mal assuré vers ma voiture.

Il m'était impossible de lui dire la vérité. Oui, les derniers mots de Jean contenaient un message, mais c'est à moi qu'il était adressé. Elle me disait à travers lui qu'elle savait, que, durant toutes ces années, elle avait su. Cette femme avait compris que, sachant cela, je me sentirais coupable jusqu'à la fin de mes jours. Jean Gaines nous connaissait bien mieux que Nino le croyait.

Ce soir-là, je ne sortis pas avec les équipiers. Je devinais que leur indignation alimenterait une longue soirée et je laissai Liza s'occuper d'eux, prétextant une migraine. Je m'installai dans mon petit bureau derrière la cuisine, là où je préparais les notes des clients, et contemplai les grands livres alignés par année, les comptes qui retraçaient toute l'histoire de l'hôtel. Les classeurs des années 1946 à 1960 étaient épais, la largeur de leurs dos indiquait la popularité de l'hôtel. Il m'arrivait parfois d'en ouvrir un et de lire les factures, aux airs de parchemin, de quartiers de bœufs, de cognac ou de cigares importés, autant de preuves de célébrations de journées de pêche fructueuses. Mon père avait conservé tous les reçus, une habitude que j'avais gardée. C'était l'époque où la mer regorgeait de poissons, où le salon retentissait de rires et où nos vies étaient simples. Notre préoccupation principale était de fêter la fin de la guerre et la nouvelle prospérité qui s'ensuivrait.

Les classeurs de ces dernières années dépassaient à peine le centimètre d'épaisseur. Je laissai courir ma main le long des volumes reliés en cuir, et le bout de mes doigts mesurer leur affinement. Je levai ensuite les yeux vers la photographie de mes parents qui me regardaient fixement, solennels dans leurs habits de noces. Je me demandai ce qu'ils auraient pensé de ma fâcheuse situation. D'après Nino, je pourrais vendre cet endroit aux futurs hôteliers ; en négociant, je pourrais obtenir un bon prix. J'aurais de quoi recommencer ailleurs. Mais j'étais trop vieille pour partir à la recherche d'une maison, trop vieille pour entasser tout ce qu'il restait de ma vie dans un petit pavillon qui ressemblerait à une boîte. Je n'avais pas envie d'avoir à trouver mon chemin dans de nouveaux centres médicaux ou supermarchés, de devoir converser poliment avec de nouveaux voisins. Ma vie appartenait à ces murs. Tout ce qui avait jamais compté pour moi était là. Tandis que je regardais ces livres, je me rendis compte que je tenais plus à cette maison que je n'avais voulu me l'avouer.

D'habitude je ne bois pas, mais, ce soir-là, j'ouvris le tiroir du bureau de mon père, en sortis sa vieille flasque en argent et m'autorisai un petit verre de whisky.

Il était presque 22 h 15 quand Liza frappa à la porte.

— Comment va ta tête ? demanda-t-elle en fermant la porte derrière elle.

— Bien.

Je refermai les livres de comptes, espérant avoir l'air de quelqu'un qui venait de travailler. Je n'avais mal nulle part en particulier, mais tout me faisait souffrir. Tout en moi se lassait.

— Mike Dormer vient de rentrer et est monté directement. Il agit comme s'il ne partait pas. Tu devrais peut-être lui parler.

— Je lui ai dit qu'il pouvait rester, l'informai-je calmement tout en me levant pour ranger le livre sur son étagère.

— Tu as fait quoi ?

— Tu as entendu.

— Mais pourquoi ? Il doit s'en aller loin de nous.

Je ne la regardai pas. Cela n'était pas nécessaire : au ton de sa voix, je savais qu'elle était rouge de colère.

— Il a payé jusqu'à la fin du mois.

— Tu n'as qu'à lui rendre son argent.

— Tu penses sincèrement que je peux jeter tout cet argent par la fenêtre ? rétorquai-je brutalement. Je lui facture le triple de n'importe qui d'autre.

— Ce n'est pas une question d'argent, Kathleen.

— Si, Liza, ça l'est. C'est l'argent, le problème. Nous allons avoir besoin du moindre cent, ce qui implique que nous accueillerons n'importe lequel de nos derniers clients, même si cela doit me glacer le sang.

Elle était abasourdie.

— Pense à ce qu'il nous a fait, implora-t-elle.

— Deux cent cinquante dollars la nuit, Liza, voilà ce à quoi je pense. Plus les repas de la fiancée. Dis-moi comment nous pourrions nous procurer une telle somme autrement.

— Les équipages des baleiniers. Ils sont là tous les soirs.

— Combien crois-tu qu'ils me rapportent ? Quelques cents par bière. Un dollar par repas. Tu crois vraiment que je pourrais leur demander plus, alors que la plupart ne se nourrissent que de gâteaux secs ? Pour l'amour de Dieu, tu n'as jamais remarqué que Yoshi n'a même pas de quoi nous payer, la moitié du temps ?

— Mais il va nous détruire ! Tu vas le laisser rester là, dans ta meilleure chambre, pendant que ça se produit ?

— Ce qui est fait est fait, Liza. Que cet hôtel se construise ou non, nous n'y pouvons rien. La seule chose qu'il nous reste à faire est de maximiser nos revenus tant que nous en avons.

— Et les principes, aux oubliettes ?

— Nous ne pouvons pas nous permettre d'avoir des principes, Liza, voilà la vérité. Pas si nous voulons que Hannah continue d'aller à l'école.

En vérité, je la comprenais. Comment pouvais-je héberger l'homme qui avait brisé ce qu'il lui restait de cœur ? Comment pouvais-je lui infliger la peine de le voir avec cette fille, déambuler chez nous, étaler leur relation ?

J'avais du mal à respirer et dus me tenir pour rester debout. Elle avait les lèvres serrées de douleur et d'indignation.

— Tu sais quoi, Kathleen ? Parfois je ne te comprends pas du tout.

— Tu n'as pas à comprendre, répondis-je sèchement tout en faisant semblant de ranger mon bureau. Occupe-toi de tes affaires et laisse-moi gérer mon hôtel.

En cinq ans, nous ne nous étions jamais disputées et nous étions aussi secouées l'une que l'autre. Je ressentis l'appel de cette flasque, mais je n'aurais jamais bu en sa présence : je ne souhaitais pas qu'elle prenne exemple sur moi, qu'elle se soûle à son tour et succombe à une nouvelle aventure catastrophique avec Greg.

Elle finit par tourner les talons brusquement et partir sans un mot.

Je me retins de lui avouer ce qui se cachait derrière ma décision, parce que je savais qu'elle ne serait pas d'accord : elle avait mal réagi au simple fait d'évoquer une partie de la vérité. Il ne s'agissait pas uniquement d'argent. Plus que quiconque, je comprenais comment ce jeune homme s'était enferré dans cette situation. Plus que tout, il s'agissait d'un leurre, et je me disais que garder Mike Dormer près de nous était notre meilleure chance de survie.

14

Mike

Les promeneurs de chiens ne me saluaient plus. La première fois, je supposai qu'ils ne m'avaient pas reconnu. Mon bonnet de laine était sans doute trop enfoncé et cachait mon visage. Je m'étais habitué à nos petits échanges matinaux et cherchai des visages familiers. Mais quand, la deuxième fois, ils détournèrent la tête à mon signe de la main, je compris que non seulement je n'étais plus anonyme, mais que, dans certaines parties de Silver Bay, j'étais même devenu l'ennemi public numéro un.

Idem à la station-service, à la caisse du supermarché et au petit restaurant de fruits de mer sur la jetée où j'entrepris de commander un café. Il fallut quarante minutes et plusieurs rappels avant que je sois servi.

Vanessa était pragmatique.

— Oh, tu perdras toujours quelques plumes, lança-t-elle avec dédain. Tu te souviens de cette école, à l'est de Londres ? Les riverains s'y sont opposés jusqu'à ce qu'ils découvrent que le projet allait augmenter la valeur de leurs biens.

J'avais envie d'objecter que ce n'était pas la même chose. Je me moquais de ce que ces gens pensaient de moi. Qui plus est, Vanessa n'avait pas à faire face à Liza qui réussissait à la fois à se comporter comme si je n'existais plus et à me traiter avec un ressentiment glacial.

Lors de l'unique occasion que j'eus d'être seul avec elle dans la cuisine – Vanessa était à l'étage –, je lui glissai :

— J'en ai parlé à votre tante. Je vais essayer de tout arrêter. Je suis désolé.

Le regard qu'elle me lança m'arrêta net.

— Désolé de quoi, Mike ? D'avoir vécu ici en dissimulant tes intentions, d'être sur le point de nous ruiner ou de n'être qu'un fourbe… ?

— Vous m'avez dit que vous ne vouliez pas vous engager dans une relation.

— Vous ne m'avez pas dit que vous étiez déjà impliqué dans une relation.

Saisie de remords de s'être trop dévoilée, elle se ferma. Mais je savais ce qu'elle avait ressenti. J'aurais pu réciter mot à mot ce que nous nous étions dit dans la voiture. Je ne cessais de me repasser ce moment, comme si j'avais un magnétoscope dans la tête, jusqu'à ce que je me heurte à ma propre duplicité. Alors j'appelais Dennis ou me trouvais quelques tâches administratives en rapport avec le dossier. C'est le bon côté des affaires : un refuge plein de problèmes pratiques. On sait toujours où on en est.

Je parlai à Vanessa du fait que je ne croyais plus au projet tel qu'il était. Devant son refus de me croire, je l'emmenai à bord du *Moby I* en compagnie de quelques touristes, pour lui montrer les dauphins. Yoshi et Lance furent courtois, mais les conversations joviales et les plaisanteries caustiques de Lance me manquaient. Je n'étais plus l'un des leurs. Je le savais, et eux aussi.

Cette sensation de désapprobation silencieuse me poursuivit tout autour de la baie, jusqu'à me convaincre que même les touristes coréens sur le pont supérieur me jugeaient coupable.

— Je ferais aussi bien de me planter un harpon dans la main avec une étiquette « tueur de baleine », lançai-je quand le silence devint trop pesant.

Vanessa me reprocha d'être trop sensible.

— Qu'est-ce que cela peut te faire, ce qu'ils pensent de toi ? D'ici quelques jours, tu ne seras plus jamais obligé de voir aucun d'entre eux.

— C'est important pour moi de ne pas me tromper. Et je crois que nous pouvons aborder les choses sous le bon angle. Éthiquement et commercialement parlant.

Je savais qu'il était vital que Vanessa soit de mon côté pour persuader Dennis de changer les plans.

— Du commerce éthique, hein ?

Elle leva un sourcil, mais ne retint pas l'idée.

Puis, comme en réponse à mes prières, la mer s'ouvrit. On entendit la voix de Yoshi dans les haut-parleurs, plus aiguë que de coutume, comme toujours en présence d'une baleine.

— Mesdames et messieurs, si vous regardez à bâbord – à gauche, pour ceux qui ne savent pas –, vous apercevrez une baleine à bosse. Il est possible qu'elle se dirige vers nous. Nous allons donc couper les moteurs et espérer qu'elle s'approche.

Il y eut un vent de bavardages animés. Je retirai mon écharpe et pointai le souffle du doigt. J'observai le visage de Vanessa, sachant que c'était un moment crucial, dans l'espoir que la baleine comprenne et l'impressionne.

C'est alors qu'elle sauta hors de l'eau, à environ dix mètres de nous, et tourna son énorme tête préhistorique avant de replonger. Tout comme moi, Vanessa ne put s'empêcher de retenir sa respiration, et son visage s'adoucit sous une joie enfantine. Je revis un instant la jeune femme que j'aimais avant de venir ici. Je lui pris la main et la serrai.

— Tu comprends ce que je veux dire ? lui demandai-je. Tu vois pourquoi c'est impossible ?

— Mais le projet est lancé, répondit-elle quand elle parvint à détacher son regard. Tu as signé.

— Je n'arrive pas à l'accepter. J'ai vu ce qui pouvait arriver et je refuse de me sentir responsable du gâchis d'un tel endroit.

Nous regardâmes la baleine sortir de nouveau de l'eau, un peu plus loin cette fois, puis disparaître sous les vagues, sa curiosité satisfaite. Je songeai à Lance, dans la cabine de pilotage sous nos pieds, soulagé du succès de cette nouvelle excursion d'observation des baleines. Sans doute discutait-il avec Yoshi du mouvement de l'animal, conversait avec les autres bateaux de leur prochaine destination. Si Vanessa comprenait, nous aurions une chance d'arranger les choses.

Je laissai mes yeux courir à trois cent soixante degrés, embrassant le littoral dans le lointain, la suite de petits îlots déserts qui se tenaient telles des sentinelles devant l'avancée de terre. Au-dessus de nous, les oiseaux piquaient et plongeaient, et je tentai de me souvenir des noms que les équipiers m'avaient appris : balbuzards, fous de Bassan, pygargues. Tout autour de nous, la mer se soulevait et s'abaissait, scintillante d'un côté, sombre et plus agitée de l'autre. Je ne me sentais plus un étranger dans cet environnement. Malgré leur manque d'argent, leur style de vie précaire et leur régime de gâteaux secs, j'enviais les chasseurs de baleines.

C'est à ce moment-là que Vanessa se manifesta. Elle avait son chapeau enfoncé jusqu'aux yeux.

— Mike ?

Je me tournai vers elle. Elle portait aux oreilles les diamants que je lui avais offerts pour son trentième anniversaire.

— Je sais qu'il se passe quelque chose, avança-t-elle prudemment. Je sais que je t'ai un peu perdu. Mais je vais faire comme si tout allait encore bien entre nous, qu'il ne s'agissait que d'une réaction bizarre au fait que tu te maries.

Mon cœur bondit dans ma poitrine.

— Ness, objectai-je, il ne s'est rien passé...

Elle m'arrêta d'un geste de la main. Elle me regarda, et je m'en voulus de la douleur que je perçus dans ses yeux.

— Je ne veux pas que tu te justifies, reprit-elle. Si tu crois que tu peux m'aimer et m'être fidèle, alors je veux simplement que tout continue comme avant. Je veux que nous nous mariions. Que nous oubliions cet épisode et poursuivions notre vie ensemble.

Les moteurs se remirent en route. Alors que le bateau virait, le vent se leva et la voix de Lance dans les haut-parleurs m'empêcha d'entendre si Vanessa avait ajouté autre chose.

Elle se retourna vers la mer et remonta son col.

— D'accord ? demanda-t-elle, avant de répéter : D'accord ?

— D'accord, acquiesçai-je.

Elle me laissa la serrer dans mes bras. Vanessa m'épatait toujours par son intelligence.

Durant les cinq jours qu'il nous restait avant notre retour à Sydney, Vanessa et moi passâmes le plus clair de notre temps enfermés dans notre chambre. Non pour la raison que je suspectais Liza et Kathleen d'imaginer, mais penchés sur mon ordinateur portable à chercher comment modifier les plans pour qu'ils conviennent à son père et aux investisseurs en capital-risque. C'était une tâche ardue.

— Si nous dégotons la « promesse marketing », cela résoudra nos problèmes, affirma-t-elle. (Je remerciai Dieu qu'elle ait des compétences en marketing.) Sans les sports nautiques, les baleines deviennent notre atout majeur. À nous de trouver une solution pour les associer sans aliéner les organisateurs d'excursions. Nous ne pouvons pas mettre en place notre propre exploitation. Il doit y avoir un autre moyen de rendre les animaux marins accessibles.

Elle avait discuté avec les responsables des parcs nationaux et des réserves naturelles des dauphins, mais ils n'encourageraient pas les touristes à les approcher plus près qu'ils ne l'autorisaient déjà.

— Il faut quelque chose de radical. Un genre de plateforme à l'embouchure de la baie avec une aire d'observation sous-marine.

— Trop cher. Et les équipages y trouveraient à redire. Nous pourrions construire une nouvelle jetée avec un restaurant à l'étage et une galerie d'observation en dessous.

— Qu'est-ce qu'on verrait, d'aussi près de la terre ? (Elle suçait le bout de son stylo.) On pourrait créer une thalasso vraiment innovante.

— Ton père n'aime pas cette idée.

— Et si on trouvait un nouveau site ? Je ne vois pas comment promouvoir l'hôtel sous cette forme sans les sports nautiques. Il n'y a rien d'autre pour le distinguer de ce qui existe déjà.

— Le tennis ? lançai-je. L'équitation ?

— Un nouveau site, répéta-t-elle. Nous avons cinq jours pour trouver un front de mer susceptible d'accueillir un complexe hôtelier de cent trente millions de livres sterling.

Nous nous regardâmes et éclatâmes de rire : le dire tout haut rendait la chose encore plus ridicule qu'elle ne l'était déjà.

Mais Vanessa Beaker n'était pas la fille de son père pour rien. Il nous fallut une heure pour décider quelle serait la nouvelle marche à suivre. Elle attrapa le vieil annuaire téléphonique de Kathleen et, dans les quatre heures qui suivirent, parla avec tous les agents immobiliers entre Caims et Melbourne.

Chaque fois que je raccrochais d'un nouveau coup de fil, je l'entendais poser toujours les mêmes questions : « Pouvez-vous m'envoyer des photos par mail ? Les eaux sont-elles protégées ? Y a-t-il des mammifères marins ou d'autres animaux susceptibles d'être affectés ? Seraient-ils intéressés pour vendre ? Sont-ils prêts à négocier ? »

Au soir du deuxième jour, nous avions retenu deux sites possibles. L'un était déjà voué à une promotion hôtelière, à une heure au sud de Brisbane. Ses points positifs incluaient une baie protégée qui accueillait déjà des sports nautiques sans plaintes enregistrées. Mais il était loin d'avoir la beauté de Silver Bay et la région croulait déjà sous les hôtels cinq étoiles. L'autre était à une demi-heure de Bundaberg, plus accessible, mais à peu près un tiers plus cher.

— Papa ne va pas aimer ça, observa-t-elle, puis elle se retourna vers moi avec un grand sourire. Mais tout est possible, n'est-ce pas ? Si l'on s'en donne la peine ? Regarde ce que nous avons déjà fait.

— Tu es une star, déclarai-je avec tendresse en dégageant les cheveux de son visage.

— Ne l'oublie jamais, m'enjoignit-elle.

Sans doute avais-je imaginé la tension dans sa voix.

Nous fîmes l'amour cette nuit-là, pour la première fois depuis qu'elle était arrivée à Silver Bay. Étant donné notre appétit l'un pour l'autre jusque-là, je n'arrivais pas à m'expliquer ce qu'il s'était passé, probablement l'atmosphère étrange. Aucun de nous ne se sentait vraiment en confiance vis-à-vis de l'autre. Nous avions masqué cette insécurité en prétextant l'épuisement ou des abus de vin. Nous étions soudain captivés par nos romans. J'avais tout à coup pris conscience de la finesse des murs de l'hôtel.

Nous étions sortis dîner en ville et rentrions tranquillement en marchant le long de la baie, main dans la main. Le vin, le clair de lune et le fait que j'avais peut-être sauvé Silver Bay du sort que je lui avais pratiquement jeté concoururent à adoucir l'étrange réticence que je ressentais quand nous nous enlacions.

J'avais failli tout gâcher, songeai-je tandis que nous nous promenions en silence. Nous allions sauver ce projet immobilier, nous allions sauver les baleines et nous allions sauver notre relation. Nous avions compris de l'autre quelque chose de nouveau. J'avais droit à une seconde chance.

Nous n'avions pas allumé la lumière et avions retiré nos vêtements sans un mot, comme si nous avions décidé par télépathie que cette nuit serait la bonne. Nous nous approchâmes l'un de l'autre, et je me concentrai sur la beauté voluptueuse de la silhouette de Vanessa, l'esprit arrimé à mes seules sensations physiques. Nous nous allongeâmes sur le lit, peau contre peau, ses mains m'étudiant habilement, sa bouche émettant des petits soupirs de plaisir. Je laissai courir mes mains sur ses seins, sa peau. J'enfouis ma tête dans ses cheveux. Je me souvenais de son odeur, de son contact, la sensation familière de ses courbes sous mes doigts. Et, enfin, je plongeai en elle, oubliant tout, et me laissai aller à ce souffle désespéré et libérateur.

Nous restâmes ensuite étendus en silence, comme si quelque chose de lourd et de mélancolique s'était installé dans le noir qui nous entourait.

— Ça va ? lui demandai-je en cherchant sa main.

— Bien, répondit-elle après un instant. Formidable.

Je scrutai l'obscurité, écoutai les vagues se briser sur le sable, le bruit lointain d'une portière qui claque puis du moteur qui démarre, et songeai à ce que j'avais perdu.

Nous partîmes le samedi. Je descendis tôt et réglai la note de Kathleen. Je payai la moitié en liquide, soupçonnant que ce serait plus utile pour elle que des cartes de crédit.

—Je resterai en contact, l'informai-je. Les choses avancent très vite. Vraiment.

Elle me regarda calmement.

—Je l'espère.

Elle fourra l'argent dans une boîte sous le bureau, sans recompter. J'espérai que cela signifiait que, à sa manière, elle m'accordait de nouveau sa confiance. Je me sentis soulagé et optimiste.

—Est-ce que… Liza est par là ? demandai-je quand je me rendis compte qu'elle n'allait pas venir d'elle-même.

—Elle est sortie sur l'*Ismahel*, répondit Kathleen.

—Dites-lui au revoir pour moi, voulez-vous ?

J'essayai de ne pas paraître aussi gêné que je l'étais. J'avais senti la présence de Vanessa derrière moi.

Kathleen resta silencieuse, mais serra la main de Vanessa.

—Au revoir. Je vous souhaite bonne chance pour le mariage.

Il y avait plus d'une façon d'interpréter cette remarque, pensai-je en remontant pour chercher les valises, et aucune ne paraissait en ma faveur. Je serais redescendu aussitôt si je n'avais entendu de la musique dans le couloir. Hannah était encore là. Elle m'avait à peine adressé la parole depuis que le projet était sorti au grand jour, ce qui, plus que tout, m'avait convaincu de ma défaillance.

Je frappai à sa porte. Elle finit par ouvrir, et la musique explosa derrière elle.

—Je suis venu te dire au revoir, annonçai-je.

Elle ne répondit rien.

—Oh… et je suis venu te donner cela. (Je lui tendis une enveloppe.) Ton salaire. Les photos sont très bonnes.

Il y eut une légère note d'excuse dans sa voix.

— Maman m'a interdit d'accepter votre argent.

— Bien. (Je fus déconcerté, mais ne laissai rien paraître.) Je vais le déposer sur la table de l'entrée, et si tu n'as vraiment pas le droit de le prendre, j'espère que tu le donneras à une association pour la défense des dauphins. Je sais que tu les aimes beaucoup.

J'entendis Vanessa raccrocher en bas.

Hannah resta sur le pas de la porte à m'étudier.

— Pourquoi nous avez-vous menti, Mike ?

Je m'approchai d'elle.

— Je ne sais pas. J'ai sans doute commis une grave erreur, et j'essaye de la réparer.

Elle baissa la tête.

— Il arrive aux adultes de se tromper, repris-je. J'espère... J'espère que tu me crois quand je dis que je vais essayer de tout arranger.

Elle releva la tête, et je lus sur son visage qu'elle avait déjà appris cette leçon depuis longtemps. Mon impair n'avait fait que renforcer sa notion de l'imperfection des adultes, notre aptitude à saboter son existence innocente.

L'as de la finance face à la fillette. J'inspirai longuement, puis, presque instinctivement, lui tendis la main. Après une longue hésitation, elle la serra.

— Et pour le téléphone ? s'enquit-elle soudain alors que je m'apprêtais à descendre. Nous avons toujours votre téléphone.

— Gardez-le, lui répondis-je, heureux d'avoir enfin la chance de lui offrir quelque chose, n'importe quoi qui puisse me racheter à ses yeux. Sers-t'en pour le bien, Hannah. Vraiment.

Vanessa attendait dans la Holden. Elle portait ce qu'elle décrivait comme sa tenue de voyage – un tailleur en tissu infroissable, une chemise propre et un gilet en cashmere sur son sac fourre-tout, prêt à être enfilé avant notre arrivée à Heathrow. Amusé, je lui demandai qui elle pensait rencontrer, et elle me rétorqua que ce n'était pas parce que je ne prenais plus soin de mon apparence qu'elle devait également devenir un épouvantail. Je crois qu'elle visait mon jean, dont je ne me séparais plus. Il était devenu très confortable, et j'estimais que porter un costume pour voyager était un peu excessif.

— À bientôt, donc, nous salua Kathleen, les bras croisés.

Elle était bien différente de la Kathleen qui m'avait accueilli cinq semaines plus tôt.

— À bientôt, répétai-je. (Je n'essayai pas de lui tendre la main.) Je ne vous laisserai pas tomber, Kathleen, lui glissai-je discrètement.

Elle rejeta la tête en arrière, incapable de me concéder davantage.

Liza était sur l'*Ismahel.* Sans doute était-ce mieux ainsi. Comme elle me l'avait fait remarquer, qu'aurais-je pu dire qu'elle eût envie d'entendre ?

Je jetai un coup d'œil dans le rétroviseur en passant devant la Whale Jetty. La silhouette d'une mince femme blonde se découpait nettement sur la mer scintillante. Elle avait les mains enfoncées dans les poches, un chien à ses pieds. Elle regardait notre voiture blanche s'éloigner lentement mais sûrement le long de la route du littoral.

Le vol de retour fut aussi agréable que peut l'être un voyage de vingt-quatre heures. Je m'endormis, puis me réveillai tandis que Vanessa parcourait une liste de chiffres. Une fois de plus, je lui sus gré de son soutien.

Nous atterrîmes vers 6 heures, mais il fallut ajouter une heure pour le contrôle des passeports.

Heathrow était bondé, confus et gris, même à cette heure matinale et au pic de l'été. Tout le monde se sent mal en revenant de l'étranger, me persuadai-je en me massant le cou. Cela fait partie des certitudes du voyageur, avec les retards et la nourriture immangeable des compagnies aériennes.

Comme toujours, on dut attendre un moment la livraison des bagages. Une voix contrite nous informa qu'il n'y avait qu'une équipe de bagagistes pour les quatre vols arrivés en une heure, et ajouta avec une mauvaise foi magistrale que nous devrions prévoir un « léger retard ».

— Je meurs d'envie d'un café, déclara Vanessa. Il doit bien y avoir des boutiques quelque part.

— Il faut que je trouve des toilettes, dis-je à mon tour.

Elle avait l'air épuisée malgré ses cheveux recoiffés avec soin et son maquillage. Elle ne dormait jamais bien en avion.

— Les cafés ne se trouvent qu'après la douane. Attends les valises.

Je m'étais habitué à être seul au cours de ce dernier mois, et la semaine passée collé à Vanessa, à travailler et dormir avec elle sans la moindre pause, avait été rude. Plus difficile encore du fait que personne ne voulait plus nous parler. Je n'avais pas été tenté d'insister, de peur que Greg, avec sa versatilité bouillonnante, ne prenne Vanessa à partie avec ce qu'il supposait être vrai. Nous avions survécu au silence ; je ne suis pas certain que nous aurions fait preuve d'autant de sérénité si la vérité avait été étalée sous notre nez.

Ma petite escapade sur le lino grinçant d'Heathrow fut la première fois que je me retrouvais seul en huit jours. *J'ai fait pour le mieux,* me convainquis-je, *et je m'apprête à poursuivre dans cette voie.*

Je rejoignis Vanessa quelques minutes plus tard, après m'être passé de l'eau sur la figure. Le carrousel tournait, mais, bizarrement, elle n'avait pas attrapé nos valises puisqu'elles continuaient leur voyage en solitaires sur le tapis roulant.

— Tu dois être fatiguée, remarquai-je en me précipitant pour les récupérer.

Quand je revins en les traînant péniblement derrière moi – ma fiancée ne sait pas ce que signifie voyager léger –, Vanessa regardait son téléphone.

— Pas ton père, lâchai-je avec lassitude. Pas déjà ?

Ne pouvait-il au moins nous laisser le temps de prendre une douche ? Je craignais que nos retrouvailles ne tournent à la confrontation, même en présence de Vanessa, et j'avais besoin d'un peu de temps pour rassembler mes forces.

— Non, répondit-elle, le visage particulièrement pâle. Non, c'est ton téléphone. Un texto. De Tina.

Elle me mit brusquement le message sous le nez et sortit de l'aéroport en laissant ses derniers sacs continuer lentement leur route sur le tapis roulant.

Je ne la revis que vingt-huit heures plus tard, quand j'arrivai au bureau pour la réunion cruciale avec Dennis. Il était de nouveau sur pied, et sa mobilité retrouvée semblait avoir décuplé son énergie.

— Que se passe-t-il, mon gars ? ne cessait-il de répéter en saisissant mon dossier rempli de documents d'urbanisme. Que se passe-t-il ?

Le bureau m'apparaissait comme sorti d'un autre monde. La City était trop bruyante et bondée. Quand je fermais les yeux, l'horizon serein de Silver Bay m'apparaissait. Quand je les rouvrais, je ne voyais que le pavé gris, les caniveaux crasseux, le bus 141 qui crachait une fumée violette. Beaker Holdings, qu'autrefois je connaissais mieux que chez moi, me paraissait maintenant monolithique et menaçant. Si le décalage horaire m'avait déboussolé en Australie, il y avait des chances pour qu'il en soit de même en Angleterre.

— Que se passe-t-il, alors ? Tu te sens mieux après ton gros coup ? Nos amis du capital-risque sont heureux, je peux te l'assurer. Heureux comme des cochons, comme on dit.

Dennis avait grossi pendant son immobilisation. Il était énorme, rubicond, comparé aux silhouettes minces et aux visages burinés avec lesquels j'avais passé le dernier mois.

— Tu as une mine de chien, constata-t-il. Prenons un café. Je vais envoyer une des filles nous en chercher. Pas cette merde d'instantané qu'ils font ici.

Quand il eut quitté la salle de réunion, j'allai m'asseoir à côté de Vanessa. Elle avait obstinément évité mon regard et était maintenant assise devant un bloc de papier ministre vierge. Elle portait ce qu'elle appelait son tailleur de pouvoir.

— Je suis désolé, murmurai-je. Ce n'est pas ce que tu crois. Vraiment. Retrouvons-nous après et je t'expliquerai.

— Pas ce que je crois ? répéta-t-elle en griffonnant sur son bloc. Ce petit mot de bienvenue m'a paru pourtant assez explicite.

— Ness, je t'en prie. Tu ne réponds pas à mes appels. Accorde-moi au moins cinq minutes. Rien que cinq minutes.

— D'accord, finit-elle par concéder.

— Super. Merci.

Je lui pressai le bras, puis rassemblai mes forces pour l'entretien à venir.

Dennis écouta attentivement lorsque j'exposai les grandes lignes de mon travail là-bas. Darren, notre comptable, Ed, le chef de projet, et lui prirent des notes tandis que j'expliquais mes préoccupations quant à l'impact écologique. Je leur dis pourquoi je m'étais trompé concernant le S94 et pourquoi la procédure d'urbanisme pouvait se retourner contre nous s'il y avait une enquête publique, comme cela avait été le cas pour la ferme ostréicole.

— Le résultat, lançai-je, est que le concept de notre projet, sa « promesse marketing »… (Je jetai un coup d'œil à Vanessa.)… est toujours valable, mais la façon de le réaliser ne l'est pas pour les raisons suivantes. (Je leur distribuai les documents que j'avais finalisés le matin même : la liste des autres sites possibles et l'analyse des coûts encourus par la modification de notre proposition.) Nous avons déjà repéré de nouveaux sites, discuté avec les agences locales, et je crois, pour avoir réalisé l'étude, que ceux-ci sont de loin les meilleures options pour éviter toute mauvaise publicité potentielle et développer notre nouveau point fort : la promotion immobilière responsable et respectueuse de la communauté.

Je fis un geste vers la table.

— Vanessa était avec moi. Elle a vu ces animaux, l'environnement des baleines et la force des sentiments qu'elles génèrent. Elle est d'accord que le meilleur moyen d'aller de l'avant pour cette société est l'une ou l'autre de ces alternatives. Je sais que nous aurons des pénalités de retard et que nous devrons vendre le site existant, mais je crois que, si vous me permettez de vous accompagner chez Vallance, je serai en mesure de les convaincre.

— Merde alors ! s'exclama Dennis en étudiant les chiffres. C'est un sacré changement que tu proposes. (Il se passa bruyamment la langue sur les dents tout en feuilletant les deux dernières pages.) Cela va coûter au moins vingt pour cent de plus.

Je remarquai non sans espoir qu'il n'avait pas tout rejeté en bloc.

— Mais nous n'avons plus à subir le coût du S94 en construisant sur un site existant. Si vous regardez la troisième colonne, vous verrez qu'il n'y a que peu de différence au final. C'est une option moins risquée. Vraiment.

— Moins risquée, hein ? (Dennis se tourna vers Vanessa.) Tout plaquer, vraiment ? Tu penses qu'on doit déplacer la promotion sur cet autre site ?

Elle le regarda, puis se retourna lentement vers moi. Son regard était glacial.

— Non, répondit-elle. J'y ai longuement réfléchi. Nous devons poursuivre ce que nous avons entrepris.

15

Liza

J'ai vu une baleine aujourd'hui, une des dernières de la saison. Elle est venue tout près du bateau avec son petit, et ils sont restés là, à nous regarder, dans le bleu transparent de l'eau, comme s'ils n'avaient rien de mieux à faire. Elle s'est approchée plus qu'elle ne l'aurait dû, assez pour que je puisse distinguer chaque petite rainure de son « empreinte digitale », le dessin de sa queue, et le baleineau tranquille et heureux, à moitié protégé sous le ventre maternel. Les clients étaient aux anges – ils poussaient des cris aigus, prenaient des photos et des films, s'exclamaient que l'expérience avait changé leur vie, qu'ils n'oublieraient jamais. Ils avaient entendu dire que j'avais un talent pour trouver les baleines et, maintenant qu'ils l'avaient vérifié, ils me recommanderaient à tous leurs amis. Mais je ne parvenais pas à sourire. J'avais envie de hurler à la baleine d'emmener son petit loin d'ici. Je n'arrivais pas à m'ôter de la tête l'image du baleineau échoué sur la plage, recouvert d'une bâche. Je ne voulais pas qu'elle nous fasse confiance.

Je n'aurais pas dû être surprise par l'attitude de Mike. Pourtant, je l'étais. Je pensais sincèrement que, après avoir traversé tant d'épreuves, j'étais à même de repérer ce genre de personnage à des kilomètres à la ronde. Savoir que je m'étais trompée me rongeait de l'intérieur, réduisant encore le peu de sommeil que j'arrivais à trouver.

Cela me hantait et me narguait dès mon réveil, faisant écho aux autres voix qui me rappelaient que je n'avais jamais rien fait de bien.

La rage qui ne me lâcha pas les premiers temps était dirigée contre moi-même, contre ma bêtise de nous avoir tous mis inconsciemment en danger. Peut-être aussi pour m'être laissée aller à penser, même brièvement, que ma vie pourrait prendre un cours différent que celui auquel je m'étais résignée depuis longtemps.

J'étais en colère contre presque tout le monde : contre Mike pour nous avoir menti, contre les services d'urbanisme pour avoir considéré cette offre sans avoir pensé aux baleines, contre Kathleen pour lui avoir permis de rester et donc pour m'avoir obligée à vivre avec le parfum de sa complice qui flottait dans ma maison, avec sa bague de fiançailles qui me sautait aux yeux, tout en prétendant que tout ceci n'avait aucune importance, et enfin contre Greg pour… eh bien, pour être aussi bête. Il était là tous les jours, à la fois furieux contre moi et en demande de pardon. Nous avions fini par nous crier dessus à chacune de nos rencontres. Pendant un temps, nous ne savions plus du tout où nous en étions ni l'un ni l'autre, et nous n'avions pas la force d'être gentils.

Je ne sais pas pourquoi – je n'avais pas ressenti cela depuis longtemps –, mais, durant les quelques jours où Mike et son amie restèrent à l'hôtel, je n'arrivais plus à me lever. Puis il était parti. Son départ n'a rien arrangé pour autant.

Hannah s'en est rendu compte. Elle m'a raconté sur un ton de défi que Mike lui avait payé ses photos. Elle me montra l'enveloppe brune pleine de billets et, avant que je ne dise quoi que ce soit, elle m'annonça qu'elle allait tout donner aux parcs nationaux pour aider à sauver les animaux marins échoués. Elle leur avait parlé, et il y avait assez pour acheter un nouveau brancard à dauphins, et même plus. Comment pouvais-je lui refuser ? Je savais qu'une partie de ma fille souhaitait prendre la défense de Mike et, pour cela, je ne l'en détestais que plus.

Elle n'avait pas l'air en forme. Elle ne parlait plus du voyage en Nouvelle-Zélande et passait le plus clair de son temps dans sa chambre. Quand je lui demandais si elle avait un souci, elle me répondait très poliment qu'elle allait bien, mais le ton signifiait que ma présence n'était pas la bienvenue. Ma fille me manquait. La nuit, quand elle se glissait dans mon lit, je m'accrochais à son corps endormi comme pour rattraper tout le temps qu'elle refusait de passer avec moi la journée. Tout cela généra cet hiver-là une maisonnée disloquée. Les baleiniers ne venaient plus aussi souvent le soir, comme si le fait d'être assis ensemble leur rappelait ce qu'ils risquaient de perdre. Yoshi, m'apprit Lance en fumant comme un sapeur, songeait à reprendre sa carrière universitaire. L'ex de Greg avait fini par renoncer au *Suzanne*, mais cette concession n'eut pas l'air d'être une grande victoire pour lui. Maintenant qu'ils ne se battaient plus pour le bateau, il avait le temps de réfléchir, et l'introspection ne lui allait pas.

La démolition de la ferme des Bullen commença en août. Une clôture fut érigée en une nuit, et des entrepreneurs étrangers débarquèrent avec leurs équipes d'engins jaunes préhistoriques pour la réduire en pièces. Moins de soixante-douze heures plus tard, la clôture avait disparu et il ne restait plus qu'une parcelle de terre retournée, là où s'étaient dressés la maison et les hangars. Chaque fois que j'entrais ou quittais la baie, je voyais cette grande cicatrice sur la côte, une plainte lugubre.

Pour ajouter à la déprime ambiante, le ciel était inhabituellement gris et uniforme. Une ville de bord de mer enveloppée de gris est un endroit où la gaieté s'est retirée. Les clients devenaient rares, les motels baissaient leurs prix pour tenter d'attirer une clientèle de week-end. Nous courbions tous l'échine et tentions de ne pas trop y penser. Pendant ce temps-là, de nombreux bateaux sillonnaient la mer. On aurait dit qu'ils avaient eu vent de ce complexe hôtelier et avaient décidé que la saison avait commencé. À deux reprises, alors que j'approchais de Break Nose Island, j'entendis gronder les bateaux à trois étages, remplis d'ivrognes, assourdissant l'océan de leur musique. L'un d'entre eux se décrivait dans le journal local comme source de « tous les plaisirs d'une excursion pour observer les baleines ». J'avais appelé la revue pour leur dire ce que je pensais de leur choix d'accepter de publier de telles publicités, et Kathleen m'avait avertie abruptement que si je continuais de la sorte, je risquais un ulcère.

Elle semblait étrangement résignée à notre sort. Nous n'en avions que peu discuté ensemble depuis cette dispute dans son bureau. Je ne comprenais pas pourquoi elle était si disposée à laisser Mike tranquille, et pourquoi elle ne m'avait pas éclairée sur le sujet. Soir après soir, Kathleen se couchait dans sa partie de la maison, et je restais éveillée dans ma petite chambre au bout du couloir, à écouter la mer et me demander combien de temps il nous restait avant que Hannah et moi soyons obligées de rassembler nos affaires et partir.

Début septembre, la mairie annonça qu'il y aurait un sondage au cours duquel chacun aurait le droit de donner son avis. Peu de gens à Silver Bay entretenaient l'espoir d'être entendus ; au cours des années précédentes, nous avions vu bon nombre de projets du même genre aboutir dans les différentes baies alentour, malgré une opposition locale farouche. Étant donné la quantité d'avantages supposés que la société de Mike offrait, je ne voyais pas pourquoi cette enquête manifesterait un quelconque intérêt à notre point de vue.

Qui plus est, la contestation n'était pas très claire. C'était devenu une question qui divisait la ville : il y avait ceux qui nous accusaient nous, les baleiniers, de dramatiser la situation ; ceux, et ils étaient nombreux, qui avaient l'air de se moquer pas mal du résultat ; et enfin d'autres qui clamaient que nos excursions étaient déjà une intrusion en soi. Il était difficile de réfuter ce dernier argument, particulièrement face à ces autres bateaux – moins respectueux du code de bonne conduite – qui considéraient de plus en plus la mer comme leur appartenant. Les gérants de restaurant ou de boutique voyaient leur intérêt dans le développement de la ville, et, malgré tout, je les comprenais. Nous devions tous gagner notre vie, et je savais mieux que quiconque que certaines saisons étaient plus difficiles que d'autres.

Venaient ensuite les baleiniers, les pêcheurs, tous ceux qui appréciaient la présence des dauphins et des baleines ; et enfin ceux qui ne voulaient pas que la baie si paisible devienne un endroit bruyant et animé, comme tant d'autres. Il semblait cependant que nos voix étaient les moins virulentes et avaient donc peu de chances d'être entendues.

Les journaux couvrirent le débat avec une délectation malsaine. (C'était leur meilleure histoire depuis 1984, quand le grand pub avait brûlé.) Ils résistèrent aux accusations de parti pris venant des deux côtés, et mirent régulièrement en demeure les responsables de l'urbanisme, de la promotion et de la mairie, de justifier encore et encore leur position, jusqu'à ce qu'ils finissent par se lasser. Deux fois, le nom de Mike fut mentionné et, malgré moi, je lus ce qu'il avait dit. Les deux fois, il parla de compromis. Les deux fois, j'entendis sa voix aussi clairement que s'il avait parlé, et me demandai comment une personne pouvait en dire autant et en penser si peu.

Laissez-moi vous parler des baleines à bosse. La première fois que j'en vis une, j'avais huit ans. J'étais en vacances, à la pêche avec ma tante Kathleen et maman, qui n'aimait pas ça, mais refusait de me laisser seule à bord avec ma tante. Sa grande sœur Kathleen, se moquait-elle, était capable de tout oublier face à un gros poisson, et elle ne tenait pas à ce que je passe par-dessus bord quand elle en remonterait un. Aujourd'hui, je pense que c'était un prétexte pour passer du temps avec sa sœur – à l'époque, elles habitaient déjà sur des continents différents depuis plusieurs années, et la distance les affligeait toutes les deux.

J'adorais ces vacances. J'aimais ce sentiment de sécurité que procurait l'immersion dans une famille que j'ignorais avoir. Je n'avais pas de père en Angleterre ; ma mère qualifiait Ray McCullen de « négligent ». Ma tante utilisait des termes un peu plus croustillants, jusqu'à ce que ma mère secoue la tête pour qu'elle s'arrête d'employer ce genre de vocabulaire devant moi. On ne pouvait en parler devant personne d'autre, évidemment. J'avais été élevée par des femmes, par ma mère en Angleterre et, lorsque l'on nous envoyait l'argent nécessaire, par tante Kathleen et ma grand-mère en Australie. La mère de Kathleen, que je ne me rappelle que vaguement, était une femme un peu éteinte, qui cuisinait et élevait sa famille, puis, une fois sa tâche acquittée, semblait un peu perdue. Une femme de son temps, aurait dit Kathleen. Mes souvenirs d'elle datent de mes deux voyages en tant qu'enfant. Je garde l'impression d'une présence bienveillante, distante, dans les pièces arrière de l'hôtel, absorbée par les feuilletons télévisés ou me posant des questions peu adaptées à mon âge.

Tout le monde s'accordait à dire que Kathleen était la fille de son père. Elle était toujours en train de s'agiter, à vider un poisson ou à m'entraîner furtivement dans le musée des baleiniers, ce qui, pour une enfant de huit ans, était le summum de la liberté. Ma mère, d'une bonne quinzaine d'années plus jeune, paraissait toujours la plus mûre des deux, sur son trente et un, coiffée et maquillée. Kathleen, avec ses pantalons usés et ses cheveux en bataille, son langage cru et ses histoires de requins, fut pour moi une révélation. Son statut d'idole fut scellé lors de notre seconde visite, quand elle m'emmena pêcher avec ma mère, et qu'un visiteur inattendu se joignit à nous.

Elle était en train de m'expliquer comment enrouler les mouches dans un petit morceau de tissu et les attacher à la ligne, quand, à moins de cinq mètres de nous, sans autre bruit que celui de sa montée à la surface, une énorme tête noir et blanc apparut. J'arrêtai de respirer, et mon cœur se mit à battre si fort que je crus que cette créature terrifiante allait l'entendre.

— Tante Kathleen, chuchotai-je.

Ma mère dormait dans une couchette, sa bouche couverte de rouge à lèvres entrouverte. Je me souviens de m'être demandé s'il ne valait pas mieux être endormi au moment de mourir, histoire de ne se rendre compte de rien.

— Qu'est-ce… Qu'est-ce que c'est que ça ?

Je croyais sincèrement que nous nous apprêtions à être dévorées. J'étais certaine de voir ce que je prenais pour des dents et son œil, énorme et calculateur. J'avais observé les gravures anciennes d'animaux marins malveillants, et repensais à la coque du *Maui II* coupée en deux dans le musée, témoignage de la colère de la nature contre l'homme. Ce monstre avait l'air de nous jauger comme si nous étions un morceau de choix.

Ma tante ne jeta qu'un coup d'œil distrait, puis retourna à ses appâts.

—Ceci, mon trésor, n'est qu'une baleine à bosse. Ne fais pas attention à elle, elle est juste curieuse. Elle s'en ira bien assez tôt.

Elle n'y porta guère plus d'intérêt qu'à une mouette. Et, effectivement, quelques instants plus tard, la gigantesque tête glissa de nouveau sous les vagues et la baleine disparut.

C'est ce que j'adore chez elles : malgré leur force, leur puissance musculaire, leur apparence menaçante, il n'y a pas plus inoffensif. Elles viennent voir, puis s'en vont. Si elles ne vous apprécient pas, elles vous le font savoir clairement. Si elles estiment que vos passagers accordent un peu trop d'importance aux dauphins, elles entrent dans la baie et détournent jalousement l'attention. Il y a dans leur attitude quelque chose de presque enfantin, d'espiègle. Comme si elles ne résistaient pas à l'envie de savoir ce qui se trame.

Il y a longtemps, les premiers baleiniers les appelaient les « baleines enchantées » ; quand je commençai à travailler dans les excursions, il y a cinq ans, je découvris que ce surnom leur allait bien. Un jour, je tombai sur une baleine nageant sur le dos en train d'agiter une nageoire. Le lendemain, une autre se projeta droit dans les airs et effectua une pirouette telle une gigantesque ballerine, pour le simple plaisir.

Je suis certaine de n'avoir jamais été considérée comme « enchantée », mais Kathleen me dit un jour que, si je ressentais un tel lien avec ces animaux, c'est que nous étions des êtres solitaires. Il n'existe pas de lien entre mâle et femelle chez les baleines – pas de lien durable, en tout cas. Le mâle ne joue aucun rôle parental. Les femelles ne sont pas monogames, mais sont des mères admirables. J'en ai vu une risquer de s'échouer pour encourager son petit vers des eaux plus profondes. J'ai entendu les chants d'amour et de deuil s'élever dans le silence des profondeurs de l'océan, et j'ai pleuré avec elles. Toute la joie et la douleur d'une mère prisonnière du cœur de ses petits retentissent dans ces chants.

Quand Letty est morte, je pensais ne plus jamais être heureuse. Il n'y a aucune rédemption possible à la perte d'un enfant, aucune leçon à en tirer. C'est trop lourd, trop accablant, trop noir pour l'exprimer. C'est une douleur physique si glaciale et écrasante, d'une intensité si épouvantable, que chaque fois que vous avez l'impression d'avoir avancé de quelques centimètres, elle vous submerge de nouveau, tel un raz de marée, pour vous noyer encore.

Si l'on est responsable de la mort de cet enfant, les jours où l'on peut sortir la tête de l'eau se font encore plus rares. J'eus du mal au début à me rappeler que j'avais deux filles. Je remercie Hannah pour ma vie actuelle, mais, dans les semaines qui suivirent notre arrivée ici, j'étais tellement perdue que je n'avais rien à lui donner. Aucune consolation, aucun réconfort physique, pas d'amour. J'étais enfermée dans un univers inaccessible, un endroit si horrible que je pense avoir éprouvé le besoin de lui éviter de s'en approcher trop près.

C'est alors que j'entrevis la mer comme une délivrance. Je ne la regardais pas comme une source de beauté ou une continuité réconfortante, mais comme un alcoolique considère une bouteille planquée : je savourais le fait qu'elle était là et le soulagement potentiel qu'elle pourrait me procurer. Car il n'existait pas un seul instant où la mort de Letty ne me hantait pas, entre mon réveil et mes nuits décousues remplies de cauchemars. Je percevais son corps contre le mien, je sentais le parfum de miel qui se dégageait de ses cheveux et me réveillais en hurlant devant la vérité. J'entendais sa voix dans le silence, ma tête pleine des cris déchirants de notre séparation. Il y avait un vide entre les bras où elle aurait dû être qui s'était transformé en abîme malgré la présence de mon autre fille.

Kathleen n'est pas idiote. Elle devina mes intentions quand je commençai à m'intéresser au bateau. Ma dépression me masquait l'idée que je pouvais être prévisible. Un après-midi, alors que nous jetions l'ancre au large du cap, elle sécurisa l'*Ismahel*, se retourna et me dit d'une voix mordante :

— Eh bien, vas-y.

Je la regardai fixement. C'était une journée ensoleillée, et je me souviens d'avoir pensé qu'elle n'avait pas mis de crème solaire.

— Vas-y. Saute. C'est ce que tu as prévu de faire, non ?

Je croyais être devenue insensible, mais c'est comme si elle m'avait frappée à l'estomac.

Elle se retourna et me fixa de ses yeux perçants.

— Tu m'excuseras si je ne regarde pas. Je ne veux pas avoir à mentir à ta fille sur ce qui est arrivé à sa mère. Si je ne regarde pas, je pourrai prétendre que tu es tombée par-dessus bord.

Je toussai, et l'air continua à s'échapper de ma poitrine sans que je parvienne à dire un mot.

— Cette petite fille a déjà traversé trop d'épreuves, poursuivit Kathleen. Apprendre que tu ne l'aimais pas suffisamment pour rester avec elle l'achèvera. Donc, si tu as décidé d'en finir, vas-y pendant que j'ai le dos tourné. Je ne veux pas vivre sur les nerfs pendant les six prochains mois à me demander comment je vais lui éviter ça.

Je n'arrivais pas à parler, mais ma tête oscillait lentement de gauche à droite, comme si je voulais la convaincre, me convaincre, que je n'allais pas faire ce qu'elle prédisait. D'une manière ou d'une autre, je choisis de vivre. Mon corps avait pris cette décision alors que mon esprit hurlait encore : comment vais-je y parvenir ? Comment peut-on vivre en souffrant autant ? Un instant, l'idée de continuer avec toute cette douleur en moi me parut écrasante.

C'est alors que nous les vîmes : sept baleines, leurs corps luisants d'eau de mer tandis qu'elles s'élevaient et redescendaient autour du bateau de Kathleen dans un rythme gracieux, une ondulation continue. Après avoir circulé autour du bateau, elles plongèrent. Chacune émergea brièvement, puis disparut sous les flots.

Ce spectacle me détourna de mes idées les plus noires. Plus tard, pourtant, lorsque nous fûmes rentrées et que je pris dans mes bras ma pauvre petite fille éplorée mais vivante, je me rendis compte que, même si j'étais sceptique vis-à-vis des « signes », j'avais reçu un message. Il évoquait la vie, la mort et les cycles, l'insignifiance des choses, peut-être la conviction que tout finit par passer.

Un jour, je retrouverai ma Letty, mais ce n'est pas moi qui déciderai de l'heure.

Si Dieu existe, me dit parfois Hannah quand nous sommes seules dans le noir, Il comprendra. Il saura que je suis quelqu'un de bien. Alors je serre ma fille tout contre moi et j'imagine que peut-être, seulement peut-être, sa courte existence en est une preuve.

Depuis ce jour, sur le bateau, je n'ai jamais eu de difficulté pour trouver des baleines à bosse – Kathleen ne cesse de répéter que je les flaire, et, aussi étrange que cela paraisse, ce n'est pas totalement faux. Je suis mon instinct, fixe les vagues dans l'espoir que l'une d'entre elles se métamorphosera en une tête ou une nageoire. Neuf fois sur dix, elles apparaissent pour moi.

Vers la fin de cet hiver-là, il se produisit quelque chose d'étrange. Cela commença avec les claquements. Quand une baleine envoie un avertissement aux hommes ou à ses congénères, elle se lance dans le claquement du pédoncule caudal, elle agite violemment l'eau ou parfois se contente de frapper la surface avec le plat de sa queue, générant un son qui se répercute à des milles à la ronde. On l'observe rarement – on ne cherche pas à fâcher les baleines –, mais il me sembla soudain reconnaître ce comportement chez toutes celles qui firent surface.

Puis, au moins deux semaines avant la fin prévue de leur passage, elles disparurent. Sans doute fut-ce le fait de la recrudescence de bateaux ; peut-être ont-elles senti que les choses changeaient et choisirent de ne plus nous honorer de leur présence. Quoi qu'il en soit, les opérateurs de la Whale Jetty trouvèrent de plus en plus difficile de les localiser, alors que, à cette période, nous aurions dû en voir au moins deux ou trois par excursion. Au début, nous peinâmes à nous l'avouer les uns aux autres, car on se fait un point d'honneur à repérer une baleine, et seuls ceux comme Mitchell Dray sont pendus aux basques de tous les autres. Quand nous finîmes par nous en parler, chacun découvrit que son cas n'était pas unique. À la mi-septembre, c'était devenu si difficile que les deux *Moby* se reportèrent sur les dauphins. C'était moins lucratif, mais cela générait moins de déception pour les clients et surtout moins de remboursements.

Puis les dauphins disparurent à leur tour. Certains jours, il y en avait si peu que nous redoutions de les harceler. Vers le mois d'octobre, j'étais le seul bateau à sortir quotidiennement, plus par espoir que dans une quelconque expectative. La mer, sombre et houleuse, semblait hostile, même quand il faisait beau. Je ressentis l'absence des baleines comme celle de tous ceux que j'aimais. Je n'arrivais pas à croire qu'autant d'animaux marins nous aient simplement abandonnés, qu'ils aient changé leur comportement séculaire sur un coup de tête. Chagrinée par les événements des dernières semaines, sans doute déséquilibrée par le vide, je me surpris un jour à hurler alors que j'étais sortie seule. Je restai derrière la barre, ma voix se réverbérant sur les vagues, ignorée des créatures qui nageaient peut-être sous moi, se cachant d'un monde de plus en plus inamical.

— Que suis-je censée faire ? criai-je jusqu'à ce que Milly se lève sur la passerelle et couine.

Je savais que c'était ma faute, j'avais failli à mes devoirs envers les animaux marins comme envers mes enfants. Et ma question s'envola dans le vent :

— Que suis-je censée faire ?

À 16 heures le dernier jeudi de septembre, John John appela pour dire que M. Gaines avait eu une crise cardiaque. Ma tante Kathleen était une femme forte. On ne l'appelait pas la Fille au Requin pour rien. Ce fut la première fois que je la vis pleurer.

16

Mike

La chambre d'amis de Monica n'en avait que le nom et était tout sauf aménagée pour en recevoir. L'appellation de chambre ne venait que du fait que, en plus des quatorze cartons, des deux guitares électriques, du vélo tout-terrain, des quarante-neuf paires de chaussures, de la commode en pin des années 1960, des posters encadrés de groupes de rock dont je n'avais jamais entendu parler et du train électrique de mon enfance, il y avait un lit de camp.

— Je t'aménagerai un espace, m'avait-elle promis quand j'en étais arrivé à la conclusion qu'il était absurde financièrement de loger à long terme à l'hôtel et lui avais timidement suggéré de m'installer chez elle.

Cependant, dans l'univers de Monica, cela ne signifiait pas se débarrasser de quelques cartons ni ranger le vélo dans les parties communes de l'immeuble, mais seulement remplir un ou deux sacs-poubelles de vêtements, afin de laisser de la place pour ouvrir le lit de camp.

Je dormais là, nuit après nuit, avec les ressorts qui s'enfonçaient dans mon dos à travers le matelas en mousse, dans l'odeur de cuir des vieilles chaussures de ma sœur qui se répandait dans la pièce poussiéreuse, comme une sorte de pénitence pour la pagaille que j'avais semée dans ce qui me paraissait à une certaine époque une vie presque idéale.

J'avais une ex-fiancée dont la haine qu'elle me vouait n'avait d'égale que sa détermination à faire avancer le nouvel hôtel dont je refusais l'existence. Je n'avais plus de maison depuis qu'elle m'avait informé par lettre dactylographiée que le moins qu'elle pût attendre de moi était que je l'autorise à me racheter ma part ; *idem* pour la voiture. Elle m'avait promis un prix de marché, et j'avais simplement accepté sans prendre la peine de vérifier à quoi cela correspondait. Cela n'avait plus aucune importance, et, si elle se sentait mieux en m'ayant escroqué de quelques milliers de livres, grand bien lui fasse.

Au bureau, je n'avais plus qu'un rôle de fantoche et, bien qu'ayant conservé mon titre d'associé, je n'étais plus consulté sur aucune affaire. À partir du moment où Vanessa m'avait contredit lors de la réunion sur le projet de Silver Bay, mon autorité s'en était fatalement trouvée ébranlée. Je découvris que certaines réunions cruciales auxquelles je n'avais pas été convié se déroulaient au pub et que des messages qui m'étaient destinés avaient été détournés vers d'autres. Dennis m'ignorait. Même Tina, pressentant sans doute mon statut amoindri, ne me trouvait plus aucun attrait. Tout cela me laissait avec deux solutions possibles : me battre pour m'accrocher à mon boulot en écrasant quiconque se mettait en travers de mon chemin pour reprendre ma place de salaud d'arriviste, comme Dennis le formulait élégamment, ou quitter la place et aller proposer ce qu'il me restait de réputation à un promoteur concurrent. Aucune des deux options ne me satisfaisait.

Le pire était les réunions avec Vallance, pendant lesquelles je lisais les documents et observais de loin les progrès du projet qui ruinerait Silver Bay et la vie de ceux que j'avais connus à l'hôtel. Les bulldozers avaient rasé la propriété des Bullen. Une enquête d'urbanisme était en cours, et on nous assurait qu'elle serait soldée en un clin d'œil. Dennis ne me gardait qu'à cause de Vallance; s'il perdait un de ses collaborateurs clés en ce moment décisif, ils y regarderaient à deux fois.

Je savais également que, pour sauver ma carrière au-delà de cette affaire, je devais m'affûter. Mais j'étais tétanisé, incapable d'utiliser ma rigueur analytique, paralysé par l'indécision et la culpabilité.

Nuit après nuit, je restais étendu sur le lit de camp sans trouver le sommeil, envahi par les restes de la vie d'un autre, attendant que la mienne veuille bien de nouveau faire sens.

Une chose était claire : Vanessa m'avait libéré à l'instant même où elle avait affirmé qu'elle souhaitait que le projet continue. Toute particule d'amour avait alors disparu de son regard, et la profondeur de son hostilité me dégrisa.

—Merde, alors. Tu ne peux pas lui en vouloir.

Monica me tendit un verre de vin. L'une des conditions de mon séjour chez elle était que je monte la commode qu'elle avait achetée quelques semaines auparavant. J'étais donc assis, entouré d'une pile de planches et de sachets de vis. Dans l'intérêt d'une ingénierie efficace, j'aurais dû arrêter le vin plus tôt.

J'avais pas mal bu ce dernier mois – en fait, j'étais soûl la plupart du temps. Non que quiconque ait pu s'en apercevoir. Je n'étais pas comme Greg, bruyant, tapageur, accaparant. J'avais le vin discret. Le troisième double whisky descendait en toute subtilité. Le verre de vin se transforma en une bouteille et demie. Je n'étais pas sujet à la dépendance, mais les ruptures ne siéent pas aux stéréotypes du comportement masculin. Nous n'avons pas de bandes de copains pour nous soutenir et analyser sans relâche l'attitude de notre précédent partenaire. Nous ne plongeons pas dans des bains aux huiles essentielles, entourés de bougies parfumées pour nous pomponner, ni ne lisons d'articles dans les magazines pour aller mieux. Nous allons au pub ou nous asseyons devant la télévision avec un verre ou deux.

—Je ne lui en veux pas, rétorquai-je. Je sais que tout vient de moi.

—Mon frère, le baiseur en série, hein ? Attention à cette vis, tu vas la perdre.

—Je ne suis pas un baiseur.

—Un bécoteur, se moqua-t-elle. Va pour le bécoteur en série.

Je ne pus m'empêcher de rire à mon tour. Cela sonnait tellement ridicule.

—Tu vois ? fanfaronna-t-elle en pointant sa cigarette vers moi. (Elle était assise en tailleur sur le tapis.) Tu ne l'aimais pas tant que ça, sinon tu serais anéanti. J'avais raison.

—Tu n'as pas de cœur, l'accusai-je.

Pourtant, elle avait sans doute raison. Il faut reconnaître que je ne me sentais pas bien, coupable, un peu sur les nerfs, mais je ne buvais pas à cause de Vanessa. Je buvais parce que je ne savais plus qui j'étais. Je n'avais pas seulement perdu des biens matériels – l'appartement, la voiture, ma position à Beaker Holdings –, mais aussi ce qui me définissait : ma capacité d'analyse, mon énergie, la priorité stratégique que j'accordais aux affaires. Mon ambition. Je n'étais pas certain d'apprécier les traits de caractère qui avaient récemment fait irruption chez moi.

Je buvais pour une raison qui surpassait toutes les autres : par inadvertance, j'avais détruit la vie de trois personnes qui n'avaient aucun moyen de se battre.

—Que dois-je faire, Monica ? Comment puis-je arrêter cela ?

Je lâchai le tournevis sur le sol à côté de moi.

— Quelle importance cela a-t-il ? demanda-t-elle en le ramassant avant de se plonger dans la lecture des instructions. Tu risques de perdre ton boulot.

J'observai les planches devant moi qui ne ressemblaient même pas à du bois, puis le minuscule appartement désordonné à travers les murs duquel nous parvenait le bruit des voitures. Mon chez-moi me manquait.

— C'est important, c'est tout, répondis-je.

— Mikey, que s'est-il donc passé là-bas ? Tu es parti tel un tueur et tu reviens complètement déboussolé.

Alors je lui racontai. Tout. Et le plus étrange fut que, au fil de mon récit, je me rendis compte de ce qu'il se produisait. En deux heures et quelques verres de vin supplémentaires, je restai assis avec ma sœur, dans son appartement exigu et brouillon de Stockwell, à parler jusqu'au petit matin. Je lui parlai de Kathleen et de l'hôtel, de Hannah, de Liza et des chasseurs de baleines, et tandis que je lui racontais, ils reprirent vie en moi. Brièvement, j'eus l'impression de retourner là-bas, au grand air, avec le bruit de la mer dans les oreilles et le vent salé sur ma peau. Je lui parlai de la mort de Letty, du baleineau et de ce que j'avais entendu quand Liza avait plongé le micro dans l'eau. Quand j'arrivai au moment où j'avais aperçu la fine silhouette blonde dans le rétroviseur, je compris.

— Je suis amoureux, avouai-je. (Les mots m'avaient échappé. Je m'adossai, hébété, contre le canapé et les répétai.) Mon Dieu, je suis amoureux.

— Alléluia ! s'exclama ma sœur en tirant sur sa cigarette. Je peux aller me coucher maintenant ? J'attendais que tu aboutisses à cette conclusion depuis que tu es venu habiter ici.

Le bâillement de Dennis Beaker ressembla au bruit d'un chien le matin. C'était un son unique, impossible à imiter, que je connaissais bien. Il utilisait cette tactique lors de présentations par des subalternes ou des concurrents, ou quand quelqu'un essayait de dire quelque chose qu'il ne voulait pas entendre. Ce qui arrivait fréquemment.

Enfoncé dans son fauteuil en cuir, il bâilla si largement que je pus compter les couronnes de sa mâchoire supérieure.

— Excuse-moi, Mike. Qu'est-ce que tu voulais me dire ?

Je me tenais en face de lui et répétai d'une voix égale :

— Je pars.

J'avais prévu un discours que j'avais affiné au fil des nuits d'insomnie, mais il s'avéra que ces deux mots furent tout ce que j'avais envie de prononcer.

— Quoi ?

— Je l'ai écrit noir sur blanc. Je donne ma démission.

Le bâillement de Dennis s'arrêta net. Il me regarda par en dessous, puis se recala dans son fauteuil.

— Ne sois pas ridicule, lâcha-t-il. Nous avons l'affaire Carter qui sort au printemps. Tu t'en occupes depuis le début.

Je haussai les épaules.

— Je me fiche de l'affaire Carter. J'espère que vous me laisserez partir immédiatement. Je renonce à mon salaire.

— Ne te fous pas de ma gueule, petit Mikey. Je n'ai pas de temps à perdre.

— Je suis on ne peut plus sérieux.

— On se reparle dans l'après-midi. Va faire un tour. J'attends un appel de Tokyo.

— Je ne serai plus là.

Il se rendit compte que j'étais décidé, mais se demanda à quel jeu je jouais.

— Est-ce une question d'argent ? Je t'ai déjà dit que ton salaire serait révisé en janvier.

— Ça n'a rien à voir.

— Il y aura également une meilleure mutuelle. Une couverture bien plus large. La chirurgie esthétique, si ça te chante. Tu n'auras même pas à cotiser.

Le col de ma chemise me gênait, et je luttai contre l'envie de desserrer ma cravate.

— C'est à cause de Vanessa ? Tu crois que je veux te forcer à partir ?

— Vous voulez que je parte, mais ce n'est pas à cause de Vanessa. Écoutez… Je sais que mon départ ne vous arrange pas, tant que Vallance hésite.

— Qui te dit que Vallance hésite ?

— Je ne suis pas un imbécile, Dennis. Je sais reconnaître les signes.

Il attrapa un crayon et scruta la pièce. Finalement, il hocha la tête à contrecœur.

— Oh, assieds-toi, pour l'amour de Dieu.

Londres n'était pas beau cet automne-là : le ciel bas, menaçant et boudeur. Il pleuvait à torrents. Les nuages descendaient parfois si bas sur les immeubles que j'en devenais claustrophobe. Mais les saisons ne m'importaient guère, étant donné le peu de temps que je passais dehors. Il m'arrivait de porter un manteau pendant les mois d'hiver, et une chemise plus légère en été, mais, enfermé jour après jour entre le double vitrage et l'air conditionné, n'utilisant que le métro ou les taxis, il pouvait se passer des années sans que j'aie besoin de m'adapter le moins du monde au climat.

Je m'assis. Des klaxons et une altercation me parvinrent depuis l'extérieur. En temps normal, Dennis aurait adoré une bonne bagarre et se serait précipité toute affaire cessante à la fenêtre pour regarder. Mais là, il examinait ses mains. En attente. En pleine réflexion.

— Écoutez, Dennis, je suis désolé pour Vanessa, finis-je par dire. Je n'ai jamais voulu lui faire de mal.

Son attitude changea alors. Il voûta les épaules et se pencha vers moi, le visage adouci.

— Elle s'en remettra, déclara-t-il. Elle trouvera quelqu'un de mieux. Je devrais être plus en colère contre toi vu qu'elle est ma fille, mais je suis parfaitement au courant que Tina est une délurée. J'ai failli me faire avoir deux ou trois fois moi-même. C'est parce que la mère de Vanessa possède pratiquement tous nos biens que je n'ai jamais osé. (Il eut un petit rire.) Elle m'a aussi menacé d'utiliser mes roubignolles comme presse-papiers. (Il soupira longuement et me lança son stylo.) Merde, Mike. Comment en est-on arrivé là ?

Je l'attrapai et le replaçai devant lui sur le bureau.

— Je ne peux pas faire partie de cette opération, Dennis. Je vous l'ai déjà dit.

— Pour quelques poissons de malheur ?

— Il ne s'agit pas que des baleines. C'est un ensemble. Nous allons détruire la vie de gens.

— Cela ne t'a jamais dérangé.

— Peut-être que cela aurait dû.

— Tu ne peux pas protéger les gens du progrès. Tu le sais.

— Qui parle de progrès dans notre cas ? Certaines personnes ont besoin de protection.

— Ce n'est qu'un hôtel, Mike, pas une usine de déchets nucléaires.

— Cela aurait tout aussi bien pu l'être, étant donné les dégâts qu'il va causer.

Je voyais bien qu'il n'était pas d'accord. Il secoua la tête, hachura son bloc puis me regarda.

— Ne fais pas ça, Mike. J'admets t'avoir laissé en dehors du coup depuis que tu es rentré, mais tu t'es escrimé à en faire une croisade à la con. Je ne peux pas te faire confiance si tu ne marches pas cent pour cent avec moi.

— Je suis avec vous Dennis, mais pas sur ce projet.

— Tu sais très bien que nous sommes allés trop loin pour faire machine arrière.

— Faux. Nous avons réservé deux autres sites. Les deux sont viables et vous le savez.

— Ils sont plus chers.

— Pas si nous déduisons le coût du S94. J'ai fait l'étude.

— Nous continuons ainsi, que ça te plaise ou non.

Il s'excusait plutôt que n'imposait, et je compris soudain que cela n'avait rien à voir avec les affaires : c'était à cause de Vanessa. Il pouvait me pardonner, mais porter publiquement atteinte à sa fille, c'était trop lui demander.

— Je suis navré, Mike. Nous poursuivons l'opération comme prévu.

Je secouai la tête avec regret.

— Alors je suis obligé de vous quitter. (Je me levai et lui tendis la main.) Je suis vraiment désolé, Dennis. Plus que vous ne le pensez.

Comme il ne me serrait pas la main, je me dirigeai vers la porte.

Sa voix s'éleva avec une note d'exaspération :

— Tout cela est ridicule. Tu ne peux pas ruiner une si belle carrière pour quelques poissons. Allez, mon garçon. Nous sommes amis, n'est-ce pas ? Nous pouvons surmonter cette épreuve.

J'hésitai devant la porte. Bizarrement, sa voix reflétait mon sentiment : un regret presque plus puissant que celui que j'avais ressenti en quittant Vanessa.

— Je suis désolé, répétai-je.

Quand j'ouvris, il me lança :

— Tu ne vas pas te battre contre moi là-dessus, Mike. (C'était autant une question qu'une déclaration.) Pars si tu veux, mais ne va pas essayer de bousiller mon chantier.

J'avais espéré qu'il n'irait pas sur ce terrain-là.

— Il m'est impossible de rester assis sans rien faire, affirmai-je en ravalant ma salive.

— Je te tordrai le cou s'il le faut.

Il hocha la tête de façon à être certain que je reçoive le message.

— Je sais.

— Je te grillerai dans la City. Tu ne trouveras plus jamais de boulot ici.

— Je sais.

— N'espère pas que je me retienne. Tu sais ce dont je suis capable.

J'acquiesçai. Plus que quiconque, je le savais.

Nous nous fixâmes.

— Eh, merde.

Dennis s'avança vers moi et me prit dans ses pattes d'ours, jusqu'au moment où la voix de Tina se fit entendre dans l'interphone pour annoncer l'appel de Tokyo.

Je retrouvai Monica dans un bar proche de son journal. Elle s'était échappée pour un verre, mais m'avait averti qu'elle retournerait à son bureau jusque tard dans la soirée, car elle était sur un gros coup. Je ruminais toujours mon rendez-vous avec Dennis quand je lui demandai, plutôt par politesse qu'intérêt réel, quel en était le sujet. Elle avait grommelé quelque chose de vague à propos d'une fraude agricole et des subventions de la CE, puis eut l'air fâché.

— Je déteste les sujets financiers. Tu passes des semaines à essayer de comprendre des chiffres et, quand tu écris ton article, tout le monde s'en fiche parce qu'il n'y a pas d'intérêts humains en jeu.

— Tu veux que je t'aide ? proposai-je. Je ne suis pas expert-comptable, mais je me défends avec les tableaux.

Elle sembla un peu désarçonnée.

— Si je suis coincée, je rapporterai le dossier à la maison pour que tu y jettes un coup d'œil.

Un des avantages inattendus de la faillite de ma vie personnelle fut de découvrir que nous nous aimions bien, ma sœur et moi. Je la trouvais toujours trop caustique, ambitieuse et chaotique. Ses goûts masculins étaient également consternants. Mais je compris que, sous le sarcasme, se cachait un manque de confiance en soi. Elle devait une bonne part de son ambition à un grand frère qui avait gravi les échelons de sa carrière sans effort, ainsi qu'à des parents qui, à ma grande honte, avaient utilisé avec acharnement et sans réfléchir ce succès contre elle. Elle aurait aimé avoir un petit ami plus qu'elle n'était disposée à l'admettre, mais plus elle vivait seule, moins elle laissait de place à une relation. Si nous restions proches, si nous étions aptes à laisser cette porte ouverte, j'aurais une conversation avec elle. Un jour.

— Tu as apporté les photos ?

Je lui tendis la pochette. Elle regarda les clichés tête baissée en les orientant vers la lumière.

— J'ai réfléchi à tout ça, et la publicité reste ta meilleure chance. Si tu penses que Vallance a peur d'une mauvaise image, tu dois trouver un chef de file efficace pour s'opposer au projet, un porte-parole, ensuite tu travailles sur deux niveaux, local et national.

— Ce qui veut dire ?

— Sur le plan local, dépliants, affiches, presse régionale. Essaye de générer un mouvement de fond d'opposition. Sur le plan national, ou même international, trouve deux ou trois personnes bien placées susceptibles de t'obtenir une couverture télé. Tu pourrais peut-être impliquer un expert de la faune et de la flore, ou te servir de nouvelles recherches. Cela ne devrait pas poser de difficulté. Est-ce qu'il existe une association de préservation des baleines qui pourrait t'aider ?

Je pris des notes. J'avais devant moi une Monica que je ne connaissais pas, et ses compétences étaient précieuses.

— Association pour la préservation des baleines, murmurai-je. Et des dauphins aussi ?

Elle leva une photo que Hannah avait prise de Liza sur la Whale Jetty. Elle penchait la tête en souriant à l'objectif, comme elle souriait souvent à sa fille – débordante de chaleur et d'amour. Contrairement à d'habitude, ses cheveux étaient détachés, le chien la regardait avec adoration.

— C'est elle ?

J'acquiesçai, réduit temporairement au silence.

— Elle est jolie. Elle ressemble un peu à cette fille des documentaires animaliers à la télé.

Je n'avais pas la moindre idée de qui elle voulait parler.

Elle me rendit les photos et laissa son doigt sur Liza au sommet de la pile.

— Tu dois la convaincre de se mettre en avant. Fais-en le fer de lance de la campagne. Elle est belle, alors que la plupart des gens s'attendront à un bon samaritain crado. Je pourrai sûrement lui obtenir un article ou deux. Ajoute-lui la vieille dame et tu auras encore une meilleure chance. Mets en avant les valeurs familiales dans le *Sunday Times*. Tu n'as pas parlé de vieux articles sur elle ?

— Je peux les ressortir par Internet.

— Si rien n'a été écrit sur elle depuis, ça peut faire un sujet. Est-ce que j'ai parlé des radios locales ? Oh, mon Dieu. Écoute, avant tout, tu as besoin d'un communiqué de presse, quelque chose à envoyer à tous les médias avec tes coordonnées bien visibles. Ensuite, frérot, à toi de jouer les gros bras. Tu dois te battre.

— Moi ? (Elle leva la tête vers moi.) Je demandais comment eux devaient s'y prendre.

— Tu ne vas pas les aider ?

— Eh bien, je ferai ce que je peux d'ici.

La déception gagna le visage de ma sœur.

Le barman nous demanda si l'un de nous désirait autre chose et, pendant un instant, elle sembla ne pas l'avoir entendu. Puis elle jeta un coup d'œil à sa montre et déclina l'offre.

— Lui non plus, ajouta-t-elle à mon intention.

— Ah bon ?

— Tu as dit que tu l'aimais, m'assena-t-elle d'un ton accusateur quand il fut parti.

— Ce qui ne veut pas dire qu'elle m'aime en retour, observai-je en avalant la dernière gorgée. En fait, je sais de source sûre qu'elle me déteste au plus haut point.

Ma sœur haussa les sourcils d'une manière qui me ramena en enfance. C'était une expression qui traduisait l'inutilité des garçons et son éminente supériorité. Une fois de plus, je me retrouvai confronté au fait que j'avais tout faux et qu'il fallait s'y attendre. Comme à l'époque, j'eus envie de la flanquer par terre et de m'asseoir dessus pour lui montrer qui était le chef.

Cependant, non sans agacement, je dus reconnaître que, cette fois, elle avait raison. Elle se redressa sur son tabouret de bar et croisa les bras.

— Mikey, tu peux m'expliquer pourquoi tu restes assis là ?

— Parce que je suis un crétin, incapable de prendre une décision pour sauver sa peau ?

Ma sœur secoua la tête.

—Oh non, objecta-t-elle en rigolant. Tu as pris ta décision. Tu es simplement trop bête pour t'en rendre compte.

Pour la première fois de ma vie, je ne fis pas d'étude comparative sur les différents vols. Je ne confrontai pas la place pour les jambes au prix du billet, ni ne vérifiai les avantages d'un programme de fidélité par rapport à la qualité des repas d'une compagnie aérienne. Je réservai le premier siège disponible pour Sydney. Puis, sans prendre le temps d'y réfléchir, je remplis une valise de quelques affaires, et ma sœur me conduisit à l'aéroport.

—C'est une bonne chose, me rassura-t-elle en lissant ma veste presque tendrement, avant de me laisser au dépose-minute. Vraiment. Une très bonne chose.

—Elle refusera de me parler.

—Eh bien, pour la première fois de ta vie, Mikey mon garçon, tu vas devoir y travailler.

La tension monta au cours du vol. Quand l'avion fit escale à Hong Kong pour faire le plein des réservoirs, je devins si agité qu'il était impossible que ce ne soit dû qu'au changement de fuseau horaire. Je n'arrêtai pas de penser à ce que j'allais lui dire quand je la verrais, cependant, aucune amorce ne semblait appropriée. En fait, ma présence serait incongrue. Avec Monica à des milliers de kilomètres derrière moi, le vague espoir de retrouvailles passionnées fondait comme neige au soleil.

Je n'avais pas tenu ma promesse à Kathleen, à savoir interrompre le projet, qui avançait plus vite que jamais. Malgré ce que j'éprouvais pour Liza, je restais le fourbe qu'elle avait démasqué : si Tina n'avait pas envoyé ce texto, me serais-je séparé de Vanessa ? Je pouvais toujours me leurrer sur le fait que notre rupture était prévisible, mais j'écoutais si peu mes sentiments qu'il était impossible de le tenir comme vérité absolue.

Les mots que j'avais répétés à l'intention de Liza étaient noyés sous d'autres voix. Celle de Hannah que j'entendais tinter si distinctement : « Mike, pourquoi nous avez-vous menti ? », puis celle de sa mère qui m'accusait d'imposture. Je songeai à la pâleur de Vanessa lorsqu'elle avait lu le message sur mon téléphone portable ; jamais je n'avais voulu infliger autant de peine à qui que ce soit.

Assis dans cet avion qui se dirigeait vers l'est, je découvris dès le premier film que je n'avais pas la moindre idée de ce que je faisais. Il était peu probable que Kathleen et Liza acceptent mon aide, même si je savais quoi faire pour arrêter le projet. Peu de gens seraient heureux de me voir. Je ne savais même pas où je logerais.

Je bus beaucoup, malgré les remarques de ma sœur, d'abord parce que c'était le seul moyen de me calmer et ensuite parce que le verre de vin m'occupait les mains. Je plongeai par intermittence dans un sommeil agité et accumulai les nœuds à l'estomac au fur et à mesure des kilomètres qui me rapprochaient de ma destination finale.

Quelques heures plus tard, je sortis de la voiture que j'avais louée pour rejoindre Silver Bay, me tins dans la lumière éclatante et luttai contre l'irrésistible envie de faire demi-tour.

La seule fois que je vis ma mère pleurer fut quand elle lança une bergère en porcelaine qu'elle adorait à la tête de mon père. Évidemment, elle se brisa – aucun bibelot fragile n'aurait résisté à une telle trajectoire. Quand la figurine se fracassa, ma mère se jeta au sol, ramassa délicatement les morceaux et sanglota comme si elle venait d'assister à un terrible accident. J'étais resté sur le pas de la porte, secoué par cette démonstration de désespoir, inhabituelle chez ma mère, et dégoûté tout à la fois. Mon père, la tempe ensanglantée, n'avait ni bougé du canapé ni prononcé un mot. On aurait dit qu'il assumait sa faute.

Il possédait une petite entreprise d'ingénierie que mes parents avaient gérée à la hippie, autorisant chacun à la parole et partageant les bénéfices. Aussi surprenant que cela puisse paraître, cela fonctionna plutôt pas mal pendant dix ans. L'entreprise se développa, tout comme l'ambition de mes parents. Ils décidèrent d'ouvrir un second site à une heure de là. Nous déménageâmes également – comme tout leur argent était réinvesti dans leurs affaires, ils furent enchantés de dénicher une grande maison de campagne pour un loyer dérisoire, vu son état de délabrement avancé. Le système d'eau chaude était capricieux et la moitié des pièces trop humides pour y vivre, mais c'était à une époque où ce manque de confort moderne n'était pas rare et le chauffage central pas une nécessité. Ma sœur et moi l'adorions. Nous passâmes cinq années à parcourir les bois, à dresser des camps dans les ailes abandonnées de la maison, ne nous préoccupant pas de la progression de l'humidité ni de la diminution du nombre de pièces habitables. Mes parents étaient si absorbés par leurs affaires qu'ils ne s'acquittaient que du strict minimum.

Finalement, les propriétaires nous annoncèrent qu'ils ne renouvelleraient pas le bail l'année suivante. « Ce n'est pas un drame », observa mon père. Il était probablement temps d'acheter notre propre maison.

On attira leur attention sur une clause restrictive. Mon père avait signé une convention de « remplacement et rénovation », qui impliquait de restituer la bâtisse dans un état qu'elle n'avait pas connu depuis plusieurs décennies. « Ne soyez pas ridicules, avait-il protesté. La maison était à peine habitable quand nous nous y sommes installés. » Mais le notaire se contenta de pointer du doigt le paragraphe écrit en petits caractères. Mon père aurait dû lire le bail. Il aurait dû prendre des photos et acter l'état initial de la propriété. Il ne pouvait plus discuter ce qui était écrit noir sur blanc. Le notaire lut un montant estimatif de travaux et mes parents comprirent qu'ils étaient ruinés. La bergère fut la première victime.

On nous envoya ma sœur et moi dans une école hostile, nous partageâmes la même chambre et, pendant des années, nous n'eûmes d'autres vacances que dans des caravanes empruntées, dans de misérables petites villes de bord de mer. La figurine de porcelaine resta longtemps pour moi le symbole de ce qu'il arrive quand on tombe dans le piège de pratiques déloyales, quand on croit que les gens ont une tendance naturelle à jouer franc jeu. Aujourd'hui, je vois les choses différemment. Mon père a remonté son affaire, qui est devenue une entreprise finalement plus prospère, grâce à une gestion sur des bases plus efficaces. Ma sœur et moi devons sans doute notre ressort et notre ambition au fait d'avoir été confrontés à l'adversité dès notre plus jeune âge.

Mes parents étaient toujours ensemble. La bergère avait été péniblement recollée et trônait sur la cheminée. « Elle nous montre ce qui est important », avait l'habitude de dire ma mère en caressant les fissures avec tendresse.

Cela peut paraître idiot, mais je me rends compte seulement aujourd'hui qu'elle ne parlait pas de la lecture des clauses restrictives.

Je frappai trois fois à la porte de derrière avant d'apercevoir le mot.

Lance, Yoshi : Servez-vous, nous sommes à l'hôpital. Rentrons bientôt. Merci de noter ce que vous prenez sur le cahier. L.

Je gardai le mot à la main un instant, le souffle coupé, puis me tournai vers la jetée. À part l'*Ismahel*, il n'y avait aucun bateau, alors qu'il n'était que 9 h 45. Liza et Kathleen ne rentreraient sans doute pas avant quelques heures. Je m'assis sur l'un des bancs, puis me dirigeai vers le restaurant MacIver et commandai un café. Mon corps ne voulait pas de café, il me disait qu'il était tard dans la nuit, contrairement à ce que mes yeux voyaient. Je n'en bus que la moitié.

— C'est vous, l'Anglais ?

Le propriétaire, un grand homme dans un tablier dégoûtant, me regardait d'un air interrogateur.

— Oui, répondis-je.

Il n'était pas utile de lui demander de quel Anglais il parlait.

— Le gars de la société de promotion immobilière, c'est ça ? Celui qui était dans les journaux ?

— Je suis seulement venu prendre un café tranquille. Si vous voulez débattre de cette affaire, je préfère partir, si cela ne vous dérange pas.

Je rangeai mon portefeuille dans ma poche et attrapai ma valise.

— C'est pas moi qui vous chercherai querelle, mon gars, affirma-t-il en attrapant une assiette qu'il essuya avec un torchon encore plus sale que son tablier. Je suis plutôt impatient. Heureux des affaires que ça va rapporter.

Je ne répondis rien.

— Contrairement à ce que disent les journaux, tout le monde n'est pas contre, vous savez. Il y a des tas de gens comme moi qui pensent que la ville a besoin d'investissements.

Je dus avoir l'air incrédule, car il continua et vint s'asseoir à ma table.

— J'ai beaucoup de respect pour les gars des baleines – Greg est un vieux copain –, mais, bon sang, je trouve qu'ils en font trop avec ces vieilles baleines. Ces gros poissons nagent dans cette baie depuis des millions d'années, et ce ne sont pas quelques malheureux jet-skis qui vont changer ça. Oh, pour sûr, elles vont peut-être se tenir à l'écart un moment, mais elles reviendront.

— Se tenir à l'écart ?

Il désigna la jetée avec son pouce.

— Oh, ils se plaignent tous qu'elles sont déjà parties. Comme si un poisson connaissait l'avenir. Je vous le demande !

— Qui est parti ?

— Les baleines. Aucune ne se montre plus. Ils ont dû arrêter l'observation plus tôt que prévu, et maintenant ils ne font plus que les dauphins. Je ne pense pas que ça fasse une grosse différence sur leurs bénéfices. Ils organisent deux excursions de dauphins contre une de baleines. Je ne sais pas de quoi ils se plaignent.

Je digérai l'information, puis je me tournai vers lui.

— Vous pourriez me servir un verre, s'il vous plaît ?

J'avais la sensation que la conversation à venir exigerait du courage puisé dans la bouteille.

Il souleva sa masse en posant ses deux mains qui ressemblaient à deux gros jambons, devant moi.

— Mon gars, je crois bien que vous autres allez m'accorder une grande faveur. Celui-là est pour moi.

Il me fallut presque une heure pour atteindre l'hôtel Silver Bay par la route du littoral. J'avais couru la distance plusieurs fois en moins de dix minutes. Habituellement, cela aurait dû en prendre vingt en marchant. Mais le décalage horaire malencontreusement combiné aux quelques whiskys qu'avait résolument continué à me servir mon nouveau meilleur ami Del avait eu raison d'une progression rectiligne. Je dus m'asseoir plusieurs fois sur ma valise pour réfléchir à la meilleure façon de continuer ma route. L'hôtel était là, à deux pas, mais semblait toujours s'éloigner, comme un mirage dans le désert. Je songeai à un moment donné à aller barboter – la mer était tentante et bien plus chaude que lors de mon dernier séjour –, mais décidai pour une obscure raison qu'il était important que je reste élégant. Qui plus est, je ne savais plus comment retirer mes chaussures.

Par deux fois, j'oubliai ma valise dans le sable et dus rebrousser chemin avec ce que cela entraînait de chutes. J'avais du sable partout, dans le nez, les cheveux et les chaussures, mais je gardais la main sur mon portefeuille, le tenant devant moi de façon à ne pas le perdre de vue. Mes parents m'avaient inculqué qu'il fallait s'accrocher à ses papiers lorsque l'on était dans un pays étranger.

Quand je parvins enfin à l'hôtel, l'euphorie me gagna ; je ne me rappelais pourtant pas pourquoi il était si important d'arriver là. Je lâchai ma valise, puis regardai le mot qui dansait sur la porte. J'essayai plusieurs fois de l'attraper pour l'obliger à se tenir tranquille.

Puis, soudain, je me sentis incroyablement fatigué et décidai de m'étendre. Les bancs en bois étaient trop étroits – je n'étais même pas certain de pouvoir tenir assis dessus, encore moins couché – et le sable, de ce côté de la plage, était semé de galets. J'arrivais tout juste à distinguer l'intérieur engageant du musée des baleiniers, à quelques pas de là, et m'y dirigeai en titubant pour y piquer un roupillon. À mon réveil, je me demanderais pourquoi j'avais atterri là.

Ce sont des cris qui me réveillèrent. D'abord, je crus qu'ils faisaient partie de mon rêve – j'étais en avion, et une hôtesse tentait désespérément de tirer tout le monde du sommeil, parce que, tant que nous ne battions pas tous des ailes, l'avion refuserait de décoller. Peu à peu, à travers le brouillard du décalage horaire et du whisky, je pris conscience que, même si l'hôtesse avait disparu, les cris se faisaient plus forts et mon bras était comme dans un étau.

— Lâchez-moi, marmonnai-je en essayant de lui échapper. Je ne veux pas de vos cacahuètes.

Quand j'ouvris les yeux, et après un temps d'adaptation à la lumière, je me rendis compte que je connaissais ce visage. Son ciré jaune battant au vent comme les ailes d'un grand oiseau, Liza McCullen se penchait au-dessus de moi. Elle me hurlait dessus aussi :

— Je n'y crois pas ! Comme si on avait besoin de ça ! Mike Dormer qui se pointe ici ivre mort. Et qui pue en plus. Vous savez que vous sentez le whisky à plein nez ? Et qu'est-ce qui vous prend de venir ici comme si vous étiez chez vous ?

Je fermai de nouveau les yeux, lentement, envahi par un calme étrange. Juste avant de sombrer complètement, j'aurais pu jurer voir Kathleen sourire derrière elle.

17

Kathleen

Il m'expliqua que je devrais me mettre en avant. Il en avait discuté avec sa sœur, qui était journaliste et savait ce genre de choses. Je pouvais devenir le personnage principal d'un article du genre « La Fille au Requin essaye de sauver les baleines ». Attirer l'attention serait notre meilleure chance de renforcer l'opposition à la promotion immobilière et devrait s'étendre plus loin que notre ville, vu le nombre de gens qui avaient l'air de se moquer du problème.

Il était inutile de réveiller toute cette histoire, et je refusai d'être l'objet d'articles dans les journaux. Il me regarda comme si j'étais devenue folle.

— Cela ferait plein de publicité. De la bonne publicité.

— Peut-être cela éveillera-t-il la curiosité de quelques personnes des environs, mais je ne vois pas comment une femme de soixante-quinze ans qui a attrapé un requin il y a des années pourrait susciter de l'intérêt. Mieux vaudrait laisser les choses telles qu'elles sont.

— Je croyais que tu avais soixante-seize ans.

Je fusillai Hannah du regard, ce qui à son âge m'aurait arrêtée net. Mais les jeunes d'aujourd'hui semblent bien oublieux de ce genre de choses.

— Kathleen, je vous ai dit que j'arrangerais tout cela et je fais de mon mieux. Mais nous devons avoir une stratégie et, croyez-moi, c'est la seule qui tienne debout pour l'instant.

Il fallut trois jours à Mike pour se remettre et, s'il avait encore l'air fatigué, il avait retrouvé cette stature si particulière, ce professionnalisme qui le caractérisaient quand il est arrivé ici la première fois. Il paraissait plus sérieux depuis son retour. Il était revenu pour nous sauver, nous avait-il annoncé avec ferveur, lorsque nous étions tombées sur lui dans le musée. Il est difficile de prendre un homme au sérieux, même un sauveur tant attendu, quand il est allongé par terre, soûl, les chaussures trempées et des algues jusque dans le nez. Il semblait avoir pris les choses très à cœur.

— J'ai pris l'avis d'un spécialiste des médias sur le sujet.

Il portait une chemise repassée. Peut-être pensait-il que nous l'écouterions plus attentivement ainsi.

— Mike, je sais que vous voulez bien faire et je suis touchée que vous ayez jugé bon de revenir pour nous aider. Mais je le répète, je ne veux pas faire remonter à la surface toute cette histoire de Fille au Requin. Elle m'a empoisonné la vie, et je refuse de devenir un quelconque centre d'intérêt.

— Je pensais que vous en étiez fière.

— Cela montre que vous ne savez pas tout.

— Tu devrais l'être, intervint Hannah joyeusement. (Elle avait été étonnamment heureuse de revoir Mike – certainement plus que sa mère.) Moi, je serais fière d'avoir tué un requin.

— Je ne crois pas que tuer soit jamais un acte dont on puisse s'enorgueillir, marmonnai-je.

— Alors utilisez la mort de ce requin pour sauver les baleines, reprit Mike en m'adressant un signe de tête.

— Je ne serai plus jamais la Fille au Requin. J'ai assez à faire pour ne pas remuer le passé.

Je pinçai les lèvres en espérant qu'il s'arrêterait là.

—Liza, alors, poursuivit-il.

Elle avait fait de son mieux pour l'ignorer jusque-là, cachée derrière son journal.

Cependant, remarquai-je, elle était dans la cuisine plutôt que dans sa chambre ou à bord de l'*Ismahel*, son refuge habituel.

—Liza quoi ? demanda-t-elle sans lever la tête du journal.

—Vous seriez une fantastique figure de proue dans cette campagne.

—Pourquoi ?

—Eh bien… les femmes capitaines ne courent pas les rues. Vous savez beaucoup de choses sur les baleines. Vous êtes… (Là, il eut l'élégance de tousser et de rougir.) Vous êtes une belle femme. J'ai appris comment tout cela fonctionnait et…

—Non, coupa-t-elle brutalement.

Je me tins immobile près de l'évier, attendant la suite.

Après un temps, elle ajouta, légèrement sur la défensive :

—Je ne veux pas que Hannah soit exposée… à tout cela.

—Ça m'est égal, intervint la petite. J'aimerais bien être dans le journal.

—C'est la seule manière d'arrêter le projet, reprit Mike. Vous devez rassembler le plus de soutien possible. Une fois que les gens sauront ce qui…

—Non.

Il lui lança un regard interrogateur.

—Pourquoi êtes-vous aussi bornée ?

—Je ne le suis pas.

—Je croyais que vous feriez n'importe quoi pour les baleines.

—Ne vous avisez pas de me dire ce que je dois faire pour les baleines. (Liza replia son journal et le jeta sur la table.) Sans vous, rien de tout cela ne serait arrivé et nous ne serions pas dans cette fichue pagaille.

—Liza..., intervins-je.

—Vous pensez vraiment ce que vous dites ? m'interrompit-il. Vous croyez que cet endroit restera intact indéfiniment ?

—Non... Mais que nous aurions disposé de plus de temps, oui.

Sa voix s'éteignit.

—Qu'est-ce que vous entendez par « plus de temps » ?

Le silence emplit la petite pièce. Hannah leva la tête de ses devoirs, puis s'y replongea.

Liza me regarda et secoua la tête – un mouvement discret.

Mike s'en rendit compte et le prit pour de la déception. Je débarrassai les tasses vides. Mike et Liza me tendirent chacun la leur, heureux de cette distraction.

—Écoutez, reprit-il. L'une d'entre vous sera bien obligée de faire quelque chose. Vous êtes notre seule chance d'arrêter la construction de cet hôtel, et, pour l'instant, cette chance reste plutôt maigre. Je ferai tout ce qui est en mon pouvoir pour vous aider – et, croyez-moi, je ne peux pas mieux pour l'instant –, mais il va falloir m'épauler un peu.

—Non, répéta Liza. Autant que vous le sachiez, ni Hannah ni moi n'apparaîtrons dans aucun article. Je ferai tout ce que vous proposerez d'autre, mais pas ça. Il n'y a donc plus lieu de s'étendre sur le sujet.

Sur ce, elle se leva et quitta la cuisine, Milly sur les talons.

—Alors qu'est-ce que vous allez faire ? poursuivit-il en haussant la voix. Lancer des fusées de détresse sur tous les jet-skieurs, comme vous l'avez fait sur les bateaux ?

Hannah rassembla ses affaires, offrit à Mike un sourire contrit et suivit sa mère.

Je l'entendis soupirer profondément.

—Mike, je vais y réfléchir, proposai-je, plus par gentillesse qu'en le pensant.

Il était tellement déçu que je me devais de dire quelque chose. Après le départ de Liza, il resta là, le regard dans le vide, comme un homme affamé à qui l'on aurait brusquement retiré son dernier repas. Ses sentiments étaient si évidents que je dus détourner les yeux.

—Bien, reprit-il. En avant pour le plan B. (Il m'adressa un sourire en coin et attrapa une nouvelle feuille de papier.) Je dois seulement déterminer ce qu'est le plan B.

Je découvris rapidement que Mike avait tout abandonné pour revenir à Silver Bay. Il m'avoua qu'il n'avait plus de travail, de fiancée, ni même d'adresse.

—Je peux payer, malgré tout, lança-t-il quand il me réclama son ancienne chambre. Mon compte en banque est… Enfin, je n'ai pas à me soucier d'argent.

Il paraissait étrangement changé par son mois passé loin d'ici. La faconde avait disparu pour laisser place à l'incertitude. Il avait tendance à demander plutôt qu'à déclarer, et ses émotions ne se cachaient plus sous une carapace trompeuse, mais affleuraient à la surface. Il buvait également davantage, aussi me donnai-je la peine de le lui faire remarquer, ce qui le surprit.

—À ce point-là ? demanda-t-il posément. J'imagine que j'ai tout fait pour éviter de penser.

—Ce qui est tout à fait compréhensible, le rassurai-je, si c'est provisoire.

Il avait compris le message. Je trouvai le nouveau Mike Dormer plus attachant. C'était l'une des raisons pour lesquelles je l'autorisai à rester, l'une des rares que je me sentais prête à confier à Liza.

Pendant ce temps-là, des bateaux-discothèques et des tour-opérateurs minables qui avaient aperçu une fois une sardine géante et se targuaient désormais d'organiser des excursions écologiques avaient envahi les eaux que nos équipages considéraient comme les leurs. C'était comme s'ils nous jaugeaient et essayaient de savoir jusqu'où ils pouvaient empiéter sur nos affaires. Le garde-côte nous apprit qu'il était envisagé d'agrandir la Whale Jetty pour que d'autres bateaux puissent s'y installer. Les bateaux-discothèques étaient entrés deux fois dans la baie, et Lance s'était plaint aux parcs nationaux en les accusant d'avoir fait fuir les baleines. La réponse officielle fut que les habitudes de migration changeaient, que le réchauffement climatique influait sur la période ou la distance de migration. Les baleiniers n'en crurent pas un mot – Yoshi avait consulté d'anciens amis d'université qui pensaient que c'était un phénomène plus régional. Les dauphins se montraient encore un peu, mais je me demandais s'ils ne se sentaient pas tyrannisés par autant d'attention quotidienne ; les touristes n'avaient plus qu'eux à voir. Deux ou trois bateaux s'arrêtaient près du moindre groupe, avec des touristes accrochés à leurs appareils photo et penchés par-dessus bord.

Liza était tellement distraite par la situation désespérée des baleines ainsi que par le retour de Mike – même si elle refusait de l'admettre – que j'avais réussi à la convaincre d'autoriser Hannah à prendre des leçons de voile. Je la conduisis à son premier cours avec son amie dans Salamander Bay et, quand je la vis sur l'eau, je compris qu'elle n'en était pas à sa première sortie. Elle m'avoua ensuite en souriant que j'avais raison, et nous convînmes qu'il valait mieux ne rien dire à sa mère.

— Tu crois qu'elle me laissera sortir avec le *Hannah's Glory* ? demanda-t-elle tandis que nous roulions sur le chemin du retour, la chienne lui bavant gaiement sur l'épaule. Quand les professeurs m'estimeront prête ?

— Ne laisse pas ce chien prendre ton sandwich, grognai-je en repoussant Milly.

La journée avait été magnifique, mais les nuages avançaient par l'ouest en une ligne sombre et menaçante.

— Je ne sais pas, mon cœur. Procédons par étapes.

— Greg pense qu'elle refusera – rien que pour le contrarier.

— C'est ce qu'il t'a raconté ?

— Je l'ai entendu en parler à Lance. Ils ne savaient pas que j'écoutais.

J'aurais des choses à dire à ce jeune Greg.

— Ce que ta mère pense de Greg n'a rien à voir, rectifiai-je. Tu auras ton bateau. C'est une question de patience.

Je ralentis sur la route du littoral pour saluer le vieux M. Henderson qui revenait du marché aux poissons sur sa bicyclette. Quand je me retournai vers Hannah, elle regardait par la fenêtre.

— Est-ce qu'on peut changer le nom d'un bateau ? demanda-t-elle, le regard perdu dans le lointain.

— Pourquoi ?

— J'aimerais changer le nom du mien. Quand j'aurai le droit de m'en servir.

— Cela arrive, répondis-je tout en réfléchissant à ce que j'allais cuisiner pour le dîner.

Je ne savais plus sur combien de baleiniers je pouvais compter désormais. J'aurais dû demander à M. Henderson ce qu'il y avait en promotion au marché.

— Il vaut mieux ne pas le changer, cependant – certains disent que cela porte malheur.

— Je vais l'appeler *Darling Letty.*

Je freinai si brutalement que le chien faillit me tomber sur les genoux.

Personne ne prononça un mot pendant un moment, puis les yeux de Hannah s'élargirent.

— Je ne peux même pas prononcer son nom ? hurla-t-elle.

Je garai la voiture sur le bas-côté et adressai un signe de la main à la fourgonnette qui avait dû piler derrière moi. Quand elle eut disparu, je me tournai vers Hannah et lui caressai la joue en essayant de paraître moins ébranlée que je ne l'étais en réalité.

— Chérie, tu peux dire ce que tu veux. Excuse-moi. Tu m'as simplement surprise.

— C'est ma sœur, déclara-t-elle les yeux remplis de larmes. Elle était ma sœur. Et j'aimerais avoir le droit de parler d'elle de temps en temps.

— Je sais.

La chienne couina en lui grimpant sur les genoux. Elle détestait voir les gens pleurer.

— Je pensais que, en rebaptisant mon bateau, je pourrais prononcer son nom sans que tout le monde devienne bizarre.

Je dévisageai ma petite-nièce et cherchai désespérément quelque chose à lui dire qui pourrait la soulager de tout ce qu'elle gardait enfoui en elle.

— J'aimerais parler d'elle sans que maman soit au bord de s'effondrer.

— C'est une très jolie idée, Hannah, mais je ne sais pas si cela arrivera. Pas avant très longtemps.

Une fois à la maison, je montai lentement dans ma chambre et ouvris le tiroir où je gardais la photo de Liza avec ses deux petites filles. Les bords en sont irréguliers, là où j'ai découpé cet homme avec un peu trop de détermination. Liza estimait que la seule façon de les protéger était d'enterrer Letty. C'était le seul moyen pour qu'elles deux puissent poursuivre leur existence en sécurité.

Mais ce n'était pas aussi simple que cela. Elles n'avaient pu enterrer Letty à l'époque, et elles ne le pouvaient pas plus maintenant.

Prétendre le contraire n'était pas viable.

Je rendais visite à Nino Gaines tous les après-midi. Je lui brossais les cheveux, lui apportais des pyjamas propres et, quand je m'en sentais le courage, le rasais – non par pur sentimentalisme, mais parce qu'il n'y avait personne d'autre pour le faire. Évidemment, Frank aurait peut-être pu s'en charger, ou John John, ou la femme de celui-ci, mais les jeunes sont occupés. Ils ont leur vie à mener. Je me portai donc volontaire et restais assise avec lui quelques heures, à lui lire les articles dont je pensais qu'ils l'amuseraient et, de temps à autre, admonestais les infirmières en son nom.

Il fallait que je vienne. Il détestait être seul là-dedans, dans l'odeur de désinfectant, son grand corps relié à des moniteurs bruyants et nourri par perfusion avec Dieu sait quoi. Nino Gaines était constitué pour vivre dehors : il avait arpenté les rangs de ses vignes tel un colosse, s'arrêtant çà et là pour examiner plus attentivement tel ou tel raisin, marmonnant sur un velouté ou une acidité. J'essayais de ne pas le voir tel qu'il était maintenant : trop grand pour le lit d'hôpital et diminué. Il était évident qu'il ne dormait pas, peu importe la force avec laquelle je tentais de m'en convaincre.

Sa famille était heureuse de me savoir là ; ils apportèrent de la nourriture qui pourrit à côté de son lit, des photos, dans le cas où il ouvrirait les yeux, et de la musique, s'il pouvait entendre. Ils se parlaient à voix basse, lui tenaient la main et discutaient en petits groupes des pronostics avec les médecins, rassurés par les électroencéphalogrammes qui montraient un cerveau en état de marche. Ça, j'aurais pu le leur dire. Je lui parlais : des vignes, de Frank qui avait annoncé que les premiers bourgeons de cette année s'apprêtaient à sortir et qu'un acheteur d'un supermarché avait fait le déplacement de Perth pour le voir, parce qu'il avait entendu parler de ses vins et en voulait. Je lui racontai que l'enquête publique avait enregistré un nombre sans précédent d'objections, dont un dossier complet des enfants de l'école primaire de Silver Bay, qui estimaient leurs baleines plus importantes qu'un nouveau car scolaire. Je lui parlais de Mike et des heures qu'il passait seul dans sa chambre, pendu au téléphone, se démenant pour bloquer le projet. Je racontai à Nino que je ne pouvais pas m'empêcher d'éprouver de l'affection pour ce jeune homme, malgré ce qu'il nous avait amené à supporter. La circonspection qui se lisait dans ses yeux reflétait à mon sens ce qu'il attendait de lui-même, comme de tout un chacun. Et quand son regard s'illuminait devant ma nièce, je me disais que j'avais bien fait de le laisser rester.

Je lui parlais aussi de la disparition des baleines, de ces pauvres dauphins assiégés et de Liza qui semblait tellement désemparée par la réapparition de Mike Dormer dans sa vie qu'elle ne savait plus quoi faire. Elle était occupée sans l'être. Elle sortait sur l'*Ismahel* et rentrait de pire humeur. Elle ignorait Mike à chaque repas, mais grondait sa fille si elle en faisait autant. Elle était furieuse contre nous deux de l'avoir autorisé à s'installer à l'hôtel. Elle jurait ne rien ressentir pour lui, et quand je finis par lui dire qu'elle était incapable de voir ce qui était sous son nez, elle eut le culot de me répondre : « Une bouilloire et une théière. »

Elle n'était qu'une idiote, et Nino Gaines un idiot plus âgé. Il était allongé là, immobile, avec des tubes partout. Il ne disait rien, ne faisait rien, me laissait lui déverser mes soucis. Parfois, je sortais pleine d'espoir. Parfois, son inertie me rendait folle. Une infirmière me surprit un jour à lui crier dessus : « Lève-toi ! », avec une telle férocité qu'elle menaça d'appeler le médecin.

Lorsque j'étais seule dans cette petite chambre et que je posais ma joue sur le dos de sa vieille main – celle sans la perfusion –, seul Nino Gaines sentait mes larmes.

Il plut tout l'après-midi et l'orage éclata à la tombée de la nuit. C'est ce que mon père aurait appelé un orage d'autrefois, tandis que ma mère aurait grommelé qu'elle ne voyait aucune différence avec les autres. Je comprenais ce qu'il voulait dire : un déluge biblique avec des coups de tonnerre à faire claquer les dents et des éclairs qui étincelaient sur la mer, comme un de ceux de la saison des pluies à Darwin. Quand je rentrai de l'hôpital, j'appelai le garde-côte qui me rassura, il n'y avait pas d'inquiétude à avoir – on se méfie toujours des trombes marines, les tornades au-dessus de l'eau, car elles ressemblent au doigt de Dieu pointant du ciel mais se comportent comme la main du diable –, car le plus dur était passé. Je fermai les volets, préparai un feu dans la cheminée, et Liza, Hannah et moi nous assîmes devant la télévision. Hannah était hypnotisée par une de ses émissions préférées, Liza et moi absorbées par nos pensées, tandis que le vent s'acharnait autour de nous et que la lumière vacillante nous rappelait que nous étions à la merci de Dieu. Vers 18 h 15, je perçus du bruit dans le hall. Yoshi, Lance et Greg, ruisselants, secouaient leurs cirés, apportant dans leur sillage une bouffée d'air froid et humide.

— Ça ne vous dérange pas trop si on s'arrête un peu chez vous, Kathleen ? On pensait qu'on pourrait boire un verre avant de rentrer.

Lance s'excusa pour les flaques d'eau qu'il laissait derrière lui sur le sol.

— Vous étiez dehors tout ce temps avec cet orage ? Vous êtes devenus fous ?

— Personne n'a lu les bulletins météo, avoua Yoshi en regardant Lance. On voulait sortir un peu plus loin, contourner le cap vers Kagoorie Islands pour voir s'il n'y avait pas de baleines par là, et c'est arrivé d'un coup.

— Ça va, on n'avait pas de passagers, ajouta Greg. C'était un peu agité sur le retour, on a eu les vents contre tout du long, mais bon. On n'a pas été sur l'eau tout le temps – on sécurisait les bateaux. On a refait deux, trois nœuds à l'*Ismahel*.

— Vous feriez mieux de rentrer et de vous asseoir, les invitai-je. Hannah, pousse-toi. Je vais faire chauffer de la soupe.

Je m'agitai exagérément comme s'ils me dérangeaient, mais j'étais heureuse de les avoir là. L'hôtel était plutôt vide ces derniers temps, et leur présence me rassurait.

— Vous en avez vu ? demanda Liza en baissant son journal.

— Pas le moindre signe. (Yoshi fouilla dans sa poche et en sortit un peigne.) Il se passe quelque chose de bizarre, Liza, je te le dis. Pas de dauphin non plus, aujourd'hui. S'ils s'en vont, on va tous avoir des problèmes.

— S'ils s'en vont où ?

Hannah leva la tête.

Liza lança à Yoshi un regard d'avertissement, mais il était trop tard.

— Les dauphins se cachent quelque part en attendant que le temps s'améliore, affirma Liza. Ils reviendront bientôt.

— Ils s'abritent sans doute dans les rochers, se rassura Hannah. Je crois qu'ils se cachent dans la petite crique.

— Certainement, pitchoune, approuva Lance. Dieu que c'est bon, commenta-t-il après sa première gorgée de bière.

Yoshi s'appuya sur le chambranle de la porte, face à la cuisine.

— En fait, Kathleen, pourrais-je avoir une tasse de thé ? J'ai besoin de me réchauffer.

Je me détendis un peu quand je me rendis compte que le pire de l'orage était derrière nous. Depuis que je suis enfant, je compte les secondes qui séparent un éclair des coups de tonnerre, afin de calculer à combien de kilomètres il se trouve. Ce ne fut qu'une fois certaine qu'il retournait vers la mer que je pus me concentrer sur la conversation qui se déroulait autour de moi. Je me souviens encore de l'orage de 1948, quand deux bateaux de croisière se fracassèrent sur nos côtes et que mon père, avec d'autres hommes, avait passé la moitié de la nuit à secourir les survivants. Ils avaient récupéré les morts également, mais je ne le découvris que des années plus tard, quand ma mère m'avoua qu'on avait entreposé les corps dans le musée jusqu'à ce que les autorités les emmènent.

Greg s'était assis à côté de Liza. Il lui murmura quelque chose et elle hocha vaguement la tête. Puis il plissa les yeux.

— Que diable fait-il ici ? demanda-t-il brusquement.

Mike se tenait sur le pas de la porte, une liasse de papiers à la main, quelque peu surpris de découvrir un tel attroupement dans le salon.

— Il paye sa part, Greg, comme tout le monde.

Je n'avais pas prévenu Greg du retour de Mike. Il le saurait tôt ou tard, et ce n'étaient pas ses affaires.

En notant l'indifférence étudiée de Liza à ce moment-là, j'en conclus qu'elle avait suivi le même raisonnement.

Greg faillit ajouter quelque chose, mais mon regard l'en dissuada. Il émit un grognement bruyant.

Mike vint me rejoindre.

— Les lignes de téléphone sont coupées, annonça-t-il calmement. Je n'ai plus de connexion Internet.

— Cela arrive souvent quand il pleut trop fort, lui expliquai-je. Asseyez-vous tranquillement en attendant qu'elles reviennent. Il ne pleuvra pas toute la nuit.

— Qu'est-ce que vous faites là ? Quelques nouvelles affaires à ruiner ?

— Laisse tomber, Greg, fit Liza d'un ton brusque.

— Pourquoi le défends-tu ? Comment peux-tu même accepter qu'il soit là, après ce qu'il a fait ?

La voix de Greg était montée d'un cran, et il regardait Mike fixement.

— Je ne le défends pas.

— Tu aurais dû le flanquer dehors.

— Si cela te regardait en quoi que ce soit…, commença Liza.

— J'essaye d'arranger les choses, coupa Mike. D'accord ? Je ne fais plus partie de Beaker Holdings. Je veux arrêter la construction.

— Ouais, c'est ce que vous dites…

— Qu'est-ce que vous insinuez par là ?

Greg me regarda.

— Comment savez-vous que ce n'est pas une taupe ?

L'idée ne m'avait jamais traversé l'esprit.

— Sa société doit être au courant qu'il y a du grabuge. Quoi de mieux que de l'envoyer pour découvrir ce qui se trame ?

Mike fit un pas vers lui et baissa la voix.

— Est-ce que vous me traitez de menteur ?

Je retins mon souffle tandis que l'atmosphère devenait tendue.

Greg se moqua de lui en imitant son accent anglais :

— Est-ce que vous me traitez de menteur ?

— J'en ai assez de…

—Oui, je vous traite de menteur. Et qu'est-ce que vous dites d'escroc, tricheur, scribouillard puant, chevalier d'industrie…

C'est Greg qui frappa le premier. Son poing gauche s'envola à l'oblique et atteignit le profil de Mike, qui trébucha. Greg s'apprêtait à assener un nouveau coup quand Lance s'interposa et lui attrapa le bras. Mike se mit en garde immédiatement, les poings levés.

—Arrêtez ! hurla Lance. (Il pivota et, tout en repoussant Mike, se cogna par mégarde à la table.) Pour l'amour de Dieu, arrêtez !

Mon cœur battait si fort que je fus prise de vertiges. Je restai figée sur place tandis que la pièce rétrécissait autour des hommes. Il me sembla que des meubles se fracassaient et que des gens criaient partout.

Mike porta une main à son visage et aperçut du sang sur ses doigts, il bondit en avant.

—Espèce de salaud…

Yoshi hurla.

—Arrêtez ! Vous êtes pathétiques, tous les deux. (Liza se tenait entre eux et leva les mains.) Dehors ! Tu m'entends ? Je ne veux pas de ça chez moi ! Jamais.

Elle poussait Greg pour le sortir du salon.

—Bordel, mais qu'est-ce que j'ai fait ? hurla-t-il tandis qu'elle et Lance l'entraînaient vers la cuisine.

—Je n'ai pas à supporter vos conneries ! cria Mike.

Ma respiration ne se calma que lorsqu'ils furent chacun dans des pièces séparées.

—Mon Dieu, s'exclama Lance en revenant dans le salon. Mon Dieu.

Mike secoua son bras et se tamponna la pommette avec un mouchoir. Tandis qu'il se penchait pour redresser la table, j'entendis les vociférations de ma nièce et Greg dans la cuisine. C'était à qui hurlerait le plus fort.

C'est alors que je remarquai Hannah. Elle était recroquevillée dans un coin du canapé, agrippée à Milly.

— Chérie, l'appelai-je d'une voix aussi calme que possible. Tout va bien. C'est seulement l'orage qui rend tout le monde nerveux.

— Ils ne vont plus se battre, n'est-ce pas ? (Ses grands yeux bruns étaient écarquillés de frayeur.) S'il te plaît, empêche-les de se battre.

Je levai la tête. Mike la dévisageait, horrifié de l'effet que les événements avaient produit sur elle.

— Hannah, tout va bien, la rassura-t-il. Il n'y a rien à craindre.

Elle le fixait d'un air interrogateur, comme si elle ne le reconnaissait plus.

— Vraiment, poursuivit-il en s'agenouillant. Je suis désolé. Je me suis mis en colère pendant un moment, mais ce n'était rien de sérieux.

Elle n'eut pas l'air convaincu et eut un mouvement de recul.

— Tout va bien maintenant. Vraiment, ajouta-t-il.

— Je ne suis pas idiote, murmura-t-elle, furieuse et craintive à la fois.

Nous nous regardâmes les uns les autres.

— Attends, reprit-il. Je vais te montrer.

Tandis que je la serrai contre moi, il se leva et se dirigea vers la cuisine.

— Greg ? appela-t-il, et je la sentis tressaillir dans mes bras. Greg ?

Il disparut.

Une seconde plus tard, ils apparurent tous les deux sur le pas de la porte.

— Regarde, dit-il en tendant la main. (Je savais que ce geste lui demandait un effort surhumain.) Nous sommes copains, vraiment. Comme Kathleen l'a dit, c'est l'orage qui nous a rendus un peu dingos.

— Ouais, confirma Greg en lui serrant la main. Il n'y a rien à craindre. Désolé, chérie.

Elle me regarda, puis sa mère. Le sourire de Liza la rassura un peu.

— Vraiment. On va y aller maintenant. (Mike sourit timidement.) Je suis désolé, d'accord ?

— Moi aussi, ajouta Greg. Je vais partir. Liza, tu sais où me trouver.

Je pensais qu'elle allait dire quelque chose, quand le téléphone sonna. Elle passa devant lui à grands pas pour aller répondre.

— Kathleen, Hannah. (Greg s'était calmé.) Je suis vraiment désolé. Jamais je n'ai voulu te faire peur, mon cœur. Tu le sais…

Je pressai les épaules de Hannah sans qu'elle réagisse.

Soudain, Liza réapparut en train d'enfiler son ciré. La querelle était oubliée.

— C'était Tom, annonça-t-elle, la voix tendue. Des filets fantômes dérivent dans la baie.

18

Mike

La pièce fut envahie d'un mouvement confus. Debout au milieu, mon mouchoir pressé sur mon visage ensanglanté, je voulus demander ce qu'était un filet fantôme, mais c'était comme s'ils bougeaient au rythme d'un battement de tambour inaudible pour moi.

—Je t'accompagne, dit Kathleen à Liza en enfilant ses gants. Je barrerai pendant que tu couperas.

Yoshi avait déjà passé sa veste.

—Quelqu'un a-t-il prévenu le garde-côte ? demanda-t-elle.

Lance avait un portable à l'oreille.

—Il n'y a pas de réseau.

—Tu restes là, mon amour, ordonna Liza à sa fille.

—Non, objecta Hannah, toute fragilité envolée. Je veux vous aider.

Liza avait le visage sévère.

—Si. Tu restes là. C'est dangereux.

—Mais je veux aider…

—Alors reste ici et, quand la ligne sera rétablie, réponds. Appelle aussi les parcs nationaux, les gens des baleines et des dauphins, tous ceux à qui tu penses. Fais-leur envoyer le plus de monde possible, d'accord ? Les numéros sont dans le carnet, sur la table du hall. (Elle s'agenouilla et regarda sa fille droit dans les yeux.) C'est très important, Hannah. Nous allons avoir besoin du plus de gens possible.

Hannah se calma.

— D'accord.

Kathleen revint dans la pièce ; elle portait son ciré et une lampe torche sous le bras.

— J'ai mis les combinaisons de plongée à l'arrière de la voiture. Des lampes... Tout le monde a des pinces coupantes ?

Greg enfonça son bonnet de laine sur ses oreilles.

— J'en ai une paire dans mon box. Je vais les chercher. Lance, conduis-nous en bas, on ira plus vite.

Je regardai Liza, avec la même impression que j'avais eue la première fois que j'étais arrivé ici : celle d'être un étranger, inutile.

— Que puis-je faire ? demandai-je.

Je voulais lui parler en privé, m'excuser pour notre bêtise, à Greg et à moi, trouver un moyen de les aider, mais elle était déjà ailleurs.

— Restez là, dit-elle en jetant un coup d'œil à Hannah. Il vaut mieux qu'il y ait quelqu'un dans la maison. Ne laissez pas sortir la chienne. Comment est le temps, Kathleen ?

Elle releva ses cheveux dans son chapeau et sonda la nuit.

— Ça pourrait être mieux, constata Kathleen, mais on n'y changera rien. Allez, on y va. On garde le contact radio.

Tandis que le groupe sortait, Hannah m'expliqua que ces énormes filets de pêche, certains longs de plusieurs kilomètres, dérivaient dans la baie, appelés « murs de la mort ». Beaucoup de ces filets maillants furent jetés par-dessus bord lorsqu'ils avaient été déclarés illégaux dans les eaux australiennes, ou s'étaient arrachés des bateaux. Ils traînaient alors jusqu'à ce qu'ils coulent, alourdis par le poids des animaux qu'ils avaient capturés et tués.

— On nous en a parlé à l'école, m'apprit-elle, mais je n'aurais jamais cru qu'ils viendraient ici. (Elle se mordit la lèvre.) J'espère que nos dauphins vont s'en sortir.

— Je suis certain que ta mère et les autres vont faire tout leur possible pour assurer leur sécurité. Allez, tu ne dois pas passer des coups de fil ?

Le téléphone était rétabli, ainsi que le réseau pour les portables. Tout en me préparant une tasse de thé, j'entendais Hannah laisser des messages d'urgence sur des répondeurs et parfois discuter avec un responsable. Je la trouvais étonnamment posée pour une fillette de onze ans. Mais, encore une fois, je n'en avais encore jamais rencontré ayant autant de connaissances sur les dauphins.

Dehors, le tonnerre et les éclairs s'étaient éloignés, mais il pleuvait à verse. L'eau ruisselait le long des carreaux et martelait le toit de la véranda. J'ajoutai deux bûches dans le feu, puis rangeai la cuisine en surveillant le chien dont le regard balançait entre la porte et moi.

— Tu as pu les joindre ? demandai-je à Hannah quand elle vint me retrouver.

— La plupart. Je pense que le garde-côte est déjà parti. J'aimerais pouvoir les aider.

Elle regarda avec mélancolie par la fenêtre éclaboussée.

— Mais tu les aides, il faut bien que quelqu'un passe tous ces appels.

— Ce n'est pas assez. Vous êtes en train de bleuir.

Elle pointa du doigt mon visage.

— Ça m'apprendra, ricanai-je.

Hannah tendit la main vers la chienne qui la flaira.

— J'ai regardé par la fenêtre de là-haut, il y a plein de bateaux dans la baie, toutes lumières allumées.

— Tu vois, observai-je. Je t'ai dit que tout irait bien. Tout le monde est dehors pour aider les dauphins.

Elle ne semblait plus m'entendre.

C'est alors que j'entendis mon téléphone portable sonner à l'étage.

— Je reviens dans une seconde, l'avertis-je, et je grimpai les marches deux par deux en me demandant un bref instant si ce n'était pas Liza.

Elle avait peut-être essayé d'appeler pendant que Hannah était au téléphone.

Mais quand j'arrivai dans ma chambre et saisis l'appareil, le petit écran me raconta une autre histoire. J'observai le nom affiché d'un air interrogateur, puis répondis.

— Allô ?

Silence.

— Vanessa ?

— Mike.

Je regardai la nuit noire par la fenêtre. Les bateaux illuminés étaient à peine visibles à travers les gouttes. Je ne savais pas du tout quoi dire.

— J'ai appris que tu avais démissionné.

On aurait dit qu'elle était juste à côté.

Je m'assis dans le fauteuil en cuir.

— Il y a une semaine. Je… euh… n'ai pas laissé de préavis.

J'avais l'impression que c'était dans une autre vie.

— Je m'étais absentée, reprit-elle. Je ne savais pas. Papa ne m'a rien dit.

— J'aurais appelé, mais…

— Je sais.

Il y eut un long silence.

—Je ne voulais pas aller au bureau, finit-elle par reprendre, pas avec toi et… elle, encore là.

J'appuyai mon front contre ma paume et inspirai profondément.

—Je suis tellement navré, Ness.

Il y eut un nouveau silence dans lequel je sentis toute sa peine qui me bouleversa.

—Je voulais te dire que… c'était stupide de ma part et… tu mérites mieux. Cependant, je veux que tu saches que ce n'est arrivé qu'une fois et que je regrette plus que je ne saurais le dire. Sincèrement.

Nouveau silence.

—Pourquoi as-tu démissionné ?

Je fronçai les sourcils.

—Qu'est-ce que tu veux dire ?

—C'est papa qui t'y a poussé ? Parce que je n'ai jamais voulu que tu perdes ton travail. Je veux dire, je sais bien que je me suis opposée à toi lors de cette réunion… Mais je voulais seulement… Je me sentais tellement…

—Ce n'est pas ton père, la coupai-je. C'est une décision que j'ai prise seul. Je pensais que ce serait… mieux, tu sais, étant donné… (Je fus distrait par les aboiements du chien.) En fait, il m'a demandé de rester.

—J'en suis heureuse. Cela me tracassait. Mike ?

—Mmm ?

On aurait dit que la chienne était devant la porte d'entrée. Je songeai à descendre, mais, si elle continuait d'aboyer, je n'entendrais plus Vanessa. Et il était important pour moi que nous mettions les choses au point.

—Vanessa, je…

—Quel est ce bruit ?

La chienne grattait contre quelque chose en couinant. J'allai à la porte. Un chasseur de baleine essayait-il d'entrer ? Pourtant ce n'était jamais fermé à clef.

— Le chien, répondis-je distraitement.

— Tu n'as pas de chien, observa-t-elle.

— Ce n'est pas mon chien. (Je mis la main devant le micro.) Hannah ?

— Où es-tu ?

J'hésitai.

— Mike ?

— En Australie, répondis-je.

Un silence abasourdi ne ressemble à aucun autre. Il s'étire, prend de l'ampleur, puis implose sous le poids des non-dits.

— En Australie ? répéta-t-elle faiblement.

— Il fallait que je revienne, déclarai-je, cette fois en me penchant au-dessus de la rampe de l'escalier. Je t'ai dit que cette opération était une erreur, Ness, et je suis ici pour essayer d'arranger les choses. Je dois y aller… Il se passe quelque chose… Et je suis désolé, d'accord ? Je suis désolé pour tout. Je dois y aller.

Je raccrochai et courus en bas. Milly se ruait sur la porte en aboyant fiévreusement.

— Hannah ? appelai-je en jetant un œil dans la cuisine.

J'espérai qu'elle m'expliquerait ce qu'il se passait.

Elle n'était ni dans la cuisine ni dans le salon. Elle n'était pas dans sa chambre ou nulle part à l'étage. Elle n'était pas non plus près du téléphone dans l'entrée. J'étais encore dérouté par ma conversation avec Vanessa, si bien qu'il me fallut un temps avant de saisir que sa veste n'était plus là non plus.

J'observai la patère, incrédule, puis la chienne qui aboyait toujours en me regardant comme si je devais faire quelque chose. Mon cœur se serra.

— Oh, mon Dieu ! m'écriai-je en attrapant mon ciré. (Je cherchai ensuite la laisse de Milly, puis l'attachai à son collier.) Allez, ma vieille, montre-moi où elle est partie.

Le pire de l'orage était peut-être passé, mais il pleuvait toujours à torrent. L'eau étouffait les bruits et coulait en rivière sous mes pieds tandis que je pataugeais sur le sentier du littoral, derrière Milly. Jamais je n'avais connu de pluie si diluvienne : elle m'emplissait la bouche chaque fois que je hurlais le nom de Hannah, et avait trempé mon jean et mes chaussures en quelques secondes à peine. Protégé par le ciré, seul mon torse était au sec.

Milly tirait sur sa laisse, lancée comme un missile luisant, gênée dans sa course par mon manque de visibilité.

— Doucement ! hurlai-je, mais les mots s'envolèrent dans le vent.

Je courus dans le noir en essayant de me souvenir de l'emplacement des nids-de-poule. J'aperçus des camions arrivés près de la jetée, la lumière de leurs phares estompée par l'humidité de l'air. Au fur et à mesure que je me rapprochais, je distinguai les lueurs des bateaux dans la baie, à quelques mètres les uns des autres, qui dansaient sur l'eau en luttant contre la houle. Je n'arrivais pas à voir distinctement ce qu'ils faisaient.

— Hannah ! criai-je de nouveau, sachant que c'était inutile.

Je priai pour que Milly comprenne qui elle devait chercher et ne me conduirait pas à Liza.

La chienne s'arrêta près de grands hangars – les box où certains baleiniers entreposaient leur matériel. Plusieurs portes étaient ouvertes comme s'ils avaient été trop pressés d'aller sur l'eau pour protéger leurs biens. Milly entra dans l'un d'eux, ses griffes cliquetant sur le sol en béton.

J'hésitai dans le silence soudain. La laisse humide me glissait entre les doigts, et je tentai de reprendre mes esprits.

— Hannah ? appelai-je.

La pluie tambourinait contre la toiture plate, ruisselait par la fente des gouttières. Une ampoule de faible voltage pendait au milieu du plafond, et je distinguais à peine une carte de fonds marins accrochée au mur. Il y avait des boîtes en plastique, des caisses en bois pleines d'outils et, le long du mur opposé, s'alignaient des bouts, des bouées et des rouleaux de toile. Ça sentait le fuel.

— Hannah ?

Je lus le nom inscrit sur le permis encadré accroché au mur. Greg Donohoe. C'était le box de Greg. Dans ce bref instant de calme, je me rappelai les bribes d'une conversation que j'avais entendue à propos d'un petit bateau interdit. Un bateau qui attendait dans le box de Greg.

— Oh, mon Dieu ! m'exclamai-je dans l'espace trop vide qui m'entourait.

J'attrapai une lampe torche au moment où Milly, qui en était sans doute arrivée à la même conclusion que moi, bondit vers le front de mer.

Les doigts fermement accrochés à la laisse, je courus, luttant contre la panique qui s'emparait de moi au fur et à mesure que je me rapprochais de l'eau et constatais les conditions dans lesquelles les bateaux travaillaient. De grosses vagues se fracassaient sur la plage, essayant de s'agripper au rivage, de le pilonner ; les cousines sans vergogne de celles à côté desquelles j'avais joyeusement couru tant de matins lumineux. Dans la baie, à environ un demi-mille de la côte, des bateaux tanguaient et des moteurs hurlaient en essayant de maintenir leur position. Des voix me parvinrent au-dessus du bruit de la pluie. Je scrutai l'horizon, chassant l'eau de mes yeux, et la chienne à mes pieds tendit l'oreille. Je n'avais aucune idée d'où l'enfant pouvait être dans ce noir d'encre, mais je me rendais compte que même les membres d'équipage adultes et expérimentés luttaient à grand-peine dans cette mer démontée.

— Hannah ! hurlai-je encore.

Je courus vers la jetée, éclairé par le mince faisceau de la lampe torche. À environ trente mètres, je tombai sur deux hommes qui poussaient une petite embarcation à moteur dans l'eau. Ils portaient tous les deux un gilet de sauvetage. Je distinguais à peine leurs visages.

— J'ai besoin de votre aide, leur dis-je, essoufflé. Il y a une petite fille… Je crois qu'elle est sortie sur l'eau.

— Quoi ? (L'un des hommes s'avança vers moi, et je reconnus l'un des promeneurs de chien que j'avais croisés lors de mon précédent séjour.) Il va falloir gueuler, mec. Je n'entends rien.

— Une petite fille. (J'indiquai la baie.) Je crois qu'elle a pris un bateau toute seule. Ce n'est qu'une enfant.

Les deux hommes se regardèrent.

— Attrape un gilet, me cria l'un d'eux.

Je ne savais pas quoi faire de la chienne, si bien que je la jetai dans le bateau et aidai les deux hommes à pousser.

— Hannah McCullen, les informai-je en hurlant, tandis que le moteur démarrait. La petite fille de l'hôtel.

L'un des types me fit signe d'orienter ma lampe sur l'eau. Je m'agrippai tant bien que mal d'une main au bateau tandis que l'autre gars accrochait une lampe à l'avant et scrutait les vagues.

Si je n'avais pas été aussi inquiet pour Hannah, j'aurais eu peur. J'avais toujours évité les situations à risque. Le bateau s'élevait, puis s'abattait bruyamment sur l'eau. J'étais tellement secoué que j'aurais donné n'importe quoi pour être ailleurs que sur cette mer.

— Vous voyez quelque chose ? cria l'homme à la casquette bleue.

Je secouai la tête. Je tremblais tant que j'avais du mal à maintenir Milly entre mes jambes. J'attachai sa laisse au liston – je devais me concentrer sur Hannah.

— Il faut faire attention aux filets, hurla l'un des hommes. Si l'hélice se prend dedans, on sera vraiment coincés.

Je déterminai un plan d'action : commencer par le bout de la jetée, puis balayer la baie en s'approchant de tous les bateaux pour s'assurer qu'elle n'était pas parmi eux. Je m'assis, arc-bouté contre le bord, l'estomac retourné tandis que nous attaquions les vagues. Le faisceau de ma lampe n'éclairait rien d'autre que les eaux sombres et bouillonnantes. On aurait dit que la moitié de Silver Bay s'était regroupée, tant à bord d'énormes yachts de croisière que sur des petits bateaux à moteur. J'aperçus des corps en combinaison ; d'autres en cirés leur tendaient des cisailles. Pas un ne nous remarqua. Ils étaient concentrés sur leur tâche et le fait de garder leurs bateaux stables.

— C'en est un gigantesque, cria l'un des hommes.

Je devinai qu'il parlait du filet, mais je ne le voyais pas. Nous fendîmes les flots jusqu'au bateau suivant. Hannah n'y était pas. Peut-être m'étais-je trompé, peut-être que le petit bateau avait été changé de place. Elle était encore à la maison et j'avais mal compris. Mais je me rappelai soudain la réaction de Milly : elle était tendue et attentive, je décidai de lui faire confiance. Je ne pouvais prendre le risque de croire que Hannah n'était pas quelque part ici.

En passant devant le sixième ou septième bateau et en nous dirigeant vers l'entrée de la baie, je remarquai les filets fantômes. Nous naviguions entre les deux *Moby* et un autre yacht, et, à la lumière de leurs éclairages, j'entraperçus ce qui ressemblait à une toile emmêlée au-dessus des vagues. Des formes non identifiables se débattaient à l'intérieur.

Milly aboya, des jappements anxieux, puis j'entendis crier.

La chienne bondit, tirant sur sa laisse. Je balayai l'eau avec ma lampe et criai aux hommes :

— Coupez le moteur !

Dès qu'il cala, j'entendis la voix de Hannah – un cri faible et plein de terreur. Les hommes démarrèrent de nouveau et suivirent la direction de mon bras tendu. À peine éclairé par le faisceau de ma lampe, j'aperçus un petit bateau qui se balançait dangereusement, et une petite silhouette cramponnée à son bord.

— Hannah ! hurlai-je.

Le bateau à moteur vira dans sa direction, les aboiements de Milly couvrant presque son raffut.

— Hannah !

Le phare du bateau l'éclaira, et je pus enfin la voir distinctement : la peur déformait son visage, ses mains s'agrippaient à la coque et la pluie plaquait ses cheveux sur sa figure.

— Ça va aller ! hurlai-je, mais je ne savais pas si elle pouvait m'entendre.

— Aidez-moi ! (Elle pleurait.) Mon safran est coincé dans les filets. Je ne peux pas bouger.

— Ça va aller, chérie, la rassurai-je en essuyant la pluie qui me ruisselait dans les yeux. Nous arrivons. (Je me retournai quand j'entendis le moteur ralentir.) Plus près ! criai-je aux deux hommes. Nous devons nous approcher plus près !

L'un jura bruyamment.

— Je ne peux pas m'approcher plus, hurla-t-il. Ou nous serons coincés aussi. J'appelle le secours en mer à la radio.

— On ne peut pas lui lancer une corde ?

— Si son safran est coincé dans les filets, ça ne l'aidera pas.

Le hurlement de Hannah quand une énorme vague s'abattit me galvanisa.

— Je vais la chercher, criai-je en retirant mes chaussures.

— Vous êtes sûr que ça va aller ?

— Qu'est-ce qu'on peut faire d'autre ?

L'un des hommes me tendit une paire de pinces coupantes tandis que je retirais mon ciré. L'autre tirait sur mon gilet et en resserrait les attaches.

— Faites bien attention à ne pas vous faire prendre dans le filet, cria-t-il. Je garderai la lampe sur vous. Suivez le faisceau, d'accord ?

Même avec un gilet de sauvetage, la force du courant et le froid me frappèrent de plein fouet. Je retins ma respiration quand une nouvelle vague me recouvrit ; l'eau salée me brûlait les yeux. Je luttai pour remonter à la surface et cherchai la lumière pour me diriger. Je me passai l'attache des cisailles autour du poignet, puis commençai à nager alors qu'une nouvelle vague surgissait.

Hannah ne devait être qu'à neuf ou dix mètres, mais jamais je n'avais autant souffert en nageant cette distance. Les vagues et le courant m'éloignaient d'elle, et ses cris disparaissaient chaque fois que la houle me submergeait. J'inspirais fortement dès que je le pouvais, baissais la tête et avançais péniblement en espérant suivre la bonne direction ; j'entendais les cris des hommes derrière moi et ceux de Hannah, de plus en plus forts. Je n'avais pas le temps d'avoir peur. Je devins une machine, levant tour à tour chaque bras hors de cette eau qui m'aspirait, chevauchant les vagues, me répétant que, malgré les apparences, chaque geste me rapprochait du petit bateau.

Je n'étais plus qu'à trois mètres quand je constatai que, grâce à Dieu, elle portait un gilet de sauvetage.

— Hannah ! criai-je tandis qu'elle se penchait vers moi. Tu vas devoir nager.

C'est alors que je le vis. Les hommes éclairaient les flots autour de moi, et peut-être le faisceau se fit-il plus intense, ou plus proche, mais la houle souleva le filet enroulé autour du safran de Hannah et soudain, surgissant des eaux sombres, je vis une scène que je n'oublierai jamais. Coincés dans les mailles de ce filet entortillé, les corps de poissons, d'oiseaux, des restes d'animaux peut-être morts des semaines plus tôt, tous en suspens dans cette toile presque invisible, ce mur de la mort flottant. Je distinguai un bébé tortue, une gigantesque mouette – peut-être un albatros – aux plumes arrachées, et pire encore, près de la surface, un dauphin, les yeux ouverts, le corps fermement ligoté. Je ne suis pas un expert en la matière, mais je sus qu'il vivait encore. Hannah aussi. J'entendis son cri perçant et, alors que je m'agrippais à la coque du petit bateau, je reconnus l'horreur de ce que je venais de voir reflétée dans ses grands yeux. Je lui tendis la main en priant pour que mes jambes n'entrent pas en contact avec les corps pourrissants d'en dessous.

— Hannah ! Tu dois nager. Viens.

La lumière cessa un instant de nous éclairer, puis revint. Pendant une fraction de seconde, je distinguai son visage blême, les yeux toujours rivés sur l'eau. Elle sanglotait, perdue, paralysée par ce qu'elle savait dériver en dessous de nous.

— Hannah ! la suppliai-je.

Je ne pouvais pas grimper à bord pour la rejoindre : mes membres étaient gelés et il n'y avait rien pour m'agripper.

— Hannah !

Je repliai involontairement la jambe quand je heurtai quelque chose.

Puis, couvrant le bruit de la pluie, mes cris et les aboiements de Milly, je perçus son hurlement de désespoir :

— Brolly !

J'espérais que ce serait la plus proche vision de l'enfer que j'aurais jamais.

Hannah me tendit une main et, quand je me retournai, peut-être quinze mètres de ce filet fantôme furent illuminés, laissant apparaître la funeste pêche d'animaux sans défense. Je songeai en frissonnant à son incroyable longueur, au nombre démesuré d'animaux agonisant en silence en dessous de nous, aux baleiniers et leurs équipages qui tentaient de libérer les survivants.

— Vous devez la libérer ! cria Hannah. Il le faut !

— Hannah, nous devons rejoindre l'autre bateau !

Elle était au bord de l'hystérie.

— Libérez-la ! Je vous en prie, Mike. Coupez le filet !

Nous n'avions pas le temps de discuter. J'inspirai profondément et, quand la lumière revint sur nous, je plongeai, les cisailles à la main.

Le silence fut ce qui me surprit le plus. Après le vacarme, le vent, la pluie et les cris de Hannah, je ressentis un étrange soulagement à m'éloigner de ce chaos. Puis la silhouette du dauphin prisonnier se dessina, et je nageai vers lui tout en songeant à la facilité avec laquelle je pourrais moi-même me prendre dans ce filet et être entraîné vers le fond. Je coupai les mailles en gardant une main accrochée au filet, surpris de la force qui l'entraînait. Je cisaillai et me débattis jusqu'à ce que je sente céder les filaments de nylon. Le dauphin se tortilla, sans doute sorti de sa torpeur moribonde par cette nouvelle menace. Avec la lumière oscillant au-dessus de nous, je me rendis compte qu'il saignait. Son aileron avait été presque entièrement coupé et sa peau était entaillée un peu partout par la fibre. J'évitai de regarder toutes ces victimes qui continuaient à remonter vers moi tandis que le filet tournoyait, menaçant de me compter parmi cette prise terrifiante.

— Mike !

Je perçus le cri étouffé de Hannah à une certaine distance. Puis, soudain, je coupai le dernier maillon et le dauphin s'échappa, chancelant, dans les eaux troubles, vers ce que j'espérais être le large.

Je remontai à la surface, pantelant et soulagé.

— Hannah ! criai-je en gardant les pinces hors de l'eau.

Enfin, le visage blanc de terreur, elle se laissa glisser par-dessus bord, puis dans mes bras. Elle pressa sa figure contre la mienne pour ne plus voir ce qui nous entourait.

Après s'être assurée que j'avais bien libéré le dauphin, elle ne prononça plus un mot de tout le trajet du retour. La bouche collée à mon oreille, elle me demanda si j'avais vu un bébé et, quand je lui répondis par la négative, elle enfouit son visage dans le cou trempé de Milly.

Réprimant du mieux possible les frissons qui me parcouraient, je la tins serrée contre moi tandis que nous affrontions la houle. Les regards que j'échangeai avec les deux hommes m'en dirent long sur la chance que nous avions eue.

Liza courait déjà vers nous quand nous atteignîmes la jetée. Elle portait une combinaison de plongée et ses yeux étaient assombris par la peur. Elle ne me vit même pas tant elle était pressée d'enlacer sa fille.

— Pardon, maman. (Hanna pleurait, ses petits bras glacés serrés autour du cou de sa mère.) Je voulais seulement les aider.

— Je sais, mon amour. Je sais…

— Mais Brolly…, gémit-elle entre deux sanglots. J'ai vu…

Liza attrapa la couverture que quelqu'un lui tendait, l'enroula autour de sa fille et la berça tendrement comme elle l'aurait fait pour une enfant bien plus jeune que onze ans. Une petite foule s'était rassemblée sur le sable sombre, éclairée par les phares.

— Oh, Hannah, ne cessait-elle de répéter, et ce que je perçus dans sa voix brisée me bouleversa.

— Je suis tellement désolé, Liza, dis-je quand elle finit par lever la tête. (Je tremblais de toute part malgré la couverture que quelqu'un m'avait passée autour des épaules.) Je ne suis monté que cinq minutes et…

Elle secoua la tête en silence et, dans le noir, il me fut impossible de savoir si elle me pardonnait ou m'avertissait de ne pas m'approcher.

— Le petit bateau est foutu, déclara quelqu'un. Les filets se sont entortillés autour du safran. Je ne serais pas surpris qu'il coule.

— Je me fiche du bateau.

Le visage de Liza était collé à celui de sa fille. Et, alors que les pleurs de Hannah redoublaient, elle ajouta :

— Ça va aller, mon bébé. Tu es à l'abri, maintenant.

Il était difficile de savoir si c'était elle qu'elle rassurait ou sa fille.

Je les regardais, réfrénant mon envie de les enlacer contre moi. J'eus de nouveau la sensation d'être aspiré vers le fond, comme lorsque je me débattais contre le filet, quand je compris que j'avais saboté ma dernière chance avec Liza, et ce que mon manque de vigilance aurait pu lui coûter.

Mon cœur se serra et je laissai tomber ma tête sur ma poitrine. Puis quelqu'un cria qu'un des grands bateaux était pris dans le filet, et plusieurs personnes rejoignirent la plage en direction de la jetée.

Une femme que je ne connaissais pas me tendit une tasse de thé brûlant. Kathleen apparut derrière moi.

— Nous ferions mieux de rentrer, dit-elle en posant une main noueuse sur mon épaule.

Soudain, Greg surgit dans le noir et se précipita vers nous.

— Liza ? (La peur résonnait dans sa voix.) Je viens d'apprendre. Est-ce que Hannah va bien ?

Je perçus une forme de possessivité dans sa voix et, pour une fois, j'éprouvai pour lui plus de sympathie que de colère.

— Je suis désolé, répétai-je dans le noir en espérant que Liza m'entendrait.

Puis, flanqué d'inconnus, je remontai lentement le sentier qui menait à l'hôtel.

Ce ne fut que vers 1 heure que je commençai à me réchauffer. Kathleen m'avait interdit le bain bouillant dont je rêvais, mais n'avait cessé de remplir ma tasse de thé jusqu'à ce que je la supplie d'arrêter. Elle avait allumé un feu dans ma chambre, dans la cheminée que j'avais crue purement décorative, et, tandis que je frissonnais sous plusieurs duvets, elle m'apporta une de ses décoctions dans laquelle je décelai du citron chaud, du miel, quelque chose d'épicé et une bonne dose de cognac.

— Il ne faut pas prendre de risque, affirma-t-elle en me bordant comme si j'étais un enfant. Vous seriez surpris de ce que plonger dans ce genre de mer peut générer.

— Comment va Hannah ? lui demandai-je alors qu'elle se préparait à quitter la chambre après avoir ajouté une bûche dans le feu.

— Elle dort, répondit-elle en chassant une poussière invisible de son pantalon. La pauvre petite est épuisée. Mais elle va bien. Elle a eu droit au même traitement que vous – mis à part le cognac.

— Elle a été très choquée par ce qu'elle a vu.

Le visage de Kathleen s'assombrit un instant.

— Un spectacle que je ne recommande à personne, mais nous avons fait ce que nous avons pu. Ils ont sauvé une baleine, vous savez, près de chez les Hillman. Et ils continuent. Je n'ose imaginer ce que ce filet aurait pu attraper si les garçons ne l'avaient pas repéré…

Je revis l'eau trouble, ces cadavres qui flottaient, et tentai, comme je le faisais depuis deux heures, d'effacer les images de ma tête. Je me demandai si Liza était toujours là-bas, à plonger dans cette mer démontée pour détruire les filets.

— Kathleen, appelai-je doucement. Je suis vraiment navré…

Elle me coupa.

— Vous avez besoin de vous reposer, m'ordonna-t-elle fermement. Vraiment. Enfouissez-vous sous les couvertures et dormez.

Et finalement, épuisé, j'obéis.

Quand j'entendis du bruit, je fus incapable de dire si j'avais dormi des heures ou quelques minutes. Mes années de vie à Londres m'avaient entraîné à m'éveiller au moindre bruit inhabituel, et je me redressai sur un coude, clignant des yeux dans l'obscurité, dans cet étrange espace entre rêve et réalité.

Il me fallut un moment avant de comprendre où j'étais, et ce furent les braises du feu qui me rendirent la mémoire. Je m'assis, les couches superposées de couvertures glissèrent et mes yeux s'ajustèrent à l'obscurité.

Quelqu'un se tenait près de mon lit.

— Qu'est-ce…

Liza McCullen se pencha vers moi et me posa un doigt sur les lèvres.

— Ne dites rien, murmura-t-elle.

Je me demandai si je ne rêvais pas. Je distinguais à peine sa silhouette dans le noir. Mais mes rêves étaient agités et horribles : pleins d'eau atroce et de cadavres. Là, dans la chaleur de la pénombre, elle sentait la mer. Je perçus les infimes grains de sel sur sa peau quand sa main rencontra la mienne. Puis, quand elle s'approcha plus près encore, je découvris, hébété, son haleine et la douceur étourdissante de ses lèvres sur les miennes.

—Liza, murmurai-je sans savoir si son nom submergeait mes pensées ou si je l'avais prononcé à voix haute. Liza.

Elle se glissa sans un mot dans mon lit, ses membres encore glacés et humides de l'air nocturne. Ses doigts suivirent les lignes de mon visage, s'arrêtèrent un court instant sur les ecchymoses laissées par Greg, puis s'enroulèrent dans mes cheveux. Elle m'embrassa avec une férocité qui me paralysa. Je sentis son corps léger sur le mien, la fraîcheur soudaine de sa peau contre la mienne tandis qu'elle retirait sa chemise, et j'entendis les crépitements du feu. Puis tout se mélangea, et je l'arrêtai. Je saisis son visage entre mes mains, le sondant pour mesurer à quel orage j'allais maintenant être confronté.

—Liza. Je ne comprends pas.

Elle se tint au-dessus de moi. Je sentis plus que je ne vis qu'elle me regardait.

—Merci, murmura-t-elle. Merci de m'avoir rendu ma fille.

Elle était électrique. Comme si la moindre parcelle d'elle vibrait d'énergie, une force incomparable de la nature, un génie sorti de sa lampe. Pendant des semaines, j'avais imaginé ce moment où je ferais l'amour à cette fille triste, chassant sa mélancolie de mes baisers. Mais là, cette femme enroulée autour de moi n'était pas ce que j'avais anticipé : elle était avide, enveloppante, vivante. Son corps était souple comme une anguille et, tel le ressac, se mouvait inlassablement contre moi. L'aisance avec laquelle elle se donnait à moi était humiliante. Est-ce là un merci ? voulus-je demander dans un instant de lucidité. Une réaction aux événements de cette soirée ? D'un recoin de mon esprit surgirent les mots de Kathleen : Liza supporte mal la mort d'animaux marins. « Et, deux fois par an, ce pauvre idiot croit qu'il a une chance. » J'allais parler quand

Liza plaqua ses lèvres sur ma bouche, et sa peau se réchauffa, puis s'embrasa contre la mienne. La chaleur finit par m'envahir et je fus incapable de prononcer un mot ni même de penser.

Quand je me réveillai, le lit était vide. Je m'y attendais. Je plissai les yeux dans la lumière de l'aurore et laissai les événements de la nuit s'infiltrer lentement en moi.

Elle m'avait laissé entrer. J'avais plongé mon regard dans ses yeux iridescents et dans son âme. Elle m'avait permis d'être l'homme que j'avais toujours rêvé d'être avec elle, l'homme que j'avais attendu toute ma vie de devenir. Fort, sûr de lui, passionné – pas une pâle imitation de l'amour. Quelqu'un qui pourrait la protéger, la chérir, lui apporter le bonheur par la seule force de la volonté. J'avais la sensation d'avoir vieilli de vingt ans et pourtant d'être un petit garçon. De pouvoir abattre des murs à main nue.

Je ne savais pas si je devais me réjouir de ce qui m'avait été donné ou éprouver de la nostalgie pour ce qui m'avait déjà été arraché.

J'avais été tellement certain de me réveiller seul que ce n'est qu'après plusieurs minutes que je me rendis compte qu'il y avait quelqu'un d'autre dans la chambre. Liza était assise dans le fauteuil en cuir qu'elle avait tiré près de la fenêtre. Elle portait son jean et avait les bras enroulés autour de ses genoux repliés. Je jetai un coup d'œil à ma montre. Il était 5 h 15.

Je la regardai d'un air interrogateur. Je voulais la contempler toute ma vie, mais devinais que, dès qu'elle me verrait réveillé, il me faudrait le cacher. Je ressentis un accès inattendu d'empathie envers Greg : moi aussi, je savais ce qu'était aimer quelqu'un d'inatteignable.

— Bonjour, dis-je doucement.

S'il te plaît, ne te rétracte pas trop fort, pensai-je. *S'il te plaît, ne me fais pas comprendre de façon trop évidente que tu regrettes.*

Elle se tourna lentement. Son regard croisa le mien, et je remarquai que, où qu'aient pu dériver ses pensées, c'était très loin de moi. Comment était-ce possible, alors que son corps était gravé dans le mien ? Que son sang coulait désormais dans mes veines ?

— Mike, commença-t-elle, tu dis que tu t'y connais en publicité.

J'eus la sensation de tomber brutalement.

— Mmm, grommelai-je.

— Que se passerait-il si quelqu'un avait fait quelque chose de vraiment grave et l'avouait ? Quelque chose que tout le monde ignorait. Cela créerait de la publicité ?

Je me passai la main dans les cheveux.

— Pardon. Je ne te suis pas…

— Je vais te raconter comment Letty est morte, lâcha-t-elle d'une voix douce mais claire, et tu me diras qui cela pourra sauver.

19

Liza

Le nitrazépam – ou Mogadon sous son appellation commerciale. Quarante-deux cachets dans un flacon. Des pilules pour m'aider à dormir. Parfaitement légitime, compréhensible étant donné ma dépression post-partum et le stress d'élever une petite famille. Le médecin avait été ravi de me les procurer. En fait, il n'avait pas été très attentif, trop heureux d'avoir une patiente dont les problèmes avaient une solution simple. Il me connaissait depuis un certain temps, avait suivi ma grossesse. Il connaissait ma belle-mère, le père du bébé, d'où je venais. « J'ai vraiment besoin de dormir, avais-je expliqué. Pas longtemps. Je sais que ça ira mieux. »

Il m'avait tendu une ordonnance sans hésiter, puis s'était tourné vers son ordinateur afin de se préparer pour son prochain patient. Je me retrouvai plus tard sur le parking de la pharmacie, les yeux rivés sur l'étiquette de l'hypnotique que je tenais dans la main. Je lus les avertissements. Somnifères. Meurtriers, si mal utilisés. J'éprouvai une excitation diffuse. Ces comprimés me rendraient ma vie.

Lorsque j'avais commencé ma vie en Australie – ma vraie vie, par rapport à cette période où j'avais à peine existé –, Kathleen m'avait convaincue de voir son médecin et de lui demander quelque chose pour m'aider à dormir. J'étais tant hantée par les cauchemars qu'il m'arrivait d'avoir peur de poser la tête sur l'oreiller. Dans mon sommeil, je voyais le visage terrifié de Letty, l'entendais m'appeler et je priais pour oublier. Le premier remède que me proposa le médecin fut ces cachets, bien qu'ayant un nom différent. Quand je compris ce que c'était en lisant l'ordonnance, je m'étais approchée de lui, chancelante, puis m'étais évanouie.

Des gens persuadés de tout savoir pensaient que je venais d'un foyer parental désuni, ce que je n'avais jamais cru. Je n'ai jamais ressenti le manque d'un père : ma mère valait tous les parents du monde. Dotée d'une ténacité à toute épreuve, d'amour et de fierté maternels farouches, elle était décidée à ce que je ne reproduise pas ses erreurs en m'offrant une éducation solide. Elle m'accompagnait et me harcelait, me réprimandait et m'adorait, et si de toute évidence nous n'étions une famille ni riche ni conventionnelle, je n'ai jamais manqué de rien. De mon point de vue d'enfant, je n'étais pas à plaindre. Mal payée dans un emploi à temps partiel qui lui permettait de me garder tout près d'elle, elle travaillait sans relâche et souvent pendant que je dormais. Je me demande aujourd'hui comment elle réussissait à m'offrir un sourire – et à manger – au petit déjeuner.

Nous vivions dans un petit pavillon dans un quartier mi-banlieusard, mi-villageois, proche de Londres, que nous louait une femme pour laquelle maman avait un jour travaillé. J'avais une vingtaine d'amies dans un rayon de trois cents mètres autour de la maison et la liberté d'y faire à peu près ce que je voulais. Deux fois, au cours de mon enfance, nous avions voyagé en Australie, ce qui me rendait, auprès de mes pairs, experte en affaires mondiales. Ma mère me promit un jour que nous irions vivre là-bas, avec tante Kathleen. Mais je la soupçonne de ne pas avoir eu envie d'habiter auprès de mes grands-parents. Elle n'avait jamais rien de bien à dire sur eux. À la mort de mon grand-père, elle trouva de nouvelles excuses – son dernier boulot, ma scolarité, un homme dont elle était tombée amoureuse – pour ne pas déménager de l'autre côté de la planète.

Puis il fut trop tard. Le cancer de ma mère fut foudroyant. Elle avait perdu du poids – heureuse tout d'abord, puis inquiète de découvrir que ce n'était pas dû au seul fait d'un régime. Le dernier homme « bien » – un divorcé qui vivait à une heure de train de chez nous – trouva des prétextes pour ne pas lui rendre visite, puis se volatilisa quand les traitements devinrent compliqués et désagréables. Sans doute piquée au vif par sa disparition, indépendante au dernier degré, elle n'avoua pas à Kathleen qu'elle se mourait. Je découvris plus tard qu'elle lui avait écrit une lettre qui n'arriva qu'après sa mort. Elle demandait à sa sœur de ne pas essayer de me contraindre à venir vivre en Australie, mais de me soutenir où que je sois. Ce fut sa seule erreur de jugement dans son rôle de mère.

Il n'y a pas de bon âge pour perdre sa mère, mais, à dix-sept ans, j'étais particulièrement peu préparée à affronter la vie seule. J'observai ma si fière et somptueuse maman décliner. Je vis son appétit de vivre disparaître sous la morphine et le désordre. Au début, je fis de mon mieux pour prendre soin d'elle, puis, lorsque les infirmières prirent le relais et que je compris ce qu'elle n'avait pas eu le courage de m'avouer, je renonçai. Je refusai d'y croire et, tandis que les mères de mes amis chuchotaient derrière mon dos sur ma bravoure et ma capacité à faire face, je restais assise, seule, face aux factures impitoyables en rêvant d'une tout autre vie que la mienne.

Ma mère s'éteignit une nuit sombre et douloureuse de novembre. J'étais avec elle, l'implorant d'arrêter de s'excuser, répétant que je m'en sortirais, que je savais qu'elle m'avait aimée. « Il y a de l'argent dans mon sac bleu, m'annonça-t-elle d'une voix rauque dans un de ses derniers instants de lucidité. Sers-t'en pour aller chez Kathleen. Elle prendra soin de toi. » Mais il y avait moins de cent livres – même pas de quoi me payer un billet pour l'Écosse, encore moins pour l'Australie. Je soupçonne la fierté de m'avoir retenue de parler à Kathleen de ma situation critique. Comme on pouvait s'y attendre, je perdis pied. Je quittai l'école et trouvai un boulot dans un supermarché à remplir des rayons jusqu'à ce que je comprenne que cela ne me rapporterait pas assez pour rester dans la maison. Les arriérés de loyers s'accumulèrent jusqu'à ce que l'amie de ma mère m'annonce d'un air contrit qu'elle ne pouvait pas se permettre de me laisser rester. Elle me proposa un travail de nourrice à demeure et fut soulagée quand je l'informai que je partais vivre avec une amie.

Ma vie devint chaotique. Je vendis quelques bijoux de maman, mais cela suffit à peine à me nourrir. Je vécus dans un squat, découvris les boîtes de nuit et travaillai comme serveuse dans un bar que je ne quittais qu'une fois suffisamment ivre pour m'éviter de penser à ma solitude. J'adoptai le look gothique pendant un temps, puis, à vingt et un ans, je me retrouvai enceinte d'un des nombreux hommes qui passaient dans ce squat de Victoria, un géant dont je ne connus jamais le nom de famille, mais qui faisait un admirable ragoût de lentilles, me caressait les cheveux et m'appelait « bébé ».

Tout changea quand je me rendis compte que j'étais enceinte. Je ne sais pas si ce sont les hormones ou simplement l'héritage du bon sens de ma mère, mais l'instinct de conservation prit le dessus. Je réfléchis sur tout ce à quoi j'avais évité de penser pendant quatre ans, et à ce que ma mère aurait dit en me voyant ainsi. Jamais je n'envisageai de me débarrasser du bébé. J'étais heureuse à l'idée de retrouver une famille, d'être liée à quelqu'un par le sang.

Je lavai mes cheveux de toutes teintures, trouvai un emploi d'aide maternelle et, quand Hannah vint au monde, je travaillai pour des amis de cette famille dans leur boutique d'encadrement. Ils me proposèrent gentiment de ne travailler que jusqu'à 13 h 30, heure à laquelle je devais aller chercher Hannah à la crèche. J'écrivais à Kathleen de temps à autre, lui envoyais des photos, et elle me répondait toujours en joignant quelques livres pour « acheter quelque chose pour le bébé », sans manquer de me dire qu'elle était fière de moi et de la vie que j'avais su créer. Ce n'était pas une vie facile, ni financièrement stable, mais relativement heureuse. Comme Kathleen aimait à le dire, ma mère aurait été satisfaite. Un jour, Steven Villiers entra et demanda un cadre à dorures avec un carton vert foncé pour une gravure qu'il venait d'acheter. À partir de là, la vie que je m'étais construite bascula pour toujours.

J'étais seule. J'avais la chance de vivre dans une famille qui m'avait accueillie avec un bébé. Je les observais autour de la table de la cuisine, lorsqu'ils plaisantaient les uns avec les autres devant la télévision, que les petits pieds des enfants se frottaient doucement au chandail sale de leur père bienveillant. J'enviais même leurs querelles. J'aurais adoré avoir quelqu'un avec qui me disputer.

Tandis que je contemplais Hannah passer d'un petit chaton doux à une enfant rayonnante et affectueuse, je rêvais pour elle d'un père qui l'aurait aimée et fait tournoyer dans un jardin, qui l'aurait portée sur ses épaules et se serait plaint gentiment de ses couches. Je rêvais de quelqu'un avec qui j'aurais pu parler d'elle, qui aurait eu un avis sur ce que je lui donnais à manger, qui aurait peut-être pensé à sa scolarité ou ses chaussures.

Je m'aperçus assez vite que les hommes ne s'intéressaient pas aux femmes qui avaient des bébés – ceux que je connaissais, en tout cas. Ils ne comprenaient pas pourquoi je ne pouvais pas les accompagner au pub le soir, ni pourquoi je leur suggérais le parc pour le déjeuner du dimanche. Loin de succomber au charme de ma magnifique petite fille blonde, ils ne voyaient en elle que les limites qu'elle m'imposait. Si bien que, quand je tombai sur Steven Villiers à la sortie du supermarché et qu'il ne considéra pas Hannah comme une maladie contagieuse, mais me proposa de pousser la poussette pour me faciliter le retour à la maison, je me sentis perdue. Mais était-ce si surprenant ?

Il me rappelait un peu le père de la famille chez qui je vivais. Il avait la même façon de s'habiller, à la fois miteuse et chère, mais c'était là leur seule ressemblance. Steven était trapu, tout en donnant l'impression de hauteur. Il dégageait une autorité naturelle : c'était le genre de personne qui vous fait vous tenir un peu en retrait sans pour autant que vous compreniez pourquoi. Étonnamment pour son âge, il n'avait jamais été marié – il attribuait cela au fait qu'il n'avait jamais rencontré la bonne personne, m'avait-il dit en me regardant droit dans les yeux. Il vivait avec sa mère dans une magnifique maison dans Virginia Water, comme celles que l'on voit dans les magazines, avec d'énormes haies soigneusement taillées et une salle de bains pour chaque chambre. Il s'étonna du respect mêlé d'admiration que j'exprimais ; il était de ceux qui considéraient leur vie comme faisant partie de la norme et n'avaient jamais cherché plus loin.

Étant donné son origine et ses biens, je me demandai longtemps ce qu'il me trouvait. J'achetais des vêtements de seconde main. Je n'avais plus l'air d'une sauvage, mais ne ressemblais en rien aux filles soignées et riches avec lesquelles il avait été élevé. Je n'avais rien à offrir. Quand je regarde les photos de cette époque-là, je comprends maintenant un peu mieux. J'étais très jolie et dégageais une naïveté que les hommes trouvaient attirante, malgré ma situation. Je n'avais ni amis ni soutien, ce qui me rendait malléable. Je restais émerveillée par la naissance de ma fille, prête à voir l'amour partout, à partager ce que je ressentais pour elle avec n'importe qui. Je le pris pour un sauveur, et tout ce que je disais ou faisais ne pouvait que l'en convaincre. C'est probablement ainsi qu'il se considéra lui-même à ce moment-là.

La première fois que je couchai avec lui, je lui racontai ma vie, mes erreurs, tandis qu'il me tenait dans ses bras, m'embrassait le front et me répétait que j'étais en sécurité. Il y a quelque chose d'irrésistible, quand on a été seule et vulnérable, à entendre que l'on ne risque plus rien. Il me dit qu'il était fait pour moi, que j'étais sa mission. Je lui étais si reconnaissante, j'étais tellement amoureuse que je ne décelai aucune raison de m'inquiéter.

Six semaines après notre rencontre, il me demanda en mariage. J'emménageai avec lui et sa mère. Je m'habillai de façon plus classique – il m'emmena faire des courses –, j'étais mieux coiffée, ce qui correspondait plus à la fiancée de ce genre d'hommes. Je pris à cœur mes nouvelles responsabilités de femme au foyer et m'adaptai, sous la tutelle laconique de ma future belle-mère. Il y eut quelques ratés, mais Hannah et moi apprîmes ensemble à vivre sous ce nouveau toit. J'avais mûri. J'aimais ce défi d'intégration.

Quatre mois plus tard, je découvris que j'étais enceinte. Steven en fut d'abord abasourdi, mais exulta très vite. Letty naquit à l'aube du 16 avril, et je remerciai Dieu, tandis que Hannah et Steven roucoulaient, penchés sur elle, ravis d'avoir enfin une famille. Une vraie famille.

Letty n'était pas le plus beau des bébés – elle eut l'allure d'un sharpeï pendant plusieurs mois –, mais elle était le plus choyé. J'observai l'amour simple de Steven, la tendre agitation de sa grand-mère, et aurais aimé qu'il en fût de même pour Hannah. Letty était d'une nature douce et radieuse.

Peut-être était-ce le manque de sommeil, ou un moment de la vie avec un nouveau-né, mais ce n'est que plusieurs mois après la naissance de Letty que je me rendis compte que Steven remarquait à peine Hannah. Jusque-là, je m'étais persuadée qu'il l'aimait, que son manque d'attention à son égard n'était qu'une attitude typiquement masculine plutôt que délibérée. Je n'avais que peu de références. Élevée par ma mère et ayant à peine connu mon grand-père, je ne connaissais rien aux manières des hommes. Steven subvenait très bien à nos besoins – comme ne cessait de me le rappeler sa mère –, il s'y connaissait en discipline et en problèmes quotidiens, et si Hannah le contrariait avec ses caprices d'enfant de deux ans et ses comédies pour manger, était-ce surprenant qu'il l'envoie se coucher ? Par rapport à Letty, si adorable, comment ne pas comprendre que l'attitude de Hannah puisse paraître souvent imparfaite ?

Je me dis maintenant que j'étais aveuglée par les exigences que réclamait ma nouvelle maternité. On ne voit que ce que l'on veut voir. Mais, dans mon cœur, j'aurais dû savoir. J'aurais dû saisir que les silences croissants de ma fille n'étaient pas seulement dus au fait qu'elle devait s'adapter à sa nouvelle sœur. J'aurais dû voir que Steven et ma belle-mère étaient de plus en plus sévères avec elle, qu'ils la critiquaient ouvertement. Plus que tout, c'est dans l'attitude de cette femme que j'aurais dû le deviner.

Elle ne m'avait jamais pardonné d'avoir encombré son fils – un cadre supérieur plein d'avenir – d'un enfant qui n'était pas le sien. Elle n'aimait pas le fait que je n'aie pas d'origine. Oh, elle resta polie au début, mais c'était une de ces bridgeuses à casque bleu et cardigan de chez Jaeger qui me traitait d'irresponsable et d'incapable dès que je préparais un ragoût de lentilles (de la nourriture de hippies) ou si je laissais Hannah dormir avec moi alors qu'elle n'avait que deux ans.

Elle n'osa rien dire tant que Steven et moi avons été dans notre bulle d'amour du début. Elle lui avait laissé croire qu'il était le chef de famille depuis la mort de son père, mais comprit soudain qu'elle s'était mise dans une impasse quand il refusa de discuter de mes fautes présumées. Jusqu'à la naissance de Letty où je ne correspondis plus à leurs critères. C'est alors que se révéla mon inaptitude à gérer à leur façon deux jeunes enfants : les jouets traînaient un peu partout, les lits restaient défaits jusque dans l'après-midi, mes vêtements étaient barbouillés de lait et Hannah criait souvent dans un coin après une quelconque bêtise. Ma belle-mère découvrit qu'elle pouvait désormais dire ce qu'elle voulait.

Une fois, avant que les choses empirent, j'osai demander à Steven de trouver un endroit rien que pour nous, où nous pourrions être plus heureux. Le regard qu'il me lança fut profondément méprisant. « Tu peux à peine habiller ces enfants seule, m'assena-t-il, encore moins diriger notre maison. Tu penses sincèrement que tu tiendrais cinq minutes sans ma mère ? »

Aujourd'hui, je me reconnais à peine. Sur les photos de Kathleen, d'où Steven a été découpé depuis longtemps, je vois une fille inconnue, perdue, avec d'autres cheveux que les miens et vêtue bizarrement. Ses yeux reflètent une détermination craintive à nier en bloc le bourbier dans lequel elle s'était enfoncée. Après tout, qu'avait-elle comme alternative ? Je n'avais rien – pas de maison, pas d'argent, personne. J'avais deux petites filles et un fiancé qui était un père pour elles, prêt à pardonner la pagaille que j'avais semée. J'avais une belle-mère qui me tolérait dans sa maison magnifique, même si c'était au-delà de tout ce que j'avais connu. Mes qualités domestiques n'étaient pas nombreuses et, honnêtement, mes manières les ont déçus plus d'une fois, particulièrement dès lors que Steven fut élu à la mairie et que sa carrière dans la banque décolla.

On ne peut imaginer tant qu'on ne l'a pas vécu à quel point il est facile de se faire écraser. Avec l'aide de sa mère, Steven parvint peu à peu à souligner mes impairs. On ne parla plus que très rarement de notre mariage, puis plus du tout. Hannah apprit à garder la bouche fermée en mangeant et comprit que mieux elle se comportait, moins elle était punie. Je portais des manches longues, pour que les mères de la garderie ne remarquent pas mes bleus.

J'avais grandi en croyant que ce genre de choses n'arrivait que dans les foyers les plus désespérés. Je pensais que c'était une question de pauvreté et de manque d'éducation. Avec Steven, j'appris que c'était à cause de ma faiblesse, de mon inaptitude à m'acquitter de la confiance qu'il avait placée en moi, mon incapacité à paraître un minimum convenable, et, quand ça allait vraiment mal, mon incompétence au lit.

La première fois qu'il me frappa, j'en fus si choquée que je le pris pour un accident. Nous étions à l'étage et les filles pleuraient, se battant pour un vulgaire jouet en plastique. Elles m'avaient tellement distraite que j'en avais oublié le fer à repasser qui avait brûlé sa chemise. Il entra dans la chambre, furieux du bruit, cria contre les filles, puis, quand il vit la chemise, me gifla.

« Aïe ! Ça fait mal ! », m'exclamai-je. Il se tourna vers moi, incrédule, comme si je n'avais pas compris que tel était le but. Je portai la main à mon oreille douloureuse et il descendit l'escalier comme si de rien n'était.

Il s'excusa plus tard, prétextant la tension due au travail ou quelque chose du genre, mais il m'arrive parfois de penser que cette première gifle est ce qui l'a fait basculer. Une fois qu'il eut franchi la barrière, il fut plus facile de recommencer. Il pouvait se passer des mois sans rien, mais, parfois, un rien – peler des pommes de terre en gaspillant, ne pas cirer les chaussures – pouvait me valoir un coup de poing ou une gifle. Jamais de bagarre – il était bien trop intelligent pour cela –, simplement de quoi me montrer qui commandait.

Quand je compris ce qu'il me restait à faire, j'étais devenue une ombre, une femme qui avait appris qu'il valait mieux ne pas émettre d'opinion, répondre ou attirer l'attention, que les cicatrices s'effacent rapidement, même si leurs souvenirs perdurent. Un jour cependant, je vis la tête de ma fille quand il la frappa pour avoir omis de retirer ses chaussures sur le tapis vert pâle de l'entrée, et je retrouvai ma volonté.

Je me mis à cacher de l'argent. J'en demandais pour acheter un manteau à Letty – sachant qu'il lui était impossible de refuser quoi que ce soit à sa fille –, puis montrais un vêtement parfait que j'avais acheté d'occasion et mettais de côté la différence. J'économisais sur les courses. Je savais vivre de peu, l'ayant fait pendant des années. Ils ne soupçonnaient rien, vu la loque que j'étais devenue.

Je le détestais. Le brouillard de ma dépression se dissipa et je distinguai clairement ce qu'il m'était arrivé. Je pris conscience de sa froideur, de son arrogance, de son ambition aveugle. Je me rendis compte de sa détermination à signifier à ma fille aînée qu'elle n'était qu'une occupante de seconde zone dans cette maison, alors qu'elle n'avait que six ans. Je m'aperçus que les autres familles ne vivaient pas comme la nôtre et, en fin de compte, que son milieu, ses origines et sa position financière ne l'empêchaient pas de nous maltraiter. J'observai avec soulagement que, malgré tout, mes filles s'aimaient, que leur tendresse, leurs jeux et leurs chamailleries étaient les mêmes que dans n'importe quelle autre fratrie. Letty lançait souvent ses petits bras potelés autour du cou de sa sœur, lui racontait en zozotant ses moments à la garderie, et la suppliait de se faire ses « jolis cheveux ». Hannah, quant à elle, se blottissait contre sa sœur le soir pour lui lire une histoire. Ils ne les avaient pas encore empoisonnées.

Affronter la réalité de ma situation ne m'aida pas pour autant ; j'aurais pu les quitter avec Hannah sans qu'ils s'en soucient le moins du monde. Mais ils ne laisseraient jamais partir Letty. Lorsque, au cours d'une querelle, je l'avais menacé de partir avec les deux, il m'avait ri au nez. « Quel genre de juge te confierait la garde de ma fille ? Regarde ce que tu as à offrir, Elizabeth. Regarde ton passé – des squats et Dieu sait quoi d'autre –, ton manque d'éducation ou d'avenir, et compare-le à tout ce dont elle bénéficiera avec moi. Tu n'aurais pas l'ombre d'une chance. »

Je le soupçonnai de coucher avec quelqu'un d'autre. Ses besoins physiques s'étaient nettement amoindris – une providence. Il avait une attitude schizophrène envers moi. Si je m'habillais joliment, il me disait que j'étais affreuse. Si je m'approchais de lui tendrement, un repoussoir. Si un autre homme me regardait, même si je ne portais qu'un jean et une chemise, il me prenait fermement le visage entre les mains et me grondait qu'aucun autre homme ne poserait jamais sa main sur moi. Le soir où un de ses collègues m'avait complimentée sur mes jambes, il fut si violent que, le lendemain, j'eus du mal à marcher.

C'était l'argent qui s'accumulait dans la doublure de mon manteau vert qui me permettait de tenir. Les heures pendant lesquelles ils me croyaient en train de repasser, laver ou accompagner les filles au parc, je les passais en fait à mettre au point ma fuite sous un visage impassible.

Ils avaient leur routine. Chaque mardi et jeudi, elle jouait au bridge. Pendant des années, il rejoignait son « club » – un euphémisme pour désigner sa maîtresse – tous les jeudis et vendredis soir, et, le samedi, il jouait au golf. Je chérissais ces soirées du jeudi pendant lesquelles j'avais quelques heures devant moi, seule avec les filles, à rire, courir, faire les idiotes et me souvenir de qui j'étais, avant d'entendre une clef dans la serrure.

Un jeudi soir, Steven rentra plus tôt et me trouva en train d'écrire à Kathleen et lui avouer la vérité sur ce qu'il me faisait subir. Une fois sa colère passée, il avait dû dire à sa mère que je ne devais pas rester seule : après quoi, chaque fois que j'étais à la maison, l'un d'entre eux restait aussi. Quand je sortais, ils trouvaient un prétexte pour emmener Letty au parc ou la garder à la maison. Depuis lors, je ne fus plus jamais seule avec mes filles. Je pense qu'il se rendait compte qu'il perdait le contrôle ; cette lettre à Kathleen (Dieu merci, je n'avais pas inscrit d'adresse) l'avait profondément choqué, non seulement parce que cela montrait que j'avais le courage d'en parler à quelqu'un, mais aussi parce que ses agissements étaient inscrits noir sur blanc et n'étaient pas jolis à voir. Jusque-là, il avait dû se convaincre que son attitude était légitime, que ses coups n'étaient qu'une conséquence inévitable à mes manquements. Avoir sous le nez ses mots cruels, les lèvres fendues, les doigts cassés, ses actes tels qu'ils étaient – le comportement d'un tyran –, dut lui paraître inadmissible.

J'attendais mon heure. J'étais devenue patiente. Je devais seulement rejoindre Kathleen. Une fois là-bas, je pourrais tout résoudre. Sa maison était un mirage que je serrais contre moi les nuits où la noirceur de ma vie me submergeait. Il savait seulement que j'avais une tante éloignée. Il n'avait aucune idée d'où elle habitait.

Quand je réussis à établir un plan et fixer la date de son exécution, je devins si nerveuse que je me demande comment ils ne s'en sont pas rendu compte. Je fus incapable d'avaler quoi que ce soit pendant des semaines. Le nœud que j'avais à l'estomac me rendait maladroite, le fait de sans arrêt remanier mes plans dans ma tête altérait mon attention, si bien qu'ils déblatérèrent en chœur sur mon incompétence manifeste et avertirent Hannah que, si elle ne se secouait pas un peu, elle finirait comme moi. Si les filles se doutèrent de quelque chose, elles n'en manifestèrent aucun signe. Les enfants, heureusement, ont tendance à vivre dans le présent. Je les regardais jouer, se parler, avaler distraitement leurs poissons panés, et les imaginais en Australie courant le long de la Whale Jetty. Je priais Dieu en silence pour qu'il leur offre cette liberté. Je les voulais affranchies, fortes, indépendantes, heureuses. Je le désirais pour moi également, mais, à l'époque, je n'avais aucune idée de qui j'étais.

— Ta fille a besoin d'aller chez le coiffeur, m'annonça-t-il un matin. Nous avons une séance de photos en famille samedi, pour le prospectus de ma candidature aux élections municipales. S'il te plaît, fais en sorte qu'elle et toi soyez à peu près présentables et que ta robe bleue soit propre.

Il m'embrassa sur la joue – un coup de bec, froid et formel, que j'imaginais plus à l'intention de sa mère. Celle-ci me détestait moins qu'elle n'aurait détesté sa liaison extraconjugale.

— Tu rentreras pour dîner ? lui demandai-je sur le ton le plus léger et indifférent possible.

Il sembla irrité par la question.

— J'ai une réunion ce soir, mais je serai rentré avant que maman sorte.

Aujourd'hui, j'ai du mal à me souvenir de cette journée, si ce n'est qu'il pleuvait et que les filles se chamaillaient sans arrêt, coincées à l'intérieur. C'était les vacances scolaires, et avoir Hannah toute la journée à la maison avait provoqué une de ses migraines à ma belle-mère. Elle me prévint que si je ne parvenais pas à maintenir le calme, j'aurais à m'en expliquer avec Steven. Je me souviens de mon sourire contrit, souhaitant que son mal de tête se transforme en tumeur.

Je pense avoir vérifié les passeports toutes les demi-heures. Ils étaient à l'abri avec les billets d'avion dans la doublure de mon manteau. Pendant que cette femme dormait, j'avais préparé deux sacs fourre-tout avec le strict minimum pour ne pas éveiller les soupçons si quelqu'un venait à ouvrir les tiroirs de la commode des enfants. À un moment, Hannah me demanda ce que je fabriquais – quand elle avait ouvert la porte de la chambre, je crus que mon cœur avait bondi hors de ma poitrine. Je pressai un doigt sur mes lèvres et lui demandai de descendre, je préparais une surprise, mais que ça ne marcherait que si elle était capable de garder un secret.

— Est-ce qu'on part en vacances ? demanda-t-elle, et je réfrénai mon envie de lui plaquer une main sur la bouche.

— Presque, une petite aventure, chuchotai-je. Descends, maintenant, Hannah, et ne dis rien à Letty. C'est très important.

Elle ouvrit la bouche, mais je la jetai presque dehors.

— Allez, Hannah. Nous ne devons pas réveiller grand-mère Villiers ou papa se fâchera.

C'était un coup bas, mais j'étais prête à tout.

Hannah n'eut pas à se le faire dire deux fois : elle quitta ma chambre, et, le plus silencieusement possible, je cachai les deux sacs sous le lit de la chambre d'amis.

Il rentra en retard ce soir-là, comme je l'avais prévu. Le jeudi était sa soirée avec l'autre, et ma belle-mère devint de plus en plus agitée tandis que les minutes s'égrenaient.

— Il va me mettre en retard pour le bridge, répétait-elle de mauvaise humeur en regardant pour la énième fois par la fenêtre.

Je ne dis rien. J'avais appris depuis longtemps que c'était le moyen le plus sûr.

Puis, miraculeusement, elle se leva.

— Je ne peux attendre plus longtemps. Dites à Steven que j'ai dû partir. Assurez-vous que cette cocotte ne brûle pas. Le feu est trop fort.

La cocotte devait la rassurer : dans son raisonnement pervers, elle pensait sans doute que je ne partirais pas si j'avais un repas sur le feu.

— Passez une bonne soirée, lui souhaitai-je sur un ton le plus neutre possible.

Elle me regarda sévèrement, et j'attrapai des assiettes comme pour mettre le couvert.

— N'oubliez pas qu'il y a du pain à réchauffer dans le four, me rappela-t-elle.

Puis, dans un bruissement de manteau, elle s'en alla. Je restai dans la cuisine avec les filles à mes pieds qui jouaient en bavardant ; la liberté était si proche qu'elle avait un goût métallique.

Quand sa voiture eut quitté l'allée, je courus chercher les comprimés cachés dans ma penderie. Je redescendis et, tandis que les filles regardaient une vidéo, j'écrasai plusieurs cachets dans un verre, y versai du vin, mélangeai et goûtai. Le médicament était indécelable. J'en ajoutai quatre autres, pour plus de sûreté. Je goûtai de nouveau – avec un peu de chance, si j'assaisonnais plus généreusement le dîner, il ne se rendrait compte de rien. Il était presque 19 h 30.

Il dînerait, tomberait dans un sommeil profond, et je disposerais de quelques heures avant qu'elle rentre. Quelques heures pour rejoindre Heathrow avec sa voiture et embarquer dans un avion. Les parties de bridge du jeudi pouvaient durer jusqu'à 23 h 30 ou même minuit. Avec de la chance, il dormirait toujours à son retour et nous serions déjà dans le ciel. C'était un bon plan. Un plan presque parfait.

Je luttais pour réprimer mon trac quand j'entendis la voiture de Steven se garer. Je n'avais encore jamais prié pour qu'il rentre plus tôt. J'affichai le même sourire sincère que pendant toutes ces années, tandis qu'il tournait la clef dans la serrure.

— Elizabeth…, dit-il.

Mike me tenait les mains.

— Ça va aller, m'encouragea-t-il, les yeux pleins de tendresse. Tout va bien.

Je respirai à grand-peine, les larmes coulaient le long de mon visage.

— Je ne peux pas… (Je secouai la tête en le regardant.) Je ne peux pas…

J'avais du mal à respirer.

Je sentis ses bras m'envelopper.

— Tu n'as pas à le faire, me murmura-t-il à l'oreille. Tu n'es pas obligée de me raconter.

— Letty… Je…

Il me garda dans ses bras sans rien dire et me laissa m'effondrer. Jamais il ne bougea. Il resta assis là, son visage pressé si fort contre le mien que sa peau dut absorber mes larmes. Il me tenait serrée, assez fort pour me consoler, pas trop pour m'assurer de ma liberté.

— Maman ?

Hannah était sur le pas de la porte, immobile dans sa chemise de nuit. Son regard passa de Mike à moi et retour. Elle avait les cheveux encore tout emmêlés de sommeil.

Sa présence me ramena de l'enfer. Je me dégageai de Mike et m'essuyai les yeux. Ma magnifique fille, effrayée, courageuse et en vie.

— Pourquoi pleures-tu ? demanda-t-elle tout bas.

Je voulus lui dire, mais il fallait que je l'épargne. Pendant des années, je n'avais pas parlé de Letty devant elle. Ne sachant pas ce dont elle se souvenait, j'avais essayé de la protéger de cette effroyable nuit, cette nuit au cours de laquelle, par ma faute, nos vies avaient implosé.

— Hannah…

Je tendis la main pour la toucher, mais j'avais la gorge trop nouée pour poursuivre.

La voix de Mike retentit dans la chambre, calme mais ferme :

— Letty, dit-il doucement. Nous parlons de Letty, Hannah.

Et quand elle s'approcha de lui pour attraper sa main tendue, mon cœur se brisa, submergé non pas par le chagrin ni le souvenir de ma pauvre petite fille perdue, mais par tant d'amour. Puis, la main sur la bouche, je sortis de la chambre en courant.

20

Hannah

Maman ne parla pas pendant près de deux semaines après notre arrivée ici. Elle resta couchée, comme si elle était morte. Ensuite, pendant très longtemps, elle se laissa aller à la dérive, à la fois présente et absente. Tante Kathleen s'occupa de moi, me nourrit et m'expliqua par bribes ce qu'il s'était passé, me serrant dans ses bras quand je ne pouvais plus m'arrêter de pleurer. Quand elle jugeait que je ne devais pas rester seule, elle invitait Lara et nous aidait à préparer des gâteaux comme si nous cuisinions notre amitié et qu'elle tentait de trouver un substitut à Letty. Quand je demandai ce qu'il arrivait à maman et pourquoi elle ne descendait pas pour rester avec moi, tante K me répondit simplement :

— Toi et ta mère avez souffert plus qu'il est possible d'imaginer, Hannah, et elle n'arrive pas aussi bien que toi à faire face. Nous devons lui laisser un peu de temps.

Elle lui accorda plus de temps, puis encore un peu plus, jusqu'au jour où elle décida que cela suffisait.

— Ta mère et moi allons avoir une petite conversation, m'annonça-t-elle. Lara et toi, vous restez là avec Yoshi. Et faites attention au chien.

Je ne sais pas ce qu'elles se sont dit, mais elles sortirent sur le bateau de tante K et, quand elles revinrent, maman avait l'air moins fantomatique qu'avant. Elle débarqua sur la Whale Jetty, marcha vers moi et me prit dans ses bras. J'avais l'impression que c'était la première fois qu'elle me voyait depuis longtemps.

—Je suis vraiment désolée, maman, dis-je en pleurant.

Je sentais ses os sous sa chemise.

Elle avait une voix différente.

—Tu n'as pas à être désolée, mon amour. Tu t'es très bien comportée. C'est moi qui ai tout raté.

Mais je savais que si Letty et moi ne nous étions pas disputées devant Steven… Si Letty n'avait pas dit qu'elle ne voulait pas partir en vacances… Soudain Letty me manqua affreusement. Je n'arrivais pas à croire qu'elle n'était plus en vie.

—Je veux qu'elle soit là, pleurai-je.

Je sentis un gros sanglot retenu dans la poitrine de maman. Elle me serra plus fort.

—Moi aussi, mon amour. Moi aussi.

Maman m'avait demandé de ne rien dire. Elle était dans sa chambre et avait répété que c'était très important. Mais j'étais tellement excitée à l'idée que maman, Letty et moi partions quelque part, que nous aurions des semaines devant nous pour rire et faire tout ce que grand-mère Villiers n'aimait pas !

—Je n'avais pas l'intention de lui dire, murmurai-je.

Maman me saisit alors par les épaules, et je rencontrai son regard si bleu, si lumineux, comme le ciel, et ses cils tout collés en pointes par les larmes, comme des étoiles.

—La mort de ta sœur n'est pas ta faute, d'accord ? (Son ton était féroce, presque comme si elle me grondait. Mais son regard était tendre.) Absolument rien de tout cela n'a été ta faute, Hannah. Rien. Il faut que tu oublies.

Deux semaines plus tard, un lundi soir, après le thé, nous avons organisé une cérémonie pour Letty. Sur la mer. Il n'y avait que maman, tante Kathleen, Milly et moi. Nous sommes sorties avec l'*Ismahel* et avons rejoint un endroit que tante Kathleen appelle le plus beau coin de toute l'Australie. Pendant que les dauphins dansaient autour de nous, que le soleil rougeoyait et que quelques nuages dérivaient haut dans le ciel, tante Kathleen rendit grâce pour la vie de Letty et affirma que même si nous étions de l'autre côté de la Terre, il était évident que l'esprit de Letty était avec nous. J'espérai qu'un dauphin viendrait nager à côté de nous et sortirait la tête, comme un signe, mais j'eus beau les observer longtemps, aucun ne s'approcha.

Quand nous avons défait le deuxième sac, maman trouva les dauphins en cristal de Letty. Elle avait dû les emballer avec soin, car aucun de leurs petits ailerons n'était cassé. Elle en prit un dans sa main et le regarda longtemps. Puis elle inspira longuement et me le donna.

— Tu vas prendre soin de ces dauphins. Conserve-les précieusement.

Ce fut l'une des dernières fois que nous parlâmes de Letty.

Maintenant, il n'y a que moi qui me rappelle. Je nous revois transformer notre chambre en campement ou courir dans le jardin et nous éclabousser avec le tuyau d'arrosage. J'essaye de tout garder dans ma tête, car j'ai peur qu'elle ne s'efface doucement et qu'un jour je ne me souvienne plus d'elle. J'ai deux photos d'elle dans mon tiroir et, si je ne les regardais pas tous les soirs, je ne me rappellerais plus son visage, son sourire avec une dent en moins, la façon qu'elle avait de se caresser le nez quand elle suçait son pouce, son corps contre le mien quand elle dormait avec moi. Il y a d'autres choses que j'aimerais oublier. Comme le soir où maman nous avait prises dans ses bras quand grand-mère Villiers était sortie et nous avait promis que les choses allaient changer. Je repense au moment où je l'avais trouvée en train de faire nos bagages. J'avais été soulagée qu'elle pense à mon vieux chien en flanelle, Spike, sans lequel je n'arrivais pas à dormir. Elle m'avait demandé de ne rien dire à papa ni à grand-mère, parce que nous allions leur faire une surprise. Elle croyait que je n'étais plus là, mais je l'ai vue glisser les sacs sous le lit de la chambre d'amis. Je me souviens des bleus violacés sur ses bras, un peu comme celui que j'avais eu lorsque Steven s'était fâché contre moi pour avoir mis du feutre sur la table de cuisine, m'obligeant à descendre du tabouret avec une telle force que ça m'avait fait mal.

J'étais surexcitée – un peu comme avant Noël – à l'idée d'avoir quelque chose à raconter à Letty, même si je lui avais dit que c'était un secret très important.

Ensuite, on avait regardé une vidéo – *Pinocchio* –, alors que ce n'était pas le week-end, et, quand Steven rentra, il sentait l'alcool, mais maman lui servit quand même un grand verre de vin et resta devant lui en souriant, jusqu'à ce qu'il lui dise qu'elle avait l'air d'une idiote. Elle n'arrêtait pas de le regarder en coin en servant le dîner, comme si elle attendait quelque chose.

Et puis Letty et moi, on s'est disputées bêtement pour des crayons. Nous voulions toutes les deux le même vert qui était beaucoup plus joli que le vert un peu marron qui ne rendait rien sur le papier. J'ai gagné parce que j'étais plus grande, et Letty s'est mise à pleurer. Elle pleurnichait qu'elle ne voulait pas partir, et Steven a demandé : « Partir où ? » Il a regardé maman, et ils se sont fixés un moment. Il l'a poussée et est monté à l'étage. Je l'ai entendu ouvrir tous les tiroirs. Quand il revint, son visage était si furieux que je me suis cachée sous la table avec Letty. Il vociféra : « Où sont les passeports ? » Sa voix était toute pâteuse et je fermai les yeux très fort. J'entendais pleuvoir les coups, et maman est tombée par terre et s'est cogné la tête. Il a attrapé Letty qui criait et a beuglé qu'elle n'irait nulle part tant qu'il serait vivant. J'essayai d'attraper la main de Letty, mais il me repoussa violemment. Il tenait Letty sous son bras comme un sac de pommes de terre, et elle hurlait. Quand maman se réveilla, j'entendis le bruit de la voiture dans l'allée, les graviers jaillir et maman s'est mise à gémir : « Oh, mon Dieu… Oh, mon Dieu. » Elle n'avait pas remarqué que son visage était en sang. Je m'accrochai à elle parce que j'avais peur d'où il avait emmené Letty.

Je ne sais pas combien de temps nous sommes restées assises là.

Je me rappelle avoir demandé à maman où était Letty et qu'elle m'avait serrée contre elle en répondant : « Ils seront vite de retour ». Mais je n'étais pas certaine qu'elle le pensait. J'avais peur, parce que, quand Steven rentrerait, il serait vraiment fâché.

Quelques heures plus tard, le téléphone sonna. Maman était assise par terre, tremblante, et sa tête avait toujours du sang. Je décrochai, c'était grand-mère Villiers avec une voix bizarre. « Passe-moi ta mère, s'il te plaît », comme si j'étais une étrangère. Je l'entendais crier contre maman. Maman est devenue toute blanche, larmoyante, et je tenais ses jambes pour qu'elles arrêtent de trembler. Elle ne cessait de répéter : « Qu'est-ce que j'ai fait ? Qu'est-ce que j'ai fait ? » Ce fut la plus longue nuit de toute ma vie. Quand le jour se leva, maman me réveilla. Je m'étais endormie par terre et j'avais froid. Elle m'annonça d'une voix étrange qu'il fallait qu'on parte tout de suite. Je lui réclamai Letty, et elle m'apprit qu'il y avait eu un accident, que Steven avait eu un accident de voiture et que Letty était morte à l'hôpital et que tout était sa faute. Elle claquait des dents comme si elle nageait dans une eau trop froide. Je ne me souviens plus très bien après ça ; seulement d'être dans un taxi, puis dans un avion, et quand j'avais pleuré et dit que je ne voulais pas partir, elle m'avait répondu que c'était le seul moyen dont elle disposait pour me protéger. Je pleurais chaque fois qu'elle allait aux toilettes, parce que j'avais peur qu'elle ne disparaisse aussi, me laissant toute seule. Tante Kathleen nous attendait à l'aéroport et m'avait serrée dans ses bras comme si elle me connaissait en me répétant que tout allait bien se passer, alors qu'en définitive c'était faux. Pendant tout ce temps, j'eus envie de demander à maman : comment pouvons-nous laisser Letty ? Et si elle n'était pas morte et nous attendait à l'hôpital ? Et même si elle était morte, nous aurions dû l'emmener, ne pas la laisser à tant de kilomètres parce que nous ne pourrions pas apporter des fleurs sur sa tombe ni lui dire que nous l'aimions toujours. Mais je ne dis rien. Car, pendant très longtemps, ma maman ne parla pas du tout.

C'est ce que je racontai à Mike, le matin où je le surpris à tenir les mains de maman dans sa chambre. Je lui racontai tout, alors que maman était partie, que je n'avais jamais pu parler de cette histoire à qui que ce soit, même pas à tante K, pas avec tous les détails. Je lui racontai parce que j'avais l'impression que les choses avaient changé, et que maman penserait que ça irait si Mike le savait.

Je n'avais jamais vu un homme pleurer avant.

21

Mike

Le lendemain, alors que Silver Bay dormait encore et que la mer se calmait sous un ciel dégagé, Nino Gaines se réveilla dans la chambre bourdonnante de l'hôpital de Port Summer.

Kathleen était assise au pied de son lit, affalée sur une chaise bleue. Elle était venue directement après avoir bordé tout le monde, parce qu'elle avait besoin de raconter à son plus vieil ami un peu de cette nuit mouvementée. Rattrapée par la fatigue, elle s'était endormie à l'aube, puis s'était redressée pour parcourir le journal de la veille, lisant parfois à voix haute lorsqu'elle tombait sur un article susceptible de l'intéresser. En l'occurrence, il s'agissait d'un billet sur un homme qu'ils connaissaient tous les deux et qui avait ouvert un restaurant.

—Ça va être un vrai désastre, commenta-t-il d'une voix rauque.

Épuisée par l'angoisse de la disparition de Hannah et l'horreur des filets fantômes, Kathleen Whittier Mostyn poursuivit sa lecture avant de se rendre compte de ce qu'elle avait entendu.

Il était faible, un peu désorienté, mais, sous la robe blanche de l'hôpital et la myriade de tubes et de fils, il s'agissait indubitablement de Nino Gaines. Les médecins procédèrent à un tas d'examens qu'il considérait comme une perte de temps, ils lui firent passer des scanners cérébraux, des cardiogrammes, consultèrent leurs manuels et, finalement, le déclarèrent étonnamment bien pour un homme de son âge resté inconscient tant de jours durant. Il fut autorisé à s'asseoir, on lui retira quelques-unes des perfusions qui lui perçaient les bras, et le filet de visiteurs se transforma bientôt en torrent. Kathleen obtint la permission de s'asseoir sur son lit, place habituellement réservée à l'épouse, à partir du moment où elle ne jouait pas avec sa tension artérielle.

— Ça fait plus de cinquante ans qu'elle fait monter ma tension, confia-t-il aux infirmières devant elle. Me voilà bien avancé.

Le visage de Kathleen s'épanouit dans un large sourire qui ne s'est pas effacé depuis.

Certains chanceux ont un but dans la vie depuis leur plus jeune âge. Ils se reconnaissent une vocation, quel qu'en soit le domaine. Je finis par trouver la mienne, à l'aube d'un printemps australien, quand une petite fille de onze ans me prit la main et me confia un secret. À partir de ce moment-là, je compris que je consacrerais toute mon énergie à les protéger, elle et sa mère.

Quand je repense à ces quelques jours qui suivirent la nuit des filets fantômes, je me dis que mes sentiments relevaient de la schizophrénie. J'étais amoureux de Liza – sans doute amoureux pour la première fois – et euphorique d'être enfin en mesure de l'exprimer librement. Elle semblait m'aimer aussi. Après m'avoir parlé de Letty, elle avait craint que je ne la regarde différemment – comme une femme désinvolte, fourbe ou, pire, comme une meurtrière. Elle était dans sa chambre, assise près de la fenêtre, abattue. Une fois calmé (Hannah m'avait pris dans ses bras quand j'avais pleuré, un geste que j'avais trouvé presque insupportable tellement il était émouvant), j'étais entré, fermant la porte derrière moi, m'étais agenouillé et l'avais enlacée, sans prononcer un mot, comptant sur ma présence pour s'exprimer à ma place. Longtemps plus tard, je compris pourquoi elle m'avait tout raconté.

— Je ne crois pas que tu doives le faire, lui avais-je dit.

Elle avait levé la tête.

— Si, Mike.

— Tu te punis pour quelque chose qui n'est pas ta faute. Comment aurais-tu pu prévoir sa réaction ? Comment aurais-tu pu savoir qu'il allait avoir un accident? Tu étais une femme battue. Tu pourrais dire que tu étais… (J'avais du mal à trouver les mots.)… prise d'une crise de folie. C'est ce qu'ils plaident dans ce genre de cas. J'ai lu les journaux.

— Je dois le faire. (Dans ses yeux gonflés par les larmes, je lus la détermination.) C'est comme si j'avais tué ma fille. J'ai peut-être aussi tué son père. Je vais me rendre et me servir de cela pour communiquer sur ce qu'il se passe ici.

— Ce sera peut-être complètement inutile et désastreux.

— Laisse-moi parler avec cette fille des médias. Elle saura si cela peut nous aider.

— Tu ne comprends pas, Liza. Si tout cela… Comme tu dis, tu iras en prison.

— Tu crois que je ne le sais pas ?

— Comment Hannah se débrouillera-t-elle sans toi ? N'a-t-elle pas déjà assez perdu ?

Elle se moucha.

— Il vaut mieux qu'elle me perde quelques années tant qu'elle a encore Kathleen. Ensuite nous pourrons repartir de zéro. Je pourrai repartir de zéro. Et peut-être quelqu'un m'entendra-t-il.

Je me levai et arpentai la pièce.

— Ce n'est pas bien, Liza. Et si cela n'arrête pas la promotion ? Les gens sympathiseront peut-être, mais il n'est pas certain que quiconque fasse la différence dans la poursuite ou non du projet.

— De quelle autre solution disposons-nous ?

Elle avait marqué un point.

Elle me prit les mains.

— Mike, cela fait des années que je ne vis qu'à moitié. Je me suis leurrée, mais c'est la réalité, je n'ai vécu que dans la peur. Je ne veux pas que Hannah grandisse ainsi. Je veux qu'elle aille où bon lui semble, qu'elle voie qui elle veut. Je veux qu'elle ait une enfance heureuse, entourée de gens qui l'aiment. Quel genre de vie est-ce pour elle aujourd'hui ?

— Une vie merveilleuse, protestai-je, mais elle secoua la tête.

— Elle ne peut pas quitter l'Australie. Dès qu'ils verront son passeport, ils nous retrouveront. Elle ne peut même pas quitter Silver Bay – c'est le seul endroit où je suis certaine que nous sommes cachées.

Elle se pencha en avant. Elle parlait très distinctement, comme si, pendant toutes ces années, elle avait répété son discours.

— C'est comme si je vivais avec des filets fantômes. Toute cette histoire… Ce que j'ai fait, Letty, Steven… Nous sommes peut-être à des milliers de kilomètres, mais c'est comme si tout était là, prêt à me rattraper, à m'étrangler, à m'aspirer. C'est ainsi depuis des années. (Elle replaça une mèche derrière son oreille et j'aperçus la petite cicatrice blanche.) Si l'hôtel se construit, nous devrons déménager. Où que nous allions, cela nous poursuivra.

— Tout est ma faute. Si je n'étais jamais venu… Mon Dieu, la situation dans laquelle je t'ai mise…

Je sentis sa main dans mes cheveux.

— Tu ne pouvais pas savoir. Si ce n'avait pas été toi, cela aurait été quelqu'un d'autre. Je ne suis pas naïve au point de croire que tout serait resté intact éternellement.

Elle inspira profondément.

— Écoute-moi bien. J'ai réfléchi toute la nuit. Si je me livre à la police, je rends à Hannah sa liberté et attire l'attention sur les baleines. Les gens seront obligés de t'écouter. (Elle me sourit timidement.) Je serai libérée. Il faut que tu comprennes, Mike, que moi aussi je dois me soulager de ce poids. Aussi loin que je puisse être.

Je la sentais déjà me glisser entre les doigts. À des millions de kilomètres de moi, encore une fois.

— Accorde-moi une faveur, lui demandai-je en l'attirant à moi. Ne fais rien tant que je n'ai pas parlé à quelqu'un.

J'appelai ma sœur le soir même. En la menaçant de mort si elle répétait un mot à qui que ce soit, je lui racontai en détails ce que Liza m'avait confié.

Il y eut un long silence.

— Mon Dieu, Mike, tu sais les choisir, observa-t-elle sur un ton plein de respect. Puis, tout en prenant des notes, elle ajouta : Elle est réglo, n'est-ce pas ? Elle n'invente rien ?

Je repensai à Liza tremblante dans mes bras.

— Elle n'invente rien. Tu crois que ça peut faire un sujet ?

— Tu te moques de moi ? La rédaction se damnerait pour une histoire pareille.

— J'ai besoin que… (Je tentai de me ressaisir.) Si nous agissons ainsi, Monica, il faut que l'article soit tourné en sa faveur. Les gens doivent comprendre comment elle en est arrivée là. Si tu la connaissais… Si tu savais quel genre de femme, quelle mère elle est…

— Tu veux que ce soit moi qui écrive ?

Ma sœur semblait incrédule.

— Je ne fais confiance à personne d'autre.

Il y eut un silence.

— Merci. Merci, Mike, je… (Elle était distraite, tout à coup, comme si elle relisait ses notes.) Je pense que je devrais réussir à rédiger mon article de façon à inspirer la compassion. Je vais discuter avec notre avocat – sans citer de nom, bien sûr –, mais je dois avoir son point de vue sur le plan légal. Je ne veux pas écrire quoi que ce soit qui s'avère déjà sous la considération d'un juge… ou qui puisse compromettre n'importe quel cas à venir.

Je regardai le téléphone d'un air interrogateur en entendant ce discours qui révélait la vérité gênante de la situation de Liza et ce qu'elle pouvait signifier.

— Tu crois… qu'elle pourrait attirer l'attention sur notre cause ?

— Si elle affirme clairement qu'elle ne se présente pas maintenant uniquement pour réparer les choses, mais aussi dans le but de sauver les baleineaux, les gens seront sans doute mieux disposés à son égard. Le public adore les histoires de baleines, et encore plus les histoires un peu dingues. Surtout quand il y a une belle blonde.

— Si tu faisais l'interview toi-même, tu pourrais t'assurer que rien ne sera déformé.

— Je ne vais pas te trahir, Mike. Je ne mange pas de ce pain-là. Cela n'empêche pas que tu dois lui dire de réfléchir sérieusement. Parce que si tout ce que tu m'as dit est vrai, je ne peux rien garantir, une fois que ce sera sorti au grand jour. D'autres journaux s'empareront de l'affaire et la déformeront – ils se chargeront de réécrire l'histoire. Ce n'est pas bon qu'elle se soit enfuie.

— Elle venait de perdre sa cadette. Steven était dans un état critique. Elle devait prendre les devants pour protéger Hannah.

— Même si nous nous y mettons tous pour la faire paraître un ange, elle risque d'être arrêtée et envoyée en prison. Surtout si ce type – l'ex-mari – est mort. Si l'accusation prouve qu'elle lui a administré ces cachets sachant qu'il avait bu et qu'il prendrait sa voiture, eh bien, je déteste le dire, mais, au mieux, ce sera un homicide involontaire.

— Et, au pire, avec préméditation.

— Je ne sais pas. Je ne suis pas correspondante aux affaires criminelles. N'allons pas plus vite que la musique. Épelle-moi son nom encore une fois. Je vois ce que je peux trouver et je te rappelle.

J'espérais qu'en même temps que les chances de Nino Gaines, celles des habitants de Silver Bay s'amélioreraient, mais ce n'était pas le cas. Une fois déposées, les objections de l'enquête publique avaient été négligées. Les journaux se mirent à parler de « quand » plutôt que de « si » le projet verrait le jour. Pour preuve, les panneaux publicitaires se multiplièrent autour du grillage qui encerclait le chantier, promettant « une occasion unique d'investir dans des maisons de vacances de deux, trois ou quatre chambres, intégrées dans un complexe de loisirs exceptionnel ».

Tous ces slogans que j'avais inventés me rendaient malade. Les panneaux immenses juraient sur cette bande de sable presque déserte et mettaient en évidence la décrépitude de l'hôtel Silver Bay, dont la peinture écaillée et le bardage décapé apparaissaient comme un symbole de fierté. Il se dressait à côté du hangar, sentinelle silencieuse d'une époque révolue. Un hôtel qui passe de l'état de paradis perdu à celui d'une banale bâtisse, loin de l'aventure unique et rutilante, ou de l'occasion exceptionnelle d'investissement.

Un matin, alors que j'observais un groupe d'inconnus, arrivés en monospace, et se promenant le téléphone à l'oreille et une écritoire sous le bras, Kathleen s'approcha de moi. Cela devait lui paraître une invasion. Après une vie avec la mer pour seule voisine, elle se retrouvait avec la perspective d'un flot continu d'étrangers à sa porte.

Elle les regardait en silence ; son profil était anguleux et tanné. Elle ne tourna pas la tête pour me demander :

— Quand devons-nous commencer à emballer nos affaires ?

Mon estomac se noua.

— Ce n'est pas encore fini, Kathleen.

Elle ne répondit rien.

— Même si nous perdons la bataille, il nous reste plein de choses à faire pour minimiser l'impact de cette promotion sur votre hôtel. J'élaborerai un plan de développement. Nous réfléchirons sur les moyens pour moderniser...

Elle posa une main sur mon bras pour m'arrêter.

— J'ai beaucoup de respect pour vous, Mike Dormer. Et j'en aurais encore plus si je pouvais compter sur vous pour me dire la vérité.

Qu'est-ce que je pouvais répondre ? Yoshi était en contact avec des associations de sauvegarde de baleines et de dauphins. Ils essayaient d'accélérer l'élaboration d'un rapport sur les effets perturbateurs du bruit sur les cétacés. Elle leur avait demandé s'ils ne pouvaient pas inclure les moteurs de jet-skis et de bateaux à leur dossier. Nous avions récolté presque mille sept cents signatures pour notre pétition. Notre site comptabilisait une centaine de visites quotidiennes et recevait des messages de soutien du monde entier. D'autres opérateurs de tourisme d'observation des baleines adressaient à la mairie des lettres d'opposition au projet.

Après la classe, Hannah envoyait des courriels à des écoles pour que d'autres enfants s'impliquent. Elle s'était approprié mon ordinateur. Quant à moi, je passais des heures au téléphone à essayer de convaincre les habitants des villes avoisinantes de s'élever contre le complexe. J'appliquai la méthode que ma sœur avait suggérée, et tentai d'attirer l'attention régionale et nationale. Rien de tout cela ne parut faire une différence. Chaque fois que je mettais un pied dehors, il semblait que cette terre balafrée générait un intérêt sans cesse renouvelé. Il y avait de plus en plus d'hommes en costume et d'ouvriers du bâtiment casqués. Des encarts publicitaires dans le journal local annonçaient une promotion immobilière d'exception et encourageaient les agents de la région à se mettre en rapport pour « faire partie de l'aventure ». Deux emplacements de boutique vides affichèrent des panneaux « À vendre », espérant sans doute capitaliser sur leur proximité.

Je secouai la tête.

— Ce n'est pas encore fini.

C'était moi que j'essayais de convaincre avant tout.

Elle remonta le sentier qui menait à l'hôtel en traînant les pieds.

— En ce qui me concerne, cela me paraît plutôt mal parti.

Comme nous l'avions deviné, le *Hannah's Glory* sombra cette nuit-là, submergé par la forte houle et les filets fantômes entortillés autour de son safran. Lorsque je regarde maintenant le large, l'absence de vagues me bouleverse. La mer engloutit les choses dans leur totalité. Plus de petit bateau, plus de filets, plus d'animaux marins agonisants. Personne ne reparla de l'Optimist, une fois qu'il fut établi avec certitude qu'il reposait au fond de l'eau. Je crois que Greg se sentait toujours mal à l'aise du rôle involontaire qu'il avait joué dans l'incident, tout comme moi. L'image de la petite prise dans la tempête me hantait.

Puis, un matin, de but en blanc, Liza annonça qu'elle allait se mettre en quête d'un bateau pour Hannah.

— Comment ?

Elle ne parla pas de l'*Hannah's Glory*.

— Je crois que tu en as l'âge. J'ai demandé à Peter Sawyer de garder l'œil ouvert pour moi. Un petit quillard, comme celui de Lara. Mais tu devras prendre des leçons. Et si jamais je te surprends sur l'eau sans en avoir eu la permission, ce sera terminé. Plus de bateau, jamais.

Hannah laissa tomber sa cuiller avec fracas, bondit de sa chaise et se jeta dans les bras de sa mère.

— Je n'irai jamais nulle part sans te le dire. Je vais être très sage. Oh, merci, maman !

Liza tenta en vain de garder l'air sévère tandis que sa fille sautait comme un cabri.

— Je te fais confiance.

Hannah acquiesça, les yeux brillants.

— Est-ce que je peux appeler Lara pour lui dire ?

— Tu vas la voir à l'école dans une demi-heure.

— S'il te plaît.

L'hésitation de sa mère fut l'approbation qu'elle attendait. Nous entendîmes d'abord ses sautillements joyeux à travers le hall, puis ses exclamations.

Liza baissa la tête, soudain gênée de son revirement. Avec Kathleen, nous la dévisagions toujours d'un air interrogateur. J'en restai bouche bée.

— Elle vit au bord de la mer, s'excusa Liza. Elle doit apprendre un jour.

— Bien sûr, approuva Kathleen en retournant à ses fourneaux. Peter lui en trouvera un bien.

— En plus, reprit Liza en me jetant un rapide coup d'œil, cela me paraît raisonnable. Je ne serai peut-être pas toujours là pour la surveiller.

Liza et moi n'avions pas parlé de nous. Ce « nous » présumé durait déjà depuis plusieurs semaines, bien que nous soyons tacitement convenus de ne faire aucun étalage de notre relation devant Kathleen, Hannah ou les baleiniers. La migration vers le sud avait démarré, au compte-gouttes, et parfois, lorsque j'avais besoin d'une pause dans la journée, je partais avec elle en excursion. Je m'asseyais sur le pont, assistant silencieux, et la regardais s'affairer avec assurance. J'aimais le rythme de sa voix lorsqu'elle racontait des histoires sur les baleines, sa manière désinvolte et tendre de caresser l'oreille de Milly quand elle barrait, son cri joyeux quand elle apercevait le jet d'eau familier. Je me délectais de sa présence lorsqu'elle me frôlait, dans ses mouvements onduleux derrière la barre ou quand elle se penchait au-dessus du bastingage. J'aimais comment le bateau devenait une extension d'elle-même, sa façon d'y être totalement à l'aise. Ironie du sort, leur opposition au projet leur ramenait des passagers matin et après-midi, mais, chaque fois que j'étais avec elle, nous aurions tout aussi bien pu être seuls car je ne voyais plus personne.

À part Hannah. J'aimais Hannah comme un prolongement de l'amour que j'éprouvais pour sa mère. Je ressentais également un besoin irrépressible de la protéger, de faire écran contre le genre d'horreurs qu'elle avait déjà subies. Je compris ce que Liza voulait dire et pourquoi elle aurait tout abandonné pour assurer sa sécurité. Hannah savait ce qu'il se passait entre sa mère et moi, et ne dit rien. Mais ses sourires conspirateurs et complices, sa façon de glisser sa main dans la mienne parfois, son approbation tacite m'étouffaient de fierté. Si un jour j'avais un enfant, je voudrais qu'il soit comme elle. Je voulais rester dans sa vie, si Liza m'en laissait la possibilité.

Nous n'avions pas parlé d'amour, mais chacune de mes terminaisons nerveuses vibrait à son rythme, je le portais comme un nuage au-dessus de ma tête, comme des embruns. Le changement d'attitude de Liza, ses sourires permanents, sa façon de rougir me montraient qu'elle éprouvait la même chose que moi. Je n'avais pas besoin de l'entendre, contrairement à Vanessa. Cette femme qui avait presque tout perdu, dont la confiance avait été si violemment trahie, m'avait permis d'accéder à elle non seulement physiquement, mais aussi intimement. Presque chaque nuit, elle venait me rejoindre à pas de loup dans ma chambre et je lui ouvrais mon lit. Elle parcourait mon visage du bout de ses doigts avec une expression à la fois sérieuse et incrédule qui reflétait mon état d'esprit.

Je ne crois pas avoir jamais été aussi heureux qu'à ce moment-là ; peut-être était-ce l'effet de l'attente, tandis que je l'écoutais parler avec Kathleen et Hannah en bas, puis entendais la porte de la salle de bains, les différents bonsoirs, sachant que, dans quelques heures ou quelques minutes, elle serait à moi. Je ne sais pas si Kathleen était au courant, mais elle avait l'œil. M. Gaines la préoccupait, il fallait le sortir de l'hôpital, l'aider à recouvrer la santé. Nous étions tous conscients de devoir attacher une grande importance au bonheur quand la chance soufflait dans notre direction.

Liza était ma chance. Tout en elle m'émerveillait. J'aimais ses cheveux, leur façon de toujours donner l'impression qu'ils venaient d'être soufflés par les vents marins. J'aimais sa peau et son léger goût salé, les petites cicatrices dont désormais je connaissais l'origine, les taches de rousseur que la vie au grand air avait fait apparaître. J'aimais ses yeux, obscurs et songeurs un instant, avides et ardents en secret avec moi. Je gardais les miens ouverts quand je lui faisais l'amour, plongés dans les siens, et, quand je jouissais, j'avais l'impression que j'allais m'y noyer. Elle était à moi. Je le savais et j'en étais profondément reconnaissant.

Une nuit, alors que nous parlions tranquillement, couchés l'un à côté de l'autre, elle me dit qu'avoir un enfant était ce qui apportait le plus d'amour et de peur dans une vie. Je le comprenais maintenant, car, l'ayant trouvée, je ne pouvais envisager de la perdre. La nuit, je la regardais en essayant de la visualiser en prison dans un pays froid et gris, à des milliers de kilomètres d'ici, entourée d'inconnus. Mais l'image refusait d'apparaître. Ça ne collait tout simplement pas. Elle riait quand je lui en parlais.

— Je vais m'en sortir, affirma-t-elle, son bras enroulé autour de ma poitrine.

Je ressentais son poids sur moi comme une bénédiction.

— Je ne peux pas t'imaginer loin de la mer.

— Je ne suis pas une baleine. Je peux survivre hors de l'eau.

J'entendis son sourire dans sa voix.

Je ne sais pas pourquoi, j'avais du mal à la croire.

— Je m'occuperai de Hannah, si tu veux.

— Je ne m'attends pas à ce que tu restes.

— Elle compte beaucoup pour moi.

— Je ne sais pas combien de temps je serai partie.

— Raison de plus pour que je reste.

Je l'entendais respirer. Quand elle parla de nouveau, sa gorge s'était nouée.

— Je ne veux pas… Je ne veux pas que Hannah perde quelqu'un d'autre. Je ne veux pas qu'elle s'attache à toi et que, d'ici quelques années, tu te rendes compte que c'est trop lourd pour toi. L'attente, je veux dire.

— Tu penses vraiment ce que tu dis ?

— Il est parfois difficile de prévoir nos réactions. Je le sais mieux que quiconque. Nous ne sommes pas ici dans une situation banale.

Je restai étendu à réfléchir.

— Je ne t'en voudrai pas, reprit-elle doucement, si tu préfères partir en même temps que moi. Tu as été… un véritable ami pour nous.

— Je n'irai nulle part, déclarai-je.

Et, avec cette affirmation, un nouveau climat s'installa entre nous, une sorte de permanence. Je ne partirais pas, c'était comme ça : le reflet sincère de qui j'étais, de ce que je ressentais. Je pris sa main et suivis ses articulations avec mon pouce tandis que ses doigts se refermaient sur les miens.

— Hannah aura besoin du plus d'amis possible, finit-elle par dire.

Milly couina dans le couloir, sans doute incapable d'être en paix tant que Liza ne serait pas retournée dans sa chambre. Je la tins serrée dans mes bras jusqu'à ce que je la sente s'apaiser. Je savais qu'elle se forçait à éloigner de ses pensées l'image de sa fille, se préparant déjà à la séparation. Dans ces moments-là, j'avais mal pour elle, et j'aurais aimé pouvoir endosser sa souffrance.

— Tu n'es pas obligée de le faire, répétai-je pour la centième fois.

Elle me força au silence par un baiser.

— Je sais que tu as du mal à le comprendre, mais c'est comme si je réalisais enfin quelque chose. Je prends le contrôle de ma vie pour la première fois. (Je devinais son sourire plein de courage dans l'obscurité.) Je tiens la barre.

— Mon capitaine.

— J'essaye, soupira-t-elle en enroulant ses jambes autour de moi.

Ma sœur appela à 3 h 15 ce matin-là. Elle n'avait jamais compris les décalages horaires. Liza s'étira à mes côtés, et je tâtonnai à la recherche de mon téléphone.

— Bon, tu veux la bonne ou la mauvaise nouvelle ?

Je me redressai sur un coude.

— Je ne sais pas, répondis-je à moitié endormi. Peu importe.

— La bonne nouvelle est que je l'ai retrouvé et qu'il est toujours vivant. Ça m'a pris un peu de temps, parce qu'il a désormais un double nom. Je crois qu'il a ajouté le nom de famille de sa femme. La vieille mère est morte, ce qui aide, car il y a de moins en moins de monde pour corroborer sa version des choses. Ta petite amie ne pourra donc pas être inculpée de meurtre.

Elle marqua une pause tandis que je digérai l'information, soulagé.

— La mauvaise nouvelle, Mike, c'est qu'il est conseiller municipal. Un membre respecté de sa communauté. Marié, deux enfants, stable, une existence irréprochable. Il fait partie du cercle de réflexion de la Table ronde, agit pour différentes œuvres caritatives et Dieu sait quoi encore. Un conseiller municipal avec des ambitions parlementaires. Tous les articles dans lesquels il figure le montrent en train de serrer la main d'un préfet de police ou de remettre un chèque à une association. Rien qui puisse aider Liza.

22

Liza

Mike travaillait nuit et jour à la suspension du projet. Certains soirs, il travaillait si tard que je me demandais s'il n'allait pas tomber malade. Kathleen préparait ses repas pour que je les lui monte. Je m'asseyais avec lui pour l'aider, mais je ne suis pas très à l'aise quand il s'agit de traiter avec d'autres gens. À l'écouter user de son charme, énoncer ses arguments avec tant d'assurance, la tête me tournait. Il n'avait peur de personne. Peu importait qui répondait au téléphone, il demandait à parler à son supérieur et, si on lui refusait la communication, il essayait de joindre encore plus haut placé. Il avait une étonnante mémoire des chiffres, balançant des statistiques dans ses conversations comme s'il les avait sous le nez, et, quelle que soit la personne à qui il s'adressait, il argumentait sur les risques de pollution sonore et environnementale, les coûts supplémentaires et la réduction du commerce alentour. Il expliquait comment la clientèle désaffecterait les bars, restaurants et hôtels locaux. Il démontrait à qui les profits de cet hôtel bénéficieraient, et ce n'était pas à Silver Bay.

Malgré tout, cela n'était pas suffisant. Il avait convaincu Yoshi de faire travailler ses copains universitaires sur les effets négatifs du bruit sur les baleines, mais comme elle me l'avait fait remarquer en aparté, tout cela prenait du temps. La migration vers le sud avait commencé, les baleines retournaient dans l'Antarctique et traverseraient nos eaux pendant quelques mois après novembre, quand il serait trop tard. Il ne semblait pas m'entendre quand j'évoquais ces problèmes. Il baissait la tête et composait un nouveau numéro de téléphone.

Il s'imaginait que, s'il arrivait à bloquer le projet, je n'aurais pas à aller en Angleterre et que tout s'arrangerait. Quand je l'avertis que j'irais quoi qu'il advienne, il me traita de masochiste. Ma plus grande crainte était que cette « histoire », comme il l'appelait, ne suffise pas à sauver les baleines.

Des pétitions circulaient sur tous les bateaux, et il tentait de mettre sur pied un mouvement de contestation lors de la présentation de la maquette à l'hôtel *Blue Shoals*. Il peinait : beaucoup de gens considéraient le nouveau complexe comme acquis et réfléchissaient aux avantages à en tirer. Il devenait même difficile de compter sur ceux qui étaient contre. Les habitants de Silver Bay n'étaient pas du genre tapageur. C'est l'effet de la mer : vivre aussi près d'un élément sur lequel on ne peut avoir aucun contrôle rend fataliste.

Hannah était son meilleur allié. Avec Lara, elles avaient fabriqué des banderoles clamant que leur école refuserait l'argent ou les nouveaux équipements s'ils étaient dus au nouvel hôtel. Elles avaient fait circuler de nouvelles pétitions, rallié leurs camarades de classe et étaient même passées à la radio pour parler des différentes personnalités de chacun des dauphins de la baie. Quand nous avions entendu la voix de Hannah, avec Kathleen, nous avions explosé de fierté. Mike lui avait créé une boîte mail afin qu'elle alerte toutes les organisations de défense des baleines et des dauphins qu'elle avait trouvées sur Internet. Tout cela l'avait subtilement détournée du choc des filets fantômes. Pendant la journée, elle semblait différente, plus confiante, enthousiaste et déterminée.

Mais, la plupart des nuits, elle continuait à venir se glisser dans ma chambre, comme lorsqu'elle avait six ans, pour s'accrocher à moi.

Dès que je m'en sentis capable, je l'annonçai à ma fille. Un vendredi après-midi, je lui achetai une glace après l'école et nous nous assîmes au bout de la Whale Jetty, laissant de minuscules poissons argentés nous chatouiller les doigts de pieds, tandis que Milly nous bavait sur les épaules. L'avocate m'avait expliqué que, si je retournais là-bas, il y aurait un procès et que je devrais décrire tout ce qu'il s'était passé. Il était probable que Hannah doive également témoigner et raconter tout ce qu'elle avait confié à Mike.

Elle ne toucha pas à sa glace.

— Devrai-je retourner là-bas et vivre avec Steven ? demanda-t-elle.

Rien que d'entendre son nom, je frissonnai.

— Non, ma chérie. Tu resteras avec Kathleen. Elle est ton plus proche parent après moi.

Je remerciai Dieu, comme je l'avais toujours fait, de n'avoir jamais épousé Steven et qu'il n'ait donc aucun droit sur Hannah.

— Est-ce que tu iras en prison ?

Je refusai de mentir à ma fille et lui avouai que c'était une éventualité. Je m'empressai d'ajouter cependant que, avec un peu de chance, le juge estimerait que j'avais eu un moment de folie. Je bénéficierais alors d'une peine courte, ou même d'un sursis.

C'est ce que l'avocate nous avait dit quand Mike et moi l'avions rencontrée la veille. Le regard sombre, Mike m'avait tenu la main sous le bureau. « Vous comprenez bien que ce n'est pas sa faute ? », lui avait-il répété comme pour la convaincre. Il me vint à l'esprit par la suite qu'il testait la température, essayant de mesurer les réactions que mon histoire générait sur un auditoire moins acquis à ma cause. Elle était très distante, malgré les honoraires exorbitants que Mike lui avait versés. Le mieux qu'il put en tirer fut qu'elle finisse par admettre que la tournure qu'avaient prise les événements était pour le moins fâcheuse. Elle avait ensuite ajouté qu'elle n'était pas là pour porter un jugement, mais sur un ton qui prouvait le contraire.

Le plus important, avais-je confié à Hannah en m'efforçant de sourire, était que, une fois que tout serait terminé, nous serions libres. Elle pourrait aller où bon lui semble, nous parlerions de Letty et aiderions les baleines et les dauphins.

— Et tu pourras peut-être même aller en Nouvelle-Zélande avec l'école. Qu'est-ce que tu en dis ?

Tout d'abord, je ne remarquai pas son expression. Elle regardait vers le large. Quand elle se retourna, la profondeur de sa détresse me coupa le souffle.

— Je ne veux pas aller en Nouvelle-Zélande. Je veux que tu restes avec moi.

Elle ne croyait pas un mot de ce que je lui avais dit. Ses yeux ne reflétaient que la peur et le désespoir.

— Tout le monde me quitte, murmura-t-elle.

— Non, mon amour, ce n'est pas…

— Et maintenant c'est toi, et je n'aurai plus personne.

Elle pleura un moment, et je la serrai dans mes bras en refoulant mes larmes. La perspective d'être séparée de ma fille me rendait malade. C'était comme si j'essayais de la graver en moi. Je me préparais pour les mois, voire les années, pendant lesquels je n'aurais plus le privilège de la tenir contre moi.

La perspective de tout ce que j'allais manquer me tenait éveillée la nuit. Elle traverserait la période délicate de l'adolescence sans moi. Il n'y avait aucun moyen de savoir qui elle deviendrait. Me pardonnerait-elle ? Se pardonnerait-elle ? Je fermai les yeux, respirant le parfum de ses cheveux, comme un écho de ma Letty perdue.

Elle se calma. Le courage et la maîtrise de soi de ma fille me fendaient le cœur. Elle s'excusa en s'essuyant les yeux.

— Je n'avais pas l'intention de pleurer.

— Cela peut te paraître insupportable pour l'instant, mais ça va s'arranger, lui assurai-je. Nous pourrons nous écrire, nous téléphoner, et je serai de retour plus vite que tu ne le penses.

Je retirai un brin d'algue qui venait de voler dans ses cheveux.

Elle renifla.

— Chaque fois que je parlerai de Letty, je parlerai aussi des baleines. Et des dauphins.

— Tu crois que cela pourra arrêter la construction de l'hôtel ?

— C'est possible. Ainsi, sa vie et sa mort seront peut-être utiles à quelque chose de bien.

Nous restâmes assises à contempler l'eau et songer à ce que je venais de dire. Hannah était trop bien élevée pour me contredire : j'avais tort, rien de bien ne pourrait jamais sortir de la mort de Letty. Elle se tourna vers moi.

— A-t-elle une tombe en Angleterre ? Un endroit où déposer des fleurs ?

Je devais lui avouer mon ignorance. Je ne savais même pas si ma fille avait été enterrée ou incinérée.

— Peu importe où elle est, reprit-elle, sans doute consciente de mon embarras, parce qu'elle sera toujours là.

Elle me prit la main et la pressa contre son cœur. Elle n'ajouta pas ce que je lus dans ses yeux, dans ses mâchoires crispées : tout comme toi. Devais-je le prendre comme une promesse ou une accusation ?

Kathleen n'est pas une grande organisatrice de festivités. En fait, malgré son métier, elle est une des personnes les moins extraverties que je connaisse. Elle préfère être seule dans sa cuisine ou sur son bateau plutôt que bavarder avec des invités ou des clients. C'est une des raisons pour lesquelles nous nous comprenons si bien. Il fut donc assez surprenant de l'entendre annoncer qu'elle prévoyait une fête pour la sortie de l'hôpital de Nino Gaines. Elle aurait lieu dehors, afin qu'il puisse respirer le grand air, voir la mer et rattraper le temps perdu avec tous ses amis.

— Ce n'est pas la peine de regarder les mouches voler, Lance. Il est grand temps que nous ayons quelque chose à célébrer dans ce pauvre petit coin perdu, affirma-t-elle alors que la stupeur avait momentanément réduit les baleiniers au silence. En plus, si nous parvenons à l'amener jusqu'ici, on lui évitera les visites incessantes chez lui dans les prochaines semaines. Il n'y a rien de pire pour se rendre malade qu'un défilé de bons samaritains.

Trois jours plus tard, au cours d'un après-midi suffisamment chaud pour nous donner un avant-goût d'été, nous étions rassemblés sous des marquises soigneusement installées quand la voiture de Kathleen se gara devant l'hôtel. Frank aida son père à sortir. On s'écria en chœur :

— Bienvenue à la maison !

Puis Hannah se jeta à son cou.

Il était pour elle ce qui se rapprochait le plus d'un grand-père.

Il se redressa avec difficulté. Il avait maigri – le col de sa chemise bâillait autour de son cou –, on le sentait fragile, mal assuré sur sa canne. Il s'appuya d'une main sur la portière encore ouverte et nous regarda du coin de l'œil.

— Ce pitoyable rassemblement est tout ce que tu as trouvé pour m'accueillir, Kate ? Ah, ramène-moi à l'hôpital.

Il fit semblant de rentrer dans la voiture, et je ne pus m'empêcher de sourire.

—Vieil ingrat, rétorqua-t-elle en attrapant son sac.

—Tu es supposée me dorloter. Je peux tourner de l'œil d'une minute à l'autre.

—Je ferai tout pour que cela arrive si tu continues sur ce terrain-là, le menaça-t-elle en claquant la portière de la voiture.

—Vous êtes placé à côté de moi, monsieur Gaines, l'informa Hannah en lui prenant sa main libre pour l'accompagner lentement le long du sentier. C'est une chaise spéciale.

—Ce n'est pas une chaise percée, n'est-ce pas ? demanda-t-il, et Hannah rigola.

—Je voulais dire qu'elle a plein de coussins.

—Ah, formidable, alors.

Il m'adressa un clin d'œil, et j'avançai pour le serrer à mon tour dans mes bras.

—Nous sommes heureux de vous retrouver, Nino.

—Eh bien, Liza, il faut bien que quelqu'un empêche ta tante de s'ennuyer, non ? Faudrait pas la laisser se décatir.

Il en faisait un peu trop, mais je comprenais pourquoi. Un homme de la trempe de Nino Gaines supporterait mal d'être traité comme un invalide.

Ce fut un après-midi magnifique. Les équipages s'étaient libérés et, d'un accord tacite, personne ne parla du projet immobilier ni de ses éventuelles conséquences. Nous bavardâmes du temps, des résultats de foot, de la nourriture immangeable des hôpitaux et de la baleine franche que quelqu'un avait aperçue près d'Elinor Island. Tout en buvant, nous regardâmes Hannah, Lara et Milly arpenter la plage en courant, Lance et Yoshi dansèrent, et plusieurs pêcheurs, voisins ou connaissances de Nino s'arrêtèrent pour prendre un verre. Mike resta assis à côté de moi et, régulièrement, je sentis sa main chercher la mienne sous la table. Sa gentillesse et sa force me firent penser à des choses auxquelles je n'aurais pas dû songer au beau milieu de l'après-midi, en pleine fête familiale.

Regarde-toi, songeai-je en lançant un coup d'œil furtif à l'homme qui avait atterri dans ma vie. *Regarde Hannah, Kathleen et Nino Gaines, les membres des équipages des baleiniers, qui, durant toutes ces années, t'ont apporté plus d'amour et de soutien que ne l'aurait fait une famille de sang.*

J'avais une famille, quoi qu'il advienne, même s'il manquerait toujours quelqu'un en son centre. Cette pensée m'emplit soudain de joie. Mike s'en douta, car il haussa un sourcil d'un air interrogateur. Je souris, et il m'embrassa la main devant tout le monde.

Nino Gaines fronça les sourcils en se tournant vers Kathleen.

— Combien de temps m'as-tu dit que j'étais resté inconscient ?

— Inutile de demander, répondit-elle avec un geste de dédain. Je n'arrive pas à suivre ces jeunes gens.

— Où est Greg ? s'enquit Hannah du bout de la table. Il devrait être là.

— Il était plutôt mystérieux, ce matin, affirma Kathleen. Je l'ai croisé au marché aux poissons. Il a dit qu'il était en mission.

— Ah oui ? Elle s'appelait comment ? (Nino rabattit son chapeau sur ses yeux et se cala dans sa chaise.) Dieu qu'il est bon d'être de retour, Kathleen.

À ma grande surprise, elle se pencha vers lui et lui embrassa le front.

— C'est bon de te retrouver, vieux grigou.

Avant que qui que ce soit ne puisse ajouter quelque chose, on entendit s'approcher le camion de Greg.

— Désolé de vous interrompre, s'excusa-t-il en descendant. (Il portait une chemise repassée, était rasé de frais – un fait rare chez Greg – et semblait exceptionnellement content de lui.) Je passais juste vous dire de venir faire un tour du côté de mon box d'ici une demi-heure. C'est plutôt important.

— Nous sommes au beau milieu d'une réception, au cas où tu ne t'en serais pas rendu compte, lui fit remarquer Kathleen, les poings sur les hanches. Et nous t'attendons depuis deux heures.

— Je suis sincèrement désolé, Kathleen, mais c'est vraiment important.

— Que se passe-t-il, Greg ? demandai-je.

Il essayait de réprimer un sourire, comme un petit garçon en train de faire une farce.

— J'ai quelque chose à te montrer, me répondit-il en ignorant Mike.

C'était devenu une habitude : depuis qu'il avait deviné que nous étions ensemble, il agissait comme si Mike n'existait pas. Il regarda ses pieds avant de demander :

— Yoshi... t'es toujours partante ?

Je la vis hocher la tête.

— Bien. J'ai quelque chose à vous montrer à tous. Ravi de vous revoir parmi nous, monsieur Gaines. Je serai heureux de boire une bière avec vous plus tard.

Il porta un doigt à sa casquette, puis, d'une démarche assurée, regagna son camion et partit vers son box.

— Il est encore sous l'influence d'une blonde ? remarqua Nino avec humour.

Yoshi et Lance échangèrent un regard. Ils savaient quelque chose, mais, de toute évidence, ils ne nous révéleraient rien.

— Tu connais Greg, soupira Kathleen en haussant les épaules. Il ne rate jamais une occasion de nous surprendre.

Hannah souriait à pleines dents, et mon cœur se serra. Pourvu que ce ne soit pas un autre bateau.

Nous n'eûmes pas longtemps à attendre. Nino resta à l'hôtel avec Hannah, tandis que nous descendions tranquillement le sentier qui longeait la mer. Nous profitions du soleil et regardions, un peu surpris, la foule se rassembler devant le box de Greg. Il y avait des journalistes et des photographes, et je me demandai ce que je ressentirais devant des caméras. Y aurait-il une mêlée de journalistes sur le seuil de la salle d'audience, comme dans les films ? S'acharneraient-ils sur moi ? Je frissonnai malgré la chaleur de l'après-midi.

— Yoshi ? appelai-je en vain, car elle feignit de ne pas m'entendre.

J'avais essayé de lui tirer les vers du nez, mais elle gardait le silence, et Lance restait de marbre.

— J'espère que Nino va pouvoir s'en sortir seul, se tracassa Kathleen. Je n'aime pas le laisser.

— Il profite de quelques instants de tranquillité, la rassura Mike. Il est sans doute un peu fatigué.

— Tu crois que je devrais y retourner ?

— Hannah viendra nous chercher s'il y a un problème. (Je lui donnai un coup de coude.) Il passe un moment merveilleux. Heureux comme un coq en pâte.

— Il a l'air d'aller bien, n'est-ce pas ? s'exclama-t-elle, avant d'ajouter, bizarrement : Bougre de vieux fou.

Greg fumait devant son box. Il observait la foule comme s'il attendait que tout le monde soit là. Il échangea quelques blagues avec les pêcheurs qui l'entouraient. Son camion avait disparu.

J'essayai encore, en vain, de deviner ce que tout cela signifiait. C'était pour le moins inhabituel.

Il finit par écraser sa cigarette. Il glissa sa clef dans le cadenas, ouvrit la double porte usée par les intempéries et alluma la lumière. Tandis que nous scrutions l'intérieur, il retira la bâche qui couvrait l'arrière de son camion pour nous dévoiler son trophée : un énorme requin-tigre, les yeux encore transparents, la gueule légèrement ouverte, laissant apparaître ses dents acérées et pointues. Il y eut un mouvement de surprise. Même mort, immobile et attaché à un treuil, ce monstre était terrifiant.

—Je suis sorti pêcher tôt ce matin, lança-t-il aux journalistes en tapotant la peau de l'animal. Juste à l'embouchure de la baie. C'est souvent là qu'on s'amuse le plus. Je croyais d'abord avoir attrapé un marlin bleu – mais regardez-moi ce salaud qui s'est accroché à ma ligne ! Il m'a traîné comme vous ne pouvez pas imaginer. Tony, montre-le ! ordonna-t-il à l'homme qui était au volant. (Il s'écarta, et le camion recula dans la lumière. Les appareils crépitèrent.) Je vous ai fait venir parce que, jusqu'à maintenant, nous n'avions jamais vu de requins-tigres aussi près de chez nous. Il faut prévenir tout le monde de ne pas laisser les enfants s'aventurer dans l'eau. Ces monstres risquent d'entrer dans la baie. Le requin-tigre est un vrai méchant, et nous savons depuis ces satanés filets fantômes que n'importe quoi peut s'approcher du rivage. (Il tapota le requin avec plaisir.) Je l'ai apporté au marché aux poissons, les gars l'ont identifié et pesé pour moi. On m'a dit que ce n'était pas le seul qui avait été repéré dans nos eaux.

La vue de ce requin me donna la chair de poule. Je n'arrêtais pas de penser à Mike et Hannah dans la mer sombre et bouillonnante, et à tout ce qui lui avait cogné les jambes.

Il y pensa sans doute aussi, car il chercha ma main dans mon dos et la serra.

Yoshi s'avança et se mit à débiter des informations à l'intention des journalistes.

—Les requins-tigres sont connus pour être les poubelles de la mer. Il se peut que celui-ci ait été attiré dans la baie par le filet fantôme et tous les cadavres coincés dans ses mailles. Ce qui veut dire qu'il y a de fortes chances pour que cette grande créature ne soit pas seule et que d'autres rôdent dans le secteur. Ils se nourrissent de tout, poissons, tortues, humains... (Ce dernier mot resta en suspens assez longtemps pour que les gens échangent des regards inquiets.) Je ne suis pas la seule à le savoir, ajouta-t-elle. Le Département de l'environnement et du patrimoine vous confirmera que ce ne sont pas les animaux les plus sympathiques à côtoyer.

—On n'a qu'à poser des filets anti-requins! s'exclama quelqu'un dans la foule. Comme sur d'autres plages.

—Comment en poser dans un endroit grouillant de dauphins? rétorqua Greg vivement. Ils piègent aussi les baleines. Il vous faudra me passer sur le corps avant de poser des filets anti-requins dans cette baie.

—J'aimerais voir ça, rigola quelqu'un.

—Les requins sont intelligents, reprit Yoshi. Si nous fixons les filets à l'embouchure de la baie, ils se faufileront par-dessus ou les contourneront. Si vous regardez les chiffres, le nombre de gens tués par des requins est le même avec ou sans filets.

—Vous faites tout un foin pour rien. (Je reconnus un des promoteurs. Il n'appréciait pas ce genre de publicité en début de saison.) Tout le monde sait que, statistiquement, on a plus de chances de se prendre un éclair que de se faire bouffer par un requin.

—Tu crois que ce gars-là s'intéresse aux statistiques? rétorqua Greg en s'adossant au requin. Il devait certainement penser qu'il n'avait qu'une chance sur un million de mordre à mon hameçon.

La foule éclata de rire.

—Vous devez vous méfier des requins-tigres parce qu'ils suivent les tortues de mer, enchaîna Yoshi avec ferveur. Ils sont obstinés. Ce ne sont pas des requins blancs – ils ne cesseront de revenir pour croquer tout ce à quoi ils auront goûté.

Le promoteur secoua la tête. Greg s'en aperçut et poursuivit à son intention :

— D'accord, Alf. Va te baigner. Je pensais seulement qu'il était de mon devoir de vous prévenir du danger.

— Les attaques de requins se multiplient, reprit Yoshi. C'est un fait connu. Il y a plusieurs solutions possibles. Nous pouvons délimiter certaines zones de baignade avec des bouées et des filets. Je suis certaine que le garde-côte peut se charger de ça. Elles ne seront pas immenses, c'est tout.

— En attendant, comme je l'ai dit, reprit Greg, qui avait rabattu sa casquette sur ses yeux, je vous recommande de garder vos mômes hors de l'eau. Nous alerterons le garde-côte si nous en repérons d'autres dans la baie, les pêcheurs aussi.

Un murmure d'inquiétude parcourut la foule. Plusieurs personnes s'éloignèrent, téléphone à l'oreille, et d'autres se regroupèrent autour du camion pour toucher le requin. Je repensai à la conversation que nous avions eue avec Hannah à propos de son bateau. Personne ne laisserait sortir ses enfants en bateau dans la baie sachant qu'il y avait des requins, mais le lui annoncer après ma promesse ne serait pas chose facile. Tandis que j'y réfléchissais, Kathleen s'avança et regarda la bête d'un air interrogateur.

— Un requin, hein ? commenta-t-elle, les sourcils froncés et les bras croisés sur sa poitrine.

— Vous le savez mieux que personne, répondit Greg en hissant l'animal pour que les photographes puissent en avoir une meilleure vue.

— Où as-tu dit que tu l'avais…

— Messieurs, la coupa Greg en désignant Kathleen, voici la mondialement connue Fille au Requin de Silver Bay, Kathleen Whittier Mostyn. Cette dame, ici présente, a attrapé un requin encore plus gros il y a près d'un demi-siècle. La plus grosse femelle grise jamais pêchée en Nouvelle-Galles du Sud, c'est bien cela, Kathleen ? En voilà une histoire, hein ?

Kathleen le dévisagea en silence. Le regard haineux qu'elle lui adressa aurait suffi à me faire déguerpir – elle savait qu'elle était coincée et elle détestait cela –, mais il poursuivit sans en tenir compte.

— Messieurs, vous voyez ? Les requins reviennent dans Silver Bay. Les passionnés de faune marine en seront ravis, mais je tiens à prévenir nos concitoyens de ne pas nager ou pratiquer un quelconque sport nautique sans grande précaution tant que la menace de ces prédateurs pèse sur nous.

La presse se rassembla autour de Kathleen, micros et bloc-notes en main. Quelques flashs crépitèrent. Greg continua à poser à côté du requin. Après l'horreur des filets fantômes, les journaux locaux avaient leur second scoop en quinze jours, et l'on percevait l'excitation dans leurs questions.

— J'ai oublié d'ajouter que ce petit bijou est à vendre, si cela intéresse quelqu'un, lança-t-il à la cantonade. Il est tout frais et ferait de merveilleux sushis.

— Je croyais qu'on ne trouvait pas de requins là où il y avait des dauphins, observa Mike tandis que nous remontions vers l'hôtel.

C'était un après-midi clair et lumineux, la mer scintillait avec bienveillance dans le lointain. J'avais bu deux bières et mangé plus que d'habitude. J'observais Hannah et Lara qui exécutaient un numéro de danse pour Nino Gaines, puis s'effondraient en rigolant sur le sable. Au cours de journées comme celle-ci, j'arrivais exceptionnellement à me convaincre que le monde dans lequel je vivais était bon.

— Je pense souvent que la planète est sens dessus dessous, dis-je, chassant les mèches qui volaient devant mon visage en le regardant.

J'avais envie de l'embrasser, comme la plupart du temps, maintenant.

Je dois me souvenir de cela, songeai-je, rêvant d'être comme le petit téléphone portable de Mike, emplie d'instants que je pourrais rejouer indéfiniment.

— Ne pars pas, me supplia Mike, cette nuit-là.

Il était dans la salle de bains en train de se laver les dents, une serviette enroulée autour de la taille. Je l'avais suivi pour prendre un verre d'eau.

— Partir où ? demandai-je.

J'avais réfléchi à tout ce que je devais faire le lendemain. Des choses simples auxquelles il me fallait désormais penser, comme m'assurer que Hannah aurait suffisamment de quoi s'habiller pour plusieurs saisons, signer des procurations, ouvrir un compte joint pour Kathleen et moi. L'avocate m'avait suggéré de tout mettre en ordre avant de parler à qui que ce soit, et la liste me donnait des frissons.

— Ne fais pas ça, c'est de la folie. J'ai bien réfléchi. C'est de la pure folie.

Son reflet me fixait dans le miroir, et la raideur de son dos me confirma que la tension que j'avais décelée sur son visage était réelle.

Il n'avait pratiquement pas prononcé un mot depuis des heures. Il faut dire que Greg avait été plutôt volubile, et les baleiniers tellement soûls qu'il lui avait été impossible d'en placer une. J'avais cru que Greg, qui s'acharnait à le provoquer, lui avait cloué le bec. « Sans vouloir t'offenser, mon gars », lui avait-il assené après chaque pique tandis que Mike lui renvoyait un sourire crispé. J'étais la seule à remarquer le tic nerveux de sa mâchoire.

Je soupirai.

—Mike, je ne veux pas en parler maintenant.

Je voulais profiter de la journée, l'apprécier pour ce qu'elle était et me coucher en paix.

—Rien n'arrêtera la construction de cet hôtel, lâcha-t-il avant de cracher le dentifrice. Je connais Beaker. Il y a beaucoup trop d'argent en jeu pour que Dennis Beaker abandonne. C'est allé trop loin. Tu vas gâcher ta vie et celle de Hannah pour rien.

—Comment ça, pour rien ? Notre tranquillité d'esprit ne vaut-elle rien ?

—Mais tu vas bien, répliqua-t-il. (Il avait de la pâte dentifrice sur le menton, mais je me retins de le lui faire remarquer.) Vous allez bien toutes les deux. Peut-être ne pouvez-vous pas faire tout ce que vous voulez – mais qui le peut ? Hannah est heureuse et en sécurité, entourée des gens qu'elle aime. Tu es heureuse, plus que je ne t'ai jamais vue l'être. Ce type, Steven, est toujours vivant, marié, avec des enfants, ce qui sous-entend que lui aussi est heureux. Personne ne te reconnaîtra, surtout après tant d'années. Nous pourrions être un couple, vivre ici et… voir comment cela évolue. Pourquoi tout risquer pour quelque chose que tu n'es même pas certaine de réussir ?

—Mike, nous en avons parlé des milliers de fois. C'est notre seule chance pour les baleines. Je ne veux pas en discuter maintenant. Ne pouvons-nous pas simplement aller nous coucher ?

—Pourquoi ? Chaque fois que j'en parle, tu répètes la même chose. Pourquoi pas maintenant ?

—Je suis fatiguée.

—Nous sommes tous fatigués. C'est la condition humaine.

—Oui, eh bien, je suis trop fatiguée pour en débattre.

Il disait la vérité, et cela m'agaçait. J'avais peur que ma détermination ne s'envole à force de remuer le couteau dans la plaie.

En bas, Greg s'était mis à chanter. J'entendais les autres l'encourager et le sifflement strident de Lance.

— Tu n'es pas la seule concernée.

— Tu crois que je ne le sais pas ? rétorquai-je brusquement.

— Hannah ne te lâche pas d'une semelle. Elle t'a collée toute la soirée.

Je le regardai, furieuse.

— Je n'ai pas besoin que tu me dises quoi que ce soit sur ma fille, merci beaucoup.

La tension montait. Je le détestais d'avoir souligné ce point. Je lui en voulais de remarquer l'angoisse de Hannah.

— Il faut bien que quelqu'un te parle. Tu n'en as même pas discuté avec Kathleen.

— Je parlerai à Kathleen quand je serai prête.

— Tu refuses de le lui dire parce que tu sais qu'elle sera d'accord avec moi. Tu as déjà réfléchi à ce que représente la prison ?

— Ne me traite pas avec condescendance.

— Être enfermée vingt-trois heures par jour ? Être taxée de « tueuse d'enfant » par tes codétenues ? Tu penses sincèrement que tu survivras à cela ?

— Je refuse de l'évoquer maintenant, répétai-je en rassemblant mes vêtements.

— Si tu ne supportes pas de l'entendre de ma bouche, comment vas-tu réagir devant un tribunal ? Avec la police ? Avec ceux qui te veulent du mal ? Tu crois que ça les intéresse de savoir ce qui s'est réellement passé ?

— Pourquoi me fais-tu endurer cela ?

— Parce que je crois que tu n'y as pas vraiment réfléchi. Je ne pense pas que tu te rendes compte de ce qui t'attend.

— Je suis assez grande pour me prendre en charge.

— Qu'est-ce que tu en sais ? Ça ne t'est jamais arrivé.

J'entrai dans la bagarre.

— C'est à cause de Greg, n'est-ce pas ?

— Greg n'a rien à voir là-dedans. Je veux que tu parles de…

— Tout vient de Greg. Il t'a titillé toute la soirée, ce qui t'a rappelé que tu n'étais pas le seul homme dans ma vie.

Il s'assit en face de moi et ferma les yeux, mais je poursuivis :

— Et maintenant, tu me mets ça sur le dos. Eh bien, si tu veux qu'on se dispute, moi, je vais…

— T'enfuir de nouveau ? Tu sais quoi ? Je crois que les baleines n'ont plus rien à voir là-dedans.

— Pardon ?

— Tu es résolue à te punir de la mort de Letty. Cette histoire de construction d'hôtel t'a obligée à regarder les choses en face, et maintenant tu penses que c'est en te sacrifiant que tu te rachèteras.

Ils s'étaient arrêtés de chanter dehors. La fenêtre était ouverte, mais je m'en fichais.

— Mais cela ne rime à rien, tu as déjà payé pour ce qu'il est arrivé, Liza. Tu as payé bien trop cher.

— Je veux repartir sur des bases saines. Nous avons besoin de…

— Sauver les baleines. Je sais.

— Alors pourquoi t'acharnes-tu ainsi ?

— Parce que tu te trompes. Tu le fais pour de mauvaises raisons.

— Qui es-tu pour juger de mes raisons ?

— Je ne te juge pas. Mais tu dois y réfléchir, Liza. Tu dois savoir qu'en…

— Arrête de te mêler de mes affaires.

— Tu dois savoir que, en affrontant cela, tu entraîneras Hannah avec toi.

Mon sang se glaça. Comment pouvait-il m'attaquer de la sorte ? Si ses mots ne m'avaient pas atteinte comme une lame, jamais je n'aurais dit ce qui suit :

— Qui nous a empêtrés dans cette situation, Mike ? Pose-toi la question avant de me juger. Comme tu le dis, nous étions bien, ici. Nous étions heureux. Et si Hannah et moi devons vivre les cinq prochaines années séparées, demande-toi de qui c'est réellement la faute.

Hormis le ressac, tout sombra dans le silence, dans la maison comme au-dehors. Après quelques instants, on entendit une chaise racler sur le sol, puis quelqu'un qui ramassait les verres.

Je fixai le visage gris de Mike.

— Mike…

Il leva la main.

— Tu as raison. Je suis désolé.

Je compris avec douleur qu'il ne voulait pas me blesser, mais qu'il ne supportait pas l'idée de me perdre.

23

Monica

L'attitude de mon frère au cours de ces derniers mois avait été plutôt surprenante. Si on m'avait demandé de parier sur la suite de sa vie il y a un an de cela, j'aurais misé sur son mariage avec Vanessa en mars. Ensuite je les voyais en train d'essayer d'avoir un bébé tandis qu'il poursuivait son ascension difficile vers les sommets de sa société d'investissement. Un joli appartement, peut-être même une nouvelle maison, une résidence secondaire dans un pays chaud, une autre voiture clinquante, sports d'hiver, restaurants chics et tout le tralala. Il aurait peut-être, comble de l'extravagance, changé de lotion après-rasage ou de couleur de cravate.

Aujourd'hui, je n'avais plus la moindre idée d'où il serait en mars. En Australie ou en Nouvelle-Zélande ? À construire des bateaux dans les Galápagos ? Peut-être serait-il couvert de dreadlocks. Il se pourrait aussi qu'il protège une fugitive et sa fille tout en sauvant les baleines. Quand j'avais raconté une partie de l'histoire aux parents (il devra me le pardonner, mais je n'avais pas pu résister), papa en avait presque craché son dentier. « Qu'est-ce que tu entends par : "Il a quitté son boulot" ? avait-il bafouillé pendant que maman lui demandait de faire attention à sa tension. Combien de temps va-t-il rester en Australie ? » Et en fin de compte : « Une mère célibataire ? Mais qu'est-il donc arrivé à Vanessa ? »

Mike traversait sa crise de la cinquantaine en avance, ou peut-être Liza était-elle son premier amour – les gens font des trucs bizarres quand ils tombent amoureux pour la première fois. L'immobilier n'était sans doute pas aussi sensationnel qu'on le prétendait.

Puis il m'avait appelée et raconté cette histoire. Je dois avouer que ma première réaction ne fut pas de me demander comment la protéger, contrairement à lui. L'histoire était trop croustillante : la petite amie battue par un type rêvant de faire de la politique, qui fuit le pays après avoir accidentellement tué leur enfant. Tout y était : le crime, les secrets enfouis, la tragédie, une enfant morte, une blonde magnifique. Il y avait même des dauphins et des baleines, grand Dieu. Je lui avais dit qu'il ne nous manquait plus que Skippy le kangourou pour avoir la totale. Cela ne l'avait pas fait rire.

Sauf que quelque chose clochait. J'ai lu tout ce qu'il existait sur le type, même sous son nouveau nom. J'ai vérifié l'information dans toutes les bases de données que j'ai pu trouver. J'ai passé une semaine à éplucher les faits, malgré l'agacement croissant de ma rédaction à qui je ne pouvais rien dire. Et ça ne collait toujours pas.

24

Mike

Milly déclinait. Elle ne mangeait presque plus et ne dormait que par intermittence. Elle était attentive, anxieuse et prête à mordre. Elle s'est couverte de honte à deux reprises à bord de l'*Ismahel* en montrant les dents à des passagers et une fois en mouillant le tapis du salon de l'hôtel – un geste de déprime dont elle parut embarrassée. Elle était collée aux basques de Liza, petite ombre noir et blanc. Son intuition canine l'avait avertie que sa maîtresse s'apprêtait à partir, et elle craignait que, en baissant sa garde, Liza ne disparaisse.

Je comprenais ce qu'elle ressentait. L'angoisse. L'impuissance. Depuis la nuit de la fête, nous ne discutions plus des projets de Liza. Je travaillais plus dur, en partie parce que c'était le seul moyen de l'arrêter et aussi parce qu'il m'était de plus en plus insupportable d'être avec elle. Je ne pouvais plus la regarder, la toucher, l'embrasser sans penser à ce que ce serait de vivre sans elle. En des termes rudimentaires de finance, il m'était impossible d'investir davantage dans un produit qui allait être retiré de la circulation.

De toute évidence, Kathleen connaissait désormais ses projets – elles en avaient enfin discuté –, et sa façon de gérer la situation, comme toujours, fut avant tout de faire appel à son sens pratique. Je n'en avais pas parlé avec elle – ce n'était pas mon rôle –, mais je la regardais couvrir Hannah de plus d'attention, projeter des voyages ou des cadeaux particuliers. M. Gaines venait presque tous les jours, et, pendant que Hannah était à l'école, il n'était pas rare de les trouver tous les deux assis à la table de la cuisine, en train de converser à voix basse, ou de tranquillement lire le journal, ou d'écouter ce qu'ils appelaient encore tous les deux la TSF. J'étais heureux pour eux, heureux que Kathleen ne soit pas seule pour affronter l'épreuve à venir, envieux de leur bonheur, aussi. Liza méritait ce genre de satisfaction après tout ce qu'elle avait traversé ; au lieu de cela, elle allait se punir encore.

Elle m'avait pardonné ma colère. Elle se montrait douce avec moi et laissait parfois un doigt courir sur mon visage, les yeux pleins de tendresse. La nuit, elle était de plus en plus passionnée, comme si elle aussi désirait glaner jusqu'à la dernière miette du bonheur qu'il nous restait à partager. Il m'arrivait parfois de lui dire que je ne pouvais pas – j'étais trop triste et trop en colère.

Elle ne faisait jamais aucun commentaire. Elle enroulait ses membres fins autour de moi, enfouissait sa tête dans mon cou et, dans le noir, chacun restait sans savoir quoi dire.

Elle me demanda à plusieurs reprises quand ma sœur appellerait pour l'interviewer. Elle faisait son maximum pour paraître le plus naturel possible, mais je savais qu'elle avait besoin de lancer la machine pour savoir exactement combien de temps il lui restait. Au début, j'essayai de gagner du temps, mais finis par tenter de joindre Monica, sans succès.

À mon abattement venait s'ajouter le dynamisme, en apparence inébranlable, de la construction de l'hôtel. J'étais à court d'idées et d'énergie et, malgré tous mes efforts, je n'avais pas réussi à organiser de manifestation le jour où la maquette avait été présentée. Le propriétaire de l'hôtel *Blue Shoals* m'avait appelé pour me dire qu'il me soutenait, mais refusait toute forme de grabuge car il y avait un déjeuner de baptême dans une autre salle, ce jour-là. Je ne m'étais pas senti à même de gâcher une fête familiale et avais donc tout annulé. Kathleen avait ri devant le piètre révolutionnaire que j'aurais fait.

Liza était sur l'*Ismahel*, Hannah à l'école, si bien que, après avoir tenté puis échoué de continuer la bataille depuis mon bureau, j'étais parti pour le *Blue Shoals*, savourant malgré moi le ciel bleu et la douceur du vent. Ces derniers temps, avec l'arrivée des beaux jours, Silver Bay paraissait le plus bel endroit au monde. Le décor m'était devenu familier. Je trouvais l'horizon volcanique reposant, les rangées de petits pavillons et locations de vacances ne me choquaient plus, et je m'arrêtais régulièrement dans les échoppes qui longeaient la côte. On trouvait tout ce dont on avait besoin dans ce petit coin perdu. L'une des rares certitudes qui me consolaient était ma décision de rester. J'aiderais Kathleen à maintenir le bateau à flot et m'occuperais de Hannah jusqu'à ce que Liza revienne.

Dans ces circonstances, c'était le moins que je puisse faire.

J'étais seul devant la réception de l'hôtel *Blue Shoals*. L'hôtesse pointa le doigt en direction du hall en L, et je découvris la maquette dans une boîte en plexiglas d'environ un mètre vingt sur un mètre quatre-vingts. Elle était flanquée de paravents en carton qui exposaient le nombre de visiteurs prévus et les avantages offerts à la communauté.

Le complexe était exactement tel que je l'avais imaginé. Un peu mieux, même. Les quatre immeubles entouraient élégamment une série de cours et de piscines. Les auvents solaires suivaient les courbes des collines derrière. Il était blanc et brillant, immaculé et luxueux. Malgré l'impression étrange d'immobilisme qui se dégage de toute maquette, j'imaginai la multitude de gens autour des piscines ou rejoignant tranquillement leur chambre après une journée sur la plage. La zone réservée aux sports nautiques, qui avançait loin dans la baie, était parsemée de petits bateaux en plastique. Il y avait même deux skieurs avec leurs sillages blancs. De nombreux yachts luxueux et des catamarans étaient amarrés le long de la Whale Jetty. Le sable était blanc, et les immeubles blanchis à la chaux et largement vitrés scintillaient. Les petits pins s'agrippaient aux montagnes, la mer était turquoise. C'était un endroit miniature dans lequel on aurait aimé pouvoir tomber, un petit bout de paradis. Mon sens des affaires ne put s'empêcher de ressentir une certaine admiration perverse pour mon savoir-faire. Je me penchai un peu plus et remarquai que l'hôtel de Kathleen ainsi que le musée avaient disparu. Il y avait du sable, le cap, et rien d'autre.

La colère m'assaillit.

— C'est beau, n'est-ce pas ? (Je levai la tête et tombai sur M. Reilly. Il portait une chemise à manches courtes et tenait sa veste sur l'épaule.) Vous devez être content de vous.

Je me redressai.

— Je me demande où ils ont trouvé toutes ces petites figurines, poursuivit-il.

— Il y a des sociétés spécialisées, répondis-je courtoisement. Il n'y a qu'à commander.

— J'ai un fils qui est obsédé par les maquettes de train, continua-t-il en s'agenouillant pour tout avoir au niveau des yeux. Je devrais leur demander de me fabriquer quelques personnages. Il adorerait ça.

Je ne fis aucun commentaire. J'avais les yeux rivés sur l'emplacement où l'hôtel de Kathleen aurait dû se situer.

— C'est différent de le voir en trois dimensions, observa-t-il. Je croyais m'en rendre compte sur les plans, mais là, c'est vraiment vivant.

— C'est une erreur, affirmai-je. Cela va être un désastre pour la région.

Quelque peu découragé, M. Reilly se redressa.

— J'ai entendu dire que vous aviez rallié la cause. Vous m'étonnez, Mike, après tout le mal que vous vous êtes donné.

— J'ai compris ce que vous alliez perdre et je n'avais pas envie d'être du mauvais côté.

— Je ne pense pas que les pertes soient si lourdes.

— Les baleines et les dauphins, c'est tout.

— Je vous trouve un peu mélodramatique, mon ami. Le garde-côte a pris des mesures répressives contre ces bateaux-discothèques. Nous n'en avons pas eu depuis dix jours. Ils ont reçu le message.

— Jusqu'à ce que les travaux démarrent.

— Mike, il n'y a aucune preuve pour qu'une construction au bord de l'eau provoque du stress chez les animaux.

— Les sports nautiques, si.

— Beaker a promis de mettre en place un règlement draconien.

— Vous pensez qu'un jeune de dix-huit ans sur un jet-ski va respecter des règles ? Tout ça s'accumule, monsieur Reilly, tout s'ajoute au stress des baleines.

— Je ne suis pas d'accord. Deux baleines à bosse ont été repérées cette semaine, ce qui est normal pour la saison. Les bateaux d'observation sont de nouveau dehors. Les dauphins sont là. Excusez-moi, mais je ne comprends pas vraiment pourquoi vous vous opposez tant à ce projet.

Nous étions chacun d'un côté de la grande boîte transparente. J'avais envie de le frapper, ce qui ne me ressemblait guère, et c'était plutôt dommage, car, en d'autres circonstances, je l'aurais sans doute apprécié. J'inspirai profondément et désignai la maquette.

—Monsieur Reilly, accordez-moi une faveur. Dites-moi ce que vous voyez en regardant cela.

Il mit ses mains dans ses poches.

—À part le fait que j'y séjournerais moi-même volontiers ? Je vois des emplois. Je vois la vie dans une région qui en a peu. Je vois un nouveau bus et une bibliothèque en brique pour l'école, et je vois du commerce. Je vois des opportunités. (Il m'adressa un sourire ironique.) Vous devriez le savoir, Mike. C'est vous qui m'avez amené à envisager le projet sous cet angle.

—Je vais vous dire ce que je vois. Je vois des hommes qui ont bu quelques bières de trop et qui glissent trop vite autour de la baie dans leurs bateaux à moteur. Je vois des dauphins blessés parce qu'ils n'ont pas réussi à se dérouter à temps. Je vois des bateaux-discothèques essayant d'attirer cette clientèle éphémère, trop d'observateurs de dauphins, des baleines échouées sur cette plage paradisiaque. Je vois ce qu'il reste de la migration des baleines à bosse qui se déplacent loin d'ici, quelques-unes qui meurent à cause de ces changements, et les gens qui vivaient grâce à elles perdre leur boulot. Et je vois un putain de trou, là où il y avait un hôtel dirigé par une famille, un endroit qui existait depuis plus de soixante-dix années.

—Je ne vois pas pourquoi l'hôtel *Silver Bay* ne continuerait pas son existence en marge de ce nouvel hôtel.

Je désignai la maquette.

—Ce n'est pas ce qu'ils ont l'air de penser.

—Vous ne pouvez pas vous attendre à ce qu'ils reproduisent toutes les constructions de la baie.

—Êtes-vous joueur, monsieur Reilly ? Vous voulez parier cinq cents dollars sur le fait que le *Silver Bay* sera encore debout un an après que ce truc sera érigé ?

Nous restâmes silencieux quelques instants. Un couple âgé se tenait sur le seuil de l'hôtel et nous observait avec inquiétude.

J'avais crié. Il fallait que je me ressaisisse. Épuisé, je perdais mon sens de la mesure. Reilly leur adressa un signe de tête rassurant, puis se tourna vers moi.

— Je dois vous dire, mon ami, que vous m'étonnez. Quel revirement, constata-t-il sans hostilité dans la voix. Dites-moi, Mike. Vous êtes aujourd'hui contre ce projet, mais vous en avez vu les avantages à un moment donné. Il doit y avoir une raison pour laquelle vous avez déployé autant d'effort pour le vendre. Quand vous êtes venu me voir il y a des mois, quand vous désiriez tout ça, que voyiez-vous alors sur ces plans ? Honnêtement ?

Je regardai la maquette de l'hôtel et songeai à sa force sans limite ; mon cœur se changea en plomb.

— L'argent, avouai-je. Je voyais de l'argent.

Quand je rentrai, Hannah était dans ma chambre, devant mon ordinateur. Par la fenêtre ouverte, le soleil inondait le plancher peint, mettant en avant les couleurs passées du tapis persan et les traces de pas pleines de sable que j'avais laissées en rentrant de mon footing matinal. On entendait une voiture cracher de la musique tonitruante et, dans le lointain, une moto tout-terrain dans les dunes. Un léger courant d'air flottait entre la fenêtre et la porte. Je fermais rarement ma porte désormais, il n'y avait pas eu de client depuis des semaines, et Kathleen se comportait comme si je vivais ici. Elle ne voulait même pas que je paye un loyer.

— Mike ! s'exclama Hannah. (Elle pivota sur la chaise et me fit signe d'approcher pour me montrer un courriel en provenance de quelqu'un à Hawaï qui s'était battu contre un projet similaire.) Elle va nous envoyer une liste d'associations qui l'ont aidée.

— C'est super, l'encourageai-je, le plus enthousiaste possible. Bon travail.

—Avec Lara, nous avons écrit à tout le monde. Quelqu'un du *South Bay Examiner* a téléphoné et veut nous prendre en photo à cause des pétitions.

—Qu'est-ce que ta mère a dit ?

—Elle a dit de te demander. J'ai dressé une liste de tout ce que nous avons fait aujourd'hui, c'est dans le classeur bleu. Je dois partir pour le club de hockey, mais je continuerai en rentrant. Tu viens toujours avec maman et moi ?

—Mmm ?

Je pensais à M. Reilly. L'enquête publique prendrait fin dans trois jours, m'avait-il prévenu en quittant le *Blue Shoals*. Il m'avait glissé que rien n'avait encore surgi qui puisse faire changer d'avis la commission.

—Maman a dit que nous pourrions sortir tous les trois sur l'*Ismahel*, tu te souviens ?

—Oh, dis-je en tentant de sourire. Bien sûr.

Elle attrapa son cardigan et me tendit un journal.

—Tu as vu la photo de tante K avec le requin ? Elle est furieuse. Elle a menacé de transformer les boyaux de Greg en jarretière.

Le gros titre annonçait : « La Fille au Requin signale le retour des tigres ». En dessous, le photographe avait pris Kathleen en train de s'avancer vers Greg, l'expression presque aussi inquiétante que celle du requin mort. En cartouche, on retrouvait la photo désormais familière d'elle à dix-sept ans en maillot de bain.

—Je l'ai scanné. Je dois le rendre à M. Gaines sans dire à tante K qu'il en a acheté un exemplaire, sinon elle va l'étriper. Je l'ai posé sur ton bureau, si tu veux le lire, avec deux autres, le *Sentinel* et le *Silver Bay Advertiser*, mais leurs photos sont moins bonnes.

Pauvre Kathleen. Elle avait raison : ce requin la poursuivrait jusqu'à la fin de ses jours.

J'observai Hannah qui rassemblait ses affaires. Puis, après un joyeux salut, elle descendit. Elle paraissait avoir refoulé le départ imminent de sa mère. Certaines choses étaient sans doute trop lourdes à envisager quand on avait onze ans. Comme moi, elle devait attendre une intervention divine.

Je les écoutai chanter avec son amie tandis qu'elles se dirigeaient vers la route. Pour la énième fois, je lui présentai des excuses en silence.

C'est alors que mon téléphone sonna.

— Monica ?

Je jetai un coup d'œil à ma montre. Il ne devait pas être loin de 2 heures en Angleterre.

— Comment ça se passe ? demanda Vanessa.

Ma première pensée fut : où a donc pu passer ma sœur ? La seconde fut plus agacée. Vanessa devait très bien savoir que mon opposition au projet n'aboutissait à rien.

— Comment ça se passe quoi ?

— La vie. Les choses. Je ne parlais pas du projet, répondit-elle.

— Je vais bien.

— J'ai entendu dire que tu étais toujours en Australie. J'ai parlé à ta mère l'autre jour. Toujours à te prendre pour Knut défiant les flots.

Je percevais un bruit de fond de son côté, et l'image de notre appartement m'apparut soudain – l'écran plat aux lignes épurées dans le coin, les grands canapés en daim, le mobilier luxueux. Rien de tout cela ne m'avait manqué.

— Papa garde un dossier de tout ce que tu fais contre le projet. Il en ajoute tous les jours.

— Pourquoi m'en parles-tu ?

— Je ne sais pas. Pour te dire que tes initiatives ne sont pas complètement inutiles.

— Mais ça ne l'arrête pas.

Il y eut un bref silence.

— Non, concéda-t-elle.

Une volée de perruches atterrit dans un arbre dehors. Je les regardai, toujours surpris que des oiseaux aussi colorés puissent vivre à l'état sauvage.

— Tina est partie.

« Et alors ? », avais-je envie de rétorquer.

Je fermai les yeux. J'étais si fatigué. La journée, je me battais contre des moulins à vent, et la nuit, je restais étendu à regarder Liza, craignant de rater nos derniers moments.

— Tu me manques, dit Vanessa.

Je ne répondis rien.

— Je ne t'avais jamais vu comme ça, Mike. Tu as changé. Tu es plus fort que je ne le pensais.

— Et ?

— Et... j'ai réfléchi. Je peux l'arrêter. Je sais qu'il m'écoutera.

Le monde cessa de tourner un instant.

— Comment ?

— Si cela est aussi important pour toi, je lui demanderai d'abandonner. Mais je t'en prie... s'il te plaît... donnons-nous encore une chance.

Mon souffle se coinça dans ma poitrine.

— Toi et moi ?

— Nous formions une bonne équipe, non ? (Elle n'était pas sûre d'elle, elle implorait.) Nous pouvons être encore mieux que ce que je croyais. Tu me l'as fait comprendre.

— Oh, m'exclamai-je doucement.

— Tu m'as blessée, Mike, je ne vais pas le nier. Mais papa m'a dit que Tina était du genre à faire des histoires. Je ne pense pas que tu sois le genre d'homme à me décevoir intentionnellement.

J'aimerais ne pas perdre ce qu'on partageait tous les deux. On formait une équipe. Une équipe formidable.

J'avais les yeux rivés au sol.

Quand je parlai de nouveau, ma gorge était sèche :

— Tu es en train de dire que, si nous nous remettons ensemble, tu arrêteras le projet ?

— Ce n'est pas une jolie façon de le dire. Il ne s'agit pas de contrepartie, Mike. Tu me manques. Je n'ai pas compris ce que cela représentait pour toi, et je veux arranger les choses. Nous pourrions faire du bon boulot avec l'une ou l'autre des alternatives.

— Si nous sommes ensemble.

— Eh bien, je ne suis pas du genre à m'attirer des ennuis pour quelqu'un dont je me contrefiche. (Son ton était exaspéré.) L'idée est-elle à ce point monstrueuse ?

— De nous donner une nouvelle chance ? La dernière fois que nous nous sommes parlé, je pensais…

Je secouai la tête pour essayer de m'éclaircir les idées.

— Mike ?

— Vanessa, tu me surprends… Vraiment. Écoute, je dois partir, mais je te rappellerai plus tard. D'accord ? Demain matin. Pour toi, précisai-je tandis qu'elle protestait.

Je mis un terme à la conversation et m'assis, les oreilles en feu. Je n'avais pas d'autre issue. Vanessa Beaker était la seule personne capable d'arrêter ce projet.

Je trouvai des excuses. J'avais mal à la tête et je devais rappeler des gens. Le fait que je donne deux excuses, là où une seule aurait suffi, alerta Liza : une autre raison se cachait sous ma décision de ne pas sortir avec elles, comme prévu. Tandis que Hannah, visiblement déçue, me suppliait de changer d'avis, sa mère me regarda bizarrement. Elle devait y voir une sorte d'évolution naturelle de mes sentiments : je choisissais de me séparer d'elle par étapes… J'essayais de me protéger.

— Je vous verrai toutes les deux à votre retour, annonçai-je, l'air le plus dégagé possible.

— Comme tu veux, répondit Liza. Nous serons absentes environ deux heures.

La chienne était déjà sur le pont, serrée entre les deux.

Je ne voulais pas m'éloigner, mais il fallait que je réfléchisse. Nous étions tellement à l'écoute l'un de l'autre qu'il ne lui aurait fallu que quelques minutes pour tout découvrir. J'agitai le bras tandis que le bateau bondissait au-dessus des vagues et prenait le large. Une fois qu'elles eurent disparu derrière le cap, je m'assis sur le sable, les jambes repliées contre mon torse, et m'enfouis la tête entre les mains. Peu importait si quelqu'un me voyait.

C'est ainsi que j'entamai le plus long après-midi de ma vie. Incapable de retourner à l'hôtel, je descendis la route du littoral à travers les dunes et me perdis quelques heures, incertain de ma direction, notant à peine le décor qui m'entourait.

Je marchai les mains dans les poches, tête baissée. J'adressai un signe à ceux qui me saluaient et évitai de croiser le regard de ceux qui ne le faisaient pas. Malgré le sol cahoteux, mes pas devinrent aussi lourds et réguliers que ceux d'un cheval de bât. Sans chapeau ni portefeuille, sans but apparent, je dus paraître un peu étrange. Peu habitué aux rayons du soleil de printemps, j'attrapai des coups de soleil, et en arrivant sous les pins, près de la route de Newcastle, mon nez brûlait. Je ne sentis ni la chaleur, ni la soif, ni la fatigue malgré mes nuits sans sommeil. Je continuais à réfléchir, et toutes les solutions m'apparaissaient désastreuses.

Moi, Mike Dormer, un homme réputé pour son acuité dans la prise de décision, sa brillante capacité à peser le pour et le contre de n'importe quelle situation et déceler la bonne réponse, je me retrouvais dans la position où, quelle que soit la direction dans laquelle je me tournais, j'avais envie de me laisser tomber à genoux et de hurler. La seule personne dont j'aurais pu demander l'avis, dont j'aurais respecté l'opinion, était celle que je devais protéger.

Je fus de retour sur la Whale Jetty quand elles rentrèrent. C'était comme si je n'avais pas bougé. Je m'étais autorisé quelques bières et attendais, prenant soudain conscience de mon apparence débraillée et de ma bouteille à la main. J'aurais aimé mettre une casquette, mais redoutais de me transformer en Greg.

Je regardai l'*Ismahel* contourner le cap et passer d'un petit point blanc à un joli bateau de croisière. Ses filets de nage, dans lesquels Hannah avait dû être autorisée à s'asseoir dans l'eau avec les dauphins, étaient tendus le long de la coque. Au fur et à mesure qu'elles se rapprochaient, je la voyais déambuler avec assurance sur le pont avec son short par-dessus son maillot de bain. Milly était à la barre avec Liza, anticipant son retour à la maison avec la même excitation que tous les matins, lorsqu'elle était impatiente de partir en mer. Elles étaient belles et joyeuses, et, dans d'autres circonstances, les voir ainsi sur l'eau m'aurait transporté de bonheur.

Hannah était arc-boutée à la proue. Elle m'adressa un signe dès qu'elle m'aperçut, un gigantesque salut qui la balançait d'un pied sur l'autre. Elle avait les jambes fines avec cette musculature tout en longueur des prépubères. Il m'arrivait parfois d'y reconnaître celles de sa mère.

—Nous avons vu Brolly! hurla-t-elle. (Elle criait de plus en plus fort au fur et à mesure qu'elles se rapprochaient pour se faire entendre malgré le bruit du moteur et le clapot contre la coque.) Elle va bien! Pas de coupures ni rien. Ce n'était pas elle, dans le filet, Mike. Ce n'était pas elle que tu as libérée ! Et devine quoi ? Elle était avec son petit !

Elle était radieuse – les deux l'étaient, Liza avec un plaisir maternel devant le bonheur simple de sa fille. Je me levai, regrettant soudain de ne pas les avoir accompagnées, de ne pas avoir partagé avec elles une excursion pleine de petites joies.

Il y avait eu d'autres aventures. Elles avaient vu au loin une baleine à bosse, d'énormes tortues de mer, et elles avaient pêché un morceau de fanon, mais Milly l'avait en partie rogné dès qu'elles avaient tourné le dos. Ça et quelques biscuits.

— J'ai de la peine pour cet autre dauphin, dit Hannah en sautant sur la jetée tandis que sa mère manœuvrait. Mais tu l'as probablement sauvé, hein, Mike ? Il a trouvé son chemin. Je suis si contente pour Brolly. Je suis sûre qu'elle m'a reconnue. Maman m'a laissée m'asseoir dans les filets de nage, et Brolly est restée des heures à côté de nous.

Liza posa à son tour pied à terre et amarra le bateau. Sous sa casquette, je ne vis tout d'abord pas son visage.

— Je n'arrivais pas à le croire quand je l'ai vue, continua Hannah en haletant. (Elle souleva Milly et la serra contre sa poitrine.) C'était incroyable.

— Tu vois ? Parfois, la chance nous sourit, s'exclama Liza, les joues rosies par l'effort. Si nous avons la foi.

Je ne répondis rien. Le sourire radieux de Hannah venait de prendre la décision à ma place.

Je dormis seul, cette nuit-là ; ou plutôt, je restai assis dans le vieux fauteuil en cuir jusqu'à ce que mes pensées soient aussi emmêlées et usées que les bouts de Liza. Je n'avais pas eu à lui justifier mes réticences – l'humeur de Hannah s'était soudain assombrie au cours de la soirée, dans des proportions inverses à celles des bonheurs de la journée, et elle avait passé la nuit dans la chambre de sa mère. J'entendais ses sanglots et les murmures rassurants de Liza. Je descendis au milieu de la nuit me préparer une tasse de thé et rencontrai Kathleen en robe de chambre dans la cuisine. Elle me regarda et secoua la tête.

— C'est dur pour elle, constata-t-elle, mais je ne savais pas de laquelle des deux elle parlait.

On dit que le don d'une mère pour arrêter les larmes de son enfant est génétiquement programmé. Cette nuit-là, j'aurais fait n'importe quoi pour endiguer le flot des larmes de Hannah. Dans chacune d'elles, j'entendais tout ce qu'elle avait déjà perdu et ce qu'elle allait encore perdre. Je ne me suis jamais considéré comme particulièrement émotif, mais, à ce moment-là, je me sentis affreusement malheureux.

Je m'endormis à l'aube. Hannah s'était calmée depuis quelques heures, mais je devinais la fragilité de son sommeil, tout comme la présence de Liza au bout du couloir. Je savais que, à quelques mètres de moi, derrière la porte en bois blanchie à la chaux, elle ne dormait pas non plus.

Le matin, quand elle rentra d'avoir déposé Hannah à l'école, je l'attendais sur le parking. Je m'étais adossé à la façade arrière de l'hôtel, où personne ne pouvait me voir.

— Salut, beau gosse, me lança-t-elle en reculant. (Son sourire traduisait son soulagement de me voir seul après ce qui semblait être vingt-quatre heures de séparation.) Tu me réchauffes le cœur.

Elle descendit de la voiture et ferma la portière derrière elle.

— Viens marcher avec moi, lui demandai-je.

Elle cligna des yeux et m'observa d'un air suspicieux.

— Qu'est-ce qu'il y a ?

Aucun de nous ne fit un geste vers l'autre. En temps normal, je l'aurais déjà prise dans mes bras, je n'aurais pu résister à cet instant d'isolement pour la serrer contre moi, sentir sa peau contre la mienne.

— Mike ?

J'adoptai une attitude la plus neutre possible.

— J'ai des nouvelles. (Je carrai les épaules.) Je vais arrêter le projet. J'ai... parlé à quelqu'un en amont et je crois être en mesure de les convaincre de construire ailleurs.

Elle se protégea les yeux de la lumière avec sa main pour mieux me voir. La fatigue lui avait creusé des cernes.

— Comment ?

— Je crois pouvoir tout arrêter... J'en suis même certain.

Elle fronça les sourcils.

— Tout va s'arrêter comme ça ? Plus d'enquête publique ? Rien ? Juste comme ça ?

J'avalai ma salive.

— Je crois bien.

— Mais... comment ?

Un sourire se dessinait sur ses lèvres sans oser se libérer avant d'être certaine que ce que j'avançais était vrai.

— Je ne veux pas que tu en parles à qui que ce soit avant que ce soit confirmé. Je retourne à Londres.

— À Londres ?

Le demi-sourire s'évapora.

— Tu n'auras pas à partir, Liza. Tu n'as plus besoin d'aller nulle part.

Elle baissa la tête, puis se tourna vers la mer. Nulle part, sauf près de moi.

— Tu sais que ce projet d'hôtel n'est plus qu'une partie de l'histoire, maintenant, Mike. Je veux un nouveau départ. Je dois arrêter de fuir.

— Fais-le quand Hannah sera plus grande. Parles-en quand elle n'aura plus autant besoin de toi.

Je restai là à observer toutes les pensées que j'avais eues passer sur son visage comme des nuages dans le ciel. La perspective de ne pas avoir à partir était au-delà de ses espérances. Mais elle s'était faite à l'idée, et il lui était difficile de reculer. Elle finit par me faire face.

— Que se passe-t-il, Mike ?

— Je vais faire en sorte que tu sois en sécurité, et que Hannah puisse grandir avec sa maman.

Elle me dévisagea un long moment, les yeux pleins de questions. Puis elle se rendit compte que je ne souriais pas. Pourtant, j'aurais dû. Je devinai sa prochaine question. Elle donna un coup de pied à un galet.

— Tu reviendras ? Quand tu auras fait ce que tu dois faire ?

— Sans doute pas, avouai-je.

Voilà, c'était sorti au grand jour.

— Je croyais que tu voulais être avec nous.

Il n'y avait rien que je puisse dire.

— Tu ne réponds pas à ma question.

— J'ai besoin que tu me fasses confiance, dis-je.

— Mais tu ne reviendras pas. Quoi qu'il arrive.

Je secouai la tête.

Ses mâchoires se crispèrent. Je savais qu'elle voulait me demander pourquoi je faisais cela, alors que je lui avais dit que je l'aimais. Elle avait des milliers de questions en attente et ne connaissait pas la réponse à la plus importante. Elle voulait me demander de rester. Mais sa fille importait plus encore.

— Pourquoi n'as-tu pas suffisamment confiance en moi pour me parler ? demanda-t-elle.

« Parce que je n'ai pas le droit de te faire choisir, lui répondis-je en silence. Moi, je peux porter ce fardeau pour toi. »

— Tu poses toujours autant de questions ? demandai-je sur le ton de la plaisanterie.

Je ne riais pas, cependant. J'avançai et la pris dans mes bras. Je la sentis se raidir, et mon cœur se brisa.

La nuit tombe doucement à Silver Bay. Comme dans toutes les petites villes, son rythme ralentit : les oiseaux déclarent la fin de la journée par une ferveur accrue, puis se taisent ; les voitures se dirigent vers les allées ; on rappelle les enfants qui sautillent ou traînent les pieds pour rentrer dîner ; quelque part dans le lointain, un petit chien hurle pour signaler la fin du monde. À Silver Bay, d'autres bruits viennent annoncer la tombée de la nuit : le cliquetis des casseroles par les fenêtres ouvertes des cuisines, le grincement des portes qui se ferment, le crissement des pneus des voitures des pêcheurs qui descendent la route du littoral, et leurs voix qui s'élèvent alors que leurs bateaux s'élancent vers le large. Puis, tandis que le soleil disparaît lentement derrière les collines, la baie s'illumine ; le silence, parfois le scintillement d'un pétrolier dans le lointain, et, enfin, l'obscurité. Les ténèbres dans lesquelles on peut projeter tout ce qu'on veut : le chant d'une baleine invisible, les battements d'un cœur, l'immensité d'un futur indésirable.

J'observai tout cela du fauteuil en cuir. Et, étant donné l'importance capitale de ce qu'il allait se passer, de ce qu'il s'était déjà passé, ma dernière conversation de cette journée paraissait décevante.

— Vanessa ?

Elle avait décroché à la seconde sonnerie. Je regardai par la fenêtre et, sans doute plus brutalement que je n'en avais eu l'intention, je baissai le store.

— Mike..., soupira-t-elle. Je me demandais quand tu appellerais.

Elle ne semblait pas à l'aise. J'avais promis de téléphoner plus tôt, mais j'étais resté assis dans ma chambre, les yeux rivés sur le téléphone, mes doigts refusant d'appuyer sur les touches.

— Mike ?

— Tu veux toujours de moi ?

— Et toi de moi ?

Je fermai les yeux.

— Nous avons traversé beaucoup de choses, dis-je. Nous nous sommes fait du mal. Mais je vais essayer. Je vais vraiment essayer.

Je fus soulagé qu'elle n'ajoute rien.

— Quand reviens-tu ? demanda-t-elle.

25

Monica

Je n'avais pas dit à Mike ce que j'allais faire : j'avais peur qu'il ne me l'interdise, qu'il ne veuille s'en tenir à ce que nous avions prévu sans entrer dans les détails. J'imagine qu'il m'en voulait à mort – il m'avait laissé des messages de plus en plus véhéments et, chaque fois que j'allumais mon téléphone portable, un message me prévenait que j'avais manqué un appel d'Australie. Hier soir, il a dû appeler au moins cent fois, me sommant de ne parler à personne tant que nous n'avions pas réussi à nous joindre.

Mais je ne pouvais pas le rappeler tant que je n'avais pas trouvé au moins une réponse. Tant que je n'avais pas compris ce qu'il se passait. Je ne suis pas la plus grande journaliste du monde – je ne me suis jamais leurrée sur le fait que je ne suis qu'une pigiste de base –, mais je sais reconnaître les affaires louches et, là, j'étais très remontée. Sous un angle au moins, je ressemble à mon frère : je suis méthodique. Donc, pendant mon jour de congé, je me rendis dans le Surrey, pris un taxi à la gare jusqu'à l'adresse que j'avais griffonnée sur un bout de papier et me retrouvai aux alentours de 10 heures devant une grande maison de Virginia Water.

— Bel endroit, remarqua le chauffeur en rédigeant son reçu.

— Oui, je visite des maisons pour tourner des films pornos, l'informai-je. Apparemment, celle-ci n'est pas très chère.

Je souris en le regardant partir. La petite copine de Mike pourra me remercier de celle-là.

Je m'aperçus rapidement que je ne pourrais pas faire le tour de la maison comme prévu : elle était entourée de hautes haies et se situait si loin de la route que j'aurais attiré l'attention en remontant son allée. J'aurais souhaité jeter un coup d'œil rapide, peut-être glaner quelques informations sur ses occupants, son histoire, résoudre l'énigme. Au lieu de cela, j'attendis à moitié cachée derrière un arbre en bas de l'allée, devant une barrière.

C'était une grosse bâtisse dans le style Tudor, avec des fenêtres à petits carreaux, le genre de maison dont rêverait un comptable. (C'est peut-être une insulte aux comptables ou au style Tudor, mais j'habite un deux-pièces au-dessus d'une sandwicherie et, d'après mes amis, je n'ai aucun goût.) Les pelouses et les parterres de fleurs étaient parfaitement entretenus, ce qui, pour un mois d'octobre, suggérait la vigilance d'un jardinier. Cinq ou six pièces, devinai-je de la rue. Au moins trois chambres. Plein de tapis et de rideaux coûteux. Un break Volvo était garé dans l'allée, et un équipement complet de jeux en bois luxueux installé dans le jardin humide. Je frissonnai sous mon épais manteau. Malgré son faste apparent, il y avait quelque chose de froid dans cette maison, et ce n'était pas un tour de mon imagination. Mike m'avait raconté le drame qui s'y était déroulé, et je ne pus me retenir d'avoir une pensée pour cette jeune femme organisant sa fuite.

Plusieurs voitures passèrent, et leurs occupants tournèrent la tête pour me regarder. Ce n'était pas le genre de quartier où les gens se promenaient. Alors que je me demandais ce que j'allais faire, j'aperçus une femme qui passait devant une fenêtre de l'étage : la vision fugace d'un pull clair, de cheveux bruns coupés en un carré soigné. C'était sans doute sa femme. Je me demandai ce qu'il lui avait raconté sur sa vie précédente. Préparait-elle également son évasion, ou la traitait-il avec égards ? Était-ce un mariage d'égal à égal ? Puis je songeai à ce que Liza avait raconté à mon frère. L'amour l'avait-il rendu aveugle au point de ne pas envisager qu'elle lui mente ? Comment expliquer tout cela autrement ? Comment expliquer ces énormes incohérences dans ce qu'elle avait décrit ?

Je réfléchissais à l'étape suivante quand une petite fille en gros pull bleu et jean apparut sur le côté de la maison. Elle avait dû laisser la porte ouverte, car j'entendis le murmure d'une radio, puis les pleurs d'un enfant qui furent ensuite apaisés. Je reculai. Elle se dirigea vers moi et alla prendre le courrier dans la boîte aux lettres quand je sortis de ma cachette en faisant mine de passer par là.

— Coucou ! M. Villiers est-il là ? demandai-je.

Mon haleine formait des petits nuages de vapeur dans l'air.

— Si c'est pour la mairie, répondit-elle, il reçoit le vendredi.

— Le vendredi.

Elle hocha la tête.

— Son bureau m'a dit qu'il travaillait chez lui, aujourd'hui.

Je ne savais pas pourquoi je mentais. Si je maintenais un dialogue, peut-être découvrirais-je quelques informations le concernant.

— Il est à Londres. Il est toujours à Londres, le jeudi.

— Oh, fis-je. J'ai dû me tromper. Il est toujours à la banque, n'est-ce pas ?

— Oui.

— Je l'ai vu dans le journal. C'est quelqu'un d'important.

Elle prit le courrier et passa les enveloppes en revue.

— Je peux vous donner son numéro de téléphone, si vous le souhaitez.

Je jetai un coup d'œil à mon calepin.

—Je l'ai, mais merci.

Je pourrais demander à entrer, mais je ne saurais pas quoi dire à sa femme.

Je n'avais pas assuré mes arrières et, tant que je ne savais pas comment me présenter, c'était inutile. « Bonjour, madame Villiers. Je suis journaliste. Pouvez-vous me dire si votre mari – un pilier de la société – est en réalité un malade qui bat sa femme ? Est-il un monstre tyrannique et infidèle, en partie responsable de la mort de son propre enfant ? À propos, vous avez de très jolis rideaux. »

—Je l'appellerai à son bureau. Merci.

Je lui adressai un sourire amical comme si tout cela n'avait pas d'importance. J'irais dans le village boire un café. Je pourrais toujours revenir une fois que j'aurais mis sur pied la meilleure façon de procéder. Après tout, l'épouse était peut-être le moyen d'avancer. Je prétendrais être une journaliste désirant écrire un article sur la vie de famille des Villiers. Si je parvenais à être seule avec elle autour d'un thé, peut-être se livrerait-elle ?

—Au revoir.

—Salut.

La petite fille se tenait devant moi sans me prêter attention, elle se glissa une mèche derrière l'oreille. Elle commençait à remonter vers la maison quand je remarquai qu'elle boitait de façon assez prononcée. Une drôle de sensation me traversa le cœur.

« Et le monde s'écroula. » Je déteste les clichés. J'ai toujours travaillé dur pour les éviter. Pourtant, ce fut la seule phrase qui me vint à l'esprit.

Je posai mon sac à côté de moi sur le trottoir et restai parfaitement immobile en la suivant du regard.

—Excuse-moi ! appelai-je sans me soucier d'être entendue. Excuse-moi !

Je criai jusqu'à ce qu'elle se retourne et revienne lentement vers moi.

— Qu'est-ce qu'il y a ? demanda-t-elle en penchant la tête de côté.

C'est là que je compris. L'espace d'un instant, tout se figea.

— Comment… Comment t'appelles-tu ? lui demandai-je.

26

Kathleen

Je préparais le déjeuner de Hannah quand j'entendis la porte claquer. Ce n'est pas inhabituel dans cette maison, avec un chien, une préadolescente et des clients mal élevés qui laissent le vent fermer les portes pour eux. Mais la violence avec laquelle ma vieille porte d'entrée heurta son cadre, puis le pas lourd de Mike – qui n'est pas un petit homme – grimpant plusieurs marches en même temps, me firent légèrement tourner la tête. Quand il entra dans sa chambre, j'en déduisis qu'il avait laissé la fenêtre ouverte, car cette porte aussi claqua dans un grand fracas.

—Nous ne sommes pas encore en phase de démolition, hurlai-je vers le plafond en m'essuyant les mains sur mon tablier. Si vous traversez mon plancher, vous devrez le rembourser !

Avec la radio allumée, au début je ne compris pas ce qu'il criait, mais Hannah et moi tendîmes l'oreille au cirque qui se déroulait dans sa chambre.

—Tu crois qu'il se dispute encore avec quelqu'un ? suggéra Hannah.

—Continue tes devoirs, miss, répliquai-je en éteignant le poste.

C'est une vieille maison en bois, un peu branlante par endroits, si bien que, de la cuisine, on entend presque tout ce qu'il se passe à l'étage. Tandis que Mike traversait la chambre et faisait glisser la chaise près de son bureau, force me fut de constater que cet homme ne tenait pas en place.

— Peut-être qu'il s'est fait mordre par une veuve noire à dos rouge, hasarda Hannah, très intéressée.

— Monica ? hurla-t-il au téléphone. Envoie-la maintenant ! Maintenant !

Nous échangeâmes avec Hannah un regard interrogateur.

— C'est sa sœur, avança-t-elle doucement.

C'est la journaliste, songeai-je tandis que mon humeur paisible disparaissait.

Je préparai une omelette au fromage et battis les œufs furieusement pour noyer mes idées noires dans les tâches domestiques. Depuis que Liza m'avait fait part de ses intentions, je n'avais jamais autant cuisiné et l'hôtel n'avait jamais autant relui. Dommage qu'il n'y ait pas d'autres clients, ils auraient bénéficié d'un service cinq étoiles. Je gardai la tête baissée et fouettai jusqu'à ce que j'en oublie ce à quoi je pensais, les œufs devinrent si légers qu'ils étaient prêts à s'envoler du saladier. Il me fallut plusieurs minutes avant de me rendre compte que, depuis les hurlements de Mike, il n'y avait plus eu un bruit là-haut. Pas même l'habituel bruit assourdi de ses pas lorsqu'il passait de son bureau au fauteuil en cuir, ni le grincement quand il s'allongeait sur son lit.

Hannah était de nouveau absorbée dans son livre d'exercices, mais le silence éveilla ma curiosité.

Je retirai la poêle du feu et me postai sur le pas de la porte.

— Mike ? appelai-je. Est-ce que tout va bien ?

Pas de réponse.

— Mike ?

J'attrapai la rampe et montai la première marche.

— Kathleen, répondit-il enfin d'une voix tremblante. Je crois qu'il vaudrait mieux que vous montiez.

Quand j'entrai dans la chambre, il me demanda de m'asseoir sur le lit. Il était si pâle, si méconnaissable, qu'il me fallut quelques secondes avant d'obéir. Il s'avança vers moi, puis s'agenouilla comme quelqu'un qui s'apprêterait à faire sa demande. Il bredouilla ensuite ces petits mots qui, prononcés à haute voix, me glacèrent le sang. Il me raconta plus tard qu'il avait eu peur que je n'aie une crise cardiaque, comme Nino Gaines.

C'est un imbécile, pensai-je avec la partie de mon cerveau qui fonctionnait encore. *Ou un fou.*

Nous hébergions un fou depuis tout ce temps.

— Qu'est-ce que vous êtes en train de me raconter ? lui demandai-je quand je retrouvai ma voix. À quel genre de jeu jouez-vous ?

Je me sentis soudain furieuse contre lui. Il leva la main et m'ordonna de manière exceptionnellement impolie de sa part de me taire en attendant qu'il allume son ordinateur.

Il se leva et, tandis que je protestais, passa en revue tout un tas de messages. Je me demandai si je ne devais pas quitter la pièce, quand une petite fenêtre s'ouvrit sur son écran. Elle apparut. Comme par magie. En couleurs. Nous regardant avec la même incompréhension que la mienne. Mes mains se mirent à trembler.

— C'est la photo que Monica a prise aujourd'hui. Cela lui ressemble, n'est-ce pas ?

J'avais la bouche grande ouverte et les mains serrées contre ma poitrine. J'étais incapable de détourner les yeux de son visage. Puis, d'une voix hésitante, il me raconta tout ce que sa sœur lui avait dit.

—Hannah, déclarai-je d'une voix rauque. Vous devez aller chercher Hannah.

Mais celle-ci n'avait pas pu résister à la curiosité, car elle était déjà sur le seuil, son crayon à la main.

—Hannah, ma chérie, lui dis-je en levant une main tremblante vers l'ordinateur. J'ai besoin que tu regardes quelque chose. Il faut que tu me dises si cela ressemble ou non à…

—Letty. (Hannah s'approcha et suivit d'un doigt le contour du nez de sa sœur.) Letty.

—Elle est vivante, chérie, annonçai-je en pleurant. (Il me fut impossible de prononcer un mot pendant plusieurs minutes, et je sentis la main de Mike sur mon épaule.) Dieu nous bénisse, elle est vivante.

J'eus peur pour Hannah, qu'elle ne ressente le choc de cette nouvelle encore plus intensément que moi. Mes sens étaient en émoi, mon cœur paralysé par la vue de cette enfant que je n'avais jamais connue, mais dont la vie et la mort avaient hanté cette maison aussi sûrement que si elle avait été mienne. Comment attendre de Hannah qu'elle affronte tout cela ?

Mais elle était la seule d'entre nous qui ne pleurait pas.

—Je le savais, clama-t-elle avec un grand sourire. Je savais qu'elle ne pouvait pas mourir comme les animaux de la mer. Jamais je ne l'ai sentie morte.

Elle se retourna vers l'écran et suivit de nouveau du doigt les contours de l'image. Elles se ressemblaient tellement ; c'était comme si elle était face à un miroir.

Mike était à la fenêtre et se massait la nuque.

—Les salauds ! s'exclama-t-il en oubliant la présence de Hannah. Comment peuvent-ils lui avoir caché la vérité toutes ces années ? Comment ont-ils pu lui faire ça ? Comment ont-ils pu faire cela à une enfant ?

L'ampleur de leur monstruosité me frappa de plein fouet, et le langage que j'adoptai soudain ne m'était pas revenu depuis l'époque où j'étais serveuse en temps de guerre.

—Les salauds ! Ce trouillard de bouffeur de rat de fils de chien enragé ! Ce... re...

—Requin ? suggéra Mike.

—Ce requin, affirmai-je en lançant un coup d'œil à Hannah. Oui. Ce requin. J'aimerais l'étriper aussi sûrement qu'un vrai.

—Je l'abattrais d'un coup de fusil, préféra Mike.

—Le fusil est trop doux.

L'image de Old Harry m'apparut alors, mon fusil à harpon suspendu au mur du musée, et l'idée qui me traversa l'esprit aurait choqué ceux qui me connaissaient. Puis Hannah reprit la parole.

—J'ai toujours une sœur, annonça-t-elle, et le plaisir sincère qu'on devinait dans sa voix nous arrêta tous les deux. Regardez ! J'ai une sœur.

Hannah vint se mettre à côté de cette image surdimensionnée afin que nous puissions tous les deux prendre la mesure de la réalité de cette déclaration. Mike et moi échangeâmes un regard.

—Liza, articulâmes-nous à l'unisson.

Nous ne savions pas comment lui dire. Comment lui annoncer une telle nouvelle. Elle était en bateau, et c'était trop énorme, trop bouleversant pour utiliser la radio. Pour autant, nous ne pouvions pas attendre qu'elle rentre.

Nous finîmes par emprunter le cutter de Sam Grady. Mike et Hannah à l'avant, moi à la barre, nous naviguâmes vers Break Nose Island. La brise était légère, la mer calme, et, après quelques minutes, des groupes de dauphins nous accompagnèrent, l'arc joyeux de leurs corps faisant écho à l'humeur joyeuse de notre équipage. Tandis que nous fendions les flots, Hannah se pencha par-dessus bord et leur annonça la nouvelle.

— Ils savent ! s'exclama-t-elle en riant. Ils sont venus parce qu'ils savent !

Pour une fois, je ne la repris pas. Qui étais-je pour dire comment la vie fonctionnait ? Qui étais-je pour dire que ces animaux n'en savaient pas plus sur elle que moi ? Je sentis à cet instant que plus rien ne pourrait m'étonner.

Elle apparut, à la barre avec Milly, déjà impatiente de retrouver la terre. Son bateau était plein de touristes, en majorité de Taïwanais. Ils se penchaient, curieux de savoir pourquoi nous nous étions approchés, puis déclenchèrent leurs appareils à la vue des dauphins dans notre sillage.

Quand elle vira vers nous, le soleil était derrière elle, et il sembla que ses cheveux étaient en feu.

— Que se passe-t-il ? hurla-t-elle.

Elle oublia de se mettre en colère contre Hannah qui ne portait pas de gilet de sauvetage : elle devait se douter que nous n'étions pas là pour une raison ordinaire.

Je regardai Mike qui m'adressa un signe de tête approbateur, mais avant même de pouvoir prononcer un mot, les larmes ruisselèrent le long de mes joues. Il me fallut plusieurs essais et le mouchoir gentiment offert par Mike, avant que je réussisse à me faire entendre.

— Elle est vivante, Liza ! Letty est vivante.

Le regard de Liza oscillait entre Mike et moi. Au-dessus de nous, deux mouettes virevoltèrent en criant, se moquant de ce que je venais de dire.

— C'est vrai ! Letty est vivante ! La sœur de Mike l'a vue. Elle est vraiment, vraiment vivante.

Je levai la photo que Mike avait imprimée, mais la brise l'enroula autour de ma main.

— Pourquoi dis-tu ça ? demanda-t-elle, la voix brisée de douleur. (Elle se retourna vers ses passagers qui observaient tous intensément la scène. Elle était pâle comme un linge.) Qu'est-ce que tu veux dire ?

M'efforçant de garder l'équilibre, je défroissai la photo et la tins des deux mains au-dessus de ma tête comme une banderole.

— Regarde ! Ils t'ont menti ! Ces salauds t'ont menti ! Elle n'est jamais morte dans un accident de voiture. Letty est vivante !

Les touristes se turent, et quelques-uns des Taïwanais, sentant peut-être l'énormité de la situation, se mirent spontanément à applaudir. Nous attendîmes, la mine réjouie et pleine d'espoir. Les mouettes disparurent, Liza tourna un instant le visage vers le ciel et s'évanouit d'un coup.

Mike raconta qu'il ne s'était jamais rendu compte à quel point il aimait sa sœur jusqu'à ce jour. Au cours de la conversation qui dura trois heures, Liza serrée contre lui, elle lui raconta comment elle avait pris rendez-vous avec Steven Villiers à son bureau et, une tasse de thé à la main, lui avait expliqué qu'elle menait une enquête sur l'histoire d'un conseiller municipal respectable qui avait délibérément fait croire à sa petite amie que leur fille était morte afin de les séparer. Un conseiller qui avait battu son amie jusqu'à ce qu'elle le quitte, craignant pour sa vie. Une femme qui avait gardé les photos de ses blessures et les avait fait expertiser par un médecin. D'accord, Monica avait menti sur ce point, mais elle était très remontée à ce moment-là et voulait s'assurer la victoire. J'aime la façon de parler de Monica Dormer.

Le plus étonnant fut la vitesse à laquelle ce Villiers se dégonfla. Il resta silencieux, puis demanda :

— Qu'est-ce que vous voulez ?

Il était marié, vous comprenez, et il avait deux jeunes garçons. Quand Monica l'informa que Letty apprendrait d'une façon ou d'une autre ce qu'il avait fait, elle avait décelé au ton de sa voix que c'était une conversation à laquelle il s'attendait depuis déjà longtemps. Ils passèrent un marché : il rendrait l'enfant à sa mère, et cela resterait une affaire de famille. Il accepta un peu trop vite ; elle eut l'impression que ce n'était pas la plus heureuse des familles.

Et le meilleur était à venir. Il savait où Liza vivait, depuis des années – grâce à ses contacts dans la police sans doute, ou un détective privé. Comble de l'ironie, il la souhaitait loin de lui autant qu'elle. Il avoua que sa mère avait annoncé à Liza que l'enfant était morte en partie parce que, à ce moment-là, ils pensaient que c'était une éventualité, et en partie par pure malveillance. Quand ils comprirent que Liza avait disparu, ils avaient jugé bon de le lui laisser croire, que ce serait un moyen facile de la sortir de leurs vies. Elle était un franc-tireur, une menace pour sa carrière et son avenir, un obstacle à son bonheur avec l'élégante brune, Deborah. Ils avaient ce qu'ils désiraient. Il me fit la grâce, raconta-t-elle, de paraître un peu honteux. Il réclamait un droit de visite en règle, comme tout homme qui veut au moins avoir l'air de maîtriser la situation, et Monica lui avait répondu qu'il l'aurait – tant que sa fille le souhaiterait.

Ensuite, accompagnés d'un avocat et d'un psychologue pour enfants (la sœur de Mike n'était pas rassurée à ce moment-là, n'ayant jamais eu affaire à des enfants), ils se rendirent chez les Villiers pour prévenir Letty qu'elle partait en vacances. Ce fut rapide. Trop rapide, peut-être, étant donné le choc subi par cette petite fille en apprenant que, en fin de compte, sa mère ne l'avait pas abandonnée. Peu sûre d'elle, comme Mike ne l'avait encore jamais entendue, Monica avoua que, jusqu'à leur départ, elle avait craint que Villiers ne change d'avis.

Il y avait tant de mensonges que Letty devrait apprendre à ne plus croire, tant de secrets. La sœur de Mike nous informa que c'était une petite fille très intelligente qui voulait tout savoir. C'était la nuit maintenant, et ils l'avaient laissée dormir, mais au matin, le soir pour nous, Monica nous appellerait et, cinq ans plus tard, Liza pourrait enfin parler à sa fille. Sa plus jeune fille, son bébé, revenue d'entre les morts.

J'aperçus de la lumière dans le musée en sortant Milly pour sa dernière promenade de la soirée et devinai rapidement de qui il s'agissait. Je ne m'inquiète pas de fermer la porte à clef, la plupart du temps – il n'y a rien de valeur, et Milly nous informerait si des inconnus se pointaient sans y être invités.

Liza et Hannah étaient en haut en train de téléphoner et avaient besoin d'être seules. J'attrapai deux bières et me rendis dans le musée. Il devait sans doute se sentir un peu comme moi, en dehors du coup. C'était leur moment à toutes les deux. Nous pouvions être heureux pour elles, enchantés, même, mais, en réalité, ne connaissant pas encore Letty, nous ne pouvions ressentir qu'une fraction de ce qu'elles éprouvaient. Rester dans la maison alors que cette conversation avait lieu semblait indiscret, comme écouter en secret une histoire d'amour.

J'étais également curieuse de ce que Liza m'avait annoncé la veille, avant que son univers entier bascule, à propos de l'hôtel qui ne se construirait plus. Rien n'était certain, et elle n'était pas censée en parler à qui que ce soit avant que ce ne soit confirmé. Mais c'était grâce à Mike, avait-elle précisé avant que son visage s'assombrisse, et il devait partir pour de bon le lendemain. Elle n'ajouta plus grand-chose ensuite.

D'abord, il ne m'entendit pas. Il était assis sur l'une des membrures pourries du *Maui II*, les épaules voûtées comme s'il portait quelque chose de très lourd. Étant donné ce qu'il avait accompli, son attitude semblait étrange.

Milly me dépassa en courant et arriva jusqu'à lui en frétillant. Il leva la tête.

— Oh, salut, me lança-t-il.

Il était juste sous les néons, qui projetaient de grandes ombres sur son visage.

— Je me suis dit que vous en aimeriez peut-être une.

Il accepta la bière que je lui tendis. J'allai m'asseoir sur la chaise à moins d'un mètre de là et ouvris ma bouteille.

— Ce n'est pas votre genre, remarqua-t-il.

— Rien n'est normal, aujourd'hui.

Nous bûmes dans un silence complice. Par les portes du hangar ouvertes, nous distinguions le dessin de la côte dans le crépuscule, les phares de quelques voitures, des bateaux de pêche qui s'apprêtaient pour leur travail de nuit. La vie paisible de Silver Bay menait son petit train-train comme elle le faisait depuis des siècles. Je ne parvenais toujours pas à croire que Mike puisse nous éloigner de ce précipice. Serait-il possible que nous soyons épargnés quelque temps encore ?

— Merci, dis-je doucement. Merci, Mike.

Il leva les yeux de sa bière.

— Pour tout. Je ne sais comment vous avez réussi, mais merci.

Sa tête retomba, et je sus que quelque chose n'allait pas. Son air sombre me suggéra qu'il n'était pas là pour laisser Liza tranquille : il était venu ici parce qu'il avait besoin d'être seul.

J'attendis. J'avais suffisamment vécu pour savoir que l'on prend beaucoup plus de poissons en restant immobile et silencieux.

— Je ne veux pas partir, lâcha-t-il. Mais c'est le seul moyen dont je dispose pour arrêter ce projet.

— Je ne suis pas certaine de comprendre…

— Il y avait un choix à faire… et il m'était impossible de le lui imposer. Elle a déjà eu à prendre trop de décisions difficiles.

(Il gardait tellement de choses pour lui qu'il arrivait à peine à bouger.) Je veux que vous sachiez ceci, Kathleen. Quoi que vous entendiez à l'avenir, quoi que vous appreniez sur moi, il est important qu'elle sache qu'elle a été aimée. (Il me fixait d'un regard brûlant, et son intensité me mit un peu mal à l'aise.) Je ne veux pas que vous pensiez du mal de moi, poursuivit-il d'une voix étranglée, mais j'ai fait une promesse…

— Vous ne pouvez vraiment pas m'en dire plus ?

Il secoua la tête.

Je n'aimais pas le pousser dans ses retranchements. Au risque de paraître démodée, je pense qu'un homme devient physiquement mal à l'aise si l'on insiste trop pour le faire parler de ses sentiments.

— Mike, finis-je par dire, vous avez sauvé Liza. Vous avez sauvé mes deux filles. Je n'ai pas besoin d'en savoir plus.

— Elle sera heureuse, n'est-ce pas ?

Il n'arrivait plus à me regarder. J'avais un mauvais pressentiment sur ce que cela signifiait.

— Elle s'en sortira. Elle aura ses filles.

Il se leva et marcha lentement autour de la salle en me tournant le dos. Je me rendis compte alors à quel point j'étais désolée qu'il parte. Peu importaient les torts qu'il nous avait causés, il avait réparé, et plus encore. Je ne suis pas une grande romantique – Dieu sait si Nino Gaines pourrait vous le confirmer –, mais, quand il s'agissait de Liza et lui, j'avais espéré un heureux dénouement. Je savais désormais qu'il était quelqu'un de bien, comme il y en a peu. J'aurais aimé le lui dire, mais je ne savais pas lequel des deux aurait été le plus embarrassé.

Il s'arrêta devant ma photo de la Fille au Requin. Quand je le sentis prêt, je me levai et le rejoignis.

Rigide dans mon cadre d'origine, sépia et jaunie par les ans. Immobile, flanquée de mon père, de M. Brent Newhaven et de leurs câbles invisibles. J'étais là, souriant à l'objectif, du haut de mes dix-sept ans, en maillot de bain, sur cette image qui me poursuivrait le reste de ma vie.

J'inspirai fortement.

—Je vais vous confier un secret, annonçai-je. Je n'ai jamais attrapé ce satané requin.

Il se retourna vers moi, estomaqué.

—Non. C'est l'associé de mon père qui l'a eu. Il pensait que ce serait mieux pour l'hôtel, que cela nous ferait de la publicité, si c'était moi. (Je bus une nouvelle gorgée de bière.) J'ai détesté mentir. Je déteste toujours ça. Mais, aujourd'hui, j'ai compris certaines choses. Si nous ne l'avions pas fait, cet hôtel n'aurait jamais survécu à ses cinq premières années.

—Ou il serait devenu un projet immobilier de six étages qui en aurait duré vingt, répliqua Mike avec ironie.

Je retournai la photo face contre le mur.

—Parfois, un mensonge est le moindre mal pour tout le monde.

Je posai une main sur le bras de Mike Dormer et attendis qu'il fût en mesure de poser de nouveau son regard sur moi. Il fit un signe de tête en direction de la porte, comme pour me suggérer que nous devrions rentrer. Nous levâmes les yeux vers la maison où la lumière de la chambre de Liza brillait dans l'obscurité.

—Vous savez quoi ? Je n'ai jamais vu de requin-tigre dans cette baie. Jamais, affirmai-je en sortant.

—Greg, oui, répondit-il en refermant les portes derrière nous.

—Vous n'entendez pas ce que je vous dis, conclut la Fille au Requin.

27

Mike

J'avais deux valises si peu remplies que j'aurais pu les glisser l'une dans l'autre. Ce vide faisait écho à mon état d'esprit. Je serais le seul passager à être pénalisé pour n'avoir pas utilisé son quota de poids de bagages. Je m'étais débarrassé de ma garde-robe durant mon séjour ici et ne portais plus qu'un de mes deux jeans, ou un tee-shirt et un short, les jours de forte chaleur. Plus grand-chose pour témoigner de cette période cataclysmique de ma vie, songeai-je en les étalant sur mon lit. Au moins pourrais-je dévaliser le duty-free pour mes parents.

Je ne pris pas mon ciré – il était trop lié à cet endroit. Il me serait impossible de le voir suspendu ailleurs. J'avais donné mes costumes à la boutique de bienfaisance de Silver Bay. Je n'emportai pas le tee-shirt que je portais quand Liza était venue me rejoindre dans mon lit la première fois, ni le pull que je lui avais prêté la nuit où nous étions restés seuls dehors jusqu'à 2 heures, espérant secrètement qu'elle aimerait les garder. Mon ordinateur restait là : je l'avais laissé dans le salon à l'intention de Hannah, sachant qu'il lui serait plus utile qu'à moi. Qui plus est, même s'il ne restait que quelques heures avant le retour de Letty, je ne supportais pas l'idée de couper Liza et Hannah de cette image pixélisée. Cela aurait été comme les séparer de nouveau. Elles restaient assises devant pendant des heures, comparaient les visages de Hannah et de Letty, examinaient la myriade de façons différentes dont elles avaient changé ou non.

Liza était sortie sur l'*Ismahel* – sa dernière excursion avant qu'elles aussi partent pour l'aéroport. Je l'avais à peine croisée depuis la veille et me demandai si une sortie discrète sans adieux ne serait pas mieux pour nous deux. Au moins seraient-elles occupées : elles finiraient de préparer la chambre de Letty dans l'après-midi. On avait permis à Hannah de sécher l'école toute la journée. Elles avaient passé toute la soirée de la veille à peindre et accrocher de nouveaux rideaux, à remplir la chambre de choses qu'une fillette de dix ans aimerait sans doute, et à disposer les dauphins de Letty. Hannah était là-haut maintenant, musique à fond, elle accrochait des posters qu'elle retirerait ensuite, prise d'un accès de doutes. « Tu crois qu'ils aiment ce groupe en Angleterre ? Qu'est-ce qu'aiment les Anglaises ? », m'avait-elle demandé avec inquiétude, comme si j'en avais la moindre idée. Comme si cela pouvait faire une différence.

J'observai tout cela de loin, en partie exclu de leur bonheur et trop consumé de ma perte à venir. Peut-être leur manquerais-je un peu, mais elles avaient tellement à gagner, et une nouvelle vie devant elles. Je serais le seul à verser des larmes, ce soir. Je regardai la petite baie, les montagnes dans le lointain et les toits disséminés de Silver Bay. J'écoutai le chant d'un oiseau, des bruits de moteurs, la musique de Hannah qui tonnait au-dessus de ma tête, et me sentis comme arraché de chez moi. Vers quoi rentrais-je ? Une femme que je n'étais pas certain de pouvoir aimer dans une ville qui désormais m'étouffait.

Je devrais recoller les morceaux de mon ancienne vie, retourner dans les bars et les restaurants autrefois familiers, avec des connaissances de la finance braillardes, me frayer un chemin dans les rues bondées, endosser tant bien que mal un nouveau boulot dans un immeuble de bureaux anonyme. Je songeai à Dennis qui essaierait sans doute de me convaincre de revenir – aurais-je d'autre choix ? Je me vis ensuite, coincé dans le métro, dans un nouveau costume, fermant les yeux pour imaginer Hannah courir vers la plage, Milly sur les talons. Je pensai au sourire de Vanessa, son parfum et ses chaussures à hauts talons, à notre appartement luxueux, à ma voiture de sport, au piège de cette ancienne vie, et je sus, avec angoisse, que cela ne représentait rien. Je voulais être ici. Chaque parcelle de moi voulait rester ici.

Le pire était que j'avais toujours de l'affection pour Vanessa. Son bonheur signifiait quelque chose pour moi. Et j'accordais de l'importance à mon intégrité. Pour toutes ces raisons, il était important que, si elle tenait sa promesse, je tienne la mienne.

C'est ce que je me répétais plusieurs centaines de fois par jour. Puis j'envisageai les mois à venir, mes nuits sans sommeil, hantées par le visage de Liza, son sourire occasionnel, ses coups d'œil entendus. Je me vois en train d'enfouir ma tête dans le seul tee-shirt qui porterait la trace de son parfum. J'allais faire l'amour à quelqu'un dont le corps ne s'accordait pas instinctivement au mien.

Allez, m'encourageai-je fermement en me dirigeant à grands pas vers la voiture de location pour retourner à l'hôtel. Liza avait ses filles, et je m'apprêtais à sécuriser leur avenir. Deux sur trois, c'était un score plus que convenable pour n'importe qui. Je reculai jusque devant l'entrée et restai à fixer le tableau de bord. J'avais fini par maîtriser l'étrange boîte de vitesses et, tandis que je coupais le contact, ce ridicule détail me désola au plus haut point.

Mon vol n'était que le lendemain matin, mais, de plus en plus submergé par mes pensées, je décidai de partir aussitôt.

Je réserverais une chambre dans un hôtel à Sydney pour la nuit. Si je restais une heure de plus, mes résolutions risquaient de fondre comme neige au soleil. Je ne verrais pas ma sœur, ni n'assisterais aux retrouvailles, mais Monica comprendrait. Si je restais jusqu'au lendemain, si, rien que cinq minutes, je me donnais l'illusion de faire partie de cette nouvelle famille, je ne serais sans doute plus capable de tenir ma promesse.

Je descendis de la voiture et tournai la tête vers la route en entendant un vrombissement familier. Le camion de Greg dérapa dans l'allée, puis s'arrêta à quelques centimètres de mon pare-chocs, les bouées et les filets de pêche retombant bruyamment contre le métal du coffre.

Il descendit et rabattit la visière de sa casquette sur ses yeux.

— J'ai entendu pour la petite. Incroyable. Incroyable !

— Les nouvelles vont vite, commentai-je.

Hannah avait couru à la jetée la veille au soir pour annoncer la nouvelle à chacun des baleiniers. Ils ne connaissaient pas toute l'histoire, mais savaient que Liza avait eu une fille en Angleterre qui allait lui être rendue, et ils étaient assez fins pour ne pas chercher à en savoir plus. Pas ouvertement, en tout cas.

— Elle arrive ce soir, c'est ça ?

Je hochai la tête. Il sortit un paquet de cigarettes de sa poche et en alluma une.

— Bien joué, mon vieux. Je ne peux pas prétendre que je t'aime bien, mais, bon sang, je ne peux pas me battre avec quelqu'un qui ramène les enfants d'entre les morts, hein ?

Il tira une grande bouffée de sa cigarette. Nous restâmes un instant à regarder la Whale Jetty, où seul le bateau de Greg restait amarré.

— Merci, lâchai-je en fin de compte.

— Ouais. De rien.

Le téléphone sonna dans l'hôtel. Sûrement un futur client. Ce ne pouvait être Monica – elle était en vol depuis quelques heures. Kathleen l'avait invitée à rester aussi longtemps qu'elle le souhaiterait. C'était la moindre des choses, avait-elle dit, radieuse, et je me sentis soudain envieux de ma sœur. Demain soir, elle dormirait dans ce que j'appelais désormais ma chambre. Silver Bay s'apprêtait à être relégué à l'état de souvenir. Une étrange et courte période de ma vie dont je me souviendrais avec mélancolie ; une accumulation de « et si » que je ne m'autoriserais pas à considérer de trop près.

Penser à ma sœur me rappela mes valises, et je rentrai les chercher. Quand je ressortis, Greg était toujours adossé à son camion.

— Tu vas où ?

— À Londres, répondis-je en les balançant dans mon coffre, que je claquai ensuite.

— Londres, en Angleterre ?

Je ne m'abaissai pas à répondre.

— Pour longtemps ?

J'avais envie de lui mentir – mais à quoi cela aurait-il servi ? Il le saurait tôt ou tard.

— Oui.

Il marqua une courte pause, fit quelques calculs.

— Tu ne reviens pas ?

— Non.

Son visage s'éclaira. Il était aussi limpide qu'un enfant.

— Tu ne reviens pas. En voilà une mauvaise nouvelle. Pour toi, je veux dire.

Je l'entendis prendre une nouvelle bouffée de sa cigarette, et perçus le sourire dans sa voix quand il dit :

— J'ai toujours pensé que t'étais un mec bizarre. Maintenant, j'en suis convaincu.

— Fin psychologue, rétorquai-je, les mâchoires crispées.

Qu'il aille se faire voir.

— Tu nous abandonnes tous, hein ? T'as pris la bonne décision. Mieux vaut rester là où tu appartiens, hein ? Je suis certain que Liza s'en remettra. J'imagine qu'elle va être différente, maintenant. Plus heureuse. Enfin, faut pas que tu t'en fasses, je ferai en sorte qu'elle reçoive… toute l'attention qu'elle mérite.

Il haussa un sourcil. La jouissance était imprimée sur son visage. Si Hannah n'avait pas risqué de nous voir, je lui aurais envoyé mon poing dans la figure. Il l'espérait à moitié. Il cherchait la bagarre depuis des semaines.

— Si je me souviens bien, Greg, lançai-je calmement, ce n'est pas toi qu'elle a choisi.

Il tira une dernière bouffée de sa cigarette et la jeta par terre.

— Alors, là, mon vieux, rétorqua-t-il, entre Liza et moi, ça remonte à loin. Je suis un grand garçon. Pour autant que je sache, tu n'as été qu'un petit intermède. (Il tint son pouce et son index séparés d'à peine un centimètre.) Un petit bip sur le radar.

Nous étions prêts à nous battre quand Kathleen sortit de la maison.

— Mike ! Qu'est-ce que vous faites avec ces valises ? Je croyais que vous ne partiez pas avant demain ?

Je m'arrachai à Greg et me dirigeai vers elle.

— J'attends un appel. Et puis je m'en irai.

Elle me fixa d'un air interrogateur, puis se tourna vers Greg.

— Ne me regardez pas comme ça, rétorqua-t-il en rigolant. J'ai fait de mon mieux pour lui montrer à quel point il était désiré.

— Pouvez-vous entrer un instant ? me demanda-t-elle.

— Ça ne me dérange pas, assura Greg en haussant les épaules.

— C'est nouveau.

Je la suivis dans le hall d'entrée.

— Vous ne pouvez pas partir maintenant, commença-t-elle, les mains sur les hanches. Vous n'avez dit au revoir à personne. Zut, j'allais organiser une petite soirée en votre honneur.

— C'est vraiment très gentil de votre part, Kathleen, mais il vaut mieux que je parte.

— Vous n'attendrez pas au moins que Liza rentre ? Pour lui faire vos adieux ?

— Il ne vaut mieux pas.

Elle me dévisagea, mais je ne sus si c'était avec sympathie ou frustration.

— Vous ne pouvez vraiment pas rester ? Au moins jusqu'au déjeuner ?

J'essayai de réfléchir clairement malgré la radio de Hannah qui balançait de la musique disco. Je l'entendais chanter de sa petite voix aiguë, légèrement faux. J'avançai d'un pas et tendis la main.

— Merci pour tout, Kathleen. Si jamais vous recevez des appels pour moi cet après-midi, pourriez-vous donner mon numéro de téléphone portable ? Je vous téléphonerai dès que j'aurai la confirmation, pour le projet de l'hôtel.

Elle regarda ma main, puis leva les yeux vers moi. Il me fut difficile de croiser son regard. Elle me serra dans ses bras, et sa force me surprit.

— Appelez-moi, murmura-t-elle, la tête sur mon épaule. Vous n'allez tout de même pas disparaître du jour au lendemain. Il n'y a pas besoin de cette satanée promotion immobilière. Appelez-moi, c'est tout.

Je sortis de l'hôtel et m'engouffrai dans ma voiture avant que la tristesse dans sa voix ne me retienne.

Je conduisis lentement le long de la route du littoral, non à cause des nids-de-poule, mais parce que j'avais la vue trouble. Arrivé à la Whale Jetty, je m'arrêtai pour m'essuyer les yeux et me surpris en train d'espérer, en dépit de tout, voir l'*Ismahel* contourner le cap et entrer dans la baie. Distinguer une dernière fois la silhouette mince, ses cheveux soufflés sous sa casquette et la chienne à la barre. Un simple coup d'œil avant que ma vie ne bifurque sur un autre chemin, de l'autre côté de la planète.

Mais il n'y eut que le scintillement des flots, l'enfilade de bouées qui marquait le chenal et, au loin, les collines de pins qui s'étiraient dans le ciel bleu.

Je ne savais pas ce qu'elle dirait quand elle s'apercevrait que j'étais parti. Je n'avais même pas été fichu de lui écrire une lettre : lui dire ce que je ressentais aurait été lui avouer la vérité, ce qui m'était impossible.

Tu as fait ce qu'il fallait, me répétai-je en remontant sur la route. *Pour une fois dans ta vie, tu as fait quelque chose de bien.*

Cela m'était si rarement arrivé que je ne savais pas si l'horrible sentiment d'appréhension que je ressentais était normal.

J'étais sur la grand-route depuis près de vingt minutes quand mon téléphone sonna. Je me garai sur le bas-côté et farfouillai dans la poche de ma veste.

— Mike ? Paul Reilly. C'est un appel de courtoisie. Je pensais que vous deviez être le premier à apprendre que la promotion ne se poursuit pas.

Je soupirai longuement, incertain de savoir si c'était de soulagement – Vanessa avait fait ce qu'elle avait dit – ou de résignation – je devais désormais assumer ma part du marché.

— Bien, approuvai-je au moment où un camion me doubla et fit trembler la voiture. Je sais que nous divergeons sur le sujet, mais j'en suis heureux. Bundaberg est vraiment une meilleure option.

—Je ne vois pas en quoi. Je pensais que cet hôtel serait un véritable atout pour notre région.

—Vous bénéficiez ici de quelque chose de rare, monsieur Reilly. Un jour ou l'autre, vous vous en rendrez compte.

—Il est assez rare que des investisseurs se retirent au dernier moment. Ils devaient entamer les fondations cette semaine. Mais on ne discute pas avec les gens d'argent.

—Beaker a dû faire ses études ; s'ils estiment que Bundaberg offre de meilleures marges, alors…

—Beaker ? Il ne s'agit pas de Beaker.

—Pardon ? Qu'avez-vous dit ?

Le défilé de camions et de voilures m'empêchait sporadiquement de l'entendre.

—Ce sont les investisseurs. Les financiers. Ils ont menacé de se retirer si le site n'était pas changé.

—Je ne comprends pas.

—Apparemment, ils ont eu peur de cette histoire de requin. Ils ont eu vent de tous les articles parus dans les journaux. Je veux bien croire que, de leur point de vue, il est difficile de vendre des vacances ayant pour thème les sports nautiques quand il y a des requins, mais je pense qu'ils ont un peu exagéré.

Il avait l'air très déçu.

—On dirait que, dès que les Anglais entendent prononcer le mot « requin », toute leur raison s'envole par la fenêtre, ajouta-t-il.

Pourquoi Vanessa aurait-elle d'abord contacté Vallance ?

—Vous m'avez surpris, monsieur Reilly. Merci de votre appel, mais, si vous voulez bien m'excuser, j'ai besoin de parler à quelqu'un.

Je restai immobile un instant, remarquant à peine les voitures qui passaient en trombe. Je cherchai mon ordinateur portable dans ma valise avant de me rappeler que je l'avais laissé là-bas. Je relançai la voiture sur la route et accélérai jusqu'à la prochaine sortie.

— Dennis ?

— Michael ? Je me demandais combien de temps il te faudrait pour m'appeler, vieux salaud. Tu dois jubiler, hein ?

Il paraissait déjà bien amoché – il devait être près de 23 heures en Angleterre, et, connaissant Dennis, il en avait déjà descendu pas mal. Voire plus.

— Vous savez que ce n'est pas mon style.

Je parlais en conduisant et avais calé le téléphone entre l'oreille et l'épaule tandis que j'abordais le rond-point pour repartir vers Silver Bay. Sur la route de l'hôtel, la voiture sauta sur quelques nids-de-poule, et je me demandai combien me réclamerait la société de location pour avoir bousillé la suspension.

— J'oubliais que tu t'étais transformé en putain de Mère Teresa. Qu'est-ce que tu veux ? Me supplier de te rendre ton ancien boulot ?

J'ignorai ses propos.

— Alors, où se fera-t-il ?

— Un petit bled pas loin de Bundaberg. (Je l'entendis boire une gorgée.) C'est encore mieux. Les gars de Vallance sont fous de joie, la municipalité est à cent pour cent derrière nous. On se sert du même modèle. Drôlement mieux pour les avantages fiscaux. En fait, tu nous as rendu service.

Il n'y avait personne à l'extérieur de l'hôtel. J'entrai, traversai le hall puis le salon, le téléphone toujours à l'oreille, et attrapai mon ordinateur. Là-haut, la radio de Hannah beuglait toujours. Elle n'avait pas dû se rendre compte de mon départ.

— Je vous ai rendu service ?

— Faire flipper Vallance avec ton lobbyiste qui les a bombardés d'histoires de requin.

— Mon lobbyiste ?

Tout cela était bizarre.

— Dennis, je n'ai pas…

— Comment as-tu fait ? Tu as engagé un hargneux de chez Greenpeace ? De toi à moi, je dois admettre que tu as fait du bon boulot en envoyant toutes ces coupures de presse sur les requins. Au début, j'étais furax – on a dû bosser quatre jours et quatre nuits d'affilée simplement pour garder l'affaire sur ses rails et Vallance à bord – mais, maintenant que j'y pense, nous n'aurions jamais gagné d'argent dans des eaux infestées de requins. On est beaucoup mieux plus haut sur la côte. Alors, c'était qui ? Ou plus exactement, combien l'as-tu payé ? Les agitateurs professionnels ne sont jamais donnés.

Il n'avait pas mentionné Vanessa. Tandis qu'il parlait, j'avais allumé mon ordinateur. Je jetai un coup d'œil aux courriels envoyés, essayant de comprendre ce qu'il avait bien pu se passer.

— Quelle est la prochaine étape, Mike ? poursuivit-il. Tu vas en faire ton métier ? Tu sais, j'ai tenu ma promesse. Personne ne voudra de toi à la City.

Je triai ma boîte d'envoi par destinataires et trouvai les messages adressés à Vallance. J'en ouvris un et remarquai les coupures de presse en pièces jointes.

— Cela dit, mon gars, si tu en as désespérément besoin, je pourrais peut-être te trouver une petite ouverture. Pour te rendre service. Pas au même salaire, évidemment, tu le comprendras.

Cher Monsieur,

Je vous écris pour vous informer du risque d'une attaque de requins à l'endroit de Silver Bay où il y a la nouvelle promotion immobilière…

Je dus m'y reprendre à deux fois avant de continuer. Puis j'éclatai de rire.

—Mike ?

Elle avait fait ce que j'avais omis de faire. Elle avait réussi ce que je croyais impossible.

—Mike ?

La musique était plus forte. J'entendis la chanson et, rien que pour m'amuser, je dirigeai le téléphone vers elle.

—Mike ? répéta-t-il quand je replaçai l'appareil contre mon oreille. C'est quoi, ce foutu vacarme ?

—Ça, Dennis, c'est votre agitateur professionnel, votre lobbyiste hors de prix, votre saboteur de projets de plusieurs millions de livres. Vous l'entendez ?

—Quoi ? Mais qu'est-ce que tu racontes ?

—Ça, répondis-je en riant encore, c'est une petite fille de onze ans.

J'avais encore un appel à passer et sortis pour m'isoler. J'attendis avant de composer le numéro, humant les parfums épargnés depuis plus d'un demi-siècle et qui perdureraient encore aussi longtemps, avec un peu de chance. Je n'étais pas en paix. Pas encore.

—Alors, tu l'as fait, observai-je.

Elle retint sa respiration, comme si elle s'était attendue à ce que ce soit quelqu'un d'autre.

—Mike. Oui. Tu as entendu. Je t'avais dit que je le ferais.

—C'est certain.

—Oh, tu sais que j'obtiens toujours ce que je veux.

Elle rit, puis se mit à parler de l'appartement, de la table qu'elle avait réservée pour le soir de mon retour dans un restaurant inaccessible au commun des mortels. Elle avait la voix légèrement haletante. Elle parle toujours un peu trop vite quand elle est nerveuse.

— J'ai tiré quelques ficelles et nous y dînons à 20 h 30. Cela te laissera tout le temps nécessaire pour dormir et te doucher.

— Comment ?

— Comment ai-je obtenu une table ? Oh, il s'agit seulement de connaître la bonne…

— Comment as-tu réussi à convaincre ton père de tout changer ?

— Tu connais papa. Je le mène par le bout du nez. Depuis toujours. Tu rentres toujours sur le vol Qantas ? Je me suis libérée pour venir te chercher. J'ai noté le numéro quelque part.

— Ça n'a pas dû être facile, pourtant ; il avait réussi à convaincre Vallance d'aller jusqu'au bout.

— Eh bien, j'ai seulement… (Elle semblait un peu agacée.) J'ai mis en avant tous les arguments que nous avions développés ensemble, et il a vu que j'avais raison. Il m'écoute, Mike, et les alternatives étaient prêtes.

— Comment les types de Vallance ont-ils réagi ?

— Bien. Écoute, on ne peut pas plutôt parler de ton vol ?

— Certainement pas.

— Tu ne veux pas que je vienne te chercher ? J'allais venir avec une surprise pour toi, mais je ne résiste pas à l'envie de te l'annoncer. C'est le nouveau coupé Mazda. Celui que tu avais commandé ! J'ai réussi à obtenir du concessionnaire le prix d'origine. Tu vas l'adorer.

— Je ne rentre pas, Ness.

Elle en eut le souffle coupé.

— Comment ?

— Depuis combien de temps savais-tu, quand tu m'as appelé ? Je viens de vérifier les courriels envoyés à Vallance de chez nous, et j'imagine que tu savais depuis, allons, deux ou trois jours au moins, que le projet serait délocalisé.

Elle ne répondit rien.

— Tu t'es donc dit qu'il fallait miser sur l'occasion pour te faire passer pour la grande sauveuse. Gagner la gratitude éternelle de Mike.

— Ce n'est pas ça.

— Tu croyais vraiment que je ne finirais pas par découvrir que tu n'avais rien à voir là-dedans ? Tu me prends pour un imbécile ?

Il y eut un long silence.

— Je croyais… qu'une fois que tu t'en rendrais compte, nous serions heureux et que cela n'aurait plus aucune importance.

— Notre relation aurait donc été fondée sur un mensonge.

— Oh, tu es bien placé pour parler de mensonges. Tina et toi. Toi et cette foutue fête de promotion !

— Tu m'aurais laissé faire tout le trajet, abandonner toute ma vie, sur un…

— Sur un quoi ? Abandonner toute ta vie ? Oh, je t'en prie, Mike Dormer ! Ne te fais pas passer pour une victime. C'est toi qui m'as trompée, je te rappelle.

— C'est pourquoi je ne reviens pas.

— Tu sais quoi ? Je ne savais même pas si c'était ce je voulais. Je t'aurais laissé rentrer, et puis après je t'aurais plaqué. Tu ne vaux rien, Mike, tu n'es qu'un petit bout de rien du tout, menteur et sans aucune valeur. (Elle enrageait de s'être fait prendre en plein délit de duplicité.) Je suis heureuse que tu le saches. Je suis heureuse que tu aies tout découvert. Tu m'as épargné un foutu trajet jusqu'à l'aéroport. Et, honnêtement, je ne t'aurais plus jamais touché si…

— Bonne chance, Vanessa, lançai-je sur un ton glacial tandis que sa voix s'élevait encore d'une octave. Tous mes vœux pour l'avenir.

J'avais les oreilles en feu.

Tout était terminé.

Je fixai le petit téléphone dans ma main, puis le lançai du plus fort que je pus dans la mer. Il retomba à un peu moins de dix mètres avec un plouf. Je regardai la mer se refermer sur lui et sentis une émotion d'une telle intensité enfler en moi que je ne pus me retenir de rugir.

— Mon Dieu ! hurlai-je en ayant envie de frapper aussi bien que de faire la roue. Mon Dieu !

— Je ne suis pas certain qu'il vous entende, lança une voix masculine derrière moi.

Je fis volte-face pour découvrir Kathleen et M. Gaines, assis au bout de la table des baleiniers. Il portait une polaire bleue et son chapeau en cuir, et ils m'observaient tranquillement.

— C'était un très joli téléphone, tu sais, l'informa Kathleen. Quelle génération de gaspilleurs. Ils sont tous pareils.

— Émotifs, aussi. On ne criait pas comme cela, de mon temps.

— Je crois que ce sont les hormones. Il paraît qu'ils en mettent dans l'eau.

J'avançai vers eux.

— Ma chambre, dis-je en essayant de calmer ma respiration. Y aurait-il une chance pour que je la garde un petit peu plus longtemps ?

— Il faudrait que tu vérifies ton planning, Kate, conseilla M. Gaines en se penchant vers elle.

— Je vais voir si elle est toujours libre. Nous sommes de plus en plus sollicités... maintenant que nous sommes le seul hôtel de la baie. Je ne suis pas du genre à me mêler de ce qui ne me regarde pas, mais vous avez crié vraiment fort.

Je restai là, à récupérer lentement mon rythme cardiaque, reconnaissant envers ces deux vieux qui se moquaient tendrement de moi, envers le soleil, le bleu scintillant et bienveillant de la baie, envers ces animaux invisibles, dansant gaiement sous l'eau. Envers l'image d'une jeune femme insouciante sous une vieille casquette informe qui, quelque part, poursuivait les baleines.

Kathleen me fit signe de m'asseoir et poussa une bière vers moi.

Je bus une première délicieuse gorgée. J'adorais cette bière. J'adorais cet hôtel, cette petite baie. J'adorais l'idée de ma vie future qui se déroulait devant moi avec beaucoup moins d'argent, entouré d'adolescentes excentriques, d'une chienne grincheuse et d'une maison pleine de femmes difficiles. J'étais encore incapable de mesurer l'ampleur de ce qui venait de se passer.

Kathleen s'en aperçut.

— Vous savez, beaucoup de gens aiment les requins, de nos jours. Ils vous diront qu'ils sont incompris. Qu'ils sont le produit de leur environnement. Pour moi, un requin est un requin. Je n'en ai encore jamais rencontré un qui ait envie de devenir mon ami.

— Tout à fait vrai, approuva M. Gaines en hochant la tête.

Je me calai dans mon siège, et nous restâmes tous les trois silencieux pendant un moment. J'apercevais le site de l'hôtel avec ses beaux panneaux qui deviendraient vite superflus. J'entendais la musique dans la chambre de Hannah, le vrombissement d'un moteur sur l'eau, les murmures de conspirateurs des pins sur la colline. Je resterais là tout le temps qu'ils voudraient de moi. Cette idée m'emplit de satisfaction.

— Greg n'a jamais attrapé ce requin, n'est-ce pas ? demandai-je.

Kathleen Whittier Mostyn, la légendaire Fille au Requin, rit, un rire bref qui ressembla à un aboiement féroce, et, quand je me retournai vers elle, elle avait une lueur menaçante dans le regard.

— Une chose que j'ai apprise au cours de mes soixante-dix et quelques années, Mike. Si un requin veut vous mordre, en ce qui me concerne, vous faites tout ce que vous pouvez pour rester en vie.

28

Hannah

De Silver Bay, il faut trois heures et vingt-huit minutes pour atteindre l'aéroport de Sydney, et encore vingt autres pour trouver une place de parking. Dans notre cas, il faut ajouter à cela quatre fois quinze minutes d'arrêt pour me laisser vomir d'énervement par la portière arrière. Mon ventre me joue encore des tours – c'était chaque fois pareil quand je partais observer les baleines, et je n'ai jamais réussi à convaincre Yoshi que ce n'était pas le mal de mer. Tante K le savait. Chaque fois, elle me répétait que ce n'était pas grave – quand j'avais la tête dans le caniveau, je l'entendais dire aux autres qu'elle avait emporté huit sacs en plastique et quatre rouleaux d'essuie-tout en prévision. Sur ses conseils, Mike était parti une heure plus tôt.

Nous étions cinq dans la voiture – Mike, maman, M. Gaines, tante K et moi. Ce n'était pas notre voiture, mais le monospace sept places de M. Gaines. Nous l'avions emprunté après que Mike eut souligné que la voiture de maman ne pourrait contenir la personne supplémentaire qui revenait à la maison. Un convoi de camions nous suivait sans en avoir l'air. Chaque fois que nous nous arrêtions, ils s'arrêtaient aussi, mais personne ne sortait. Leurs passagers regardaient par la fenêtre avec l'air de s'intéresser à tout sauf à la fille avec la tête dans le caniveau. Si ce n'avait été pour cette occasion, je serais morte de honte. Personne n'osait s'approcher, connaissant ma mère et son désir d'intimité, mais tous tenaient à être présents. Maman s'en fichait. Pour être honnête, je pense qu'elle n'aurait même pas remarqué la reine d'Angleterre si elle était venue regarder. Elle avait à peine ouvert la bouche durant ces dernières vingt-quatre heures, mais consultait sans cesse sa montre et, de temps en temps, me prenait la main. Si Mike ne l'avait pas arrêtée, je crois qu'elle se serait installée deux jours plus tôt dans le hall des arrivées pour attendre.

Les calculs de Mike étaient parfaits. Même avec nos arrêts supplémentaires, nous arrivâmes quinze minutes avant l'atterrissage.

— Quinze, grogna M. Gaines, des plus longues minutes de notre existence.

Encore au moins vingt minutes de plus, avait prévu Mike, pour les bagages et le contrôle des passeports. Pendant tout ce temps, maman resta immobile, les mains accrochées à la barrière, tandis que nous tentions de bavarder autour d'elle, les yeux rivés sur la porte. À un moment, elle me serra la main si fort que mes doigts devinrent bleus, et Mike dut intervenir pour qu'elle me relâche. Il alla deux fois au comptoir de Qantas et revint pour confirmer que l'avion n'était définitivement pas tombé du ciel.

Finalement, alors que je croyais que j'allais encore être malade, le premier groupe de passagers du vol QA2032 arriva. Nous observions en silence, chacun de nous tendant le cou pour apercevoir les silhouettes à travers les portes coulissantes, essayant de faire concorder l'image avec celle que nous avions sur un bout de papier froissé. Et si elle ne venait pas ? L'idée me traversa l'esprit, et mon cœur s'emplit de panique. Et si elle avait décidé de rester avec Steven ? Et si nous restions plantés là pendant des heures et que personne ne venait ? Pire, et si elle arrivait et que nous ne la reconnaissions pas ?

Mais, soudain, elle arriva. Ma sœur, presque aussi grande que moi, avec les cheveux blonds de maman et le même nez de travers que moi, qui serrait la main de la sœur de Mike. Elle portait un jean bleu et un sweat rose à capuche. Elle avançait en boitant, doucement, comme si une partie d'elle avait encore peur de ce qu'elle allait trouver. La sœur de Mike nous aperçut et nous adressa un grand signe du bras. Même à cette distance, on voyait que son sourire était énorme. Elle s'arrêta un instant et dit quelque chose à Letty. Letty hocha la tête et regarda vers nous, puis elles s'avancèrent plus rapidement.

Nous pleurions tous à ce moment-là, même avant qu'elles atteignent la barrière. Maman, silencieuse à mon côté, s'était mise à trembler. Tante K ne cessait de répéter : « Merci, mon Dieu, oh, merci mon Dieu », dans un mouchoir et, quand je me retournai, Yoshi pleurait sur l'épaule de Greg, et même Mike, un bras autour de mes épaules, sanglotait. Mais je riais en même temps que je pleurais, parce que je savais que, parfois, il y a plus de bon dans la vie que ce qu'on imagine et que tout allait s'arranger.

Alors que Letty s'approchait, maman plongea sous la barrière et se mit à courir. Elle poussa un cri que je n'avais encore jamais entendu. Elle se fichait de ce que les autres pouvaient penser – les yeux rivés l'une sur l'autre, Letty et maman donnaient l'impression d'être des aimants, comme si rien au monde ne pourrait les empêcher de se rejoindre. Maman l'attrapa et la serra dans ses bras. Letty pleurait et s'accrochait aux cheveux de maman. La seule façon dont je pourrais décrire la scène est que chacune d'elles avait un morceau qui lui était rendu. Je les rejoignis à mon tour et m'accrochai à elles aussi, puis vinrent tante Kathleen et

Mike. J'avais conscience que tous les gens qui nous regardaient devaient penser que ce n'était qu'une enfant de plus qui rentrait chez elle. À part le cri. Le cri de maman, quand elles tombèrent à terre, entourées de nous tous, enveloppées de bras, de baisers et de larmes.

Parce que le cri de ma mère, tandis qu'elle berçait ma sœur, était long et grave et étrange, il parlait de tout l'amour et toute la tristesse du monde. Il résonna à travers le grand hall des arrivées, rebondit sur le sol brillant et sur les murs, arrêta les gens sur leur passage qui se retournaient pour voir de quoi il s'agissait. Ainsi que tante Kathleen le dit par la suite, c'était exactement comme le chant d'une baleine à bosse.

Épilogue

Kathleen

Je m'appelle Kathleen Whittier Gaines et je suis une jeune mariée de soixante-seize ans. Prononcer ces mots me fait grimacer par la sottise que cela représente. Oui, il a fini par m'avoir. Il m'a dit que, s'il devait casser sa pipe, il aimerait me savoir dans le coin, et j'ai considéré que ce n'était pas trop demander à une femme qui savait qu'elle avait été aimée par cet homme toute sa vie.

Je ne vis plus à l'hôtel. Pas à plein temps, en tout cas. Nino et moi avons eu du mal à nous mettre d'accord sur l'endroit où on poserait nos valises : il devait rester près de ses vignes, et je n'allais pas passer le reste de mes jours à l'intérieur des terres. Alors nous partageons notre semaine entre nos deux maisons, et, tandis que le reste de Silver Bay nous prend pour une paire de vieux chnoques, nous nous accommodons très bien de cet arrangement.

Mike et Liza vivent à l'hôtel, devenu un peu plus chic et chaleureux que quand je m'en occupais seule. Mike a d'autres activités qui l'accaparent et rapportent un peu d'argent, comme la promotion des vins de Nino, mais je ne m'y intéresse pas beaucoup, tant que nous avons une bonne bouteille ou deux sur la table, le soir. Régulièrement, Mike a de nouvelles idées pour générer plus d'argent, ou accroître le rendement, ou je ne sais quoi encore, et je refuse, et les autres hochent la tête, sourient et attendent tranquillement qu'il s'essouffle.

Il y aura d'autres promotions immobilières, d'autres menaces, et nous continuerons à nous battre. Mais nous le ferons sans crainte. Nino Gaines – ou devrais-je dire mon mari ? – a acheté la vieille ferme des Bullen. Mon cadeau de mariage. Une assurance pour les filles. Je refuse de penser au prix qu'il a payé. Mike et lui ont des idées pour l'endroit. Ils descendent régulièrement jusqu'aux panneaux publicitaires qui pâlissent et arpentent le terrain, mais, au fond, ni l'un ni l'autre ne semble vouloir y entreprendre quoi que ce soit. Je continue à faire ce que j'ai toujours fait, tenir un hôtel branlant au bout de la baie, et m'agiter quand nous avons trop de visites.

Sous la route du littoral, la migration vers le sud se présente bien. On aperçoit quotidiennement des groupes, ainsi que des mères avec leur petit. À la surface, le nombre de passagers est à peu près équivalent à celui de l'année dernière à la même époque. Les baleiniers vont et viennent, un nouveau visage remplaçant un ancien. Tous les soirs, sur mes bancs, ils racontent les mêmes histoires salaces, les mêmes blagues. Yoshi est retournée à Townsville étudier la préservation des baleines et a promis de revenir. Lance parle souvent de lui rendre visite, mais je doute qu'il le fasse. Greg courtise – bien que ce soit un mot un peu trop délicat pour lui – une serveuse de la RSL de vingt-quatre ans qui semble lui donner autant qu'elle reçoit. Il passe moins de temps autour de l'hôtel, ce qui arrange Mike.

Et Letty s'épanouit. Hannah et elle ne se quittent pas d'une semelle, comme si elles avaient été séparées cinq jours plutôt que cinq ans. Je les ai retrouvées plusieurs fois dans le même lit, mais Liza m'a dit de ne pas me tracasser. « Laisse-les dormir, me conseille-t-elle en les regardant entrelacées. Elles auront bien assez tôt besoin de se décoller l'une de l'autre. » Il y a tant de légèreté dans sa voix lorsqu'elle parle que j'ai du mal à croire que c'est la même femme.

Les premières semaines furent étranges. Nous marchions sur la pointe des pieds avec Letty, craignant que cette succession d'événements, ce brusque revirement de situation ne la laissent abattue. Elle resta longtemps collée à sa mère, comme si elle avait peur d'en être de nouveau séparée. Finalement, je l'ai emmenée au musée pour lui montrer mon fusil à harpon et lui promettre que si qui que ce soit s'approchait de mes filles, il aurait à en découdre avec Old Harry. Elle fut un peu surprise, mais je crois que cela l'a rassurée. Nino m'a dit sèchement qu'il y avait sans doute une raison au fait que je n'aie jamais eu d'enfants.

Elle se sentit mieux une fois que son père l'eut appelée : il lui a assuré qu'il était heureux qu'elle reste et que c'était à elle de prendre les décisions. À partir de là, elle dormit correctement – bien que dans le lit de sa sœur. Et ce fut tout. La sœur de Mike ne publia jamais son article. Mike affirme que c'est une histoire d'amour – pas entre Liza et lui, bien qu'il n'y ait qu'à les regarder rire ensemble pour savoir que c'est le cas –, mais entre Liza et ses filles. Parfois, lorsqu'il me taquine, il dit que c'est entre Nino et moi.

Je lui réponds que ce n'est pas ma façon de voir les choses. Observez la mer suffisamment longtemps, ses humeurs et ses bouillonnements, ses beautés et ses terreurs, et vous trouverez toutes les histoires dont vous avez besoin – l'amour et le danger, quelle vie se prend dans vos filets. Le fait que, parfois, même si l'on ne tient pas la barre, il n'y a rien d'autre à faire qu'espérer.

Presque chaque jour désormais, quand Liza n'a pas trop d'excursions prévues, elles partent ensemble à bord de l'*Ismahel* observer les baleines qui retournent vers leurs territoires pour se nourrir. Au début, je crus que c'était la façon de Liza de créer une famille, de les réunir, mais je me rendis compte assez vite que les filles étaient aussi mordues qu'elle. Ce n'est pas à cause des animaux qu'elles voient, mais de tout ce qu'elles ne voient pas. Les filles aiment regarder les baleines à bosse disparaître, se plaisent à imaginer que, après un saut spectaculaire, il y a toute une vie sous l'eau. Des chants qui se perdent dans l'abysse, des relations qui se nouent, des petits qui sont nourris et aimés. Un monde dans lequel nous et toutes nos idioties n'avons aucune importance.

Au départ, Mike les accusa gentiment' de déborder d'imagination, mais maintenant il hausse les épaules et admet : qu'est-ce qu'il en sait, après tout ? Qu'est-ce que nous en savons ? Des événements bien plus étranges se sont produits dans notre petit coin du monde.

Je les regarde tous les quatre courir le long de la Whale Jetty sous le soleil, et je pense à ma sœur, et peut-être à mon père qui aurait aimé une histoire comme celle-ci. « Je pensais que vous aviez de la compagnie, leur adressai-je, où qu'ils soient. Mais comme nous nous trompions. » Ils auraient compris que cette histoire traite d'un équilibre difficile à atteindre, d'une vérité avec laquelle nous nous débattons quand nous avons la chance de rencontrer de telles créatures ou, effectivement, quand nous ouvrons notre cœur. Il nous arrive parfois d'abîmer quelque chose de merveilleux simplement par la proximité.

Mais il arrive aussi, ajoute Mike, qu'on n'ait pas d'autre choix. Si l'on veut vivre pleinement.

Je ne le lui montre jamais, bien évidemment. Je ne peux pas le laisser croire qu'il a tout compris, à sa façon. Mais je dois avouer que, sur ce point, et uniquement sur ce point, je suis d'accord avec lui.

Offrez-vous une autre escapade en mer avec Jojo Moyes…

Nos Cœurs à l'horizon

Angleterre, années 1950. La vie de la paisible station balnéaire de Merham est bouleversée le jour où des artistes bohèmes s'installent dans la splendide demeure d'Arcadia, au grand dam de la bourgeoisie locale. Celia et sa sœur y voient quant à elles l'occasion rêvée pour échapper à leur ennui. Mais l'amour va s'en mêler, et Arcadia va bientôt devenir le théâtre d'un scandale sans précédent.

Cinquante ans plus tard, alors que cette somptueuse demeure est sur le point d'être transformée en hôtel de luxe, on y découvre une fresque qui recèle d'incroyables secrets. Il reste peut-être à Merham une personne capable de résoudre cette énigme…

Ce roman a reçu le prix du Livre Romantique de l'année.

« Merveilleusement romantique ! » *Company*

« Moyes maîtrise à la perfection ces histoires entrelacées. Sa justesse de ton et la délicatesse de son écriture font de ce roman une lecture irrésistible. » *Publishers Weekly*

Disponible dans toutes les bonnes librairies et en numérique.

Achevé d'imprimer en août 2021
Par CPI Brodard & Taupin à La Flèche
N° d'impression : 3044326
Dépôt légal : septembre 2021
Imprimé en France
38122053-1